당신을 주문합니다

당신을 주문합니다 2

초판 1쇄 찍은 날 | 2013년 12월 31일
초판 2쇄 펴낸 날 | 2015년 06월 30일

지은이 | 플아다
펴낸이 | 서경석

편집책임 | 조윤희
디 자 인 | 신현아

펴낸곳 | 도서출판 청어람
등록번호 | 제1081-1-89호
등록일자 | 1999. 5. 31
어람번호 | 제11-0002호

주소 | 경기도 부천시 원미구 심곡2동 163-2 서경B/D 3F (우) 420-822
전화 | 032-656-4452 팩스 | 032-656-4453
http://www.chungeoram.com
E-mail | chungeorambook@daum.net

ⓒ 플아다, 2014

ISBN 978-89-251-3621-9 04810
ISBN 978-89-251-3619-6 (SET)

※ KOMCA(한국음악저작권협회) 승인 필.
※ 파본은 구입하신 서점에서 교환하여 드립니다.
※ 저자와 협의하여 인지를 붙이지 않습니다.
※ 이 책은 도서출판 청어람과 저작자의 계약에 의해 출판된 것이므로,
무단 전재 및 유포 · 공유를 금합니다.

당신을 주문합니다 2

플아다 장편 소설

목차

13. 도망가지 마   007
14. 처음, 그다음   054
15. 운수 좋은 날들   088
16. 만나지 말아야 할 사람   124
17. 우리 국대가 달라졌어요   156
18. 그날의 이야기   198
19. 아무도 사랑하지 않았습니다   251
20. 남자의 마음   294
21. 위대한 사랑   355
22. 기적에 대하여   370
23. 주문을 건다   386
번외편. 세 여자와 비룡   421
작가 후기   439

13. 도망가지 마

 다음날은 처음으로 출근을 할까 말까 고민한 날이었다. 10시까지만 가면 되었기 때문에 힘들 것도 없었지만 여국대 사장과 얼굴을 마주해야 한다는 생각만으로도 혈압이 오르는 것 같았다. 10분 정도 늦게 도착했지만, 그가 조금이라도 핀잔을 놓으면 갈 데까지 가보자 하는 마음으로 맞받아쳐 줄 생각이었는데 아틀리에엔 그가 없었다. 여섯 살 정도 됨 직한 모르는 여자아이 한 명뿐이었다.
 소파에 혼자 앉아 있는 이 여자아이는 내가 들어오는 것을 보고도 관심을 주지 않고 종이 오리기만 하고 있었다.
 누굴까. 설마 여국대 사장의 딸이라거나 그런 건 아니겠지. 역시 난 드라마를 너무 많이 봤다.
 테이블 위에는 어설픈 가위질로 오려진, 공주풍의 종이인형들이 있었다. 요즘에도 종이인형이 나오는구나. 옆에 쌓인 〈신데렐라〉, 〈백설공주〉류의 동화책 표지에 '유미꼬'라는 손글씨가 보였다. '유미꼬'라면 일본인인 건가? 그래도 한국어 동화책을 가지고 다니다니, 훌륭한데.

"안녕? 네 이름이 유미꼬구나?"

나는 베이비토크를 시작했다. 꼬마아이를 대하는 접대용 미소와 함께.

"어디서 왔어?"

그러나 여자아이는 내 쪽으로 고개를 돌리는 일도 없이 나를 깡그리 무시했다. 나는 공기 취급을 받고 있었다. 그럴 수도 있다. 나도 그맘때 그랬으니까.

"몇 살이야?"

혹시 일본인이라서 한국어를 제대로 알아듣지 못하는 건가?

"아나따와 난 사이 데스까?"

나는 내가 알고 있는 일본어로 여자아이의 나이를 물었다. 여전히 여자아이는 묵묵부답이었다. 그래, 우리에겐 터치가 필요해. 나는 여자아이의 동화책을 집었다.

그제야 여자아이가 내게 와락 달려들었다. 여자아이는 신경질이 가득한 날카로운 목소리로 내 손을 할퀴며 동화책을 빼앗았다.

"내놔! 유미 거야!"

동화책 안에 들어 있던 종잇조각들이 우수수 떨어졌다. 종이인형이 아니라 동화책에 있는 신데렐라를 오린 거였어! 뭐, 이런 기막힌 애가 다 있지?

 한국말을 제대로 구사할 줄 아는 신경질 꼬맹이 때문에 어안이 벙벙해 있을 때 문이 열리고 비룡 씨와 한 남자가 들어왔다. 쌀 한 가마니를 어깨에 이고 있다면 '마님!' 또는 '이 맛에 농사 짓는다니까!'라고 할 것 같은 마초적 인상에, 다부진 역삼각형 몸매를 한 남자였다. 나는 비룡 씨의 소개를 듣기도 전에 이 남자의 이름을 알아 버렸다.

 '금메달.'
 "송아 씨, 예전에 얘기 들었지? 금메달이라고, 지금은 울산에서 도시락 사업 하고 있어."
 "야아! 이 칙칙한 배경에서 단연 빛나는 꽃이네! 반가워요, 송아 씨! 얘기 많이 들었어요."
 금메달 씨는 비룡 씨가 소개를 마치자마자 내 앞으로 빠르게 다가와 내 오른손을 두 손으로 잡고 마구 흔들었다. 꽤나 붙임성이 있어 보였지만, 정신은 없어 보이는 남자였다. 느끼하고 요란한 인사에 괜한 경계심이 생긴 나는, 평소보다 차분한 척하며 메달 씨와 인사하고는 소파에 앉은 꼬맹이가 누구인지 눈짓으로 물었다.
 "내 딸이에요. 유미야, 언니한테 인사해야지."
 그제야 꼬맹이의 이름을 제대로 알 수 있었다. 꼬맹이는 여전히 내게 눈길을 주지 않고 종이 오리기를 하고 있었다.

"하하하. 애가 좀 낯을 가려서……. 금유미, 너 그럼 이따가 아빠한테 혼난다."

"아녜요. 아까 인사했어요. 그런데 결혼을 일찍 하셨나 봐요. 사장님하고 같은 나이라고 들었는데."

"그렇긴 한데…… 이제 유미도 다시 엄마 생길 거예요. 하하하하하."

금메달 씨도 이혼남인 걸까. 나의 눈치 없는 질문에 금메달 씨는 화통하게 웃으며 대답했다. 꼬맹이를 신경질적으로만 생각했는데 안쓰러움이 생겼다. 꼬맹이는 그런 생각조차 없는 모양이었지만.

곧 문이 열리고 여국대 사장과 수리 씨가 들어왔다. 지금까지 나를 생무시하고 있던 꼬맹이가 애기 소리를 내며 수리 씨에게 달려가 안긴 것은 예상 밖의 충격이었다.

"수리 오빠아!"

"유미 왔어?"

충격은 또 하나가 더 있었다. 내 앞에 있는 수리 씨가, 지금까지 은영 씨 외의 여자는 돌 취급, 깡통 취급하던 수리 씨가 맞는 건지. 꼬맹이를 번쩍 안아 올린 수리 씨는 금메달 씨보다도 더 아빠다웠다. 오빠, 왜 안 놀러 왔쪄? 오빠가 엄청엄청 바빴어, 다음에는 꼭 놀러 갈게. 수리 씨와 베이비토크를 주고받는 꼬맹이에게 좀 전에는 볼 수 없었던 화색이 돌았다.

이젠 애고 어른이고 다 나를 무시하는구나. 여국대 사장의 얼굴을 다시 보니 꼬맹이가 할퀸 생채기까지 그의 탓을 하고 싶어졌다. '오늘 날 건드리면 아틀리에에서 피바다를 볼 수 있음이야' 라는 뜻을 실어, 혼신을 다해 여국대 사장을 노려보다가 주방으로 갔다.

은사님에 대한 걱정을 덜었기 때문에, 실은 금메달 씨를 부르지 않아도 괜찮게 되었지만, 금메달 씨가 오랜만에 와보겠다고 한 모양이었다. 금메달 씨와 꼬맹이는 여국대 사장의 집에서 하룻밤 머물고 내일 돌아간다고 하였다. 메달 씨는 한 달 뒤에 새장가를 든다며 우리에게 청첩장을 나눠주었다. 수리 씨의 무릎에서 가위를 만지작거리다 청첩장을 힐끗 보는 꼬맹이의 표정이 어쩐지 어두워 보였다. 아빠를 뺏길 수도 있다는 생각을 하고 있을까. 한참을 가만히 있던 꼬맹이가 수리 씨의 목을 끌어안으며 말했다.

"나는 나중에 커서 수리 오빠랑 결혼할 거야."

신경질 꼬맹아, 미안하지만 수리 오빠에게는 이미 천상배필이 있단다. 그러나 '안 돼, 오빠는 결혼할 사람이 있어' 라고 말할 줄 알았던 수리 씨는 꼬맹이를 상냥하게 쓰다듬으며 말했다.

"그래, 많이 커서 오빠한테 시집와."

이런 식으로 꼬맹이의 되도 않은 희망사항을 처리해 버리면 후일 수리 씨의 결혼식날 조금은 난폭한 일이 일어날 것 같은데.

어쨌든 일이 바빴기 때문에 꼬맹이는 소파에서 혼자 놀게 두고 우리는 모두 작업에 집중했다. 역삼각형 남자의 출현으로 주방이 가득 차버려 움직이기도 불편할 정도였지만 확실히 진행 속도는 더 빨라졌다. 그러나 메달 씨는 불필요한 움직임이 많은 사람이어서 나와 팔을 부딪치는 일이 자꾸 생겼다. 도시락이 완성되어 갈 때쯤 결국 여국대 사장은 나를 주방에서 내쫓아 버렸다.

"너는 가서 유미랑 놀아."

"놀 줄 몰라요."

"그럼 같이 공부를 하든가."

이때 꼬맹이의 한쪽 입술이 삐죽 올라가는 것이 보였다. 꼬맹이 주제에 비웃음을 배워?

나는 꼬맹이에게 예의범절을 가르쳐 주고자 소파 쪽으로 갔다. 말도 못할 분노의 사태가 벌어진 줄도 모르고.

이상하게도 탁자 위에 내 지갑이 놓여 있었다. 꼬맹이는 이미 내 지갑에서 천 원짜리를 꺼내 퇴계 이황을 도산서원에서 영구 탈출시킨 상태였다. 화는 나지만 만 원짜리도 아니고, 그 정도면 뭘 모르고 그랬으려니 하고 귀엽게 용서할 수 있었다. 그보다 중요한 건 이 꼬맹이가 지갑 속 깊숙이 들어 있었던 아빠의 사진마저 종이인형 오리듯 오려냈다는 거였다. 많지 않은 아빠의 사진 중 가장 소중하게 여겨 지갑에 가지고 다니던 사진이었다.

"아아아악!"

어제에 이어 다시 한 번 포효했다. 깜짝 놀란 꼬맹이가 가위를 탁자 위에 내던지고 소파 구석에 앉아 몸을 웅크렸다. 내 비명을 듣고 다가온 메달 씨와 수리 씨도 뱀파이어처럼 금세 얼굴에서 핏기를 지웠다. 수리 씨가 어떤 사진이냐고 조심스레 물었고, 나는 돌아가신 아버지의 하나밖에 없는 사진이라고 대답했다. 순간 주방의 모든 소리가 멈추고 아틀리에에 있는 사람들의 눈이 아버지의 사진 쪽으로 향했다.

"유미 너……."

'너 이따가 두고 봐' 라는 뜻이 실려 있는 금메달 씨의 짧은 분노에 꼬맹이는 살짝 기가 죽은 것 같았다.

"그래도…… 배경만 잘랐으니까……."

수리 씨가 내 눈치를 보며 조심스레 말했지만, 난 아무 말도 듣고 싶지 않았다. 배경만은 무슨! 귀도 잘랐잖아!

"이거 감쪽같이 제대로 붙일 수 있는 사람 알아. 내가 갔다 올게."

곧 수리 씨가 침착하게 말했다. 메달 씨는 작은 봉투에 잘려진 사진 조각들을 모두 넣고 나서 내게 간곡히 청하듯 말했다.

"송아 씨, 미안해요. 죽을죄를 지었네……. 내가 무슨 수를 써서라도 회복시켜 올게요. 비롱, 유미 좀 부탁할게. 유미 너 또 말썽부리면 아빠한테 혼날 줄 알아!"

곧 수리 씨와 메달 씨는 얼어붙어 있는 나를 떠났다. 그들이 사라지자마자 소파에 기죽어 앉아 있던 꼬맹이가 울음을 터뜨렸다. 나는 꼬맹이를 힘껏 노려보았고, 주방에 있던 비롱 씨가 꼬맹이를 안고 402호로 건너갔다.

그리하여 여국대 사장과 나, 둘만 남았다.

"나 요리 안 도와줄 거예요."

"누가 뭐래? 누가 사장이고 누가 직원인지 모르겠다."

"누가 뭐래도 여기 있는 사람 중에 사장님이 제일 나쁜 사람이에요."

그는 의아해하며 나를 한 번 쳐다볼 뿐 내 말에 대답하지는 않았다. 그리곤 일손이 달리는 만큼 손을 바쁘게 움직여야 한다는 듯 마무리에 모든 에너지를 집중했다. 내게 도움을 요청하는 일 없이 포커페이스를 유지하는 그가 미워 나는 아무 말 없이 소파에 앉아 있었다.

그 후 포장을 마친 도시락을 1층까지 나르는 일을 조금 도왔다. 다음 도시락 주문 두 건은 모두 프로포즈용이라 여국대 사장 혼자 일을 해도 되는 것이었다.

곧 비룡 씨가 꼬맹이의 손을 잡고 아틀리에로 돌아왔다.

"송아 씨, 사진은 복구 작업 잘되고 있대. 뭐, 완전히 감쪽같지는 않겠지만 그래도 용서해 줄 거지?"

"네…… 잠깐 놀란 거지 화가 난 건 아니에요."

나는 그래도 어른처럼 의젓해야겠다는 생각에 꼬맹이의 마음이 편해질 대답을 했다.

"그치? 그럼 수리 올 때까지만 유미랑 놀아주라. 나 오늘 중요한 약속이 있어서. 어제 수리 일 때문에 오늘로 미뤘거든."

이건가? 이런 식으로 비룡 씨한테 당하는 건가? 비룡 씨는 내게 꼬맹이를 맡기고 부리나케 문을 열고 나가 버렸다. 이제 아틀리에에는 나와 여국대 사장과 꼬맹이만 남았다. 꼬맹이는 유유히 걸어가 소파에 앉더니, 내게 이리 오라는 눈짓을 하며 손가락으로 동화책 표지를 툭툭 찍어댔다. 그것들을 읽으라는 명령이었다.

사진 복구가 제대로 되고 있다는 소식에 활기를 되찾았는지, 나와 놀고 싶다는 표현을 자기 식대로 하는 것인지, 꼬맹이는 다시 의기양양해져선 내게 소리쳤다.

"빨리 읽어!"

나한테 동화책을 읽어달라고 부탁하는 주제에 뭐가 그리도 당당한지. 여국대 사장의 여자 꼬맹이 버전을 보는 것 같았다. 나는 마녀의 미소를 날려주고는 꼬맹이의 옆에 앉아 첫 번째 책 〈신데렐라〉를 펼쳤다. 그림 속 신데렐라 자리마다 구멍이 숭숭 뚫려 있어 책을 제대로 읽을 수는 없을 것 같았다.

여국대 사장이 주방에서 요리를 하다가 날 빤히 쳐다보는 것이 보였다. 내가 그쪽을 노려보니 그는 멋쩍은 듯 눈을 돌렸다. 계속 그래 보시지.

으레 이런 장면에서 남자는 여자가 아이를 돌봐주는 모습을 보고 반하게 되지. 남자에겐 쌀쌀맞지만 실은 순수한 동심을 지닌 천생 여자.

그러나 나는 아니다 이거야. 나는 나만의 원칙이 있는 여자야. 절대, 어리다는 이유 하나만으로 성질 못된 꼬맹이를 예쁘다, 착하다 할 수는 없지. 난 나의 원칙에 맞게 이 아이에게 삶의 진실과 인생의 고달픔을 얘기해 주겠어.

나는 너덜너덜한 책을 빠르게 넘기며 〈신데렐라〉의 요점을 이야기해 나갔다.

"신데렐라가 있었어. 어려서 부모님을 잃고 계모와 언니들에게 구박받고. 그러다 궁전에서 파티가 열려. 나이트 같은 거야, 넌 못 가. 그리고 이런 데에서 남자 사귀어서 행복해질 생각 하지 마. 언니들이랑 새엄마는 파티에 가고 신데렐라는 울어. 울면 마법사 아줌마가 나타나서 예쁘게 만들어주고 12시까지 돌아오래. 갖춰 입으니까 제법 있어 보이는 거지. 여자는 꾸미기 나름이야. 그리고 왕자를 만나. 춤춰. 12시가 돼. 도망가다가 유리구두가 벗겨져. 그리고 다시 돌아와서 가정부 생활. 신하들이 신데렐라 유리구두를 가지고 돌아다녀. 얘가 신어봐. 그리고 신분 상승. 왕자님 다시 만나고 왕비 돼. 그리고 오래오래 행복하게 살았을 것 같지? 아니야, 얘네들도 죽어, 결국은. 인생은 그래."

책 한 권을 설명하는 데 3분도 채 걸리지 않았다. 꼬맹이의 표정은 울상이 되어가고 있었지만 나는 신경 쓰지 않았다. 그다음 책은 〈잠자는 숲 속의 공주〉였다. 역시 이 공주도 동화책 밖으로 탈출해 있었다. 내가 책 설명을 괜히 이렇게 하는 게 아니라고. 나는 구멍이 난 자리를 모두 내 산뜻한 발상으로 채워야 했다.

"성을 지키는 왕과 왕비가 있었어. 얘네들은 불임이야. 그래도 열심히 기도하다 보니 공주가 생겨. 너무 기뻐서 잔치를 하는데 마녀 하나를 왕따시켜. 왕따가 저주를 퍼부어. 공주가 열여섯 살에 물레에 찔려 죽는다고. 임금이 방어마법 걸어서 죽는 것 대신 모두 다 같이 잠자는 걸로 퉁치고. 근데 딸자식 잠든 것 때문에 100년 동안 정치를 안 하는 임금이 임금이야? 아무튼 얘는 섹시하게 물레에 찔리고 잠들어. 남자의 뽀뽀를 받아야 깨어날 수 있대."

여기까지 말을 마친 나는 주방에서 도시락을 만드는 그를 힘껏 노려보며 말했다.

"여자 잠들어 있을 때 뽀뽀하는 놈이 왕자님이야? 도둑놈이지."

내 메시지가 그에게 겨누는 칼이라는 것을 그가 알아줬으면 좋겠다는 생각을 하면서.

"아무튼 왕자가 나타나서 얘한테 뽀뽀를 해. 깨어나. 물론 얘네도 결혼해. 그리고 오래오래 행복하게 살았을 것 같지? 아니야, 얘네들도 죽어, 사는 게 힘들어서. 100년이나 세대 차이 나는데 말도 안 통하는 게 당연하지."

마지막으로 펼친 책은 〈백설공주〉였다. 역시 이 책도 구멍이 숭숭 뚫린 바보책이었다. 이 꼬맹이에게 필요한 것은 동화책이 아니라 바른생활 교과서라는 걸 정녕 금메달 씨는 모르는 걸까.

"이것도 같은 얘기야. 백설공주라는 애가 있었어. 너무 예뻐서 새엄마가 얘를 죽이라고 해. 근데 너무 예뻐서 안 죽고 또 너무 예뼈서 난쟁이들이랑 살게 돼. 사실 안 예쁜 걸 수도 있어. 네가 공대에 들어가면 알게 돼. 아무튼 새엄마가 애를 독하게 찾아내서 독사과를 먹여. 애가 먹고 죽어. 그리고 장례식을 하는데 왕자가 찾아와."

나는 다시 여국대 사장을 노려보면서, 한 손으론 〈잠자는 숲 속의 공주〉 표지를 가리키며 말했다.

"얘 아까 그놈이야. 잠들어 있는 여자한테 뽀뽀하는 취미가 있어. 물론 백설공주도 깨어나. 그리고 왕자랑 오래오래 행복하게 살았을 것 같지? 믿지 마. 그거 다 뻥이야. 왕자 손잡고 성에 가면 아까 그 잠자는 숲 속의 공주가 정실부인자리 꿰차고 기다리고 있는 거야."

딱따구리 나무 찍는 속도로 이야기를 마치고 꼬맹이에게 비웃음을 선물해 주었다.

"세상에 동화는 없어, 꼬맹이."

"야아아!"

내 이야기를 다 들은 꼬맹이가 씩씩거리며 소리를 질렀다. 나도 질 수는 없다. 나는 꼬맹이가 오려놓은 종이공주들을 짚어가며 꼬맹이에게 훈계했다.

"이런 거나 오려대니까 네가 앞뒤 파악도 못하고 소리나 지르는 애가 된 거야. 넌 성서를 읽어야 돼. 알았어?"

이 말은 좀 심했나 싶었지만 나도 당할 만큼 당했다고. 내 말이 끝나자마자 꼬맹이의 눈에 차올랐던 눈물이 뚝 떨어졌다. 현관문이 열리며 수리 씨가 들어온 순간이었다. 꼬맹이는 수리 씨를 보자마자 으앙, 하고 울며 수리 씨에게 뛰어들었다.

"유미야, 왜. 국대 아저씨가 울렸어?"

수리 씨가 꼬맹이를 안아주며 상냥하게 물었다. 그와 동시에 요리에 집중하느라 내 이야기를 듣지 못하는 것으로 보였던 여국대 사장이 내 팔을 끌고 급히 밖으로 나갔다.

"왜요, 왜!"

나는 끌려가고 싶지 않아 소리를 질렀지만 그는 무지막지했다. 결국 그는 402호까지 나를 끌고 와서야 잡았던 내 팔을 놓았다. 그는 화가 난 것 같았지만 나는 그가 하나도 무섭지 않았다.

"애가 버릇없다고 여섯 살짜리랑 똑같이 굴면 어쩌냐? 그리고 너는 어째 생각하는 게 다 그 모양이야?"

"뭐가요, 뭐가 어때서요."

"애한테 죽는다는 소리를 왜 그렇게 함부로 해."

그의 질문은 내가 꼬맹이 옆에 앉기 전에 이미 생각했던 예상 질문이었다. 여국대 당신은 내 손바닥 안이야. 나는 예상 질문에 어울리는 답안을 퉁퉁거리며 내뱉었다.

"그럼 왜 나한테 애랑 놀아주라고 하냐고요. 내 관점이 딱 그런 건데. 남들이야 곁에 있던 사람이 죽는 게 엄청나게 드문 사건일지 몰라도 나는 태어날 때부터 죽음 옆에 있었다고요."

'태어날 때부터 죽음 옆에'라는 말은 너무 자극적이어서 말을 내뱉자마자 주워 담고 싶었지만 나는 이 남자에게 동화의 진실을 깨우쳐 주기 위해 말을 계속 이었다.

"하하호호, 웃고 떠들어도 인생의 끝은 다 그런 거예요. 그리고 오래오래 행복하게 살았습니다가 어디 있어요? 행복하게 살았는지는 모르겠지만 결국은 죽었습니다지."

"동화책에서 말해준 대로만 하면 되는 거야. 왜 쓸데없는 비극을 심어줘?"

"비극이 왜 쓸데없어요? 행복은 쌓아 올려야 되는 거지만 비극은 앞뒤 안 가리고 끼어드는 거라고요."

"오늘 이 상황이 유미한테 스트레스가 될 거라고는 생각 안 해?"

내 말을 듣기는 한 건지. 내 논리적 설명은 그에게 씨알도 먹히지 않았다. 나는 분하고 억울하여 더 많은 말들을 쏟아냈다.

"오늘의 스트레스로 끝나는 얘기면 나도 그렇게까지는 안 해요. 인생을 가르쳐 준 거라고요, 난."

"누가 너한테 동화책 읽어주랬지, 인생을 가르치랬어?"

내 분노의 핀트가 엇나가고 있다는 걸 알고 있다. 하지만 정말 이 사람은 날 너무 열받게 하는 사람이야. 나는 그저 지고 싶지 않다는 생각에 떠벌떠벌 말했다.

"앞으로 저 애가 겪어야 될 인생의 무게를 사장님이 알아요? 미움받지 않기 위해서 해야 되는 숱한 노력을 다 알겠어요? 미치도록 인형의 집이 갖고 싶어도 어린이날 골라야 되는 건 그 가게에서 제일 싼 장난감이라고요. 새 가족에게 사랑받으려면 원하는 게 아니라 합리적인 걸 사야 된다고요. 내 투정을 다 받아줄 사람이 세상에 없으니까."

송주나 이모, 이모부의 말 한마디 한마디가 내 인생의 지표가 될 수밖에 없었던 내 삶의 방식을, 그 사랑받기 위한 숱한 노력들을 당신이 다 이해할 수 있을까.

"오늘 저 애를 행복하게 해주면 다 끝난 것 같죠? 오늘 행복했던 만큼 저 애는 내일 힘들어지는 거라고요."

거기까지 이야기했을 때는 내 눈에도 눈물이 맺혀 버렸다. 분하고 억울한 일에는 이렇게 눈이 뜨거워지는 것을 나도 어쩔 수가 없었다.

"수리 씨 왔으니까 난 가도 되죠?"

나는 402호의 문을 열며 말했다.

아틀리에에서는 수리 씨가 꼬맹이를 무릎 위에 앉혀놓고 동화책 〈강아지똥〉을 읽어주고 있었다. 402호에서 실컷 소리를 지르고 왔기 때문인지 수리 씨의 음성이 이전의 상황과 대조적이어서 감미롭게 들렸다. 수리 씨는 어제의 일이 신경 쓰이는지 간혹 걱정스런 얼굴을 보이면서도 그 여파가 꼬맹이에게까지 옮겨가지 않도록 노력하고 있었다. 수리 씨도 어렸을 때 나와 비슷한 상황이었다는 것 같은데, 과정이야 어쨌든 참 훌륭하게 성장했다는 생각이 들었다. 수리 씨는 동화책의 내용을 제대로 읽어주고 있었다. 〈강아지똥〉 책은 구멍이 뚫린 곳이 없는 모양이었다. 오릴 게 없었겠지. 똥은 예쁘지 않으니까.

주방테이블에는 완벽하게 복구된 아빠의 사진이 놓여 있었다. 결국 사과할 타이밍을 잡지 못하고 집으로 돌아가면서 잘렸던 사진을 감쪽같이 붙이듯, 내게도 어그러진 마음을 붙일 수 있는 기술이 있었으면 좋겠다는 생각을 했다. 하지만 내가 오늘 왜 그런 진상 짓을 했는지, 그 처음이 무엇이었는지 그는 영원히 모를 것이다.

☆   ☆   ☆

다음날은 2시 출근이라서 늦게까지 씻지 않은 채로 인터넷서핑을 할 수 있었다. 12시쯤 되었을까. 슬슬 출근 준비를 해야겠다고 생각하고 있을 때 누군가 현관문을 두드리는 소리가 들렸다. 밖으로 나가보니 퀵 배송기사가 커다란 박스를 들고 서 있었다. 큰 라면박스 두 개를 합쳐 놓은 것 같은 크기의 박스였다.

"박송아 씨 앞으로 배달 왔습니다."

기사는 내 요청대로 박스를 집 안으로 옮겨주고는 떠났다. 이게 뭐지? 생각하며 박스에 붙은 테이프를 떼어냈다. 박스 안에는 '미미의 집'이라고 쓰여 있는 또 다른 박스가 들어 있었다. 누가 보낸 것인지 확실하게 알 수 있는 선물이었다. 사람을 놀라게 하는 것도 재능이라는 생각이 들어 절로 피식 웃음이 나왔다. 내가 피터팬도 아니고, 이 나이에 인형의 집 갖고 뭘 하라는 건지.

인형의 집 박스 위에는 서류봉투 하나가 따로 놓여 있었다. 서류봉투 안에는 책이 한 권 들어 있는 것 같았다. 나는 서류봉투를 집어 들었다. 봉투의 앞면에는 여국대 사장이 직접 쓴 듯한 손글씨가 있었다.

─초딩 송아지에게.
조금 이른 어린이날 선물이야.
누구든, 앞으로의 인생에서 불행해질 것을 두려워하느라 오늘 충분히 행복할 기회를 놓치면 안 된다고 생각해.

다시 한 번 웃음이 났다. 그래, 당신의 말이 맞아. 알면서 그랬어. 그냥 심술이 났었어. 당신이 좋지만, 좋은 만큼 미워서. 내가 꼬일 대로 꼬인 사람이라서.

서류봉투를 열었다. 그 안에는 어제 수리 씨가 유미에게 읽어주었던 동화책이 들어 있었다. 〈강아지똥〉 동화책의 제목 위에 교묘하게 스티커를 붙여 이름을 바꾼 책—
〈송아지똥〉이었다.

☆   ☆   ☆

아틀리에로 가는 동안 많은 생각을 했다. 그가 정말 나를 좋아하는지도 모르겠다는 생각부터, 그가 나에게 큰 동정심을 느끼고 있을 것 같다는 생각까지. 별로 동정을 받고 싶은 생각은 없었는데 내 삐뚤어진 태도가 그의 무언가를 건드렸던 것이었다. 매번 병 주고 약 주는 그의 속마음은, 알 듯하면서도 도무지 알 길이 없다.

아틀리에엔 여국대 사장과 비룡 씨, 금메달 씨만 있었다. 수리 씨는 유미와 함께 전시회를 보러 갔다는 이야기를 들었다. 사진 사건 때문이었는지, 유미가 더 이상 아틀리에에서 말썽을 부리지 않도록 조치를 취한 것 같았다.

오전에 소화해야 하는 주문은 파티푸드 50인분과 컨퍼런스용 간식 40인분이었다. 포장에 힘이 들 만한 것은 없었지만 양이 많아 시간이 오래 걸렸다. 여국대 사장에게 말 한마디 건넬 틈도 없이 바쁘게 움직이다가 주문받은 도시락을 다 보내고 나서야 한숨 돌릴 틈이 생겼다. 곧 금메달 씨가 유미를 데리러 간다며 일어났는데, 웬일인지 비룡 씨도 함께 다녀오겠다며 따라 나갔다. 전날처럼 우리는 또 둘만 남았다.

"꼬맹이한테 전시회 보여주러 간 거래요?"

나는 아침에 받은 선물에 대해 말하지 못하고 심드렁한 말투로 그에게 물었다.

"예술가가 꿈이래. 콜라주 같은 거 하는."

아, 그래서 그렇게 가위질을 해댔구나. 꿈을 키우는 건 중요하지. 아빠 사진을 백설공주 종이인형 옆에 붙이는 상상을 하니 끔찍했지만.

"박송아는 꿈이 뭐냐?"

어떻게 인형의 집 이야기를 꺼낼까 생각하고 있을 때, 그가 뜬금없이 내게 물었다.

"꿈 없어요. 뭐, 내 이름으로 나오는 책 한 권이 있음 좋겠다, 생각한 적은 있지만."

나는 여전히 퉁명스런 투로 그에게 대답했다.

"그냥 책을 내고 싶은 거야? 소설가 되고 싶은 거 아니었어?"

되고 싶다고 다 되는 거면 열두 번도 더 됐지.

"누구나 소설은 쓸 수 있어요. 옆집 사는 순이한테도, 순이 엄마 들자한테도 인생의 소설이 있으니까. 아버지를 아버지라 부르지 못하는 길동이한테만 있는 게 아니니까요. 그래서 소설가는 로또 같은 거예요. 당선이 아니라 당첨이 돼야 한다고요. 내가 아무리 기가 막힌 글을 쓴다고 한들, 내 글을 심사하는 첫 번째 사람이 졸려 죽겠는 상황이면 그냥 끝인 거예요."

"눈에 확 뜨이는 글을 쓰면 되지, 뭐 그렇게 비관적이야?"

"박하맛 사탕 좋아해요?"

이번엔 나의 뜬금없는 질문에 그가 아무렇지 않게 대답했다.

"가리진 않지."

"저는 싫어요. 입이 매운 느낌, 코가 싸한 느낌. 제 글은 박하맛 사탕 같아서요, 싫어할 사람한테는 맛없는 글이거든요."

"아직 아무것도 되지도 않았는데 벌써 그렇게 경계를 만들 필요가 있나?"

"이래서 사장님같이 이미 이룬 사람들하고는 얘기하기 싫어요."

"내가 처음부터 뭐든 잘했을 거라고 생각하는 거야?"

그의 얼굴에서 흔연한 표정이 잠깐 스쳤다. 나는 그가 '뭐든' 잘할 거라고 한 번도 생각해 본 적이 없는데, 어디서 저런 천재병을 옮아온 건지.

"사장님은 언제부터 요리사가 되고 싶었어요?"

"그냥, 요리가 숙명이야."

"웃겨. 냄비 들고 국자 들고 태어났대요?"

흔들림 없이 한 길만 걸어가는 사람들은 내게 다른 세계의 이야기 같았다.

"내 음식을 먹어주는 사람들이 좋았어, 그냥."

"……슬픈 생각은 안 들어요?"

"웬 슬픈 생각?"

"요리라는 건 운명 자체가 비극이잖아요. 예쁘고 맛있을수록 더 빨리 사라지고."

그가 피식 웃다가 한숨을 쉬고는 말했다.
"누구도 너처럼 생각하는 사람은 없어."
"그런가?"
"그래. 오히려 만든 사람은 깨끗하게 비워진 접시에 보람을 느끼는 거라고."
그런가. 나도 어렸을 때부터 요리를 좀 할 줄 알았다면 조금은 더 의젓하게 생각하는 사람이 될 수 있었을까.
"왜 사장님은 하고많은 요식업 중에 도시락 사업을 하게 된 거예요?"
나는 또 다른 질문을 하고 있었다. 자꾸 그에 대해 궁금한 것이 생기는 마음은 어쩔 수가 없다.
"그냥."
"그냥?"
"도시락이라는 말, 예쁘지 않아?"
"도시락이라는 말이 예뻐서 도시락 사업을 시작했다고요?"
"넌 엄청나게 바보 같을 때가 있어. 돌돌이. 알아?"
그의 바보 같은 대답에 몇 번을 되묻다가 내가 오히려 바보라는 이야기를 들었다. 나는 영문 모를 돌돌이 공격을 참아야 했다. 그가 활짝 미소 지어 주었기 때문이다.
"예쁘다는 건 언제나 최고의 이유야."
결국 인형의 집 이야기는 하지도 못하고 둘만의 시간은 끝났다.

곧 금메달 씨가 끙끙거리는 유미를 안고 돌아왔기 때문이다. 유미의 안색이 좋지 않았다.

"애가 체한 건지 배탈이 난 건지 모르겠네. 배가 아프다는데 열도 좀 있는 것 같고."

"병원에 다녀오셨어요?"

"애가 병원을 싫어해서. 약은 사왔는데…… 여기까지 와서 이러니까 난감하네."

유미는 결국 배가 아프다며 울음을 터뜨렸다. 수리 씨나 금메달 씨가 아무리 달래도 소용없는 서러운 울음이었다.

"일단 약 먹이고 눕혀야겠어. 송아 씨, 나 좀 도와줄래요?"

유미에게 약을 먹인 금메달 씨는 유미를 안고 402호로 가며, 나에게 옷 갈아입히는 걸 도와달라고 말했다. 나는 금메달 씨를 따라 402호로 갔고, 곧 따라온 여국대 사장은 빔 프로젝터를 켜고 애니메이션 〈뽀롱뽀롱 뽀로로〉를 틀었다. 유미의 주의를 스크린으로 돌리려는 의도였겠지만 유미의 울음은 그치지 않았다.

옷을 다 갈아입히고 나가려는데 배를 쓰다듬어 줄 엄마가 없는 유미가 안됐다는 생각이 들었다. 나는 다시 유미 옆에 앉아 내가 어렸을 때 엄마가 내 배를 쓰다듬었던 방식으로 유미의 배를 쓰다듬으며 오래된 노래를 불렀다.

"유미 배는 똥배, 아줌마 손은 약손, 유미 배는 똥배, 아줌마 손은 약손……."

내 손길이 좋았던 건지, 울다 지친 건지, 서럽게 목 놓아 울던 유미의 울음이 아주 서서히 잦아들었다. 그러나 내 손이 유미의 배에서 조금이라도 떨어지면 유미는 다시 징징거렸다. 결국 우리를 지켜보던 여국대 사장과 금메달 씨도 오후 주문 때문에 아틀리에로 돌아갔고, 나 혼자 남아 유미를 돌보는 처지가 되었다. 뽀로로의 사연이 두 개 지나도록 나는 계속 유미의 배를 쓰다듬어 주어야 했다. 다시 뽀로로의 주제곡이 흐를 때쯤, 끙끙거리는 소리를 거의 내지 않게 된 유미가 애기 소리로 내게 물었다.

"아줌마는 왜 아빠 사진만 가지고 다녀?"

"아빠는 본 적 없지만, 엄마랑은 오랫동안 같이 살았었거든."

"지금은 없다며."

"하지만 사진을 가지고 다니면 사진만 기억하게 될 것 같아서."

여섯 살짜리 꼬마가 이해하기 어려울 말을 했는데, 어찌 된 일인지 유미는 반문을 하지 않고 고개를 끄덕였다.

사실 이건 두 번째 이유였다. 엄마 사진을 가지고 다니지 않는 첫 번째 이유는, 스물아홉이나 되었지만 여전히 엄마 사진을 보면 금방 눈물을 떨굴 것 같은 나를 다스리기 위해서였다.

엄마는 나와 닮지 않았다. 키도 크고 팔다리도 길쭉하고 늘씬한 사람이었다. 항상 예쁘게 웃고, 사람들과 빨리 친해지며, 누구에게나 사랑받는 사람이었다. 헤어지기 전의 모습들이 전부 아름답기만 한 것이라서, 엄마가 돌아가신 후에는 원망스러울 정도로 아픔밖에 남지 않았다.

한참 유미의 배를 문지르며 다른 생각에 빠져 있었다. 현실로 돌아왔을 때는 잠든 유미의 얼굴을 확인할 수 있었다. 내가 떠날 거라 생각했는지 한 손으로 내 윗옷을 잡고 쌔근쌔근 자는 모습이 천사 같아 나도 모르게 유미의 얼굴을 쓰다듬었다.

꼬마들은 너무 쉽게 정을 준다. 불퉁스레 동화책을 읽어주던 아줌마를 단 몇 분의 손길로 이렇게 의지해 버리다니.

나는 유미를 좀 더 쓰다듬다가 빔 프로젝터를 끄려고 리모컨 스위치를 눌렀다. 그리고 연결된 USB 안에, '어린이'라는 폴더 외에 '박송아'라는 폴더도 있다는 것을 확인할 수 있었다. 여국대 사장이 만들어놓은 모양이었다. 두근거리는 마음으로 폴더를 열었다. 애니메이션 〈강아지똥〉과 〈천방지축 하니〉, 그리고 맷 데이먼의 힐링 영화 〈굿 윌 헌팅〉이 들어 있었다.

피식피식 헛웃음이 났다. 삐뚤어진 나를 위한 동영상들인가? 도무지 종잡을 수 없는 여국대라는 사람의 마음을 따라가려 애쓰는 내가 우습기도 했다. 미안하다는 말도 하지 않는, 조금도 진지하지 않은, 가끔 친절하지만 대부분이 불친절한 남자. 그렇지만 이렇게 방심하고 있는 순간 나를 놀라게 하는 남자. 그는 딱 잘라 정의할 수가 없는 사람이었다.

유미의 옆에 앉아 〈굿 윌 헌팅〉을 재생시켰다. 영화를 보고 싶기도 했지만 아픈 유미를 혼자 둘 수 없었던 것이 더 큰 이유였다.

오랜만에 보는 〈굿 윌 헌팅〉은 역시 명작이었다. 영화가 거의 끝날 때쯤 유미가 잠에서 깨어났다. 유미는 깨어나자마자 어리광을 부리듯 내 품에 파고들었다. 저녁때 다시 울산으로 돌아간다고 들었는데, 울지나 않을까 걱정되었다.

유미는 내 손을 잡고 아틀리에로 돌아갔다. 이미 도시락이 거의 완성되어 포장만 남겨두고 있는 상태였다. 나는 금메달 씨에게 유미를 넘기고 도시락 포장을 도왔다.

도시락 배달을 끝내고 난 후, 유미와 작별인사를 해야 하는 시간이 되었다.

"내 결혼식 때 다 올 거지? 송아 씨도 꼭 와요."

수리 씨는 금메달 씨가 결혼식 얘기를 할 때마다 유미 몰래 금메달 씨의 귀에 대고 '도둑'이라며 장난스레 속삭였다. 나이 차이가 많이 나는, 어린 신부를 만난 모양이었다.

금메달 씨가 내 손을 몇 번 잡으며 느끼하고 요란하게 인사를 하는 동안 여국대 사장이 눈을 찡그리는 게 보였다. 내 전화번호를 적어간 유미는, 약간 시무룩해 보이는 표정이었지만 울거나 떼쓰지 않았다. 여국대 사장의 말처럼, 유미가 앞으로의 인생에서 불행해질 것을 두려워하지 않는 사람이 되길 바라면서, 유미에게 손을 흔들었다. 유미도 말없이 내게 손을 흔들어주었다.

유미와 금메달 씨에게 작별인사를 한 후 다 같이 뒷정리를 하는

데 비룡 씨가 제안했다.

"오늘 약속 없으면 오랜만에 밖에 나가서 한잔할까? 송아 씨 오고 나서 한 번도 외식 안 했잖아."

"그럼 은영이 데려와도 되나?"

수리 씨가 눈을 빛내며 말했다. 그러나 여국대 사장은 여태 찡그린 표정을 풀지 않고 있었다.

"나 배 아픈데."

그의 건장한 몸을 생각한다면, 절대 나올 만한 대답이 아니었다. 비룡 씨와 수리 씨도 여국대 사장의 말이 의외라는 듯이 그를 바라보았다.

"나도 아플 때는 아파. 한잔은 나중에 해."

놀란 얼굴로 여국대 사장을 보던 비룡 씨가 표정을 풀고 피식 웃었다. 수리 씨는 아쉽다는 듯이 툴툴대다가 밖으로 나가 버렸다. 여국대 사장은 정말 배가 아픈지 소파에 누워 버렸고, 비룡 씨는 그런 여국대 사장을 신경 쓰는 기색도 없이 먼저 간다며 일어났다. 늘 내게 '태워다 줄까' 하고 묻던 비룡 씨였는데 혼자 떠난 것이다.

나도 집으로 돌아가려고 앞치마를 벗는데 누워 있던 여국대 사장이 골골대는 목소리로 내게 말을 걸었다.

"나도 배 아프다. 여기 윗배가."

나는 그의 의도를 몰라 그를 빤히 바라보았다.

"유미만 사람이야? 나도 배를 좀 문질러 줘야겠다는 생각 안 드나?"

뭐라고? 키도 냉장고보다 큰 남자가 아프다고 과년한 처녀한테 배를 문지르라는 거야? 순간 나는 여국대 사장이 변태가 아닐까 심각하게 생각해야 했다.

"배 문지르는 건 배가 아픈 걸 낫게 하는 행위가 아니에요. 마음의 병을 낫게 하는 거지. 별로 과학적인 게 아니라고요."

"내가 배가 아픈 건지 마음이 아픈 건지 모르겠다고."

"평소에 못돼먹은 말들을 하니까 배앓이를 하는 거죠."

그는 내 말을 흘려듣더니 아예 내가 앉을 만한 스툴을 소파 바로 앞까지 끌어다 놓고 협박조의 눈짓을 했다. 아프다는 사람이 맞긴 한 건가?

"진짜 아프단 말이야. 대신 이번 주 독후감은 없는 걸로."

내게 딜을 하는 건가? 나는 협상에 능통한 사람인데. 나는 빈정거리며 비웃음을 지었다. 그 정도로는 어림도 없지.

"……다음 주까지 없는 걸로 하면 되잖아."

그가 드디어 내 시커먼 속을 읽어내고는 다음 주 독후감에서까지 나를 해방시켜 주었다. 나는 '콜'을 외치고는 그의 옆에 앉아 그의 윗배에 손을 올렸다. '콜'은 외쳤지만 외간 남자의 배를 쓰다듬는 행위는 남사스러운 것이 아닐 수 없어 긴장되었다.

"국대 배는 똥배, 송아 손은 약손, 국대 배는 똥배, 송아 손은 약

손……."

 그가 배에 힘을 주고 있지 않았는데도 그의 복근이 느껴졌다. 관리하는 사람이었구나. 대충 세 번 슥슥 문질러 주고 떠날 생각이었는데 그의 복근은 중독성이 있었다. 이런 우세스런 순간에 누가 갑자기 들어오기라도 하면 큰일인데.

 그는 내 손길이 좋은지, 유미처럼 눈을 감았다.

 "사장님은요, 놀부 같아요."

 "뭐?"

 "항상 먼저 제비 다리를 분질러 놓고 약상자를 갖다 주는 것 같다고요. 정말 화나게 해요."

 "그런 마음으로 배를 문지르면 안 되는 거 아니야? 이건 마음의 병을 낫게 하는 거라며."

 그의 농담이 친근하여 나는 드디어 인형의 집 이야기를 꺼낼 수 있었다.

 "인형의 집이요. 내가 말했다면 우리 이모가 안 사주실 분은 아니었어요. 살림은 힘들어지겠지만요. 말하지 않아서 몰랐던 거지, 내가 조금이라도 내색했다면 사주셨을 거예요."

 "……그래, 말하지 않으면 모르는 거지."

 "사랑받고 싶어서 못했어요. 이모나 이모부나 동생이나, 나한텐 다 절대적인 사람들이거든요. 이 사람들이 하라는 대로 살지 않으면 사랑받지 못할까 봐 그랬던 것 같아요, 옛날엔."

"동생한테 꼼짝 못하는 건 여전한 거 아니야?"

"지금은 부족하지 않게 살지만, 내가 송주네 집으로 갔을 때쯤엔 집안 형편이 안 좋았어요. 반에서 두 명만 공짜로 먹을 수 있는 사설 급식을 신청할 정도로요. 그런 상황에서도 이모는 나한테 싫은 소릴 한 번도 한 적 없어요. 송주야 어렸으니까 엄마 사랑을 뺏긴 것 같아서 질투했겠지만. 아무튼 많이 힘드셨을 거예요. 이모한테는 은혜를 평생 갚아도 모자라요. 그러니 송주도 마찬가지고요."

"박송아를 꼼짝 못하게 하려면 은혜를 베풀면 되는 거야?"

"제비 다릴 분지르고 은혜를 베푸는 건 놀부고요."

"놀부 얘기를 할 때마다 자꾸 내 배를 누르는 것 같다? 나 진짜 아프다고."

"사장님은 어떤 간지러운 마사지를 받았었는지 모르겠지만, 우리 엄만 이렇게 했다고요."

"없었어."

"네?"

"이런 건 한 번도 없었다고. 지금이 처음이니까 제대로 해줘."

"그래도 사장님이 기억도 나지 않는 어린 시절엔 있었을걸요."

"어머니는 날 만지고 쓰다듬고 그런 분이 아니고, 부모님이랑 같이 살았던 기억도 별로 없어."

그가 사랑만 받고 살아온 고집쟁이라고 생각했는데, 그의 말은 의외였다.

"첫 번째 이유는 내가 아버지 아들인지 계속 의심받았었다는 거고, 두 번째 이유는 내가 아무 말도 안 통하는 구제불능 꼬마였다는 거. 유미하고는 비교도 안 되게 말이야. 아무튼 절에도 맡겨졌다가 생판 모르는 사람한테도 맡겨지고 그랬어."

나는 더 이상 그에게 물어볼 수 없었지만, 그는 계속 말을 이었다. 내가 그에게 한 것처럼, 나에게 모두 털어놓겠다는 듯.

"아버지는 오래전부터 우리랑 살고 있지 않았었어. 어머니는 내가 아버지 친자라는 게 입증만 되면 아버지가 돌아올 거라고 믿고 있었던 것 같지만."

그에게도 그런 어린 시절이 있었구나. 그래서 그가 나에게 동정심을 느꼈던 걸까.

"친자 확인을 하고 난 다음엔, 무슨 마가 끼었다는 얘기를 듣고 어머니는 날 데리고 몇 번이나 굿을 하셨어. 그 이후로도 어머니는 나하고 닿는 걸 많이 꺼려하셔서 여전히 모자 사이가 뻣뻣한 거야. 좀 유치한 금기 때문이었어. 지금도 그걸 믿고 계시는 것 같아서 안타깝고. 불쌍한 분이야."

그가 덤덤하게 이야기하는 진실이 충격적인 것이어서 나는 아무 말도 하지 못하고 그의 배 위에 손을 올린 채로 가만히 있을 수밖에 없었다.

"옛날에는 생각했었어. 나는 왜 아버지를 닮지 않았을까. 어머니도 그러셨어. 넌 도대체 누굴 닮은 거니. 그래서 내가 괴물처럼 보였을 때가 있었어. 어머니가 날 만지는 걸 꺼려하는 것처럼 내가 누굴 만지는 것도 싫었어, 그땐. 그래서 더 구제불능이었고."

여국대 사장은 그 말을 끝으로 한동안 눈을 감고 가만히 있었다.

예전에, 신춘문예 원고를 잘못 접수한 그에게 화를 내며 '나는 내가 뭘 해도 예쁘지 않다'는 얘기를 한 적이 있었다. 그 후, 그는 그때의 나에게서 인간적인 면모를 보았다고 털어놓기도 했다. 그때 그도 지금의 내 기분과 같았을까.

아프지 않은 사람이 어디 있을까.

간혹 내 상처가 너무 깊어 다른 사람들을 돌보지 못할 때가 있다. 항상 나만 아프고 나만 외롭다고 생각했다. 언제나 '나보다 더 힘든 사람이 얼마나 있었겠어'라는 이기적인 생각으로 사람들을 대하고, 그래서 나는 누군가를 잘 위로해 줄 줄도 모른다.

내 상처 난 손으로 당신을 쓰다듬는 게 당신에게 위로가 될 수 있을까.

"It's not your fault(당신 탓이 아니에요)."

402호에서 본 영화 〈굿 윌 헌팅〉의 명대사, 명장면을 그대로 가져다 썼다. 눈을 감은 그가 피식 옅은 웃음을 내뱉고는 작게 말했다.

"……알아."

"It's not your fault."

"알아, 알아."

"It's not your fault."

"안다고, 그만해. 하나도 안 웃겨."

안다는 그의 말이 왠지 체념처럼 느껴져 조금 안타까웠다. 당신은 더 사랑받아야 마땅할 사람인데.

"It's. not. your. fault."

"너 한 번만 더 하면."

"It's not your fault."

그의 말이 끝나기도 전에 내가 또 말했다. 그는 감았던 눈을 뜨고 나를 똑바로 바라보았다. 나는 내 위로가 장난처럼 느껴지지 않도록 영화 흉내는 그만 내야겠다는 생각이 들어 말없이 그의 이마에 손을 뻗어 쓰다듬었다.

그때 그가 입을 열었다.

"네 탓도 아니야."

소파에 누워 있던 그가 상체를 일으키며 한 손으로 내 뒷목을 잡아 끌어당겼다. 턱을 들어 나와 얼굴을 마주하는 그의 행동이 부드러우면서도 빨랐다. 곧 그의 입술이 닫혀 있는 내 입술로 다가와 내 입술을 조심스럽게 훑었다. 이게 뭐지? 이게 뭐야! 이건 아니잖아! 내가 그를 힘껏 밀었을 때 그의 입술도 나와 잠깐 멀어졌다. 배 아프다며! 깜짝 놀라 그를 보는 나와는 다르게, 그는 빛나는 눈으로 침착하게 나를 보고 있었다. 그런 눈으로 보지 말란 말이야. 이건 아니라고 말할 수가 없잖아.

그가 내 팔목을 세게 잡았다.

도망가지 마, 라고, 이제는 날 막을 수 없어, 라고, 그의 눈이 말하고 있었다.

그는 내 눈에 주문을 걸듯 지그시 보다가 다시 내게 다가왔다. 그의 한쪽 손이 내 뒷목을 지나 내 머리를 가볍게 쥐었다. 그는 나와 입술이 닿기 바로 전에 눈을 감았다. 그의 키스는 좀 전보다 더 강렬했고 자극적이어서 나는 머리 뒤쪽까지 저려오는 것을 느꼈다.

곧 저항하던 힘이 빠지며, 내 입술이 열렸다. 나는 그를 피할 수 없었다.

29년 모태솔로 인생이었던 내게 여국대라는 남자가 들어왔다. 나는 오래전부터 이 사람을 좋아했고, 이 사람의 마음을 좀처럼 알 수 없어 내내 속앓이를 했었다. 크리스마스의 키스 때 그는, 장난을 진심으로 받아들인 나를 무시했었다. 그리고 그 후 내가 입원했을 때, 병원의 괴한이 그였으면 하고 생각해 본 적도 있었다. 하지만 그는 여태껏 병원 사건에 대해 진실도, 변명도 들려주지 않았다. 그가 날 좋아하는 걸까 생각하다가도 수리 씨가 착각하지 말라고 했던 것이 떠올라 함부로 단정 짓지 못했다. 오해가 생길 때마다 내가 연애 감정에 서툴기 때문에 벌어질 수 있는 해프닝을 속단하지 말자고 스스로에게 말했다. 그런데 결국 이렇게, 눈물 나게 놀랄 일이 벌어지고 말았다. 사귀지도 않는 남자하고 진한 키스를 하다니.

덕희의 성교육 시간에 들었던 대로, 역시 남자는 마음보다 몸이 빠른 짐승인 건가?

"말했잖아, 내가."

그가 무표정으로 말했다.

"날 유혹하지 말라고."

전적으로 내 잘못이라는 건가?

"……며칠 전에 한 얘기잖아요."

"네가 재미 삼아 던진 돌에 순진한 총각 개구리가 맞아 병에 걸리는 수가 있다고."

"총각이……."

'총각이라니!' 라는 비매너 발언이 나올 뻔했다. 재빨리 입을 다물고 그의 얼굴을 살폈다. 그는 어떤 표정 반응도 보이지 않았다. 다행이라고 생각하고 있을 때 그가 입을 열었다.

"내 탓이 아니라고 네가 말했어."

그는 말을 마치고 자리에서 일어났다. 자기 탓이 아니라니. 분위기에 휩쓸려서 어쩔 수 없이 키스했다는 말인가? 왜 항상 이 사람은 이런 식이지? 이게 이렇게 끝나고 말 일이야?

내 마음의 소리를 들은 걸까? 내게서 떠날 줄 알았던 그가 다시 내 앞에 얼굴을 보이며 앉았다.

"직문직답이야. 뭔지 알지? 내가 물어보면 생각하지 말고 바로 대답해. 알겠어?"

대답을 하지 않으니, 그가 다시 한 번 물었다.

"알겠냐고."

"……그래요."

내가 대답을 하자마자 그가 아주 빠르게 말했다.

"박하사탕 좋아해?"

"……싫어요."

"느끼한 남자는 좋아해?"

"싫어요."

"딸기 셔벗은 좋아해?"

"좋죠."

"쿠키치즈고로케는?"

"좋죠."

"여기 아틀리에는 좋아해?"

"조, 좋아요."

그의 말이 내 생각의 속도보다 빨라 적잖이 당황할 수밖에 없었다.

"유미는 좋아?"

"좋죠."

"은영 씨는 좋아?"

"좋죠."

"내가 좋아?"

"좋죠."

아뿔싸. 실수를 하고 말았다. '글쎄요'라고 답해야 할 질문에 이런 식으로 긍정을 유도해 내다니. 이게 그가 여자를 꾀어내는 방법인 걸까. 정말 약은 남자라고 생각하고 있을 때, 그는 쉬지 않고 말했다.

"그럼 사귀지."

"싫어요."

아뿔싸. 뭐라고? 그가 나에게 사귀자는 말을 했다. 그런데 이번엔 너무 신경을 쓴 나머지 '싫어요'를 하고 만 것이다. 한 번만 더 물어봐 주면 안 되나? 생각해 본다고 말하게 해주면 안 되나? 당황하여 멍하게 그를 보았다. 그는 두 번 묻지도 않았다. 나보다 더 망연자실한 표정으로 나를 보고 있을 뿐이었다. 상처받은 남자의 얼굴이었다.

"내가 그렇게 싫어?"

그는 곧 비틀비틀 움직여 내 곁을 떠났다. 그렇게 싫으면 좀 전에 키스는 왜 했겠냐! 내가 그렇게 쉬운 여자로 보이냐? 멍청이 여국대 사장에게 고래고래 소리를 지르고 싶었지만, 내가 상황을 다 깨닫기도 전에 그는 사라져 버렸다. 오피스텔 복도에도, 402호에도 그의 모습은 보이지 않았다.

혼자 터덜터덜 집으로 가면서, 계속 한숨이 나왔다. 지금 이 순간이 아니면 평생 받을 수 없을지도 모를 고백이었는데, 그 천금의 기회를 어이없이 날려 버렸다. 어떻게 다시 이런 상황을 만들어볼 수 있을까. 귀지라도 파준다고 해서 내 앞에 다시 누여야 하나?

아쉬운 마음을 달래고자 오늘 일어난 일들을 하나하나 정리해 보다가 좀 전의 말실수가 떠올랐다.

'총각이라니!' 라고 할 뻔했던 것이다. 아니, 말의 끝을 맺지 않았지만 그는 내가 할 말을 모두 짐작했을 수도 있다. 이혼남이라는 약점 때문에 내게 조심스러운 걸까. 이제 그러한 그의 과거는 내게 어떤 장애도 되지 않는데. 이모나 송주는 불같이 화를 내겠지만.

아주 짧고 짧은, 작고 작은 말들이 오가면서 오해를 만들었다. 당장에라도 전화해서 오해가 있다면 풀어달라고 하고 싶었지만, 용기가 나지 않았다. 이렇게나 용기가 없는 내가, 좀 전의 키스는 어떻게 할 수 있었을까 생각이 들 정도였다.

다음번에 사귀자고 하면, 실수하지 말고 '그럽시다' 라고 해야지. 그런 기회가 다시 올는지 모르겠지만. 그런 순간을 다시 맞이할 수 있도록 그의 옆에 더 붙어 있어야겠다 생각하는 수밖에 없었다.

집에 도착한 지 한 시간쯤 지났을 때, 경주에게서 문자가 왔다.

[오늘 잠깐 만날 수 있어? 꼭 해야 되는 얘기가 있어.]

지난번 경주네 회사 앞에서 경주에게 화를 낸 후 첫 연락이었다. 꼭 해야 되는 이야기도 듣고 싶지 않을 만큼 괴로웠기 때문에 경주의 연락을 무시하고 바닥에 드러누웠다. 인형의 집 옆에 놓인 동화책 〈송아지똥〉의 똥 그림이 '그래, 넌 역시 똥이야' 라고 하며 나에게 면박을 주는 것 같았다.
　곧 다시 핸드폰 진동이 울렸다. 정신이 산만하여 짜증을 내려는데 핸드폰 액정에 뜬 이름은 경주가 아니라 금메달 씨였다.
　"여보세요."
　[아, 송아 씨, 나 금메달이에요. 집에는 갔어요?]
　"아, 네……."
　[우리 유미가 송아 씨랑 통화하고 싶다고 너무 보채서 전화했어요. 미안해요.]
　"아니에요. 괜찮아요."
　몇 시간 전에 헤어진 유미는 금세 내가 그리워진 모양이었다. 아이들은 헤어짐이 익숙지 않다. 나도 그래서 많이 힘들었었는데. 유미에게는 내 코를 시큰하게 하는 무언가가 있었다.
　[아줌마…….]
　핸드폰을 통해 들려오는 유미의 목소리는 힘이 없었다. 곧 울음을 터뜨릴 것만 같았다.
　"응, 유미야. 집에 도착했어?"
　[응, 그런데…… 아줌마 보고 싶어.]
　"그래, 다음번엔 아줌마가 유미 보러 갈게."
　[아줌마랑 우리 아빠랑 결혼했으면 좋겠어.]
　유미의 당돌한 상상과 함께 핸드폰 안에서 '유미야!' 하는, 당황한 금메달 씨의 목소리가 들렸다. 곧 유미의 전화를 금메달 씨가 이어받았다. 유미는 전화기를 빼앗기고 소리를 지르는 것 같았다.

[송아 씨, 미안해요! 우리 유미가 좀 철이 없어서. 처녀 혼삿길 막을 뻔했네.]

"아니에요. 애긴데 그럴 수도 있죠."

조금 놀랐지만 잠깐 마음의 여유를 가지게 되어 오히려 유쾌했다.

금메달 씨가 사과한 후 다시 유미와 짧은 대화를 나누었고, 통화를 끊는 김에 전화기를 건네받은 금메달 씨와 또 잠깐 이야기를 나누었다.

[……국대한테 얘기를 많이 들어서 송아 씨 궁금했는데, 바빠서 말 나눌 새도 없었네요.]

그는 나에 대해 무슨 얘기를 했을까. 그가 했다는 말이 궁금했지만 마음을 숨기고 금메달 씨에게 다른 질문을 했다.

"결혼하시는 분은 어떻게 만나셨어요?"

[선을 봤어요. 유미한테 엄마가 있었으면 좋겠다 하는, 시커먼 마음으로 나간 거였어요.]

"아……."

[그런데 알고 보니 나처럼 결혼도 해보고 애도 딸린 사람이 아니라, 여태 미혼인 사람이더라고요. 나 같은 사람은 그러면 좀 부담스럽거든요.]

도망가지 마 45

"부담스러우셨어요?"

[좀 그래요. 괜히 여자가 나중에 후회하면 어쩌나 생각되기도 하고.]

금메달 씨의 진솔한 이야기에 또 여국대 사장이 생각났다. 그도 그런 생각을 하여 내게 고백하고는 그렇게 재빨리 사라져 버린 걸까.

[그런데 그 사람이 먼저 다가와 주더라고요. 그렇게 용기 내주지 않았으면 청혼은 꿈도 못 꾸고 있었을 거예요.]

"여자분이 먼저 고백하신 거예요? 우와, 대단해요."

[고맙죠. 아무래도 약점이 있는 사람은 먼저 다가가기 조심스럽거든요.]

계속 금메달 씨의 말에 여국대 사장을 겹쳐 보게 되었다. 어쩌면, 나는 하나도 노력하지 않고 그에게 다가오라고 재촉하고 있던 것은 아니었을까.

[송아 씨한테도 그 사람 소개해 줄게요. 그 사람도 진짜 동안이에요. 결혼식 때 꼭 같이 와요.]

금메달 씨는 흐뭇하게 인사하고는 전화를 끊었다.

절로 탄식이 나왔다. 금메달 씨와의 통화는, 내가 놓친 것이 무엇이었을까를 생각하게 해주었다. 그간의 내가 얼마나 어리석었는지, 연애 세포가 부족하다는 핑계로 얼마나 수동적으로 움직여 왔는지를 깨달을 수 있었다. 오해가 있으면 오해가 있는 대로, 미심쩍으면

미심쩍은 대로 모든 것을 미해결 과제로 남겨놓고 어영부영 시간이 흐르게 했다. 나는 용기가 부족한 사람이었다.

"내가 좋아? 그럼 사귀지."

어쩌면 좋아한다는 말의 다른 표현이었던, 많고 무수한 말도, 격렬한 입맞춤도 바보같이 넘겨 버린 내게, 그는 마지막 용기를 내어 쿨한 척, 아무것도 아닌 척 제안해 본 것일 수도 있었다.
 자리에서 일어나 문을 박차고 나왔다. 그에게서 확인하고 싶은 게 있었다. 그리고 오래전부터 하고 싶었던 말이 있었다. 뭐가 됐든 일단 다시 부딪쳐 보아야 한다. 오늘은 다시 돌아오지 않는다.
 내가 조금도 다가가지 않고 그가 다가오기만을 바란다면, 나는 '밥—영화—차 한 잔' 정통코스의 저주처럼 또다시 일생일대의 기회를 날려 버리게 될 것이다. 인생은 타이밍이니까. 그리고 사랑은 용기니까, 이젠 내가 다가갈 차례였다.
 하지만 내 걸음은 문 앞에서 기다리고 있었던 경주를 보고 멈춰 서고 말았다.
 "집에 있었어? 연락도 안 되고 해서 찾아왔어."
 "아, 미안해. 바빴어, 좀."
 경주에게 짧게 말하고 비켜가려는데 경주가 나를 막았다.
 "어디 가려고. 그 사람한테?"

얘기가 길어질 것 같은 불안감이 스쳤다.

"이제 딱 알겠어, 그 사람한테 갈 때 네 표정이 어떤지. 그 사람, 결혼한 적 있었던 건 알아?"

"네가 그걸 어떻게 알아?"

"좀 조사해 봤어."

"어떻게 그럴 수가 있어?"

"그런 사람이어도 좋다는 거야?"

"그건 네가 간섭할 문제가 아니잖아."

"송주나 이모님도 그렇게 생각하실 것 같아?"

"그것도 네가 걱정할 게 아니야."

"넌 그걸 알았으면서 그렇게 그 사람이 좋기만 한 거야? 내가 왜 그 사람을 이길 수 없는지 모르겠어."

화를 내는 경주가 한없이 어려 보였다. 내가 그 사람을 선택한 게 경주에게는 패나 상처가 된 모양이었다.

"이건 이기고 지는 게임이 아니야. 나 갈게. 나중에 얘기하자."

"송주한테 다 얘기할 거야."

경주는 등을 돌린 나에게 말했다. 어처구니가 없어 헛웃음이 나왔다.

"뭐?"

"널 위해서야. 넌 그런 사람 만나면 안 돼."

"너 좀 치사해."

"말했잖아. 원하는 걸 이루기 위해선 치사해질 수도 있는 거야."

지금까지 보았던 경주의 모습과는 다른 것이어서 뒤통수를 맞은 느낌이었다.

"그래도 갈 거야?"

사실 조금 흔들렸다. 내가 정말 무언가를 내 힘으로 직접 시작할 수 있을까 겁이 나기도 했다. 하지만 경주가 폭로할 진실이 두렵다고 해서, 내 용기마저 두려운 것으로 만들어 도망가 버리면 안 된다는 생각이 들었다.

☆   ☆   ☆

지금까지 아틀리에를 향해 몇 번이나 뛰었을까.

그곳을 향해 뛰어가는 동안 숨이 턱 끝까지 차는 것도 이젠 익숙하다. 하지만 고백도 하기 전에 기운이 빠져 버리면 안 되는데. 그를 생각하는 것만으로도 자꾸 가슴이 뜨거워진다.

한편에서는 경주의 목소리가 여전히 나를 괴롭히고 있었다.

"부탁 하나만 들어줘. 내일 휴가 내고 나랑 어디 좀 다녀오자. 그럼 정말 여국대 사장에 대해선 아무한테도 말 안 할게."

경주의 옹졸함에 화가 났지만, 나의 우유부단한 행동이 여러 사람에게 준 상처를 인정해야 했다. 내가 여국대 사장에 대한 마음을 정리한다는 핑계로 경주에게 헛된 희망을 주지 않았더라면 이러한 일도 벌어지지 않았을 것이다. 나를 보호하기 위해서 선택한 일에 책임이 따르는 것이라고 생각하기로 했다. 지금의 내 마음은, 이것으로 인해 벌어질 모든 사건의 책임을 짊어질 수 있을 만큼 간절한 것이었다.

너무 급하게 나오는 바람에 핸드폰도 가져오지 않았다. 그가 아틀리에나 402호에 없다면 그냥 밤새 그를 기다리는 수밖에 없었다.

두근거리는 마음으로 아틀리에의 문을 열었지만, 역시 아무도 없었다. 제발, 제발, 여기 있어줘, 간절히 생각하며 402호의 문을 열었다.

"일찍 오네."

다행히 위층에서 그의 목소리가 들렸다. 그는 나를 수리 씨라고 생각하고 있는 모양이었다.

"저예요."

쾅, 하고 그가 침대에서 떨어지는 듯한 소리가 들렸다.

"뭐야, 너! 야밤에 불쑥불쑥 찾아오고."

침대에서 떨어진 것이라면 꽤 아플 텐데. 그의 당황한 목소리에 다른 엄살은 없었다.

"나 할 말 있는데."

"잠깐만. 옷 갈아입고 내려갈게."

그가 재빨리 움직이는 소리가 났다. 나는 붉어진 얼굴을 들킬까 부끄러워 먼저 말을 시작해 버렸다.

"그냥 거기서 들어요. 안 내려와도 돼요. 내일 경주랑 어디 좀 갔다 와야 돼요. 휴가 좀 주세요."

"……그것 때문에 온 거야? 안 돼. 내일 바빠."

그의 목소리는 금세 퉁명스러워졌다.

"저 사장님 좋아해요. 그러니까, 이성으로 좋아한다고요. 그러니."

쾅, 내가 말을 다 마치기도 전에 또 그가 무언가와 부딪히는 소리가 들렸다. 도대체 뭘 하고 있는 건지.

"괜찮아요?"

"괜찮아…… 더 얘기해도 돼……."

"그러니까 사장님하고 사귀어줄게요. ……아직 유효한 거예요?"

이번에는 여국대 사장의 사레들린 듯한 기침 소리가 들렸다.

"싫어요?"

그가 위층에서 내 쪽으로 빼꼼히 얼굴을 내밀었다. 갑작스런 고백으로 그도 당황한 것 같았다.

"싫을 리가 있어?"

"오케이 맞죠?"

"당연하잖아!"

그의 얼굴은 빨개져 있었다. 다급하고도 애절해 보이는, 그런 얼굴은 처음이었다. 다행이야, 나만 좋아한 게 아니라서. 나는 말을 다 마치기 위해 더 용기를 내 말을 이었다.

"사장님이 날 만나기 전에 이혼남이였든 개망나니였든 상관 안 할 거예요. 그러니까 사장님도 나한테 옛날 여자들 얘기 절대 하지 마세요. 하나도 안 궁금하니까. 내 친구들한테도 하지 말고 내 동생한테도 하지 말고 우리 이모한테도 하면 안 돼요. 알겠어요?"

진심이었다. 물론 그의 과거가 궁금할 때도 있었다. 하지만 이제 믿을 거야. 그가 예전에 오롯이 내 행복을 응원했었던 것처럼 나도 그를 행복하고 편안하게 해주고 싶어.

"그 얘기 하면 우리 못 만날 수도 있는 거예요. 알겠어요?"

옷을 다 갖춰 입은 그가 계단으로 천천히 내려왔다. 그는 많이 놀란 것 같았다.

"그러니까 사장님도 사귀기 전에 내 부탁 하나만 들어줘요. 내일 경주랑 어디 좀 갔다 올게요. 휴가 좀 주세요."

"뭐?"

이 말에는 여전히 불편한 심기를 보이는 여국대 사장이 자꾸 흐릿하게 보였다. 너무 큰 에너지를 쏟아서 말을 한 탓에, 금방 눈물이 맺혀 버렸다. 그가 내게 고백했을 때도 이랬던 걸까.

"날 믿으라고요. 이게 내가 사장님을 지키는 방법이에요."

정신이 혼미해지고 있었다. 세상에. 내가 이런 말을 하다니. 내가 이런 말도 할 수 있는 사람이라니!
"진짜 못됐어, 넌."
난감한 표정을 짓던 그가 눈을 빛내며 나에게 가까이 왔다. 그의 눈도 나처럼 젖어 있었다.
"네가 그렇게 얘길 하면 내가 어떻게 할 수가 없잖아."
그가 내 팔을 당겨 나를 세게 끌어안았다. 다리에 힘이 풀릴 것 같았지만 그가 나를 지탱해 주었다.

14. 처음, 그다음

다음날 아침, 경주보다 먼저 집 앞에 도착한 사람은 여국대 사장이었다. 그는 내게 대뜸 묵직한 종이가방을 내밀었다.

"이게 뭐예요?"

"도시락. 둘이 밖에서 뭐 사 먹지 말고 이거 먹어."

나는 그가 내민 종이가방을 받고 멀뚱하니 서 있다가 그에게 말했다.

"혹시 치사하게 밥에다 콩 박아서 글씨 만들어놓은 건 아니죠? 주경주, 죽여 버리겠어, 이런 거."

"그럴걸 그랬네."

그리고 잠시 생각에 잠긴 듯 미간을 찌푸리던 그는 심술이 가득한 얼굴로 내 양 볼을 잡아당겼다.

"아아, 아파요!"

"내가 쿨한 척하고 있긴 하지만, 이건 정말 너무한 거 아니야?"

"이게 뭐가 쿨하다는 거예요!"

그는 잠시 후 내 볼을 잡았던 손을 놓고 내 머리를 마구 흩뜨렸다.

"조심해서 갔다 와. 길 조심, 사람 조심. 특히 남자를 조심하라고. 남자는 다 도둑놈이야, 알았어?"

경주를 조심하라는 말을 남자를 조심하라는 말로 교묘히 비튼 그가 우스웠다. 이제껏 송주에게나 들었던 말을 그에게서 듣게 되니 팔에 소름이 돋아서 어깨가 움츠러들었다.

"따뜻하게 입고 가."

그는 주문량이 많다며 마지막 인사를 하고 떠났다.

그가 떠난 지 얼마 되지 않아 경주가 도착했다. 둘이 마주쳤더라면 불꽃이 튀었을지도 모른다고 생각하니 새삼 또 타이밍에 감사하게 되었다. 어제와 오늘 모두 기막힌 타이밍이었다. 그중 많은 것을 내 스스로 만들어냈다는 사실에 뿌듯하여 계속 미소가 생겼다.

"잘돼가고 있나봐?"

운전을 하던 경주가 쓸쓸한 미소를 지으며 물었다. 날 보는 경주의 마음이 어떨지는 생각하지도 못했다.

"아…… 미안, 잠깐 딴생각하고 있었어."

"그건 뭐야?"

경주는 내가 옆에 내려놓은 종이가방을 힐끗 보고 물었다.

"사장님이 점심 사 먹지 말고 이거 먹으라고 줬어."

경주는 놀란 듯 눈을 동그랗게 뜨고 보다가 허무하게 한숨을 쉬었다.

"이미 둘이 많이 진척된 거였구나. 하아…… 난 내가 들어갈 틈이 있다고 생각했어. 그동안 내가 착각해도 한참 착각한 거였네."

경주의 말에 당황하여 목소리 톤이 조금 높아져 버렸다.

"아냐. 어제 고백했어, 내가."

순간 경주가 당황한 듯 핸들을 살짝 꺾는 바람에 나는 잠시 몸이 옆으로 쏠렸다.

"넌 내가 20년 걸리도록 못한 걸 하루 만에 해치운 거야?"

그리고 경주는 혼잣말하듯 작게 말했다.

"열받아, 정말."

경주의 말에는 한탄과 원망이 녹아 있었다.

"연애도 안 해봤다고. 들어온 소개팅이고 고백이고 할 것 없이 다 잘라 버렸단 말이야."

"정말?"

경주도 모태솔로라니. 그래서 지금까지 이렇게 감정 표현이 서툴렀던 것이었을까. 경주는 귀까지 빨개질 정도로 흥분하며 말을 이었다.

"그래. 다른 여자는 만나고 싶지도 않은 걸 어떻게 해. 뭘 하더라도 널 만나고 나서 결정하고 싶었어."

나는 경주의 말을 진지하게 들어줄 용기가 없어 미소를 띠고 침착하게 말했다.

"그럼 이제 봉인이 풀린 거야."

"이렇게 순수한 나보다, 그렇게 닳고 닳은 남자가 더 좋다는 거야?"

품, 나도 모르게 웃음이 터져 버렸다. 이제 여국대 사장의 약점은 내게 아무것도 아니었다.

"웃자고 한 얘기 아니야. 정말 진지하다고."

경주의 새로운 모습을 보았다. 상사와 부하직원으로 만나서인지, 경주는 여태껏 제 나이보다 더 어른스런 태도와 말로 일관했었다. 그 태도에 꾸밈이 많았다는 것도, 뜻대로 안 되면 협박을 할 만큼 치사한 아이라는 것도 요 근래에 알게 된 사실이었다. 실은 포커페이스를 유지하던 어른스런 경주보다, 치사하지만 얼굴에 모든 것이 드러나는 지금의 경주가 훨씬 더 편하고 좋았다.

"법적 이혼남은 아닐 거야. 무슨 속사정인지 모르겠지만, 혼인신고를 하기 전에 깨졌나 봐."

"그런 것까지 알아본 거야? 너무했어."

"언젠가 너도 알게 될 거야. 사랑에 빠진 사람들이 얼마나 치졸해질 수 있는지 말이야. 아무튼 나중에 꼭 직접 물어봐."

"아니, 안 궁금해."

실은 좀 더 물어보고 싶은 마음이 꿈틀거렸다. 어쩌면 그의 사랑에 의심이 생기는 미래의 어느 날, 경주에게 달려가 그에 대해 속속들이 물어볼지도 모르겠다. 그러나 지금은 아니다. 어제 그를 만나기 위해 아틀리에까지 달려가며, 모든 것을 알고 감싸주는 것이 나을까, 모른 채로 덮어두는 것이 나을까 생각했었다. 그리고 내 사랑의 그릇이 크지 못하다는 것을 인정해야 했다. 그의 옛사랑에 대해 알려고 노력해 봤자 결국은 내 마음이 불편해지기만 할 것이라는 걸 나는 계산해 두었다.

"그래도 참 대단해. 대인배였구나, 너희 사장님. 나 같으면 고백받은 다음날 다른 남자랑 여행 같은 건 절대 못 가게 할 텐데 말이야."

마음을 정리하는 것도 얼굴에 드러나는 친근한 경주가 처음으로 여국대 사장에 대해 좋은 말을 해주었다. 하지만 대인배는 무슨!

[허튼짓하지 마라. 오빠가 지켜보고 있다.]

때마침 여국대 사장에게서 이런 유치한 문자메시지가 도착한 것이다. 나는 그가 지켜보고 있다는 말에 고개를 돌려 따라오는 차들을 유심히 살폈다. 이 남자는 또 이런 식으로 나에게 장난질을 한 것이었다. 게다가 오빠 드립이라니!

[어디 간다는데?]

곧 문자메시지가 하나 더 도착했다. 지켜보고 있다는 사람이, 어디 가는지는 모르나 보지? 톡 쏘아붙일까 하다가 괜히 그의 신경을 건드리기만 할 것 같아서 친절하게 답문을 보냈다. 우리는 대전의 초등학교, 우리의 모교로 향하고 있었다.

☆　　☆　　☆

나와 경주는 고속도로 휴게소 식당의 테이블에 도시락을 올려놓고 마주 앉았다. 여국대 사장이 준비한 도시락은 은박 보온팩에 들어 있는데다가 팩 안에는 뜨끈한 손난로도 함께 있어 겨울 날씨에도 온기를 유지하고 있었다. 우리보다 더 이전 세대의, 이제는 고깃집에서나 특식으로 발견할 수 있는 사각 철제 도시락통 두 개였다. 내게 추억의 아이템은 아니었지만, 〈검정고무신〉 같은 오래전 애니메이션이 떠올랐다. 나는 그의 집에 혹시 〈검정고무신〉 만화책도 있는지 살펴보아야겠다고 생각하며 기분 좋게 도시락 뚜껑을 열었다.

시금치무침과 도라지무침, 소시지부침, 계란말이, 알감자조림, 불고기, 미역줄기볶음 등이 사이좋게 구역을 나누어 자리하고 있는 도시락이었다. 그럼 나머지 하나엔 밥이 그득 들어 있겠지. 둘이서 먹기에 많은 양은 아니구나 생각하며 두 번째 도시락통의 뚜껑을 열었다.

어찌 된 일인지 같은 구도로, 같은 반찬이 들어 있었다. 밥은 어디에도 없었다. 바쁘게 가져다주느라 밥을 싸는 걸 잊었을까, 아니면 그저 그의 심술일까. 사실 내가 생각한 그의 심술은 맨밥 두 개 또는 간을 망친 반찬 같은 것이었는데 새삼 의외였다.

"여자 1호와 남자 X호는 짝이 아니다."

의아하게 생각하며 멍청히 있는 내게 경주가 괴상한 글을 읽어주었다. 도시락통 바닥에 이런 메시지의 포스트잇이 붙어 있었던 것이다. 기가 막혀서 말도 나오지 않았다. '그 사람이 이렇게 섬세하기까지 해' 하며 자랑을 하고 싶었는데. 내가 반한 남자가 이런, 짝짓기 프로그램 패러디 같은, 우스운 장난이나 치는 사람이라니.

우리는 허탈하게 웃다가 휴게소 편의점에서 즉석밥을 두 개 구입해 데워 먹을 수 있었다. 도시락은 밥 짝꿍이 없을 뿐 흐뭇한 맛이었다. 나도 경주도 금세 그의 유치한 장난을 잊고 깨끗이 도시락을 비웠다.

대전에 간 김에 이모와 이모부를 뵈러 식당에 갔지만 식당 문이 닫혀 있었다. 이모 댁에도 이모와 이모부는 없었고, 웬일인지 전화도 받지 않았다. 두 분이 같이 여행이라도 가신 건가 하여 문자메시지를 보내놓고 그 앞에서 한참 기다리다가 결국 발을 돌렸다.

대전의 명소들을 경주의 차로 한 바퀴 돌고 초등학교에 도착한 시각은 3시쯤. 경주는 학교 근처에 차를 세우고 혼자 밖으로 나가 아이스크림을 사왔다. 쌍쌍바였다.
　"이 겨울에 무슨 아이스크림이야."
　경주는 내 따뜻하지 않은 말에 히터를 켜주었다. 경주가 쌍쌍바 포장을 뜯어 반을 가르려는 것을 보고 나는 고개를 가로저으며 가져갔다.
　"이렇게 잘라야 예쁘게 잘라지지."
　나는 쌍쌍바를 다시 포장 안에 넣고 아이스크림을 포장째 손으로 잡아 반으로 갈랐다. 쌍쌍바는 예쁘게 반으로 갈라졌다. 나는 경주에게 하나를 주고 다른 하나는 내 입으로 가져갔다.
　"그러네."
　경주는 내가 예쁘게 자른 쌍쌍바를 한동안 먹지 않고 쳐다보고만 있었다. 저 쌍쌍바에 슬픈 전설이라도 있는 걸까. 경주의 표정이 쓸쓸해 보여 나는 경주를 볼 수 없었다.
　아이스크림을 다 먹은 우리는 학교 안으로 들어가 운동장 가운데에 섰다.
　"나는 하도 비장하게 말하기에 땅끝마을이라도 가는 줄 알았어."
　"이런 게 의미가 있지."
　"왜 여길 오고 싶었던 거야?"
　"그냥. 억울하잖아. 내가 열심히 되새기고 기억한 걸 너는 완벽하게 잊었으니까."

그래, 그게 나도 참 답답한 노릇이다. 그래서 나도 혼자 이곳에 왔다가 포기해 버렸지. 경주의 노력에 미안한 마음이 들어 하릴없이 눈을 내리깔고 운동장 흙으로 혼자 발장난을 쳤다.

"학교에 다니기 싫었어. 선생님이 가르쳐 주는 건 다 아는 얘기였고, 애들하고 노는 것도 재미없었고, 아니, 뚱뚱하다고 끼워주지도 않았고."

"나랑 엄마 놀이도 했었다며."

"그래. 네가 전학 온 다음부터 학교에 오는 게 재미있어졌어. 내가 아는 게 많아서 너한테 보여줄 게 많다는 것도 좋았고, 내가 노는 무리가 없어서 네가 나한테 말을 거는 것도 좋았어. 너는 사실 하루에 세 마디 정도밖에 안 했는데, 그중에 두 마디는 나한테 했던 말이었어."

혼자 과거로 흘러가는 경주의 얼굴에 편안한 미소가 어릿하여 나도 함께 미소 지었다.

"언제부턴가는 네 준비물도 내가 챙겨왔었는데 당연히 기억 못 하겠지? 어머니가 많이 이상하게 생각하셨어. 왜 고무찰흙을 두 개 사니, 왜 청군 머리띠를 두 개 사니, 하고 말야. 네가 준비물 뭐냐고 물어보는 게 좋아서 그랬어. 내가 준비물을 내밀면 네가 '고마워'라고 말하는 것도 좋았고."

고백 같은 이야기를 듣는 동안 내 얼굴이 뜨거워졌다. 내가 그런

꽃뱀 짓을 했었다니!

"그런데 얼마 안 있다가 서울을 거쳐서 미국으로 가야 한다는 걸 알게 됐어. 전학 가기 전날에 무거운 마음으로 널 보는데, 차마 입이 안 떨어지는 거야. 결국은 비행기 타본 적 있냐고 물었을 거야, 아마. 비행기 타본 적 있어? 하니까, 그거 타면 하늘나라로 가나? 하면서 네가 관심을 가지는 거야. 내가 다른 건 다 잘했는데 과학은 좀 약했다고 했잖아. 정말 하늘나라로도 갈 수 있는 줄 알았어. 산타할아버지도 믿었던 때니까."

경주는 운동장 구석에서 버려진 삽을 가져와 나를 가운데 두고 아주 커다랗게 동그라미를 그렸다. 그리고 그 동그라미의 양옆으로 대문자 'S'를 크게 썼다. 곧 하늘 높이에서도 보일 것 같은, 긴급구조 요청 신호 'SOS'가 만들어졌다.

"책에선가 텔레비전에선가 이런 걸 본 적 있었거든. 이렇게 땅에 커다랗게 써놓으면 헬리콥터 탄 사람도 보고 외계인도 보고 하더라고. 우리 둘밖에 없는 운동장에서, 이렇게 써놓고 해가 다 지도록 너희 엄마가 오길 기다렸어."

맨 끝의 'S' 자리에서 삽을 들고 있던 경주가 내 쪽을 향해 큰 소리로 말했다.

"꼭 만나게 해주고 싶었는데."

울컥, 눈물이 쏟아질 것 같았다.

"꼭 만나게 해주고 싶었는데 말이야, 정말로."

드디어, 경주와 이어진 기억의 조각이 섬광처럼 지나갔다.

아직 내 손이 작았을 때.
나는 '오늘은 엄마와 손뜨개놀이를 했다. 참 재미있었다' 하는, 그날의 일기를 미리 쓰고 털실을 손에 감으며 엄마를 기다렸다. 다 저녁때였지만 엄마는 오지 않았고, 엄마를 기다리다 지친 나는 문을 박차고 나가 엄마가 걸어올 길들을 눈으로 좇아갔다. 몇 분을 기다리니 엄마가 왔다. 노을 끝에서 걸어오는 엄마는 언제나 선녀 같았다. 먼 길을 달려가 엄마에게 안기며, 엄마, 왜 이제 왔어, 바다에 가고 싶었는데, 숙제 봐주기로 했잖아, 배도 고팠단 말이야, 엄마가 없는 동안 떠올렸던 많은 것들을 한꺼번에 쏟아내고 엄마가 두 손 가득 무언가를 들고 있든 말든 엄마의 허리에 얼굴을 비볐다.
아이구, 우리 이쁜이. 많이 기다렸어? 엄마가 빨리 오려고 했는데 누가 반찬 만들어준다고, 우리 송아 맛있는 거 갖다 주려고 그러다 보니까 그랬지, 근데 이것 봐. 이게 누가 만든 건 줄 알아? 깜짝 놀랄걸? 나만큼이나 커다란 말풍선을 가진 엄마가 그날의 이야기를 터뜨리듯 풀어놓으며 나와 눈을 맞추었다.
"그때 말했던 그 오빠가 만든 거야. 세상에 이런 애가 있다니까."
엄마의 목소리가 하도 예뻐서, 어린 나는 그 목소리의 뜻을 헤아릴 생각은 하지 못했다.
"우리 송아도 꼭 만나게 해줄게."

누구를 그렇게 꼭 만나게 해주고 싶었는지, 나는 더 물어보지도 않고 그저 고개를 끄덕거렸다. 엄마는 많은 사람들을 알고 있었다. 많은 사람들을 만나게 해주겠다고 했고, 또 많은 사람들을 진짜로 만나게 해주었다. 엄마는 내가 세상을 볼 수 있게 해주는 유일한 눈이었다. 내가 엄마의 손을 잡고 밖에 나가면 누구든 내게 말을 걸어주었다.

'엄마는 내가 많은 사람을 만나도록 해주었는데, 나는 엄마를 만날 수 없어.'

그날 'SOS'를 쓴 운동장에서 얼마나 많이 울었는지 모른다.

그리고 그 후 여러 해에 걸쳐, 내가 아무리 비행기에 대고 손을 흔들어도, 비행기는 멈추지도, 내게 대답을 해주지도 않는다는 것을, 또한 비행기가 하늘나라로 나를 데려가지도 않는다는 것을 시간이 나에게 서서히 알려주었다.

나는 경주에게 달려가 경주의 손을 잡았다.
"생각났어."
"생각났다고?"
"그래. 진짜로 났다니까. 내가 저 S로 만든 길을 따라가면서 막 울었었잖아. 그리고."
"그리고?"
더 이상은 아무것도 생각나지 않았다. 플래시 터지듯 기억 속의 한 장면만 번쩍, 하고 떠오른 것이었다. 나는 멋쩍어 어색한 웃음을 터뜨렸다.

"하하하하하하. 그래도 그게 어디야."

경주도 나를 따라 웃었다.

"아무튼 고마워."

나는 늘 하던 것처럼 경주의 손을 잡고 흔들었다. 경주의 표정이 이내 슬프게 일그러지더니, 곧 경주는 내 팔을 당겨 나를 와락 끌어안았다.

"진짜 넌, 날 아까워해야 돼."

갑자기 경주에게 안겨 민망했던 것도 잠시, 투정이 잔뜩 묻은 말이 귓가로 흘러들었다. 나는 경주가 한참 어린 동생 같다는 생각이 들어 유미 달래듯 가만히 등을 토닥여 주었다.

"이제 가자, 경주야."

어른다운 말을 하고 경주를 밀었지만 경주는 나를 놓지 않았다. 순간 외투 주머니에서 드르륵 하고 핸드폰 진동이 울렸다. 또 여국대 사장이었다. 덕분에 나는 경주의 품에서 벗어날 수 있었다.

"여보세요."

[영화 찍냐?]

그의 날 선 목소리가 들렸다. 나는 그가 무슨 소리를 하는가 싶어 다시 '여보세요?' 라고 말했다.

[떨어져, 당장.]

이게 무슨 소리야. 혹시 정말 지켜보기라도 하고 있는 거야? 등골이 싸해지는 느낌이 들어 주위를 둘러보았다. 아무도 없는데, 라고 생각했지만.

막 전화를 끊은 그가 학교 정문에서 내 쪽으로 걸어오는 게 보였다. 그는 순식간에 빠른 걸음으로 걸어와 나와 경주 앞에 섰다.

"여기까지 따라왔어요?"

기가 막혀 진정되지 않는 마음으로 물었다. 그는 나를 한 번 노려볼 뿐 내 말에 대답하지 않았다. 그 화살은 모두 경주에게로 날아갔다.

"얘기 못 들었어요? 얘가 어제 나한테 프러포즈했는데."

자기가 승자라는 양, 고개를 빳빳이 들고 이야기하는 그는 유치하기 짝이 없었다.

"그런데요?"

경주도 지지 않고 여국대 사장과 눈을 마주하며 말했다.

"좀 전에 여기서 일어난 상황은 뭡니까."

여국대 사장이 나이에 맞지 않는 태도로 나오자 상대적으로 어른스럽게 보이려는 경주가 체념한 듯 말했다.

"아…… 그냥 이별의 포옹이에요. 별 뜻 없습니다."

"이별의 포옹까지 끝냈으면 이제 가도 되는 거죠?"

경주가 마음대로 하라는 듯 다 포기한 눈빛으로 말없이 어깨를 으쓱했다. 이미 내 손은 여국대 사장에게 잡혀 있었다. 경주의 반응이 나오자마자 여국대 사장은 잡은 손을 당겼다.

"경주 혼자 돌아가게 하라고요?"

"혼자 갈 수 있죠? 어린애도 아니니."

그가 퉁명스럽게 경주에게 말을 던졌다. 나는 우악스런 여국대 사장에게 팔목이 잡혀 학교 밖으로 끌려갈 수밖에 없었다.

"경주야, 또 봐! 나중에 연락할게."

"연락하지 마! 연락하기만 해봐."

내가 여국대 사장에게 끌려가며 경주를 향해 소리치니, 그가 으르렁거리며 으름장을 놓았다. 경주는 피식 웃으며 손을 흔들었다.

"그래, 나도 연락할게."

마치 그에게 들으라는 듯이, 더 열받아보라는 듯이. 그러나 더 이상의 협박은 없을 거라고 경주의 눈이 말하고 있었다. 경주는 여국대 사장이 대인배라고 이야기했지만, 대인배에 더 어울리는 사람은 경주였다. 진정 이 여행에 무엇이 걸려 있었는지 알 리 없는 여국대 사장은 눈으로 레이저광선을 쏘고 있었다. 깜짝 놀랄 만한 상황이었지만 웃음이 먼저 났다.

"웃냐?"

"웃긴 걸 어떻게 해요."

여국대 사장은 내게 눈을 흘기면서도 그의 차 조수석 문을 열어주는 매너를 가지고 있었다.

"아직도 상황 파악이 안 되냐?"

그는 경주가 날 끌어안은 일을 질투하는 모양이었다.

"그거 경주가 이별의 포옹이라고 했잖아요."

"내가 옛날에 알던 친구라고 하면서 다른 여자랑 끌어안고 다니면 네 기분은 어떨 것 같냐?"

입장을 바꿔서 생각해 보라, 이런 말이었다. 그렇게 말한다면 그가 화를 내는 것은 옳았다.

"끌어안고 다닌 게 아니라 한 번 끌어안은 거잖아요. 나도 뭐 당한 거고."

"앞으로 그럴 때는 가슴팍을 확 밀어버려. 크리스마스 때 나한테 그랬던 것처럼."

그는 차를 움직이며 혼잣말하듯 말했다.

"꼬리뼈 한 번 분질러져 봐야 정신을 차리지."

그에게 심드렁한 눈빛을 보내고 있을 때 이모에게서 전화가 걸려왔다.

"이모."

[왔다 갔었어?]

"이모 없어서 들렀다가 바로 떠났어요."

[어이구, 아깝네. 지금 막 집에 도착했는데. 멀리까지 안 갔으면 들렀다 가.]

"아니, 이미 서울로 돌아가는 중이에요. 나중에 갈게요."

'그래'라고 하는 이모의 목소리에서 서운함이 느껴졌다. 실은 얼마든지 다시 돌아갈 수 있었다. 하지만 나와 동행하고 있는 여국대 사장을 '애인'이라는 이름으로 데려가기엔, 아직 우리는 어색한 연인이었다. 고백한 지 만 하루도 되지 않았다.

송주에게도 얘기를 꺼내긴 해야 하는데. 어떻게 운을 떼야 할까 걱정되었다.

"저기, 내 동생 말이에요. 한 번 얘기한 적 있잖아요, 걔는 좀 시스터 콤플렉스가 있다고."

"송주 군? 그건 고쳐야 할 텐데. 누나 있는 집 남동생들은 다 그런가? 비룡이도 누나 결혼하기 전까지 매형을 도둑놈 보듯 하더라고."

비룡 씨의 사나운 눈빛을 한 번도 본 적이 없어 웃음이 났다. 한동안 비룡 씨의 이야기를 하다가 다시 본론으로 돌아왔다. 그가 먼저 말을 해주었다.

"동생한테 허락받으면 되는 거야? 좋은 데 가서 맛있는 거 사주고 용돈 좀 주면 되나?"

뭐라고? 그게 아니라 송주에게는 일단 비밀로 하다가 차차 이야기하는 게 좋을 것 같다는 말을 하려고 했는데.

많이 놀랄 수밖에 없었지만, '허락'이라고 말하는 그가 듬직하게 느껴졌다. 연애를 하자고 하고 나서도 무언가를 계속 망설이고 고민하는 나와 비교하여, 그는 정확했고 흔들림이 없었다. 하지만 당장 송주에게 이야기하지는 않을 것이다. 일단 송주가 여국대 사장에 대해 좋은 이미지만 가질 수 있도록 밑밥을 깔아놓아야 했다.

"나중에요."

그에게 송주에 대해 더 이야기를 해주려는데, 때마침 송주에게 문자메시지가 왔다. 몇 번의 절묘한 타이밍에, 아무래도 오늘은 '하느님이 보우하사 우리 송아 만세'의 날인가 생각하며 미소 지었는데, 송주의 문자메시지는 하느님이 나를 보우하는 내용이 전혀 아니었다.

[너 사장이랑 사귄다며. 오늘 자리 한번 마련해 봐. 매형이랑 담소 좀 나누게.]

송주에게 이런 이야기를 전할 사람은 경주밖에 없었다. 조금은 치사한 본성을 드러낸 경주가 여국대 사장이 여행의 산통을 깬 것에 심술이 나, 홧김에 송주에게 고자질을 한 것일 수도 있었다. 급하게 경주에게 전화를 해보려는데 경주에게서 먼저 문자메시지 한 통이 왔다.

[약속은 지켰어. 그런데 사장이랑 사귀는 건 비밀 아니지?]

역시, 경주는 여국대 사장이 파혼남이라는 사실을 제외한 모든 걸 송주에게 일러바친 모양이었다.

"사장님이 말한 대로 해야겠네요, 그것도 오늘."

나는 다 포기한 목소리로 그에게 말했다. 여국대 사장 때문에 뜻대로 되는 일이 없구나. 내가 어디로 튈지 모르는 얌체공과 연애를 하게 된 것이로구나. 난처한 상황을 맞이하고서야 현실을 직시할 수 있게 되었다. 나는 시원시원하게 고개를 끄덕이는 그에게 태평할 일이 아니라며 잔소리를 늘어놓았다.

"내가 그 정도도 생각 안 하고 만나겠다고 했겠어?"

그가 기분 좋게 웃어 보이며 말했다. 화내고 있지 않을 때의 이야기지만, 그는 비롱 씨처럼 사람을 편안하게 하는 재주가 있었다. 짜증스럽게 잔소리를 하던 것도 잊고 금방 마음이 가라앉았다. 그에게 입 맞추고 싶다는 생각을 하다가 다시 입을 열었다.

"아, 궁금한 거 있는데."

그가 운전을 하면서 나를 흘깃 보았다.

"엊그제, 은사님 방문하고 온 날요. 그때는 나랑 경주랑 잘되길 바랐던 거 아녜요? 내가 잘됐으면 좋겠다느니, 둘이 편해진 거 아니냐느니, 그랬잖아요."

그는 대답 대신 내가 덮어두자고 했던 그의 과거를 스스로 다시 들추어냈다.

"정말 진지하게 묻는 건데, 파혼남 얘기는 들을 생각 없어? 오해가 생길 만한 건 다 얘기할 테니까."

"여자 얘기 빼고 파혼 얘기만 할 수 있어요?"

그는 불가능한 일이라는 듯 말이 없었다.

"오해가 생길 게 있는 거예요? 그 사람 지금도 좋아해요?"

"무슨 소리야."

그는 내 말이 기가 막힌다는 듯 나를 보았다. 차가 한갓진 길가에 급하게 세워졌다. 그는 운전을 멈추고 나를 향해 진지하게 말했다.

"네가 있잖아."

내가 너무 말도 안 되는 이야기를 했다는 듯 그가 간결하고도 똑 부러지게 말했다. 그의 진심 어린 짧은 말이 내 가슴을 쿵쾅거리게 했다.

"그런 식의 오해가 아니라, 예전에 내가 과거사를 다 말한 뒤에, 네가 어떻게 받아들일지 걱정했던 거야. 실은 포기하기도 했었고. 결혼을 해본 사람은 아무래도 딱지가 따라다니니까, 네가 질겁하면 내가 단념할 수 있어야 하잖아. 그 이후부터는 네가 날 피하는 것 같기도 했고."

그는 지금까지 숨겨왔던 감정을 솔직하게 드러냈다.

그의 말이 맞다. 나는 그를 좋아하지 말아야 할 이유를 만들어가며 의도적으로 그를 피했었다. 파혼남이라는 것도 그 이유가 되었다. 난 그릇이 작은 사람이라 그를 온전히 받아들일 수 없었다.

"근데 그러려면 좀 더 칼같이 끊었어야죠."

지금껏 뻑뻑한 태도를 취했던 나를 감추기 위해 변명하듯 그를

처음, 그다음 73

나무랐다.

"네가 자꾸 날 유혹하잖아."

"욕한다고요?"

"유혹한다고! 말 좀 제대로 알아들어, 돌돌아!"

큰 바위 주제에 나한테 돌돌이라니! 우리가 연애하는 것이 맞긴 한 건가.

"이상한 책 선물하고, 만화책 같이 읽어준다고 하고. 자꾸 집에 찾아오고, 스키장에서 웃기게 넘어져서 시선 끌고."

웃기게 넘어진 걸로 유혹이 되던가? 그 유혹, 참 쉽네.

그도 나처럼 그랬던 걸까. 뭘 해도 그저 마냥, 나라서 좋았던 걸까.

"마음먹은 걸 못 지키네요."

"마음이 그렇게 간단히 포기되는 게 아니야."

그는 말을 마치고 손을 뻗어 내 머리를 헤집어놓고는 다시 차를 움직였다.

그의 고백이 끝난 후에는 내 입이 간지러워졌다. 그가 저녁 메뉴를 정하는 동안 계속 뜸을 들이던 나는 지금이 아니면 또 고백할 기회를 놓칠 것 같아 조심스레 입을 열었다.

"나도 고백할 거 있는데."

그가 피식 웃으며 말했다.

"남자 얘기는 빼고 할 수 있어?"

그럼. 당연하지. 빼고 할 수 있고말고. 뺄 것도 없는 이야기인 것이 문제이지만.

"사실은…… 연애 안 해봤어요."

그는 다시 한 번 브레이크를 밟았다. 바로 앞이 횡단보도였던 것이 다행이었다. 고속도로였다면 사고가 났을 수도 있었을 거라는 생각이 들었다. 그는 다시 출발하려는 생각도 않고 입을 벌린 채 깜짝 놀란 표정으로 나를 바라보았다. 그래, 나는 천연기념물이다.

☆   ☆   ☆

송주와 식사를 하기 위해 저녁 메뉴를 고민하던 우리는 결국 아틀리에로 향했다. 밖에 나가서 사 먹는 것보다는 그가 한 음식을 먹여주는 것이 송주에게 좀 더 먹힐 것이라는 계산이었다. 주차장에 차를 세우고 밖으로 나오자마자 그는 내 손에 손깍지를 끼우며 말했다.

"처음이라 모르나 본데, 연인들은 다 이렇게 하는 거야."

내 비극적 과거에 대해 수줍은 고백을 한 뒤로, 그는 계속 입가를 심하게 일그러뜨리고 있었다. 터져 나오려는 웃음을 참는 듯했다.

"팔짱을 끼고 달라붙어 있어도 돼. 처음이라 모르나 본데, 사귀면 다 그렇게 하는 거야."

나는 심드렁하게 입술을 씰룩거렸다. 모태솔로면 바본 줄 아나.

처음, 그다음

"기뻐할 새가 없어요. 몇 시간 뒤에 송주가 들이닥칠 거라고요."

나를 놀리는 그에게 따끔하게 충고했지만, 그는 아틀리에 현관문 번호키를 누르는 순간에도 내 손을 놓지 않았다.

아무도 없을 줄 알았던 아틀리에에는 수리 씨가 있었다. 깜짝 놀란 나는 움찔하며 여국대 사장이 잡은 손을 뿌리치려 했지만, 그는 내 손을 더 꽉 쥐었다. 수리 씨가 먼저 그 손을 알아보았다.

"뭐야, 둘이 사귀는 거야?"

"이런. 들켰네!"

여국대 사장은 초보 연기자가 발연기 하듯 어색하게 놀라며 책 읽듯이 말했다. 평소에는 표정 연기도 수준급인 사람이.

이상했던 건, 끄아악 소리를 지르며 놀랄 줄 알았던 수리 씨가 한숨을 쉬는 것으로 모든 반응을 끝냈다는 사실이었다. 수리 씨는 '그럴 줄 알았어'라며 체념하듯 말하고는 밖으로 나갔다.

나는 풀이 죽은 수리 씨가 신경 쓰였지만 연애놀이에 푹 빠진 여국대 사장은 그런 수리 씨를 본척만척하며, 내 손을 잡은 채로 냉장고 문을 열고 음식 재료들을 확인했다. 요리를 할 때도 손을 잡고 하려나. 그에게 잡힌 손을 멀뚱하니 보며 한숨을 쉬니 그가 얄궂게 말했다.

"뭐야, 아직도 잡고 있었어?"

그제야 그는 능청스레 내 손을 놓아주었다. 나는 그를 도와 저녁 준비를 같이할 생각이었지만 그는 혼자 하겠다며 들뜬 얼굴로 말했다. 연애를 하게 된 것을 좋아하는 것까지는 좋은데, 연애를 처음 하는 나보다도 들떠 있는 그의 모습은 걱정스러울 정도였다.

그러나 이런 걱정은 그가 요리를 시작하면서 금방 사라지게 되었다. 그는 음식 재료들을 손에 쥠과 동시에 요리사 본연의 자세로 돌아갔고, 곧 요리 삼매경에 빠져 내게 눈길 한 번 주지 않았다. 금방 타오르고 또 금방 다른 데로 시선을 돌릴 수 있는 그를 보며, 그에게 나는, 득템한 만화책 같은 존재가 아닐까 하는 마음에 조금 서러워졌다. 그가 내게 너무 가까이 와도 문제, 그가 내게서 멀어져도 문제. 도무지 서서히 뜨거워질 줄을 모르는 그의 마음은 이제 항상 문제가 될 것이다. 안타까운 마음에 저절로 그에게로 향하는 손을, 나도 어쩔 수가 없었다.

"다쳐."

내가 그에게 가만히 다가가 손을 내밀자, 애호박을 자르려던 그의 손이 내 손을 감싸듯 잡았다. 손이 큰 사람이구나. '다쳐'라는 말이 경고의 말이었는데도 따뜻하게 들려서 가슴이 벅찼다. 이렇게 따뜻하게 말할 줄도 아는 사람이야. 그가 내게 보여주는 모습은 늘 놀라운데, 나는 그에게 무엇을 주고 그를 웃게 할 수 있을까.

"넌 저기 앉아서 예쁘게 가만히 있어라, 내가 행복하도록."

내 고민을 들여다보았는지, 그가 어린애처럼 활짝 웃으며 말했다.

"사장님은 요리를 하면서 내가 보여요?"

"오빠가 늘 지켜보고 있다니까."

그는 낮에 내게 보냈던 '오빠' 드립 문자메시지와 같은 말을 하면서 눈을 빛냈다.

"호칭 정리 안 할 거야?"

"왜요?"

"내가 너의 보스이기 이전에 우리는 애인 사이잖아."

'애인'이라는 말에 얼굴이 뜨거워지는 것이 느껴졌다.

"보스가 먼저였잖아요. 프로 요리사는 주방에서 오빠라고 불리길 원하면 안 되는 거예요."

"그럼 '자기'는 어때?"

"'국대야'는 어때요? 미국 스타일로."

그에게서 나오는 말들이 너무 오글거리는 것들이어서 내 손은 마른 오징어 굽듯이 안으로 말려 들어갔다.

"'낭군님'은 어때?"

"……그래요, 그럼."

나는 하는 수 없이 오케이를 해주었다.

"정말?"

좋―단다.

"그렇게 해요."

"그래. 그럼 그렇게 불러."

"네. ……군님."

"웅군님?"

후훗. '낭군님'의 '낭'을 묵음 처리하여 발음을 숨기는 전법을 당신이 좋아했으면 좋겠어.

"……(대갈장)군님."

"뭐라고?"

"……(대갈장)군님."

그가 칼을 내려놓고 나를 노려보았지만 무섭게 느껴지진 않았다. 그는 이를 악물고 가만히 있다가 한숨을 쉬며 음식 재료 쪽으로 다시 눈을 돌렸다.

"그냥, 네 맘대로 불러라……."

☆   ☆   ☆

여국대 사장이 음식 준비를 거의 마쳤을 때, 송주도 지하철역에 도착했다는 연락이 왔다. 나는 미연의 사고를 방지하기 위해 송주를 데리러 나갔다. 이것저것 일러둘 것이 있어서였다. 동생에게 그를 소개해 주는 것뿐이었는데도 긴장이 되어 아랫배가 묵직해지는 느낌이었다.

송주는 나를 보자마자 으르렁거렸다.

"내가 너한테 그 정도밖에 안 되냐?"

"뭔 개풀 뜯어 먹는 소리야!"

"내가 네 연애 얘기를 경주한테 들어야겠어?"

"어제 사귀기로 한 거야. 너 이렇게 갑자기 불쑥 만나자는 것도 실례야, 알아?"

"네가 잘못된 길로 빠지지 않도록 싹을 잘라 버릴 거야. 먼 훗날 나한테 감사하게 될 거다."

나는 송주의 뒷머리를 아프게 잡아당겨 주고는 아틀리에로 안내했다. 아틀리에까지 가는 동안 송주에게 예의범절을 가르쳐 주었지만, 송주는 '알았어, 알았다고' 라며 건성으로 대답했다. 결국 '누나의 연애를 응원해 주지 않으면 컴퓨터에 들어 있는 파일의 목록이 모조리 이모 귀에 들어갈 줄 알아라' 라는 협박을 받고서야 저자세가 되었다.

"너는 내 동생이다. 아빠처럼 굴기만 해봐. 죽는다."

계속 마음이 놓이지 않아 아틀리에 현관문 손잡이를 잡을 때까지 무시무시한 말들만 쏟아냈다. 아틀리에의 현관문은 내 손이 닿기도 전에 안에서 열렸다.

"오셨네요."

말쑥하게 차려입은 여국대 사장이 송주에게 인사했다. 우리가 처음 만났던 그날처럼 신사다운 태도로 송주에게 자리를 권하는 그를 보니 웃음이 났다.

"말씀 많이 들었습니다. 송아 씨가 동생분을 참 많이 챙기더라고요."

계속 이렇게 예의 바른 태도를 취한다면 크게 걱정하지 않아도 되겠다는 생각이 들었다.

역시 테이블 위엔, 보기만 해도 입이 떡 벌어질 화려한 음식들이 펼쳐져 있었다.

닭가슴살을 여러 채소들과 함께 김밥 말듯 말아 찐, '화계선'이라는 생전 처음 보는 요리부터, 매생이 전복죽, 탕평채와 월과채, 낙지무침과 소고기 찹쌀구이와 메로구이, 사과를 얇게 썰어 무쌈말이를 하듯 신선한 채소를 넣고 깔끔하게 말아 부추로 묶은 사과말이쌈 같은 것들이 이제껏 아틀리에에서 본 적 없었던 고급스런 접시들에 담겨 있었고, 테이블 가운데에는 신선로가 보글보글 끓고 있었다. 마치 상견례 자리 같다는 생각이 들어 괜히 얼굴이 화끈거렸다.

"코스 요리를 해드리고 싶었는데, 음식 나르느라 계속 앉았다 일어났다 하는 것도 실례일 것 같아서 한상 차림으로 만든 거예요."

"아, 네······. 누난 맨날 여기서 이렇게 먹어?"

송주가 얼빠진 표정으로 물었다. 송주는 남들 앞에서만 나에게 누나라고 불렀다. 자기는 나를 우습게 보더라도, 남들은 절대 우습게 봐서는 안 된다는 게 그 의도였다.

"네가 오니까 이렇게 한 거지."

"시간이 허락한다면 앞으로도 이것저것 많이 해줄게요."

그에게 부담을 주는 게 아닌가 하여 송주에게 설명하려는데, 그가 내 말을 끊고 웃으며 말했다. 그의 여우 연기가 이렇게나 도움이 될 날이 올 줄은 몰랐다.

식사를 하는 동안 대부분의 대화는 요리에 관한 것이었다. 여국대 사장은 송주에게 테이블 위의 요리에 대한 전래담을 소개하며 송주를 편하게 해주었다. 그러나 송주는 제 컴퓨터의 파일들을 포기할 생각인지, 여국대 사장의 요리를 칭찬하면서도 경계를 풀지 않았다.

"수입이 좋은가요?"

음식을 거의 다 먹어갈 때쯤, 결국 송주는 무례를 범하고 말았다. 나는 하마터면 손을 올려 송주를 쥐어박을 뻔했다.

"우리 누나가 돈을 참 좋아하거든요."

"알고 있습니다. 다행히 제 수입도 좋은 편이고요."

이게 뭐지? 두 사람은 눈빛을 주고받고는 넉살 좋게 미소를 지었다. 송주의 눈빛이 '인정'에 가까워지고 있었다. 순간 내 마음도 차분하게 가라앉으면서, 이제껏 참았던 용변의 신호가 다시 울렸다. 결국 나는 식사 중에 자리에서 일어났다.

"죄송한데요, 저 화장실 좀……."

"큰 거 보러 가?"

송주는 집에서 흔히 쓰는 말로 물었다. 창피한 마음에 얼굴이 달아오른 나는 송주를 쥐어박고 급히 화장실로 갔다.

시원하게 볼일을 보고 있을 때 화장실 밖에서는 여전히 두 사람의 목소리가 들려왔다. 그런데 한동안 농담과 칭찬을 주고받던 두 사람의 목소리가 갑자기 작아져 버렸다.

순식간에 용무를 마치고 화장실 문에 귀를 가까이 댔다. 송주의 목소리가 희미하게 들렸다. 송주는 경주와 만났던 고깃집에서도 한 번 꺼낸 적 있었던 이야기를 하고 있었다. '몸과 마음이 건강하고 순수한 사람' 부터 시작하여 '모든 건 우리 누나가 형님을 좋아한다면요' 까지. 송주의 긴 이야기가 끝나고 여국대 사장은 '송아 씨가 좋은 동생을 뒀군요' 라는 말로 화답했다.

내가 화장실에서 나오니 송주는, 지금껏 하던 이야기를 거두고는 '가장 중요한 이야기' 라는 소개를 덧붙이며 다시 입을 열었다.

"저희 집안이, 독실한 크리스천입니다."

뭔 소리여. 박송주, 웃기고 있다. 이모는 작년에 교회를 다니기 시작했다고!

"가훈이 순결이에요. 그러니까 누나 함부로 건들면 안 됩니다. 키스 이상은 안 되는 거 아시죠?"

송주의 지나친 참견에 입이 떡 벌어질 수밖에 없었다. 어떻게 지금 연애를 시작한 연인에게 이토록 기가 막힌 이야기를 할 수 있단 말인가.

"누나도 마찬가지야. 누나가 우리 엄마를 존경한다면, 우리 엄마 체면 깎일 만한 행동은 하면 안 돼."

이 방정맞은 놈! 결국 나는 그의 앞에서 송주의 머리를 딱 소리가 나게 때리고 말았다.

☆   ☆   ☆

 여국대 사장이 바래다주어 나와 송주는 집까지 편하게 갈 수 있었다. 그는 송주에게 주제넘은 충고를 들은 뒤로도 별 투정이 없었다. 송주는 내가 여국대 사장을 처음 만났던 작년의 이야기를 끄집어내며 웃었다. 그때, 나는 송주에게 여국대 사장을 미친놈 취급하며 떠벌떠벌 안 좋은 이야기를 했었던 것이다. 악연이 인연으로 뒤집어지는 시간의 섭리는 놀랍다. 그때의 행동이 부끄러울 만큼 나는 여국대 사장에게 빠져 버렸다.
 그는 송주로부터 내 어렸을 때의 이야기를 듣는 동안 흐뭇하게 웃었고, 나중에는 송주의 회사 안부를 묻기도 했다. 제법 처남과 매형에 가까운 바람직한 모습이었다.
 집 앞. 차에서 내린 우리는 멀뚱하니 서로 마주 보고 서 있었다. 송주가 내게 '가자'라고 말했지만, 이 시간만큼은 양보할 생각이 없다는 듯, 그가 내 팔목을 잡았다.
 송주는 그제야 깨닫고는 여국대 사장에게 공손히 작별 인사를 했다. 여국대 사장도 송주에게 신사다운 매너로 인사했다. 끝까지 두 사람은 높임말을 썼다.
 "……비룡이 매형 기분을 알 것 같다."
 송주가 떠나자마자 그는 바로 표정을 바꾸고, 억울하다는 눈빛으로 허탈하게 말했다.

"동생 눈빛 봤어? '누나는 영원히 내 거야' 이랬다니까, 나한테 눈빛으로."

"그런 애는 아니에요."

"하아…… 네가 내 맘을 알아?"

그가 무엇을 묻는지는 한참 후에나 헤아릴 수 있었다.

그의 마음을 알 것도 같았다. 나라고 뜨거운 연애에 대한 기대가 없겠는가. 하지만 송주의 말이 옳았다. 내가 이모를 존경한다면 이모에게 어떤 걱정도 끼쳐서는 안 된다. 송주는 이모의 체면이라고 말했지만, 결국 전적으로 날 위한 얘기였다. 다른 여자친구들에게서도 수십 번을 들어왔던 말이었다. 뜨거운 연애의 끝이 좋지 않다면, 그 손해는 오롯이 여자에게 떠넘겨진다. 송주는 그런 끝을 염려한 것이었다.

연애를 말로 배운 내게, 그가 답답하다는 듯 내 의견을 묻는다.

"이건 가족 이기주의라고. 안 그래?"

"근데 나 같아도 내 딸의 남자가 내 딸을 그런 쪽으로 막 유혹하면 속상할 것 같은데요."

"그런 건 딸이나 낳고 생각해. 그런 생각 하는 사람들이 꼭 아들만 낳더라."

그저 내 의견을 이야기할 뿐인데 자꾸 투덜대는 그가 우스웠다. 내가 웃음을 참고 있는 동안에도 그는 삐죽거리며 웅얼웅얼 혼잣말을 하다가 내게 말했다.

"넌 좋겠어, 참."

비아냥거리듯 말하는 그가 미워 눈을 흘기는데, 그가 진지하게 이야기했다.

"내가 너한테 빠져 있다는 걸 이용해서 뭐든 할 수 있잖아."

사소한 말속에서 그의 마음을 확인할 때마다 가슴이 벅차다. 이대로, 진지한 분위기로 흘러갔었다면 난 분명 그에게 먼저 입을 맞췄을 것이다.

"건강하면 뭐 하냐? 이놈의 건강을 쓸 데가 없는데."

결국 그의 진지한 표정을 앞에 두고 웃음을 터트리고 말았다.

"웃을 일이냐? 지금 내가 나이 서른셋에 순수한 사랑으로 회귀하고 있다고, 너 때문에."

내가 눈물이 쏙 빠지도록 웃으니, 그가 내 이마를 콩 때렸다.

"날 유혹하지 말라는 말을 연애하는 동안에도 너한테 해야 된다고. 넌 너무 남자를 몰라, 돌돌아."

맞은 이마를 매만지면서도 웃고 있는 동안, 그가 날 안아주었다. 그의 심장 소리를 제대로 들은 것은 처음이었다. 생각해 보니, 남자의 심장 소리를 들은 것도 처음이었다. 앞으로 얼마간은 세상이 온통 처음뿐일 것이다. 그리고 그다음은? 우리가 언제까지 서로 사랑할 수 있을까를 생각하니 또 먹먹해진다. 걱정이 많은 것은 나의 고질병이었다.

내 마음을 다 알 리 없는 그는, 다른 걱정으로 몇 번 한숨을 내쉬다가 이만 들어가 봐야겠다며 고개를 아래로 내려 나와 눈을 맞추었다.

"처음이라 모르나 본데, 원래 연인끼리는 굿나잇 키스를 하는 거야."

그는 가볍게 내게 키스했다. 문득 미쓸토 아래에서의 입맞춤이 생각났다.

"네 번째야."

뭐라고? 그는 보일 듯 말 듯 미소 지었다. 집 앞이라는 걸 깨달은 나는 금방 얼굴이 뜨거워졌다.

15. 운수 좋은 날들

 어제 수리 씨에게 들켰으니, 오늘은 분명 비룡 씨의 귀에까지 들어갔을 것이다. 두 사람이 이제 나를 동료라기보다는 동료의 여자 친구로 취급하지는 않을까 걱정되어 아틀리에의 문을 여는 것이 망설여졌다.
 겨우 용기를 내어 문을 열고 최대한 창피한 마음을 숨기며 활기차게 인사하려는데, 웬일인지 그들은 나에게 조금도 신경 쓰지 않는 얼굴이었다. 세 사람이 무슨 작당이라도 하고 있었는지 소파에 앉아 이야기를 하다가 내가 들어가니 말을 마치고 자리에서 일어났다.
 "일찍 왔네."
 여국대 사장이 먼저 나에게 다가와 한 팔로 내 어깨를 감싸듯 안아주었다. 연인의 손길이 따뜻하다는 것을 알아챌 새도 없이 쑥스러움이 먼저 찾아왔다.

"얘기 들었어, 송아 씨. 오늘 나가서 축하파티라도 할까?"

비룡 씨가 놀리는 일 없이 축하의 말을 해주었다.

"오, 그럼 은영이도 퇴근하고 오라고 해야겠다."

비룡 씨와 수리 씨가 마음대로 스케줄을 맞춰 나가자 여국대 사장이 나에게 물었다.

"시간 괜찮아?"

그의 얼굴이 다가올 때마다 가슴이 콩닥거렸다. 내 반응은 짝사랑 중인 여중생에 가까웠다.

"괜찮, 아요."

"햐, 역시 사랑은 위대하다, 그치? 송아 씨가 저렇게 수줍게 '괜찮, 아요' 하는 건 처음 봐."

그제야 수리 씨다운 반응이 나왔다. 제대로 된 야유가 나오고 나서야 마음이 편해졌다. 현관문을 열었을 때의 공기가 무겁게 느껴져 조금 걱정스런 마음이 들었기 때문이다.

"그리고 보면 우리 은영인 참 대단해. 국대 형 같은 미남 재력가한테 한 번도 안 흔들리고 오롯이 나만 바라보니까 말이야."

수리 씨는 한 번의 야유에 그치지 않고 계속 나를 놀렸다. 역시 무거운 공기가 나온 건가? 내가 여국대 사장의 얼굴과 재력에 반해 그를 좋아하게 된 속물처럼 보이는 건 왜일까.

"송아 씬 좋겠다, 일하면서 연애도 하고."

결국 수리 씨는 여국대 사장에게 꿀밤을 맞고 말았다.

"내가 틀린 말 했어? 보스 애인한테 박스를 들라고 하겠어, 냉장고 청소를 하라고 하겠어?"

"잡담은 일 끝나고 나가서 해. 할 일 많아."

수리 씨가 투덜대니, 그가 한마디 하고는 내게 눈길을 주는 일 없이 주방으로 갔다.

점심 10인분, 저녁 30인분의 주문을 소화하느라 짧은 점심시간 빼고는 요리뿐인 시간을 보냈다. 말로 실컷 투덜대던 수리 씨는 내게 불편한 기색을 드러내는 일 없이, 평소처럼 나를 대해주었다. 일하는 내내 놀림감이 될 줄 알았는데, 내 예상과는 전혀 다른 태도들이었다. 아침에 세 사람은 나 빼고 그 얘길 한 걸까? 여국대 사장이 두 사람에게 나한테 평소처럼 대해주라고 으름장이라도 놓은 걸까?

그런데 다른 사람들은 그렇다 쳐도 여국대 사장은 좀 더 친절하게 대해야 하는 거 아니야? 여국대 사장은 점심시간에도 내게 장어초밥을 하나 더 챙겨준다거나, 내가 남긴 음식을 흑기사처럼 비워준다거나 하지도 않았다. 점심을 먹고 경단을 만들며 별별 생각을 하다가 문득 그의 과거에 대해 의심스런 마음이 생겼다. 그 '결혼'이라는 게 혹시 '요리와의 결혼' 아니야? 엘리자베스 1세가 영국과 결혼한 것처럼, 그도 이미 요리와 결혼한 뒤고, 나한텐 그냥 방구석 첩실 자리를 적선하는 마음으로 내준 건가?

"경단이 조금씩 커지고 있는데 야구공만 해질 때까지 난 아무 말도 하지 말아야겠지?"

　수리 씨가 내 쪽을 흘깃 보고는 말했다. 사심을 품고 요리를 하니 경단이 조금씩 커져 찹쌀떡만 해지고 있었다. 속에 밤소를 넣은 경단이라 조금씩 떼내어 다시 뭉칠 수도 없었다. 결국 30분 동안 작업한 것은 도시락에 넣을 수 없게 됐고, 나는 다시 경단을 만들어야 했다.

　예상보다 빨리 포장 작업까지 마치고 도시락을 배송시키러 다 같이 1층으로 내려왔다. 비룡 씨와 수리 씨가 박스를 콜밴에 싣고 배송지를 알려주는 동안 나와 여국대 사장은 엘리베이터를 타고 먼저 올라갔다. 엘리베이터 안에서 여국대 사장은 내 손을 꼭 잡았다.

　"너무 내색하면 불편해질까 봐. 그게 싫으면 수시로 안아줄 수는 있고."

　둘만 남고서야 그가 내게 말을 걸었다. 그는 여러 가지를 신경 쓰고 있었던 것이다.

　사실 나는 사랑과 직업을 바꾸었다. 내가 그와 교제를 시작함과 동시에 아틀리에는 내 직장이 아니라 연애 장소가 되어버렸다. 어쩔 수 없는 일이다. 만에 하나, 우리의 연애가 끝나면 나는 아틀리에를 떠나야 할 테니까. 내 생계를 쥐고 있는 것은 연애의 지속일 것이다.

　그의 입장은 나보다 더 난처할 수밖에 없다. 그는 이곳의 책임자이고, 직원을 거느린 사람이다. 내겐 데이트 장소이지만, 그에겐 변함없이 직장이어야 하는 아틀리에 플다의 사장이다. 중도를 지켜야 하는 그를 일할 때만이라도 이해할 수 있어야 한다.

"누가, 누가 싫대요?"

말더듬이 소프트웨어를 깐 것처럼, 자꾸 첫말을 더듬거리게 되었다. 솔직하게는 여국대 사장이 나를 평범하게 대해주어서 서운했지만, 그런 이유였다면 속 좁은 생각을 했던 내가 부끄러워질 수밖에 없다.

"얼른 맛있는 거 먹으러 가자. 내가 만든 것보다는 아니겠지만."

아틀리에로 올라간 우리는 함께 주방 정리를 했다. 외식을 할 생각이라 여분의 도시락을 만들지 않았기 때문에 내가 망쳐놓은 경단만 외톨이처럼 남았다.

"얘네는 첫째, 둘째, 셋째 같다. 여기 쪼끄만 애는 송아 씨."

수리 씨가 큰 경단 세 개와 가장 작은 경단을 짚어가며 말했다. 나는 수리 씨가 '송아 씨'라고 부른 막내 경단을 집어먹었다. 빵가루를 듬뿍 묻힌 부드러운 경단이 입안에서 사르르 녹았다. 문득 여국대 사장이 하듯 예쁜 데코레이션을 해보고 싶은 마음이 생겼다. 접시에 경단 삼 형제를 줄 맞춰놓은 다음, 그 위에 더 작은 경단을 하나씩 올려보았다. 노란 눈사람 삼 형제처럼 보였다. 청포도를 잘라 삼 형제에게 모자를 만들어주니 제법 작품다웠다. 비룡 씨와 수리 씨는 초등학교 1학년의 받아쓰기 칭찬하듯 칭찬해 주었지만, 사진을 찍으니 더 그럴듯했다.

정리를 마친 후 다음날분의 스티커를 프린트하면서 블로그에 경단 사진을 올리고 짧은 글을 썼다.

―밥보다 맛있는 경단 이야기
이 경단엔 슬픈 전설이 있다.

옛날 어느 산골에 음식 솜씨가 좋은 여인이 있었다. 여인은 자식들을 먹여 살리기 위해 매일 경단을 만들었는데, 경단을 팔기 위해선 호랑이가 출몰하는 산을 넘어 마을로 내려가야 했다.

역시, 장사를 시작한 지 얼마 안 가 '떡 하나 주면 안 잡아먹지' 하며 따라오는 호랑이가 있었다. 결국 여인은 챙겨온 경단을 호랑이에게 다 빼앗겼다. 여인의 경단 맛에 반해 버린 호랑이는 여인에게 경단을 더 만들어 올 것을 명령했지만, 여인은 돈이 없어 찹쌀을 구할 수가 없다며 서럽게 울었다. 이를 안타깝게 여긴 호랑이는 매일 여인의 집 앞에 훔친 찹쌀을 놓아두었다. 여인은 그것도 모르고 매일 기쁜 마음으로 경단을 만들어 호랑이를 먹였다.

한편 곳간의 식량이 조금씩 줄어드는 것을 알아챈 고을의 수령은 얼마 후 여인을 잡아내어 죽도록 곤장을 쳤다. 이러한 사정을 알 리 없는 철없는 호랑이는 그날도 찹쌀 한 가마니를 지고 찾아와 여인에게 경단을 요구했다.

"떡만 먹으면 어쩌냐."

걷기가 힘들 정도로 곤장을 맞은 여인은 호랑이를 보고 눈물을 흘리며 말했다.

"밥은 먹고 다니냐?"

글을 다 쓰고 뿌듯해하고 있을 때, 밖으로 나갈 채비를 마친 여국대 사장이 내 옆으로 가까이 와 모니터를 들여다보고는 피식 웃었다.

"나는 네 머릿속이 참 궁금하다."

"저는 사장님 머릿속이 더 궁금한데요, 항상."

"카피라이터 같은 걸 하지 그랬어."

"하고 싶다고 다 될 수 있는 게 아니잖아요."

"이런 열정으론 뭐든 할 수 있을 것 같은데 말이야."

아쉬운 듯 나를 보던 그가 내 볼을 가볍게 잡았다 놓았다.

우리는 비룡 씨가 운전하는 차를 타고 움직였다. 내가 여국대 사장이 만든 것보다 더 맛있는 음식을 먹고 싶다고 이야기하니 비룡 씨는 가로수길의 퓨전 와인바로 안내했다. 차에서 내리기 바로 전, 포크포크 건물을 보고 김성기 팀장이 생각나 잠시 격분하다가 마음을 다스렸다.

우리가 찾아간 곳은 와인바라기보다는 레스토랑에 가까운 곳이었다. 각 테이블들이 파티션으로 나뉘어져 있어 중앙의 바만 제외하곤 모든 테이블이 독립적이었다. 우리도 구석 테이블에 자리하고 앉아 비룡 씨의 설명을 들으며 와인과 안주를 골랐다.

"게 튀김 먹어봤어?"

"아니요."

"한번 먹어봐. 국대가 하는 것보다 맛있어."

비룡 씨의 말에 내가 고개를 끄덕이자 여국대 사장은 입술을 씰룩이며 심술을 냈다.

이윽고 우리 자리로 와인과 안주가 서빙되었다. 비룡 씨가 시킨 게 튀김은 손바닥만 한 크기의 꽃게가 아니라 갯벌에서 잡히는 칠게로 만든 튀김이었다. 게 한 마리를 통째로 입에 넣을 수 있는 작은 크기였는데, 튀김옷을 아주 얇게 입혀 더 바삭하게 느껴지는 듯했다.

"오! 진짜 맛있다, 이거!"

나는 여국대 사장이 나를 흘겨보고 있다는 것도 느끼지 못하고 비룡 씨에게 시식평을 전했다. '칠게튀김이 맛있어 봤자……' 라고 웅얼거리던 여국대 사장도 한입 집어먹고는 입을 닫았다. 곧 그의 눈이 커졌고, 그는 자리에서 일어나 말도 없이 사라졌다.

갑작스런 상황에 당황하여 비룡 씨에게 눈짓으로 물었다. 수리 씨가 먼저 대답해 주었다.

"주방으로 갈걸, 요리사 만나러. 레시피 얻고 싶어서 저러는 걸 거야. 흔히 있는 일이야."

"질투가 아주 심해."

비룡 씨가 수리 씨의 말을 받아 덧붙였다.

나는 질투가 심하다는 말에 질투가 났다. 축하파티라며! 연애 기념 파티를 하러 왔는데 음식에게 애인을 빼앗긴 기분이었다. 조금 서운한 마음이 생겨 비룡 씨와 몇 마디 더 나누다가 화장실에 간다고 하고 일어났다. 주방을 찾아가서 그를 데려올 생각이었다.

복도를 따라서 벽으로 나누어진 공간을 하나하나 살펴보고 다녔지만, 그는 어디에도 없었다. 파티션 때문에 주방을 찾기가 힘들었다. 그냥 화장실이나 가야겠다고 생각했을 때였다.

"박송아 아니야?"

귀에 익었다는 것이 진저리가 날 만큼 끔찍한 목소리가 등 뒤에서 들려왔다. 부글거리는 속을 억누르고 자리를 피하려는데, 움직일 새도 없이 김성기 팀장이 사악한 웃음을 지으며 내 쪽으로 걸어와 나와 마주 섰다.

"회사에서 잘렸다며?"

"제가 그만둔 거죠."

나는 김성기 팀장에게서 몸을 돌려 그를 피했다. 인사도 하지 않았다. 그에게는 어른의 예를 갖추는 것도 아까웠다.

"야, 박송아."

김성기가 어처구니없다는 투로 나를 쫓아와 다시 내 길을 가로막더니 손가락으로 내 이마를 쿡쿡 눌러가며 말했다. 곱게 취하지도 못한 모양이었다. 술에 취하면 귀엽고 착해지는 사람이 있는 반면, 사악한 본성을 드러내는 인간도 있다.

"네가 그딴 식으로 하니까 일 못한다는 소릴 들었던 거야. 그래서 어디 재취업이 되겠어?"

"왜 이래요!"

김성기 팀장의 손짓이 싫어 화를 내면서 그의 팔을 툭 쳤다. 약이 오른 김성기 팀장은 '이게!' 라고 외치며 내 얼굴 쪽으로 다시 팔을 휘둘렀다.

"뭡니까."

내 뒤에서 손 하나가 날아오지 않았다면 김성기 팀장의 손을 피하지 못하고 그에게 어딘가를 맞았을지도 모르겠다. 비룡 씨가 무서운 눈으로 김성기의 팔목을 잡았다.

"저희 일행인데, 무슨 볼일 있으십니까?"

비룡 씨의 사나운 얼굴은 처음이었다. 매너 있게 물었지만 팔로는 무지막지한 힘을 쓰는 모양이었다. 김성기 팀장이 낑낑 소리를 내며 몸을 비틀어 비룡 씨에게서 팔을 뺐다.

"방금, 이 아가씨한테 손찌검하려고 하셨잖아요."

"무, 무슨 손찌검을 했다는 거야!"

비룡 씨의 눈빛에 기가 눌린 김성기 팀장은 그대로 줄행랑을 쳤다.

"저 사람인가 보지? 송아 씨 회사 다닐 때 괴롭혔다던 사람이."

어떻게 알았는지 비룡 씨가 침착하게 말을 걸었다. 내 침묵을 다시 한 번 읽어 내려간 비룡 씨가 혼자 고개를 끄덕이는 동안 수리 씨도 우리 쪽으로 다가왔다. 수리 씨는 몰래 김성기 팀장의 자리 쪽으로 가더니, 가지고 있던 핸드폰으로 김성기 팀장의 회식 사진을 찍었다. 협력사 직원으로 보이는 한 여자와 김성기 팀장이 바짝 붙어 있는 모습도 놓치지 않았다.

"나가서 다른 데로 가자."

비룡 씨는 근처에 잘 아는 맥주집으로 자리를 옮기자고 말했다. 비룡 씨가 주방으로 여국대 사장을 부르러 가는 동안 수리 씨는 김성기 팀장의 회식 자리 바로 앞 복도에 얼음 조각들을 뿌렸다. 그리곤 아까 그 남자의 전화번호가 뭐냐고 내게 물어보더니 어딘가로 사라졌다.

곧 핸드폰을 귀에 댄 채 바삐 복도로 나온 김성기 팀장은 얼음 조각을 밟고 시원하게 미끄러졌다. 우스꽝스럽게 넘어졌지만, 바닥에 깔린 카펫이 충격을 흡수해 주어 크게 다치지는 않은 것 같았다. 멀리서 수리 씨가 손을 높이 들어 'V' 사인을 하는 것이 보였다. 어느새 내 곁에 다가온 비룡 씨도 놀란 표정으로 보다가 피식 웃었다. 비룡 씨와 함께 돌아온 여국대 사장만이 무슨 상황인지 파악하지 못하고 의아한 표정으로 서 있었다.

기분 좋게 밖으로 나간 우리는 은영 씨를 만나 근처 호프집으로 자리를 옮겼다. 은영 씨와 나는 죽이 잘 맞았다. 은영 씨가 붙임성이 좋은 까닭이었다. 맥주에 취하고 분위기에 취해 다음날 무슨 일이 벌어질지에 대해선 생각도 하지 못했다.

"은영 씨, 송아 자꾸 만지면 닳아요."

은영 씨는 헤어지는 마지막 순간까지 내 손을 붙잡고 있다가 여국대 사장에게 한 소리를 듣고 말았다. 여국대 사장은 며칠 전 수리 씨가 내게 면박을 줬던 일을 기억하는 모양이었다. 내가 어처구니없어 하며 쳐다보는데도 그는 어린아이처럼 장난스럽게 미소 지었다.

"그 말, 해보고 싶었어."

이후 여국대 사장은 나와 함께 택시를 탔고, 비룡 씨와 수리 씨, 은영 씨는 대리 운전기사를 불러 비룡 씨의 차를 타고 돌아갔다. 나를 데려다 주고 바로 집으로 돌아갈 줄 알았던 여국대 사장은 나와 함께 집 앞에서 내렸다.

"요리는 잘 배웠어요?"

"주방을 공개 안 하려고 하더라고. 문 앞에서 살짝 엿볼 수밖에 없었어."

"열 가지 재주를 가졌으면서 남들한테 있는 한 가지 재주까지 욕심을 내요?"

무언가 재미난 변명을 할 줄 알았던 그는 별안간 내 머리를 쓰다듬었다.

"내가 주방 쪽에 가 있는 동안 안 좋은 일 있었다며."

사실 그런 일이 일어난 직후에, 김성기 팀장에게서 날 지켜준 사람이 비룡 씨가 아니라 그였다면 얼마나 좋았을까 생각해 보았다. 요리 기술에 마음을 빼앗겨 나를 두고 사라진 그에게 조금 서운했었다.

"그런 광고주 밑에서 용케 참았네. 고생했어."

'고생했어' 라는 말이, '앞으로는 고생하지 않아도 돼' 라는 말로 들려 서운했던 마음이 누그러졌다. 그는 나를 꼭 안아주고 토닥여 주었다.

☆ ☆ ☆

 다음날 오전, 50인분의 주문을 끝내고 수리 씨와 비룡 씨가 약속이 있다며 나가자마자 카레빵맨 팀장에게서 연락이 왔다. 여국대 사장이 날 위해 칠게튀김을 하겠다며 나를 주방 테이블 앞에 앉혀놓았을 때였다.
 [송아 씨, 어제 김성기 팀장 만났나? 포크포크에서 다른 협력 업체한테 접대받은 거 걸렸다고, 김성기 팀장이 거기 송아 씨가 관련돼 있다고 하던데, 무슨 얘기야?]
 오랜만에 연락한 카레빵맨 팀장은 바르르 떨고 있는 듯했다. 나는 무슨 일인지 싶어 카레빵맨 팀장에게 자초지종을 물었다.
 [어제 김성기 팀장이 협력 업체 사람들하고 비싼 양주를 마셨는데, 그걸 누가 공정위에 신고했다나 봐. 그런데 그게 무슨 송아 씨랑 관련돼 있다고 하면서 대뜸 우리랑도 계약 철회하겠다는데, 이거 송아 씨가 그런 거 아니지?]
 지난밤 수리 씨가 김성기 팀장의 사진을 찍었던 것이 기억났다. 그 사진을 단서로 공정거래위원회에 제보를 한 걸까? 김성기 팀장이 지금까지 내게 한 일은 분명 벌을 받아야 마땅한 일이었지만 그 여파가 브라운 커뮤니케이션에까지 미치게 할 수는 없었다.
 즐거운 듯 종종 미소 지으며 칠게들을 튀겨내고 있는 여국대 사장에게 미안한 마음이 들었다. 오백 원짜리 동전만 한 칠게들이 귀엽게 느껴졌지만 내 걱정거리가 먼저였다.
"숭고한 시식 시간이 될 거야."
곧 그는 칠게튀김이 듬쑥하게 담긴 그릇을 테이블 위에 내려놓았다. 그리곤 마냥 기쁘게 웃으려다 내 멍한 표정을 보고는 내 시선 앞에서 한 손을 휘휘 저었다.
"일단 먹고 생각해."
"미안한데, 이런 마음으로는 못 먹겠어요. 이따 먹을게요."
"뜨끈뜨끈할 때 먹어야 맛있지. 맛있는 걸 먹고 나면 기분도 좋아지지 않겠어?"
"먹는 것보다 더 중요한 일이라서요."
"가끔 넌 모든 걸 너무 어렵게 생각해."
그는 칠게튀김 하나를 집어 내 입에 넣어주며 말했다. 나는 찡그린 얼굴로 그의 칠게튀김을 받아먹었다.
"먹는 게 제일 중요한 거야."
내가 튀김을 입에 넣고 오물거리자 그는 내 표정을 살폈다. 내가 이 음식에 대하여 어떤 평을 할지 기대된다는 얼굴이었다.
"못 먹어서 굶어 죽을 정도가 돼야 먹는 게 제일 중요한 거죠. 지금 내 고민은 인간관계에 대한 거라고요."
나는 그가 기대하는 대답이 아닌, 다른 말을 해버렸다.
"그건 인간관계에 대한 게 아니잖아. 안 해도 될 참견이라고."
"팀장님한테 먼저 전화가 왔잖아요."

원하는 말을 듣지 못했기 때문일까? 줄곧 편한 얼굴을 하고 있던 그의 표정이 잠깐 굳어졌다.

"넌 왜 그렇게 고집이 세냐?"

"사장님이야말로 왜 그거 하나 이해를 못해줘요?"

"그럼 잘 생각해 봐. 예전에 회사 다니던 때에 미련 있는 거 아니야?"

"미련이 아니라 정이죠. 게다가 나 때문에 그렇게 됐다는데, 당연히 걱정되죠. 경주도 있고."

아차 싶었다. 내가 그에게서 나오는 여자의 이야기를 좋아하지 않듯, 내 입에서 나오는 경주의 이야기 또한 그가 좋아할 리 없다.

"아무튼 신경 쓰이잖아요."

나는 '아무튼'이라고 하며 서둘러 말을 돌려보고자 했지만 여국대 사장의 표정은 이미 굳어 있었다.

"그럼 네가 할 수 있는 일이 뭔데. 지금 광고회사랑 그 햄회사랑 틀어진다 한들 네 힘으로 막을 수 있을 것 같아?"

"적어도 노력은 해볼 수 있잖아요. 신고를 철회할 수 있는지 알아본다거나."

"긁어 부스럼을 만드는 거야. 그리고 부당한 일을 신고한 걸 철회하라고? 차라리 계속 그런 일에 관여하고 싶으면 광고회사로 돌아가. 그건 말리지 않을 테니까."

"누가 그러겠대요?"

그의 말이 너무 냉정하게 들려 소리가 높아지고 말았다.

"왜 사장님은 자꾸 나보고 다른 일을 하라고 그래요?"

좀 전까지만 해도 귀엽게만 보였던 칠게들이 여국대 사장처럼 못돼먹어 보였다.

"이게 그러고도 날 위한 요리예요? 이건 그냥 사장님의 욕심을 채우기 위한 거잖아요. 1등 요리사가 되려는 못된 욕심."

"왜 애기가 거기로 튀는데."

"왜 요리 말고 다른 것엔 조금도 관심이 없냐고요."

그는 어이가 없다는 투로 말없이 나를 쳐다보았다. 조금도 내 마음을 헤아려 주지 않는 표정이었기에 더 화가 날 수밖에 없었다.

"계속 여기서 숭고하게 요리나 해요."

나는 여국대 사장을 아틀리에에 세워놓고는 현관문을 쾅 닫고 나와 버렸다. 물론 몇 가지 말은 분명 내가 실수한 것이다. 하지만 그는 나에게 광고회사로 돌아가라는 말을 해서는 안 되는 거였다. 내가 아틀리에를 좋아한다는 것을 조금도 인정해 주지 않았다는 뜻이니까.

그는 연인인 나에게 친절하지만 아직 그 본성을 드러내지 않은 것일 수도 있었다. 처음의 설렘이 시들어갈 즈음이 되면 그는 다시 본성을 드러낼 것이다. 역시 사귀지 않았던 상태로 감정 싸움을 하던 시절이 더 좋았던 게 아닌가 싶기도 하다.

그런데 이게 뭐지? 엘리베이터를 타고 내려와 오피스텔 정문을 나서는 순간, 뭔가 껄끄럽고 무거운 마음이 생겼다. 속상한 마음을 숨기고자 내 행동이 옳은 것이었다고 계속 중얼거리며 걸음을 빠르게 옮기는데 어쩐지 눈물이 날 것 같았다.

"송아 씨, 집에 가?"

지하철역에 거의 도착했을 때, 도로에서 누군가 나를 부르는 소리가 들렸다. 볼일을 보고 아틀리에로 돌아가려던 비룡 씨가 차 문을 열고 내게 말을 건 것이었다.

내 표정을 본 걸까? 비룡 씨는 순간 놀라는가 싶더니 데려다 줄 테니 기다리라며 소리쳤다.

"아틀리에 간다면서요."

"안 가도 돼. 거기서 기다려. 차 돌려서 올게."

누구와도 말을 하고 싶지 않은 기분이라 비룡 씨에게 그냥 가겠다고 연락하려는데, 이런, 핸드폰이 없었다. 아틀리에에 놓고 온 것을 뒤늦게 알게 된 것이다.

결국 그 자리에 서서 기다렸다가 비룡 씨와 함께 집으로 돌아가게 되었다. 차 안에서 비룡 씨는 우울함을 달래주려는 듯이 내 고민을 물었다. 그리고 또 결국, 비룡 씨의 편하고 차분하며, 나를 치유해 주는 듯한 화술에 마음을 놓아버리고 여국대 사장과 있었던 일을 이야기하고 말았다. 물론 그의 험담을 하고 싶지는 않아 우리의 의견이 칠게냐, 광고회사냐로 갈렸다 정도의 이야기만 들려주었다. 비룡 씨는 내 이야기를 잠자코 듣다가 어제의 소동은 자신이 시작한 것이라며 사과하고는 포크포크와의 일을 알아봐 주겠다고 말했다.

"요리를 할 때 사장님한테는 내가 없어요. 꼭 아틀리에 일이 아니더라도요."

말을 막상 내뱉고 나니 찝찝한 기분이 들었다. 나 역시 그가 한 음식보다는 내가 먼저였지. 이상하게도 이제 포크포크에 대한 걱정은 안중에도 없이 오로지 여국대 사장에 대한 원망만 남았다. 내가 본질을 잊은 채 화를 내고 있었던 걸까.

"우리가 처음 만났던 날을 생각해 봐. 그때 송아 씨가 국대 바라보는 눈빛이 어땠나."

개운치 않은 기분을 느끼고 있을 때 비룡 씨가 말했다.

"내가 뭐라고 얘기해도 듣지도 못하더라."

"제가 그랬어요?"

"처음으로 눈 돌렸을 때가 언젠 줄 알아?"

글쎄요, 기억나지 않는군요, 라고 말을 하려는데 비룡 씨가 먼저 입을 열었다.

"국대가 만든 음식 먹을 때."

아, 생각났다. 그랬던 시절이 있었지.

"먹는 사람도 그렇게 눈이 돌아가는데 만드는 사람은 얼마나 집중하는 거겠어."

"……그렇지만 매번 요리할 때마다 나를 완전히 제쳐두면 계속 상처받게 될 것 같아요."

"이제 다신 안 그럴걸. 국대의 가장 좋은 점이 뭔 줄 알아? 한 번

한 실수는 다시 안 한다는 거야. 완벽주의자인 척하는 걸 좋아해서. 난 오히려 상황이 뒤집어질 거라고 생각하는데?"

 순간, 머릿속에서 무언가가 번쩍하고 지나갔다. 그제야 깨달았다. 여국대 사장은 실수를 했지만 나는 잘못을 했다는 것을.

 "아…… 저 내려주세요, 아틀리에로 돌아가야겠어요."

 "그래?"

 "핸드폰을 놓고 온 것 같아서요."

 마음도 놓고 왔을 것이다.

 "알았어. 지하철역에서 세워줄게."

 비롱 씨는 가까운 지하철역 앞에서 나를 내려주었다.

 지하철을 타고 아틀리에로 돌아가는 동안 또 많은 생각을 했다. 나는 그에게 화를 내고 뒤도 돌아보지 않고 아틀리에에서 나와 버렸다. 핸드폰까지 두고 가는 바람에 연락이 안 된다며 그가 쩔쩔매고 있을지도 모르겠다. 아니, 내 어처구니없는 고집에 화가 났을지도 모른다.

 언젠가 덕희는 남자친구와 싸우고 화해를 하지 못해 멀어졌다는 말을 했었다. 잘못한 걸 알면서도 미안하다고 말하는 것은 어렵다고 했던 친구의 말을 이제야 이해할 수 있을 것 같았다.

 가볍지는 않은 걸음으로 돌아온 아틀리에엔 아무도 없었고, 내 핸드폰도 없었다. 그는 내 핸드폰을 가져다주러 우리 집으로 간 것일까. 역시 돌아오지 않고 화난 척 집으로 가는 게 옳았을까. 그렇다면 내 자존심도 세우면서 그의 사과까지 받을 수 있었을 텐데.
 다시 집으로 갈까 하다가 엇갈릴 것 같아서 가만히 그를 기다려 보기로 했다.
 한 시간쯤 지났을까. 현관문이 천천히 열리면서 그가 들어왔다. 하아, 한숨을 길게 쉬던 그는 젖은 듯 빛나는 눈으로 나를 바라보았다. '여기 있었구나'라고 얘기하는 것 같았다.
 "미안해요, 억지 부려서. 아까는 왠지 기분이 좀 그랬어요."
 자존심을 세우느라 볼멘소리를 다 풀지는 못했다.
 "이리 와."
 그는 내게 이리 오라고 말했지만, 내가 일어났을 때 그는 이미 내 앞에 와 있었다. 내가 한 걸음만 가까이 가면 닿을 수 있도록 먼저 다가와 주고 손 내밀어주는 남자. 나는 좀 전에 이런 남자에게 화를 냈었다.
 "화 안 났어."
 그는 내 어깨를 잡아 주방으로 천천히 데려갔다.
 "나도 잘못한 거니까 미안하다고 안 해도 되는 거고."
 그가 내 몸을 번쩍 들었다. 곧 주방 테이블 위로 내 엉덩이가 앉혀졌다. 한 번도 생각해 본 적 없는 장면이었다. 물론 내 엉덩이에서 냄새야 나지 않겠지만, 숭고한 테이블이 불쾌해지지는 않을까, 그가 두고두고 후회하지는 않을까 걱정이 먼저 되었다.
 "주경주 씨한테 아까 전화 왔어. 일은 잘 해결됐으니 걱정하지 말라고. 그래도 걱정되면 이따가 연락해 봐."

그는 내가 걱정했었던 일에 대한 이야기도 짧게 전해주었다.

"요리만 하려고 한 건 노력할게, 내가."

자꾸 내 엉덩이에 깔린 테이블이 걱정되었다. 나를 테이블 위에 올려놓은 건, 내가 이 주방의 미친년이란 뜻인가? ……갈 데까지 가보자는 건가?

"광고회사 얘기를 한 건, 네 능력이 아까워서 그런 거였어."

생각을 이어나갈 새도 없이 그의 입술이 날 찾아왔다. 가볍게 내게 입 맞춘 그는 눈을 빛내며 날 향해 미소 지어주었다.

"나는 지금까지 이 주방에서 요리 말고 다른 건 해본 적이 없어."

그다음의 키스는 길고 따뜻했고 로맨틱했다. 우리에겐 더 이상의 시시콜콜한 사과의 말이 필요하지 않았다. 나는 그가 좋아 그의 목에 팔을 둘렀다.

칠게튀김은 식어버렸지만, 다시 먹지 않았다면 후회할 만한 맛이었다. 양념을 하지 않은 칠게튀김은 꽃게 과자 맛이 났고, 양념을 한 것은 달콤하면서도 고소했다. 좀 전에 안 먹겠다고 생떼를 썼던 게 부끄러울 만큼 훌륭한 요리였다. 내가 맛을 보는 동안 그는 가만히 내 표정을 살폈다.

"괜찮아?"

그가 내 허락을 구하듯 진지한 표정으로 눈을 빛냈다.

"어제 먹었던 것보다 더 고소한 맛이 나네요."

"집에서 만든 굴소스를 쓰면 그렇게 돼."

"전부터 계속 궁금했던 게 있는데요. 왜 이런 요리를 만들고 내 의견을 묻는 거예요? 사장님은 프로 요리사잖아요."

그는 고개를 갸웃거리며 '내가 그런가?'라고 혼잣말을 하고는 다정하게 말했다.

"피아니스트도 신작 발표할 때는 1,500번 이상 연습을 하고 무대에 선다고. 내가 만든 음식이 예쁜지, 맛있는지 매번 확인해야 하는 건 당연한 거야. 프로일수록 겁이 나는 거라고."

"사장님도 겁나는 게 있구나."

"나는 뭐 사람도 아닌 줄 알아?"

그가 내 머리를 가볍게 훑었다.

"가령, 너 말이야. 넌 너무 작아서 언젠가 사라질까 봐 겁날 때가 있어."

그가 사뭇 진지해서 나는 그의 말을 받아칠 수 없었다.

"오늘처럼 말이야."

내가 알지 못하는 그의 과거에는 두 명 이상의 여자가 있었다. 아니, 그의 어머니까지 꼽으면 세 명. 그는 어머니의 손길을 느끼지 못하고 자랐고 현주라는 여자와의 관계도 좋지 않게 끝났고 결혼에도 실패했었다. 어쩌면 이 사람이 내게 마음을 열었다는 것은 놀라운 일이었다.

그도 나처럼, 소중하여 불안한 마음으로 나를 보고 있었을까. 역시 좀 전에 나는 그에게 너무 큰 잘못을 했던 것이다.

"한국인들은 누구나 김첨지 감성을 가지고 있어요."

"김첨지?"

"현진건의 〈운수 좋은 날〉에 나오는 김첨지요."

"아, 설렁탕을 사다 놨는데 왜 먹지를 못하니, 이 말 진짜 마음 아팠어. 나도 설렁탕 좋아하는데. 눈물 나올 뻔했다니까."

〈안녕, 언젠가〉를 보고 눈물 한 방울 흘리지 않았다는 사람이 설렁탕에 눈물을 흘릴 뻔했다라……

"그런 게 아니고요. 물론 그때의 시대적 비극이 첫 번째 주제이긴 하지만, 우리들한테는 그런 마음이 있다고요. 내 행복의 양은 이미 정해져 있고 오늘 기쁘다면 내일은 슬플 것이다."

무어라 의견을 내놓을 줄 알았던 그는 입을 닫았다. 내 말을 헤아려 보는 듯했다.

"그렇게 생각했는데 어느 날 어떤 못된 남자가 그러더라고요. 오늘 행복할 기회를 놓치지 마라."

그는 나를 지그시 바라보다가 다짜고짜 내 양 볼을 두 손으로 잡았다.

"못된 남자가 뭐냐? 애인한테."

나도 그의 양 볼을 잡았다.

"그날요, 유미 왔던 날. 내가 왜 그런 진상 짓을 했는지 진짜 몰라요?"

"내가 유미한테만 잘해주니까 네가 심술 나서 그랬던 거잖아."

"어이구. 참 귀여운 발상이시네요. 유미 친구라고 해도 믿겠어요."

나는 그의 양 볼을 세게 잡아당기다가 그가 아플 만한 순간에 손을 놓았다. 그는 내 볼을 잡았던 손을 풀고 아픈 듯 자기 볼을 감싸며 으르렁거렸다. 나는 나대로, 내 볼이 뜨거웠던 어느 날의 기억이 떠올라 그에게 물었다.

"나 입원해 있을 때 병원에서요. 그거 사장님 맞죠?"

"뭐가."

그는 볼에서 열이 나는 것을 식히려는지 냉동실에서 얼음을 꺼내 입안의 양쪽에 넣었다. 초등학교 3학년 때쯤 방영했던 애니메이션 〈보거스는 내 친구〉가 떠올랐다. 그는 내 입에도 아랑곳없이 얼음 두 개를 넣었다. 각지지 않은 얼음이라 입안이 아프지는 않았지만 너무 차가웠다.

"애가 아거 있을 애 앗다안 아암요(내가 자고 있을 때 왔다 간 사람요)."

"무슨 소릴 하는 건지 모르겠네."

얼음을 오도독 깨물어 먹은 그가 심드렁하게 말했다. 나도 물고 있던 얼음을 뱉었다.

"엊그제 그랬잖아요, 사장님이! 네 번째라고."

"뭘 네 번째라고 했다는 거야?"

괜스레 얼굴이 또 뜨거워졌다. 그는 내게서 '뽀뽀'라는 말이 먼저 나오도록 유도하고 있었다. 우리가 사귀기 전까지의 모든 일은 낯부끄러운 이야기를 제대로 하지 못하는 내 수줍음 많은 성격 때문에 일어난 것이었다. 결과적으로는 잘된 일이 되었지만 내가 경주에게 병원에서의 일을 처음부터 제대로 질문했었다면, 내가 좀 더 정확한 사람이었다면 더 빨리 그에게 달려갈 수 있었을 것이다.

"됐어요."

뾰로통하게 그에게 말했다. 내가 말을 하다 말고 심술을 부리니 그가 나를 잡아당겨 한 팔로 끌어안았다. 그의 가슴에 다시 머리가 닿았다. 심장 고동 소리와 함께, '흐음' 하는 목을 가다듬는 소리가 울렸다.

"……너희 어머니라고 해둬."

그가 나를 끌어안은 팔에 힘을 주었기 때문에 나는 그의 얼굴을 볼 수 없었다. 버둥거리다가 그에게서 벗어나 고개를 들었을 때에야 귀까지 빨개진 그의 얼굴을 확인할 수 있었다.

지금껏 꽉 막혔던 것이 그제야 뚫리는 기분이었다. 이 사실을 알기 위해서 얼마나 뛰어다녔는지, 얼마나 가슴 졸였고, 얼마나 상처받았었는지. 나 하나의 상처뿐 아니라 경주의 마음까지 이어져 있는 일이어서 더 안타까운 시간이었다.

그의 마음이 언제부터였는지 확인하고 싶은 욕심이 생겼지만 말을 아꼈다.

"지금 얼굴이 꽃분홍색인 거 알아요? 진달래꽃 같아요."

"사돈 남 말 하지 마. 너는 핑크팬더 같으니까."

"사장님이 내 연약한 살을 꼬집어서 그런 거잖아요. 사장님은 귀까지 빨갛다니까요."

그가 대뜸 내 손을 잡고 내 가방을 들었다.

"집에 가자. 데려다 줄게."

"설거지 안 해도 돼요?"

그는 내게서 등을 돌린 채로 내 손을 제 외투 주머니에 넣었다. 뒤에서 슬그머니 들여다보는 그의 얼굴빛이 여전히 꽃분홍이었다.

"너랑 둘이만 있으면 기분이 이상해지는 것 같아."

그의 말에 내 얼굴도 달아오를 수밖에 없었다.

주차장으로 가는 내내 그는 빠른 걸음으로 걸어가며 히죽히죽 웃었다. 그는 빠른 걸음으로 걸어가면 되었지만 나는 세 걸음에 한 걸음쯤 뛰어야 했다. 그런 식으로 그와 보조를 맞추려니 배려가 없는 그에게 화딱지가 났다.

"내 생각 좀 해줄 수 없어요? 왜 그렇게 걸음이 빨라요?"

그는 여전히 웃는 얼굴로 나를 골리듯 말했다.

"나랑 걸음 맞추려고 종종거릴 때 귀여워. 행복을 느낀다고."

"사장님 행복하자고 나를 힘들게 해요?"

"사랑은 서로 맞추는 거야. 우리는 서로의 행복을 위한 관계인 거고. 행복하다는 쪽의 손을 들어줘야 되는 거 아닌가?"

말은 행복이니 어쩌니 하면서 사악한 주장을 펼치는 그가 얄미웠다.

그리고 집에 도착하여 대문 앞에서 굿바이 키스를 나누는 순간, 좀 전의 일로 심술이 난 나는 일부러 발꿈치를 들지 않았다.

"진짜 작다."

그가 허리를 굽혀 나와 입을 맞추고는 푸념하듯 말했다.

"뭐예요, 새삼. 벌써 콩깍지가 벗겨졌어요?"

"박송아 자체가 콩깍지만 한데 벗겨질 게 어디 있어? 근데 정말 키스를 할 땐 발꿈치라도 들어주면 안 돼?"

"사장님이 나랑 키를 맞추려고 허리를 굽힐 때 멋있어요. 행복을 느낀다고요."

드디어 나는 그가 나를 약 올렸던 방식으로 그를 골려줄 수 있게 되었다.

"넌 연애도 안 해봤다면서 참 여우 같은 데가 있어. 어째 조금도 지려고 하지를 않냐?"

"사장님이야말로."

우리는 티격태격할 때 코드가 더 잘 맞았다. 그 역시 내가 어떤 말을 해도 잘 맞받아쳐 주었다. 우리는 배드민턴 셔틀콕을 가지고 놀듯, 어디로 튈지 모르는 대화에 집중했다.

내 눈에 보이는 세상이 온통 꽃분홍색이어서 웃고 다니는 날이 많아졌다. 주변을 잘 보지 못한다고 수리 씨에게 한 소리 듣기도 했지만 마냥 좋았다. 그렇게 봄이 오고 있었다.

☆   ☆   ☆

외롭다는 덕희에게는 소개팅을 주선해 주고, 포크포크 일로 힘들었을 경주에게는 위로의 말을 해주었다. 포크포크는 올해 첫 번째 광고를 끝내자마자 브라운 커뮤니케이션과의 계약을 일방적으로 끝내 버렸다고 한다. 덕분에 또다시 경쟁 PT를 하게 되었지만, 경주는 그런 악덕 광고주를 참아내느니 경쟁 PT를 두 배로 하는 게 낫다는 말로 내 걱정을 덜어주었다.

그나마 후련했던 건, 그 접대 사건을 계기로 도를 넘어선 '갑(甲)질' 이 모두 까발려진 김성기 팀장이 몇 개월 감봉과 함께 지방 영업소로 발령이 났다는 것이었다. 나는 너무 고소한 나머지 한동안은 연애보다도 이 소식을 전해 듣는 일에 더 신이 났던 것 같다. 여국대 사장은 그런 나를 나무라지 않았다.

송주는 가끔 여국대 사장과 나와의 관계에 대해 남사스런 질문들을 했지만 그래도 누나의 첫 남자친구를 잘 받아들이고 있는 듯했다.

여국대 사장과 비룡 씨, 수리 씨 세 사람은 여전히 내가 아틀리에에 도착하기 전이면 무언가 작당을 하듯 소파에 앉아 머리를 맞대고 있었지만, 나는 한 번도 그 일에 대해 묻지 않았다. 나중에서야 든 생각이지만 그때 차라리 꼬치꼬치 캐물었어야 했다.

금메달 씨가 아틀리에에 다녀간 후, 한 달의 시간이 흘러 금메달 씨의 결혼식도 가까워졌다. 우리는 금메달 씨에게 줄 결혼 선물과 함께 편지를 전해주기로 했다. 물론 내가 대표로 펜을 들었다.
"송아 씨는 언제 시집갈 거야?"
그날 치의 일을 마치고 열심히 편지를 쓰는 중이었던 나는 비룡 씨의 질문이 언제 집에 갈 거냐는 말인 줄로만 알았다. 덕희와 동네에서 만나기로 약속했기 때문에 마음이 바빠 말을 헛듣고 말았다.
"바로 갈 거예요. 이것만 다 쓰고요."
여국대 사장이 뒤에서 나를 끌어안았을 때에야, 내가 어떤 질문을 받았던 것인지 깨달을 수 있었다.
"평생 이렇게 웃겨줄 거면 내가 결혼해 줄 수 있는데."
여국대 사장이 비룡 씨가 지켜보고 있다는 것은 생각도 않고 이런 느끼한 말들을 하고 있을 때 비룡 씨가 비틀거리며 일어나 나갔다.
"여기 더 있다간 미쳐 버릴 것 같아. 속이 안 좋아. 집에 가서 매실 원액이라도 먹어야겠어."
비룡 씨가 나간 후에도 얼마간 그는 나를 끌어안은 팔을 풀지 않았다. 그다음 써야 할 문장을 잊어버린 내가 그의 백허그를 풀고 실눈으로 노려보는 동안에도 그는 즐거운 표정이었다.

"결혼은 싫다면서요. 딱 저 소파에 힘 빠진 고등어처럼 누워서는 그렇게 말했으면서."

"그때 생각이야 그랬고. 결혼하기 싫은 사람이 어딨어?"

역시 앞뒤가 다른 사람이라 말도 잘 바꾸네.

"나 닮은 남자애가 어떻게 생겼을지 궁금하단 말이야."

"남자애? 여자애가 태어날 수도 있잖아요."

"여자애도 당연히 궁금하지. 하지만 여자앤데 네가 말한 것처럼 나 닮아서 머리가……."

그는 말을 하려다 말았다. 나는 그다음의 말을 스스로 깨닫고 웃음이 터져 버렸지만.

"아무튼 우리 애기가 궁금하긴 해."

터져 버린 웃음을 끊어놓는 그의 말에 또 얼굴이 달아올랐다.

"오늘은 안 데려다 줘도 돼요. 덕희랑 중간에서 만날 것 같아요."

빨개진 얼굴을 숨기기 위해 둘러대듯 말했다. 매번 나를 집 앞까지 바래다준 그에게도 휴식이 필요할 것 같아 자애로운 척 말했는데, 막상 그가 알았다고 하니 서운한 느낌이 드는 것은 어쩔 수가 없었다.

지하철을 타고 가다가 중간에서 만날 줄 알았던 덕희는 일이 늦어진다며 일단 집에 들어가 있으라고 연락했다.

7시가 다 되어가니 주위가 어두워졌다. 그가 매일 바래다주던 길을 혼자 가기 때문일까. 지하철역에서 나와 집으로 가는 동안, 누군가가 나를 따라오고 있는 것 같은 느낌을 받았다. 빨리 걷다가 뒤를 휙 돌아보면 무언가 움찔하는 그림자 같은 것이 느껴졌다. 그러나 느낌이었을 뿐 물증이 있는 것은 아니어서 기분 탓이라 생각하며 집 앞 골목까지 빠른 걸음으로 걸었다.

어찌 된 일인지 늘 있던 한두 명의 지나다니는 사람도 없어, 골목길엔 음산한 기운이 깔려 있었다. 역시 그동안 여국대 사장이 나를 너무 과보호한 탓에 몹쓸 신경증이 생긴 것이라 생각하는 수밖에 없었다. 결국 나는 집에 도착하길 몇 걸음 앞두고 빠르게 뛰었다.

가방 안에서 늘 한 번에 손에 잡혔던 대문 열쇠를 찾아 손을 더듬거렸다. 하지만 한 손에 핸드폰을 쥐고 찾아선지, 마음이 급해서인지 더 손이 느려지는 것 같았다. 그 순간.

"저기요, 학생."

"아악!"

별안간의 목소리에 핸드폰을 바닥에 떨어뜨리며 소리를 질렀다. 누군가가 대문을 붙잡고 있는 내게 말을 걸었던 것이다. 돌아보니 정장 차림을 한 신사다운 사람이 서 있었다. 너무 긴장한 나머지 손에 땀이 날 정도였다. 하지만 곧 정신이 돌아왔다. 여기는 내 구역이야. 이상한 낌새가 있으면 바로 소리를 지르면 돼.

"아, 죄송합니다."

그 사람은 나를 놀라게 했다는 사실에 더 미안해하며 사과했다.

"말씀 좀 여쭤보려고 한 건데. 여기 가까운 지하철역이 어디 있습니까?"

"큰…… 길로 나가셔서 오른쪽으로 쭉 가시면 돼요."

깜짝 놀란 후라 그런지 소리가 제대로 나오지 않아 말을 조금 더 듬고 말았다. 정장을 입은 사람은 가볍게 목례를 하고는 나를 떠났다. 재빨리 집으로 들어온 나는 송주에게 전화를 걸어 집에 빨리 들어오라고 다그쳤다.

이상했다. 지하철역을 물어보려면 좀 더 큰길가로 나가서 물어봐야 하는 거 아니야?

다음날은, 오전에 큰 주문이 있어 일찍 아틀리에에 도착했다.

밤사이 무슨 일이 벌어졌던 건지, 한쪽 눈두덩에 시퍼렇게 멍이 든 수리 씨가 은영 씨의 간호에 쩔쩔매고 있었다. 그간 해사하게 웃는 모습만을 보였던 은영 씨는 웬일인지 인상을 찌푸리며 수리 씨의 눈에 쇠고기를 붙이려 애쓰고 있었다. 이를 불쌍하게 보던 여국대 사장과 비룡 씨가 내게 눈짓으로 인사했다.

"무슨 일 있었어요?"

수리 씨의 멍은 몇 주일은 갈 것 같은 상태였다. 걱정되는 마음에 여국대 사장에게 물었다.

"아니, 아무 일도 없었……."

여국대 사장이 편하게 넘겨 버리려는 말을 은영 씨가 잘랐다.

"이렇게 멍이 들어서 왔는데 아무 일도 없긴요! 그 사람들이 칼이라도 가지고 있었으면 어쩔 뻔했어요! 걱정 끼칠까 봐 사실대로 말 안 하는 게 얼마나 속 터지는 일인지 아직도 몰라요?"

지금껏 순둥이이기만 했던 은영 씨의 목소리엔 날이 서 있었다.

"사실대로 얘기해야죠!"

무언가 세 사람이 엄청난 일을 저지른 모양이었다. '칼' 이야기까지 나오자 심장이 덜컥 내려앉는 것 같았다.

여국대 사장과 수리 씨가 뜸을 들이니, 비룡 씨가 먼저 입을 열었다.

"수리가 예전에 알던 애들한테 최민수 정보를 얻을까 해서 만나러 갔었대. 국대가 걱정할까 봐 혼자 간 모양인데, 국대는 그걸 알고 뒤늦게 수리를 쫓아갔나 봐."

여국대 사장이 비룡 씨의 말을 끊고 수리 씨를 나무랐다.

"그런 델 왜 혼자 가냐고. 적어도 나나 비룡이한텐 얘기했어야지."

"어두운 뒷골목도 아니고, 장사 잘되는 소주집이었잖아."

비룡 씨가 여국대 사장과 수리 씨를 조용히 시킨 후 다시 말을 이었다.

"아무튼 수리는 소주집으로 가기 바로 전에 먼저 2대 1 기습으로 한 방 맞았대. 그걸 본 국대가 끼어든 거고."

중학교 일진도 아니고 다 큰 어른들이 골목길 싸움이라니. 여국대 사장이 원망스러울 수밖에 없었다. 내게 미안해하지도, 어제의 일을 부끄러워하지도 않는 여국대 사장이 조금 실망스러웠다.

"국대 형 주먹 한 방에 두 사람이 나가떨어졌어."

수리 씨가 무용담 이야기하듯 가볍게 말했다.

"폭력을 쓰고 다녀요?"

나는 인상을 쓰고 여국대 사장을 빤히 보며 쏘아댔다. 여국대 사장은 내게 미안한지 되도 않은 보조개 만들기 애교를 부리며 미소 지었다.

"어쩔 수 없는 상황이었어."

"수리 씨 손을 잡고 그 상황을 빠져나갈 생각을 해야죠. 그 이후에 신고를 하더라도!"

나는 퉁명스럽게 말했다. 어제 대문 앞에서 있었던 일을 이야기할 생각이었는데 더 신경 쓰이는 일이 벌어졌던 것이다.

"송아 씨, 그래도 마지막은 훈훈해. 그 자식이 한 대 치고 도망가다가 차에 치일 뻔했는데 국대 형이 긴 팔을 휙 뻗어서 사람 하나 살렸지."

수리 씨가 웃으며 말했지만 수리 씨 또한 은영 씨에게 꼬집혔다.

"그래서, 일은 다 해결된 거예요?"

"걔네들이 날 때린 건 다 최민수가 만든 오해였고, 최민수는 교도소에 있고 최민수 아래 있는 똘마니도 한 명인 것 같아. 당분간은 괜찮을 거야. 최민수가 나오기 전에 똘마니 쪽도 물밑 작업해야지.

여인들 말대로 사랑과 평화로 해결할 거야. 걱정 마."

사실 '여자친구'의 역할이 어디까지인지 잘 모르겠다. 나에겐 그의 선택을 나무랄 권리가 없다. 과거를 되돌릴 수도 없는데 끝이 좋았다는 일을 들추어내 화를 낼 수는 없는 것이다. 내 말대로 신고를 했다면 더 안 좋은 끝이었을 수도 있다. 하지만 그가 다치지는 말았으면 좋겠다. 은영 씨도 그런 마음으로 수리 씨에게 화를 낸 것이었을 거다.

출근길에 들렀던 은영 씨가 떠난 후, 우리도 그날의 주문을 소화하기 위해 재료들을 확인했다.

"일하자. 오늘 주문 많아."

"나 이 쇠고기 붙이고 일해야 되나?"

"당연하지. 그게 다 업이야."

여국대 사장의 말에 수리 씨는 눈가에 쇠고기를 붙인 채로 한숨을 쉬며 주방으로 왔다.

"빨리 끝내고 쉬자."

그가 도마 앞에 서서 미소 지으며 말했다. 그동안의 걱정을 모두 털어버릴 수 있는 미소였다. 나는 항상 듬직한 모습을 보여주었던 그에게 좀 더 고마워해야 했다.

투욱—

둔탁한 소리를 내며 그가 쥐고 있던 칼이 그의 발밑으로 떨어졌다. 칼이 잘못 떨어졌다면 그가 상처를 입을 수도 있을 법한 위치였다. 순식간에 주위가 싸해졌다. 비룡 씨와 수리 씨의 눈이 여국대 사장을 향했다.

"형이 칼을 떨어뜨릴 때도 있어?"

깜짝 놀란 수리 씨가 여국대 사장이 다치지 않았다는 것을 알아차리고는 놀리듯 말했다.

여국대 사장은 수리 씨의 말에 피식 웃으며 떨어진 칼을 향해 허리를 굽히고 손을 뻗었다. 웬일인지 그의 올린 입 끝이 일그러져 가고 있었다. 그는 칼 손잡이를 잡기 전에 왼손으로 오른쪽 어깨를 잡았다. 손잡이를 쥐려는 오른쪽 손끝이 미세하게 떨리고 있었다.

투둑—

그가 꽉 쥐는가 싶던 칼이 다시 그의 손에서 벗어나 바닥에 떨어졌다.

운명은 항상 내 편이 아니었고, 일이 꼬이는 건 순식간이었다.

16. 만나지 말아야 할 사람

 오래전 유치한 장난을 치다가 402호의 책장을 쓰러뜨린 적이 있었다. 그때 넘어지는 책장을 온몸으로 막아낸 사람은 장난을 시작한 내가 아니라 여국대 사장이었다. 그날 밤, 그는 내가 잠들어가던 순간에 내게 전화하여 몸은 괜찮으냐고 물었었다. 내가 먼저 그를 걱정해야 했었다는 걸 그땐 몰랐다.

☆   ☆   ☆

 나는 사고에 대처하는 법을 아직도 잘 모른다. 깜짝 놀라 여국대 사장에게 가까이 간 비룡 씨가 여국대 사장의 팔을 살피는 동안 난 그저 멍하니 그를 보고 있었다.

"힘이 없기만 한 거야, 통증도 있는 거야?"

여국대 사장은 비룡 씨의 걱정을 뿌리치고 왼손으로 칼을 주웠다.

"갑자기 이런 거야?"

"그래. 그러니까 좀 지나면 괜찮을 거야. 아침이라 힘이 잘 안 들어가서 그래."

그는 덤덤하게 말했지만 그의 목소리엔 짜증이 서려 있었다. 결국 그는 우리에게 먼저 일을 하고 있으라고 말하고 밖으로 나갔다. 나와는 눈도 마주치려 하지 않았다. 그가 나가자마자 나도 그를 따라 밖으로 나갔다. 그는 오른쪽 팔을 매만지며 엘리베이터 쪽으로 가고 있었다. 나도 그와 함께 엘리베이터에 올랐지만 그는 내가 같이 가길 원하지 않았다.

"잠깐 병원 좀 갔다 올게."

"너무 아침이라서 병원은……."

"응급실로 가면 될 거야. 늦어질 것 같으면 그냥 올게."

나는 그의 오른쪽에 가 섰지만, 그는 왼팔을 뻗어 내 어깨를 토닥였다. 걱정 말라는 뜻이었다.

"손이 안 움직여요?"

"직업병이야. 병원에 다닌 지 좀 됐어."

그가 입꼬리를 올려 웃었다.

"그런데 지금까지 얘기를 안 했다고요?"

"별거 아니라서 안 한 거야."

"지금 팔을 움직이지도 못하고 있잖아요."

"박송아."

지금껏 애써 미소를 짓던 그가 무표정으로 나를 보며 내 이름을 불렀다.

"쫓아오지 말고 들어가서 재료 좀 다듬어줘."

그 짧은 말이 그렇게나 차갑게 들릴 수가 없었다. 그에게 더 다가가기가 겁이 날 정도였다.

1층에서 엘리베이터가 서고 그가 내렸다. 그를 따라가려 했는데 발이 떨어지지 않았다.

"많이 아파요?"

내게 등을 보이며 멀어지는 그에게 작게 물었다. 그는 대답 없이 왼쪽 팔을 위로 올려 흔들었다. 아틀리에로 돌아가라는 의미였다.

터덜터덜 아틀리에로 돌아왔다. 비룡 씨는 내가 말해주기도 전에 여국대 사장이 어디로 갔는지 알아챘다.

"병원에 간대?"

내가 고개를 끄덕거리니 수리 씨와 비룡 씨는 난감한 듯 한숨을 쉬었다.

"……사장님 언제부터 병원 다녔는지 아세요?"

마음을 가라앉히고 두 사람에게 물었다. 수리 씨는 그가 병원에 다녔다는 사실도 잘 모르는 것 같았다. 비룡 씨가 한동안 뜸을 들이

다가 말했다. 마치 무언가를 감추려는 사람처럼 입을 여는 데 조심스러웠다.

"세 달쯤 됐나 모르겠네. 필요할 때 진통제 먹는 수준이어서 걱정 안 했었어. 그냥 가벼운 근육통이라고 생각했지, 저 정도로 심각해질 줄은 몰랐어."

세 달 전. 내가 그를 처음 만났을 때도 그맘때였다. 나는 그의 팔에 이상이 있다고는 한 번도 생각해 보지 못했다. 그는 지금껏 가뿐하게 궁중팬을 잡았고, 운전을 하다가 실수를 하는 일도 없었고, 무거운 것을 들다 놓친 적도 없었다. 크리스마스 때 그는 그 팔로 내 허리를 잡아 들어 올리기도 했었다.

어제 주먹을 휘두를 때 팔에 충격이 있었던 걸까. 내가 생각지도 못한 곳에서 일을 저지르고 숨기려고만 했던 그가 원망스러웠다.

"주문 많아요?"

걱정스런 맘으로 비롱 씨에게 물었다. 비롱 씨 역시 무겁게 가라앉은 목소리였다.

"오전에 30인분, 오후에 20인분."

"사장님이 돌아오면 다 해결될까요?"

비롱 씨는 무언가 생각하는 얼굴을 하다가 핸드폰을 가지고 밖으로 나갔다.

"사장님이 어제 많이 무리했던 거예요?"

열심히 일을 할 시간이었는데 아틀리에엔 수리 씨와 나 둘만 남게 되어버렸다. 나는 수리 씨에게 어제 여국대 사장이 그렇게 무리를 했느냐고 보채듯 물었다.

"엄살 부리는 사람은 아니라 잘 몰랐어. 그쪽 애들이 한 번에 녹다운되긴 했지."

"엄살을 안 부린다고요? 예전에 꼬리뼈 다쳤다고 심통 부렸던 건 뭐예요, 그럼?"

"흠, 송아 씨. 그건 나도 이해가 가. 송아 씨가 잘못한 거야."

나는 그 말이 무슨 뜻인지 몰라 고개를 갸웃거리며 수리 씨를 보았다.

"내가 은영이한테 살짝 뽀뽀를 했는데 은영이가 날 확 밀쳐 내버렸다면…… 어후…… 게다가 크리스마스를 핑계 삼아 서양식 인사 좀 해본 건데 괴물 취급당하면…… 어후……."

수리 씨는 생각하기도 싫다는 듯 머리를 좌우로 흔들면서 한숨을 쉬었다. 정말? 날 들었다 놨다 했던 그 심통엔 그런 비밀이 있었던 거야?

"가만, 그러고 보면 형은 그때부터 송아 씨를 좋아했나 봐?"

수리 씨가 눈두덩의 쇠고기를 떼며 말했다. 멍은 조금도 가라앉지 않은 것 같았다.

정말일까. 여국대 사장은 그때부터 내게 조금은 마음이 있었던 걸까. 그러고 보니 언제부터 날 좋아했냐고 그에게 한 번도 물어보지 않았다. 그런 질문은 역시 부끄럽기도 했고, 언젠가부터 내게 과거는 중요치 않은 것이 되어버렸기 때문이다. 이렇게 얘기가 나오면 궁금해지는 마음이야 어쩔 수 없지만, 항상 그저, 그와 지금 서로 좋아하고 있다는 것이 우리에겐 가장 중요했다.

잠시 후 비룡 씨가 지금의 상황에 대한 대책을 가지고 돌아왔다.

"서울에 있는 다른 요리사한테 도움을 얻어볼 거야."

"그 편이 형을 기다리는 것보다 낫겠지?"

내가 아는 여국대 사장이라면 분명, 무슨 일이 있더라도 빠른 시간 내에 병원 진단을 받고 돌아와 더 빠른 속도로 임무를 완수하려 할 것이다. 하지만 상태가 심각하다면? 그가 아틀리에로 돌아와 제대로 움직이지 않는 팔로 무리하여 요리한다면 더 돌이킬 수 없는 일이 일어날 수도 있다.

"무리해서 더 잘못될 수도 있잖아. 지금은 그게 나을 것 같아. 구조 요청하러 다녀올게."

비룡 씨는 나와 같은 생각을 하고 있는 것 같았다. 요리하지 못하는 여국대 사장이라니. 돌이킬 수 없는 상황에 대해 상상을 하는 것은 끔찍했다.

"저도 갈게요."

비룡 씨는 나를 거부하듯 인상을 찌푸리다가 금세 표정을 풀고 고개를 끄덕였다. 수리 씨 역시 당연한 듯 자리에서 일어났다.

"그 눈으로 같이 가게?"

"그럼 나만 여기 있으라고?"

"너도 병원 가서 눈 검사 좀 해봐. 국대 오면 간호 좀 해주고."
"내가 간호하는 것보다 송아 씨가 하는 게 낫지 않겠어?"
"그래서 그 눈으로 같이 가겠다고?"
"솔직히 눈이 부어서 그런지 초점이 흐리긴 해."
"너까지 무리하지 말고 가만히 있어. 송아 씨랑 다녀올 테니까. 국대한테 이따 연락해서 내가 알아서 하기로 했다고 전해주고."

비룡 씨는 여국대 사장에게 미리 알리지 않은 모양이었다. 이것 역시 여국대 사장을 배려해서였을 것이다. 비룡 씨는 위층으로 올라가 도시락 패키지를 챙겼다. 이미 비룡 씨가 요청해 놓은 곳에서 도시락 작업이 진행되고 있는 것 같았다.

비룡 씨와 함께 도시락 패키지를 들고 나오니 의외로 편안한 느낌이 들었다. 당황하거나 허둥대는 일 없이 똑 부러지게 일을 처리하는 비룡 씨 덕분이었다.

마음이 편해지고 나서야 여국대 사장의 일이 있기 전까지 계속 나를 괴롭혔던 생각이 다시 찾아왔다.

혹시 어제 날 뒤쫓았던 사람과 수리 씨를 공격했던 사람이 같은 무리가 아닐까?

"혹시요, 수리 씨가 예상 못한 최민수 패가 더 있다거나 하진 않을까요?"

비룡 씨는 내 뜬금없는 질문에 의아하게 나를 바라보았다.

"아, 아니에요. 그냥 한 번 말해봤어요."

"무슨 일 있었어?"

역시 비룡 씨는 독심술을 하는데다 눈치도 빠른지라, 별것 아닌 듯 내뱉어본 말을 허투루 여기지 않았다. 나는 결국 몇 번을 되묻는 비룡 씨에게 사실대로 대답할 수밖에 없었다.

"어제 집 앞에서 이상한 사람을 만났거든요. 이상한 사람이라기보다는 그냥 이상한 느낌이었는데, 지하철역에서부터 계속 날 따라오는 것도 같았고요. 근데 그냥 느낌이에요, 느낌."

잠시 생각하는 듯 잠자코 자리에 그대로 서 있던 비룡 씨는 곧 내게 따라오라는 말을 하고는 발을 돌려 아틀리에 쪽으로 걸었다. 아틀리에가 아닌 402호의 문을 연 비룡 씨는 컴퓨터를 켜 D드라이브의 폴더 하나를 클릭했다. 그 안엔 2, 30대의 남자들 사진이 들어 있었다. 한 사람 한 사람 떨어뜨려 놓고 보면 생각이 달라지겠지만 모아놓고 보니 영락없는 '형님상'이라, 무리 없이 이 폴더의 이름을 알 수 있을 것 같았다. 비룡 씨는 아침마다 세 사람이 머리를 맞대고 하던 작업이 바로 이것이었다며 폴더의 사진을 하나하나 보여주었다.

"은영 씨가 위험해질 수도 있을 것 같아서 보여주려고 만들어놓은 거야. 수리랑 같이 일하던 사람들 사진인데, 이 중에 어제 송아 씨가 봤던 얼굴이 있는지 찾아봐."

그저 느낌일 뿐이었는데. 비룡 씨의 말이 사뭇 진지하여 다른 말을 할 수가 없었다. 비룡 씨가 시키는 대로 사진들을 하나하나 자세히 훑어보고 나서야 내가 괜한 걱정을 끼쳤다는 것을 반성할 수 있었다. 사진 폴더 안에 어제의 남자는 없었다.

"그냥 기분 탓이었나 봐요. 역시 여기엔 없네요."

그래, 기분 탓이겠지. 오늘 이런 큰일이 일어날 줄 알고 하늘에서 복선을 깔아준 거야. 나는 비룡 씨의 심각한 표정에 괜히 멋쩍어 싱긋 웃어 보이고는 다시 길을 재촉했다.

이제 주문 마감 시간까지 세 시간밖에 남지 않았다. 이쯤이면 여국대 사장에게 다시 전화가 왔을 법도 한데, 아직 아무 연락도 오지 않았다. 정말 많이 심각한 걸까. 사실은 비룡 씨에게 미안하다고 말하고 여국대 사장에게로 뛰어가고 싶었다. 그의 팔이 어찌 된 것인지, 상태가 얼마나 지속될 것인지, 어떤 치료를 받아야 깨끗이 나을 수 있는지 너무 궁금했다. 그러나 내 궁금증은 그저 궁금증일 뿐이었다. 지금 내가 해야 하는 것은, 그에게 당장 도움이 되는 일이어야 한다.

"아, 사장님한텐 얘기하지 말아주세요."

차의 시동을 거는 비룡 씨에게 좀 전의 일에 대해 조심스레 말했다.

"지금 사장님 일도 많이 신경 쓰일 텐데, 나까지 별것 아닌 걸로 성가시게 할 것 같아서요."

사랑하는 사람에게 걱정거리를 만들어주고 싶지 않았다. 내가 병원에 따라가겠다는 걸 마다했던 그도 이런 기분이었겠지.

"국대가 좀 괜찮아지면 얘기할 거야?"

비롱 씨가 여전히 걱정스럽다는 투로 내게 물었다. 내가 더 이상 말을 하지 않으니 비롱 씨는 내 고집을 꺾을 수 없다는 듯 고개를 끄덕였다.

"난 하는 게 좋을 거라고 생각하는데. 뭐, 알았어."

그 뒤 시무룩해진 나는 비롱 씨와 즐거운 대화를 할 수가 없었다. 별말 없이 무거운 분위기로 도로를 달리고 있을 때 비롱 씨에게 전화가 걸려왔다. 여국대 사장의 전화였다. 여느 때라면 나에게 대신 받아보라고 했을 비롱 씨는 핸즈프리로 여국대 사장의 전화를 받았다.

"치료는 받았어? 뭐라는데?"

이 말에는 치료받지 못하고 돌아가는 중이라는 대답이 돌아온 모양이었다.

"그럼 다시 병원으로 돌아가서 치료받아. 여기 일은 내가 해결할 테니까. 다화에 부탁해 놨어."

비롱 씨가 말을 마치자마자 수화기 너머에서 '뭐?' 라고 하며 성을 내는 그의 목소리가 들렸다. 그는 비롱 씨의 결정이 마음에 들지 않는 것 같았다.

"그럼 울산에 있는 메달이를 부르겠어? 오늘 주문 펑크 안 나게 하는 게 제일 급한 거잖아. 네가 지금 진료 안 받고 바로 돌아온다고 해도 힘들어. 세 시간 안에 그 팔로 30인분을 만들 수 있겠어?

단시간에 풀다 스타일대로 해줄 수 있는 건 그쪽밖에 없어. 얌전히 진료나 받아. 내가 알아서 잘 챙길 테니까."

비룡 씨의 일목요연한 설명엔 여국대 사장도 그럴듯한 반박을 하지 못한 모양이었다.

결국 비룡 씨의 승리로 통화는 끝났고, 잠시 후 우리는 양재동에 있는 어느 이탈리안—한식 퓨전 레스토랑에 도착했다.

모르는 사람이라면 물어물어 찾아가야 할 만큼 깊숙한 곳에 있는 이 레스토랑은, 실은 널찍한 주차장을 가진 고급 음식점이었다. '多花(다화)'라는 간판이 조금 이질적이었지만 꽤 독특해 보이긴 했다. 테라스에 놓인 많은 꽃화분들이 전체적으로 검정 톤인 건물을 아기자기하게 보이도록 만들어주고 있었다.

차 안에 앉아 레스토랑의 외관을 쓱 훑어보며 저 안에는 또 얼마나 대단한 요리사가 있을까 기대하고 있을 때, 열린 창문으로 귀에 익숙한 피아노 소리가 들렸다. 402호의 디지털 피아노에서 흘러나오던 노래, 멜로디가 좋아 몇 번이나 되돌려 들었던 피아노곡— 러브 미 텐더였다.

다른 곳에서 들었다면 반가웠을 텐데. 그 달달했던 노래가 이렇게나 심장을 옥죄어올 줄은 몰랐다. 기분 나쁜 예감과 함께, 저 계단을 올라 레스토랑 안으로 들어가면 어떤 사람이 날 기다리고 있을까 생각하는 것이 갑작스레 두려워졌다.

곧 차 시동이 꺼지고, 줄곧 무거운 표정이었던 비룡 씨가 입을 열었다.

"나도 송아 씨한테 부탁이 있어."

"네?"

"날 너무 미워하거나 원망하지 말았으면 좋겠다. 이건 일이니까."

두려운 마음에 나는 아무 말도 하지 못했다.

"혼자 와도 되는 일이지만, 굳이 그러지는 않아도 되겠다고 생각했어. 계속 도움을 받아야 할 수도 있을 것 같아서……. 송아 씨한테 얘기 안 한 게 있어. 국대 뜻은 아니었으니까 상처받지도 말았으면 좋겠어."

무슨 말을 하려고 이렇게나 서론이 긴 거야.

"지금 만나러 가는 사람이, 국대 옛날 애인이야. 국대랑 결혼했었던."

비룡 씨의 말에 순간 온몸이 뻣뻣해지는 것 같았다. 비룡 씨를 보고 있는 채로 넋이 나간 듯 굳어버려 한숨조차 나오지 않았다.

비룡 씨는 무심하게도 내게 숙제를 남기고 먼저 차에서 내렸다. 차에서 내릴지 말지는 내가 결정하라는 무언의 메시지였다.

비룡 씨가 어떤 마음으로 날 여기 데려왔는지 전부 헤아릴 수는 없었다. 비룡 씨는 내 마음을 들여다볼 수 있는데, 나는 비룡 씨의 마음을 들여다볼 수 없다는 것이 이렇게나 답답하게 느껴진 것은 처음이었다.

차에서 내리면 후회할 것이다. 그러나 내리지 않아도 후회할 것이다…….

어쩔 수 없이 차에서 내렸다. 내가 땅에 발을 딛자 비룡 씨는 걸음을 멈추고 내가 먼저 건물 안으로 들어갈 수 있도록 기다렸다.

그간 거부해 왔던 여국대 사장의 과거와 마주해야 하는 순간이 너무나도 갑작스럽게 찾아왔다. 아틀리에서 나오기 전에 수리 씨와 대화를 하면서, 과거는 중요치 않다고 생각하며 우쭐해했던 마음이 우스워졌다. 나는 심하게 긴장하고 있었다.

문이 열림과 동시에 내 마음을 더욱 거북하게 했던 피아노 소리가 멈췄다. 20평 남짓의 크지 않은 홀 가장자리에 위치한 피아노 앞에서 한 여인이 일어났다. 나이는 비룡 씨와 비슷하게 보이는 정도. 긴 생머리에, 수수한 긴 치마를 입은 여인이었다.

"어린 아가씨였구나. 안녕하세요. 반가워요."

여자가 날 이미 알고 있다는 듯 내게 다가와 손을 내밀고 웃으며 말했다.

"나 나쁜 사람 아닌데."

내가 멍청히 그 손을 바라보고 있으니 그녀는 멋쩍은 듯 손을 다시 뒤로 감추었다.

"안녕하세요……. 도와주셔서 감사합니다."

그제야 정신을 차린 내가 그녀에게 꾸벅 인사하는 모습을 비룡 씨가 덤덤히 지켜보다가 말했다. 나는 비룡 씨의 목소리가 잘 들리지 않았다.

"송아 씨, 이쪽이 이 레스토랑 사장 아다화 씨야."

"송아 씨 이름은 비룡 씨한테 들어서 이미 알고 있어요. 반가워요."

그녀가 웃을 때마다 기억에 스쳐 가는 누군가가 있어 가슴이 먹먹해졌다. 인정하고 싶지 않아 눈물이 날 것 같았다.

엄마를 닮았어.

예쁜 얼굴, 주변 사람들까지도 함께 밝아지게 만드는 화사한 미소와 가늘고 긴 선과 청순한 긴 머리와 모성애가 느껴지는 사분사분한 말투까지.

"아, 난 도시락 패키지 갖고 올게."

비룡 씨가 매정하게도 그녀 앞에 나를 두고 다시 밖으로 나가 버렸다. 여자는 어색해하는 기색도 없이 나를 주방으로 안내하며 말했다.

"요즘 장사도 안 되고 그러기에 아예 저녁 시간에만 영업한다고 하고 오랜만에 실력 발휘 좀 했죠. 아직 몇 개는 완성 안 됐는데, 그래도 마음에 들 거예요."

그녀가 안내한 주방에는 두 사람이 더 있었다. 레스토랑의 요리사들인 것 같았다. 세 명이서 단시간에 30인분의 음식을 만들어낸 것이었다.

나는 음식에 제대로 눈길도 주지 못하고 떨리는 마음으로 그녀에게 말을 걸었다.

"······가게 이름요."

그녀가 내 다음 말을 기다리듯 빤히 쳐다보았다.

"직접 지으신 거예요?"

"제 이름이 다화거든요."

"진짜 본명이······ 다화라고요?"

"예명 같아요?"

그녀는 늘 있는 일이라는 듯 주방 서랍의 명함 케이스 맨 아래에서 주민등록증을 꺼내 보여주었다. 정말 그녀의 사진 옆에 아다화라는 세 글자가 확실하게 박혀 있었다.

메멘토처럼 10초 전의 기억이 계속 분절되어 가고 있었다. 어지러웠다. 내가 왜 여기 있지? 뭘 하러 여기까지 온 거지? 혼란스러워하고 있을 때, 그녀는 내 굳은 얼굴에 마음을 두지 않고 내게 명함을 건넸다.

그때 그간 잠잠하던 핸드폰의 진동이 울렸다. 여국대 사장이 건 전화였다. 핸드폰에서 그의 이름을 보는데 왠지 그녀의 눈빛이 신경 쓰였다. 그녀는, 자신은 괘념치 말라는 듯 웃어 보였지만, 나는 그 미소에도 숨이 턱턱 막히는 것 같았다.

[네가 왜 거기 가 있는 건데.]

내가 통화버튼을 눌렀을 때, 말의 앞뒤를 잘라먹은 여국대 사장의 목소리가 쓰리게 귓가로 흘러들었다. 나는 멍하니 여자의 명함을 보고 있었다.

[거기서 나와. 그리고 비룡이 좀 바꿔줘. 아니, 내가 연락할게. 아무튼 거기서 나와.]

그의 목소리를 제대로 다 듣지도 못하고 전화를 끊어버렸다.

손에 들려 있는 명함 속 글씨를 한 자 한 자 꼼꼼히 읽고 또 읽었다. 몇 번을 다시 쳐다봐도 글자는 변하지도 사라지지도 않았다.

이탈리안—한정식 퓨전 레스토랑 다화(多花) 대표, 아다화.

그녀의 이름 세 글자가 내 가슴에 총구를 겨누고 있는 것 같았다.
아, 다, 화(花—Flower).
그건 플아다(FL-ADA)의 다른 이름이었다.
그녀의 명함과 그녀의 얼굴을 번갈아 바라보다가 나도 모르게 명함을 떨어뜨리고 말았다. 그녀는 나보다 먼저 허리를 굽혀 명함을 주웠다.

"생각보다 어려서 나도 좀 놀라긴 했네요. 비룡 씨한테 내 얘기 들었으면, 송아 씨도 많이 놀랐겠어요."

다른 상황에서 그녀를 만났다면 엄마와 비슷한 분위기를 풍기는 그녀에게 매료됐을지도 모르겠다. 그러나 나는 너무 놀란 나머지 석고상처럼 굳은 채로 서 있을 수밖에 없었다.

"뭐, 비즈니스로 만나는 거니까 송아 씨가 이해해 줘요. 나도 내 건강 문제로 가게 운영에 차질이 생기면 여지없이 끌어다든 어디든 손 벌려야 하는 처지니까. 아무튼 음식 좀 같이 봐주실래요? 도시락 포장해 본 지는 오래돼서 송아 씨 도움이 많이 필요할 것 같네요."

그녀가 이야기를 마쳤을 때, 비롱 씨가 도시락 패키지를 가지고 주방으로 들어왔다. 그녀는 도시락 패키지를 확인한 후 잠시 생각하는 듯 고개를 끄덕이더니 긴 머리를 깔끔하게 올려 묶고는 빠르게 손을 움직였다.

그녀는 여국대 사장처럼 일에 집중하는 사람이었다. 여국대 사장만큼 빠르지는 않았지만, 이미 머릿속에 스케치된 것을 실현하는 양, 정확하게 움직이는 그녀의 손은 여국대 사장과 닮아 있었다. 이 사실은 슬프게도, 그간 이상하다고만 여겨왔던 한 가지 의문에 나 스스로 답을 할 수 있도록 해주었다.

'이 여자는 여국대 사장이랑 같이 일했던 거야. 그래서 그 사람은 내가 아틀리에의 일원이 되겠다는 걸 반대한 거였어.'

지나간 일을 후회하지 않기로 다짐했지만, 그의 과거에 대해 조금도 물어보지 않았던 것이 이렇게나 날 비참하게 만들 줄은 몰랐다.

비롱 씨는 나의 혼란스런 마음을 조금도 헤아려 주지 않고 그녀의 손놀림을 지켜보았다. 곧 만들어진 도시락 한 세트는 놀라울 정도로 여국대 사장의 여느 작품들과 닮아 있었다. 마음이 아파서 나도 모르게 가슴 위로 손이 올라갔다. 여국대 사장이 만든 것처럼 예쁘고 맛있어 보였지만 나는 어떤 칭찬의 말도 할 수 없었다.

"오케이. 이렇게 담으면 되겠다. 송아 씨는 콜밴 좀 불러줘."

그제야 내 얼굴을 보았는지, 비룡 씨는 내게 도시락 포장을 도와달라고 하지는 않았다. 나는 비룡 씨의 말대로 예약된 콜밴을 양재동 쪽으로 변경했다. 포장이 끝난 도시락의 리본을 묶는 것 정도는 마음을 다치지 않고 할 만한 일이어서 잠시 후 그들을 도울 수 있었다.

역시 여국대 사장과 일을 할 때보다 내 손이 더뎠다. 그래선 안 되지만 여국대 사장의 스타일을 완벽하게 재현해 내려고 노력하는 그녀에게 화가 나기도 했다. 주문이 어쨌건, 다 발로 뻥뻥 차버리고 그들에게서 벗어나고 싶은 마음이 꿈틀거렸다. 하지만 난 역시 모든 걸 잠자코 보고 있어야 했다. 내가 여국대 사장의 이름에 먹칠을 할 수는 없었으므로.

꽤 오랜 시간 동안 공들여 포장을 마치고, 레스토랑 앞에서 우리를 기다리고 있던 콜밴에 도시락 박스를 실어 보냈다. 참 힘든 시간이었다. 이것이 내 한계인 것 같아 비룡 씨에게 오후 주문은 도와주지 못할 것 같다고 말하려는데 레스토랑 앞에 웬 택시 한 대가 끼익, 하고 급하게 섰다. 택시에서 부리나케 내린 사람은 여국대 사장이었다.

"여기 있지 말라고 했잖아."

그는 택시에서 내리자마자 화를 다스리지 못한 눈으로 대뜸 내게 말했다.

"뭐야, 치료는 받고 온 거야?"

비룡 씨가 여국대 사장을 걱정하는 말투로 그에게 물었지만 그는 주먹을 꽉 쥔 채 비룡 씨를 노려보았다.

"넌 생각이 있는 거냐?"

여국대 사장이 비룡 씨에게 이렇게나 함부로 말하는 것을 본 적이 없었다. 비룡 씨는 입을 열지 않고 그저 그를 보고만 있었다.

"이제 너랑 일 같이 못하겠다."

유혈사태는 없었다. 여국대 사장은 비룡 씨에게 차가운 말을 내뱉고는 내 손을 잡았다. 어디든 그곳을 벗어나자는 신호였다. 그때 등 뒤에서 여자의 목소리가 들렸다.

"국대 씨도 많이 변했네."

여국대 사장은 그녀와 말을 섞고 싶지 않은 듯 그저 내 손을 당겼다.

"일도 버리고 친구도 버리게?"

"허."

여국대 사장이 기가 막힌 듯 숨을 내뱉으며 조금의 반응을 보이자, 그녀는 준비해 놓은 말이었다는 듯 침착하게 이야기했다.

"내가 국대 씨 생각해서 의뢰받아 준 줄 알아? 비룡 씨 생각해서였어. 국대 씨 명성에 흠집 날까 봐 지푸라기라도 잡는 심정으로 부탁한다는 비롱 씨 생각해서."

얄미울 정도로 똑 부러지게 말하는 그녀는 더 이상 엄마와 닮아 보이지 않았다.

"사장이라는 사람이 직원들 챙길 생각을 해야지. 이번 일로 혹시나 잘못돼서 아틀리에 문 닫게 되면, 국대 씨만 의지하고 있는 다른 직원들은 어떻게 할 거야? 수리 씨나 송아 씨는 어떻게 돼도 좋다는 거야?"

그녀가 친근한 듯 '송아 씨'라고 말을 내뱉을 때는 나도 모르게 어깨가 움츠러들었다.

"송아 씨가 날 이해 못해줄 사람 같지는 않은데 말이야."

그녀는 과거 일은 과거 일이라는 양 쿨하게 말했다. 정작 나는 그녀의 말에 아무 대답도 할 수 없었다.

☆   ☆   ☆

결국 비롱 씨와 아다화 씨의 뜻대로 남은 주문 건도 다화에서 해결하기로 했다. 그러나 여국대 사장은 내가 아다화 씨와 같은 공간에 있길 원하지 않았다. 나는 여국대 사장과 함께 택시를 타고 병원으로 가면서 그간 듣고 싶지 않았던 그의 과거를 들어야 했다.

"비롱이랑 메달이가 있던 시절에 같이 일했었어. 결혼하기로 약속하고 이것저것 챙길 때부터 조금씩 삐그덕거렸던 거고. 그 이전에는 한 번도 싸운 적이 없는데 역시 결혼 문제가 사람을 참 예민하게 만들더라고."

나는 그의 이야기를 들으며 '한 번도 싸운 적이 없다'라는 말에 생각을 멈추고 말았다. 평화로운 연애를 하는 그의 모습은 잘 상상이 되지 않았다.

"나는 잘 모르겠지만 어머니하고도 마찰이 있었던 것 같아. 결국 그렇게 될 줄 알았으면 결혼식도 하는 게 아니었는데 말이야. 결혼식 이후에 머리가 아파서 병원에 간다던 사람이 사라진 거야. 난 정말 무슨 일이라도 났는 줄 알고 한참을 찾아다녔어."

그는 허망한 눈빛으로 말을 이었다.

"스스로 생채기를 만들면서까지 내가 상처받길 원했던 것 같아. 그 점을 이해할 수 없긴 한데, 비룡이한테는 얘기했는지도 모르지."

그가 상처받은 나를 달래듯 내 어깨를 감쌌다.

"오늘은 어쩔 수 없이 그쪽 도움을 받게 됐지만 내일부터는 다른 사람을 알아볼게. 절대 더 마주치지 않도록 할게."

"아니요. 괜찮아요, 나는."

사실은, 괜찮지 않았다.

"아다화 씨가 요리를 참 잘한다는 거랑, 사장님이랑 가장 비슷한 스타일로 도시락을 만들 수 있다는 걸 알았거든요. 나는 신경 쓰지 말고 주문에 차질 없도록 했으면 좋겠어요. 그게 더 마음이 놓일 것 같아요."
 새롭게 알게 된 사실은 내겐 너무 끔찍했다. 그러나 여국대 사장을 위해 마음을 숨겨야 했다. 레스토랑을 나오기 전에 아다화 씨와 나눴던 대화가 결정적이었다.

 화장실에서 손을 씻고 있을 때 아다화 씨가 내게로 왔다. 피할 수 없는 상황이었다. 그녀는 대뜸 내게 말했다.
 "나는 주문 사업이 아니니까 원한다면 기꺼이 도울 수 있어요. 금메달 씨가 오면 필요 없어지겠지만. 당장 며칠간 우리 가게 문도 닫고 도울 수 있죠. 게다가 난 국대 씨한테 딴 맘을 품는다거나 그럴 것도 없죠. 한 번 질렸던 사람이니까."
 어쩜 저렇게 쿨하게 말할 수 있을까. 둘 사이에 어떤 마찰이 있었던 건지 새삼 궁금해졌다. 여국대 사장이 아닌, 다른 사람은 내게 어떤 말을 들려줄지.
 "⋯⋯사장님이랑 왜 헤어진 거예요?"
 그녀는 당황하는 기색도 없이 빙긋 웃었다.
 "아틀리에를 속속들이 다 알고 있어요?"
 나는, 모르는 것은 없을 거라고 자신 있게 말했지만, 그녀는 내 대답을 비웃듯 입 끝을 올렸다.
 "위층에 상자 쌓아놓은 데 보면, 가장 왼쪽 구석에요. 절대 눈에 띄지 않는 곳. 거기 이상한 상자가 하나 있었어요. 짙은 나무색 종이 상자인데 온통 테이프로 봉해져 있죠. 나 혼자서 판도라의 상자라고 부르는 게 있는데, 그걸 열어보고 싶었거든요. 내가 거기에 대해 얘기하니까 국대 씨가 불같이 화를 내더라고요. 그 사람은 잊었을 거예요. 뭐, 국대 씨가 송아 씨한테 순정을 바치면서 이미 버렸을 수도 있겠네요. 아무튼 내가 있던 시절에는 그런 상자가 있었어요. 난 그걸 극복하지 못했고요. 아무튼 난 그래서 이제 미련 없어요, 국대 씨한테."

다른 감정이 느껴지지 않는 그녀의 말을 곧이곧대로 들을 수 없는 내가 답답했다.

"송아 씨가 허락만 해준다면 내가 쿨하게 두 팔 걷고 아틀리에 일을 도와줄 수 있다는 말이에요."

'네?' 하고, 그녀의 말을 다 헤아리지 못하겠다는 듯이 반문했다. 그녀에게서도 질문이 되돌아왔다.

"국대 씨가 송아 씨 눈치를 보고 있다는 생각 안 들어요?"

나보다 더 여국대 사장을 염려하고 있다는 식의 말은 더 이상 듣고 싶지 않아, 나는 도망치듯 화장실을 빠져나왔다.

나는 여국대 사장의 손을 따뜻하게 잡아주며 그가 안심할 수 있도록 웃어 보였다.

"일단은 아다화 씨한테 맡기는 게 좋겠어요."

그는 눈을 게슴츠레하게 뜨고는 내 볼을 살짝 꼬집었다.

"거짓말하지 마. 나라면 네가 주경주랑 계속 만나야 될 무언가를 하는 꼴은 못 봐."

"그건 사장님이 속 좁은 남자라 그런 거고요."

늘 하던 티격태격이었는데 어쩐지 힘이 빠지는 느낌이었다.

"그러니까 사장님은 내 마음 불편하지 않게 얼른 팔 회복시키라고요. 진지하게 말하는 거예요. 사장님이 과거에 연연해서 지금까지 잘 꾸려온 사업에 구멍이 생기는 건 나도 싫어요."

'한 번도 싸운 적이 없다……'. 생각해 보면 우리는 의견이 있을 때마다 부딪쳤지만 결국 모든 일들은 내 고집대로 흘러갔다. 그는 날 소중하게 대해주었고, 나는 그런 그를 믿고 마음껏 투정을 부렸다.

그에게 내 논리로 말대답을 하는 것이 이렇게나 불편해질 줄은 몰랐다.

나는 아다화 씨에 대해서는 빠르게 일단락 짓고 그의 팔에 대해 물었다.

"'테니스엘보'라는 건데, 나처럼 팔을 많이 쓰는 사람한테서 나타나는 직업병이야. 어제 무리를 해버려서 팔에 좀 충격이 있었나 봐."

"수술받아야 되는 거예요? 완치까지는 얼마나 걸린대요?"

"수술도 있고 주사 요법도 있는 것 같아. 빨리 회복할 수 있는 쪽으로 해야지."

"'빨리'가 아니라 '제대로'죠. 제대로 회복할 수 있도록 해야죠."

"그래, 알았어. 치료받으면서도 정상 생활할 수 있으니까 걱정 마."

"그러다 또 무리하면 어쩌려고요. 그냥 아다화 씨한테 맡기고 완치에나 신경 써요."

그가 힘없이 피식 웃었다. 좀 전의 일로 잔뜩 긴장해 있다가 긴장이 풀려서 그런 것일까. 그는 많이 피곤해 보였다. 내 소식을 듣고 병원에서 뛰쳐나왔기 때문에 다시 진료를 받으러 가야 하는 그가 안쓰러웠다.

다행히 여국대 사장의 팔은 비수술적 요법으로도 치료가 가능한 것이었다. 전날 수리 씨의 싸움에 끼어든 덕에 간간이 통증이 있던 팔의 문제가 수면 위로 올라오게 된 것이 불행 중 다행이었다. 만성화될 수 있던 것을 급성으로 막아버린 것이다. 다만 수술이든 비수술이든 완치까지는 시간이 오래 걸린다는 것이 가장 큰 문제였다.

여국대 사장은 벌써부터 마음이 답답하다며 한숨을 쉬었고, 나는 그가 생각지 못하는 다른 이유로 눈앞이 캄캄해졌다. 완치까지의 오랜 시간 동안, 나는 어쩔 수 없이 아다화 씨와 대면해야 하는 것이다. 그나마 다행인 것은, 도시락 주문이 2주일 내에 몰려 있고, 그 이후로는 1주일에 두어 개 정도의 수준이라는 것. 그러나 이런 상황을 한 번도 겪어본 적이 없어 면역이 약한 내가 과연 그녀를 제대로 마주할 수나 있을까 걱정이 되었다.

여국대 사장이 치료를 받는 동안 잠시 아틀리에로 돌아온 나는 아다화 씨가 말했던 대로 아틀리에 2층의 박스 창고로 가보았다. 상자와 플라스틱통이 들어 있는 박스로 가득 찬 공간이라 왼쪽의 박스들을 모두 치우는 데 시간이 걸렸다.

혹시라도 놓치는 게 있을까 하여 큰 상자들은 그 속까지 샅샅이 살펴보았지만 판도라의 상자처럼 보이는 것은 어디에도 없었다.

그래, 그럼 그렇지. 그 여자가 거짓말을 한 거야. 내가 너무 젊어서 마음에 안 들었겠지. ……그런데 난 왜 그 여자 앞에서 젊은 것밖에 내세울 게 없는 거지?

시무룩해지려는 마음을 닫아걸고 다시 상자들을 정리했다. 그러면 그렇지, 그러면 그렇지, 계속 되뇌다 보니 마음이 가벼워졌다. 가뿐한 기분으로 상자들을 모두 정리하고 돌아서려는데, 난간 옆 리본들을 놓는 선반이 눈에 띄었다. 설마 이렇게 깔끔하게 정리된 곳에 비밀 상자가 있겠어? 생각하며 역시 가뿐한 마음으로 눈을 굴렸다.

그리고…… 너무나도 쉽게 발견하고 말았다.

리본 뭉치 뒤에서 조용히 시간을 기다리는 듯 선반 위에 앉아 있는 나무색의 상자를.

그녀의 말처럼 남자 손바닥만 한 나무색의 상자는 온통 테이프로 봉해진 채 세월을 견디고 있었다.

흔들어보면 안에서 무언가 부딪치는 소리가 들렸지만 별 무게가 느껴지지는 않았다. 종이 상자 안에 딱 그만큼의 무게를 가진 종이 상자가 하나 더 들어 있을 것 같은 무게감이었다.

무엇이 있을까. 어린 시절 첫사랑? 현주라는 여자와의 추억? 아니면 또 다른 여자?

처음으로, 그를 온전히 믿을 수 없겠다는 생각이 들었다. 하지만 그에게 진실을 물어볼 수도 없다는 것이 절망스러웠다. 불같이 화를 내는 그를 보고 싶지는 않았다. 꽃분홍색이었던 우리의 연애에 지지 않는 얼룩이 생길 것만 같았다.

도대체 이 상자 안에는 누구에 대한 무엇이 들어 있을까.

현주라는 여자, 아다화 씨, 박송아…… 그 외에도 그의 인생엔 많은 사람들이 쌓여 있는 것 같다. 나는 그의 인생에서 단 몇 페이지일 뿐이고, 그는 추억을 버리지 못하는 사람이며 다른 사람과 공유하지도 않는 사람이다.

이 상자를 열면 그의 마음을 모두 알 수 있을까. 그가 그렇게도 숨기고 싶은 것은 추억일까, 미련일까, 끝나지 않은 사랑일까. 한 가지만은 확실하게 알 수 있었다. 상자를 여는 순간, 나는 돌아올 수 없는 강을 건너게 될 것이다.

다른 생각을 하자. 내게도 그에게 온전히 드러낼 수 없는 어두운 부분이 있다. 내가 제대로 살기 위해 20년 전부터 꾸준히 나를 괴롭히던 어둠을 봉인해 버린 것처럼, 그도 봉인하고 싶은 무언가가 있을 것이다. 인정해, 박송아. 너는 그의 반쪽이지만, 전부는 아니다. 그의 반생의 마음들은 너의 것이 아니다. 그를 사랑한다면, 그를 인정해.

 인정해야 하는데 자꾸 마음이 아팠다. 나는 어쩔 수 없는, 독하지 못한 인간이었다.

 아틀리에의 현관문을 닫고 나니, '플아다' 라는 간판이 눈에 들어왔다. 여국대 사장이 신경 쓸까 봐 얘기도 꺼내지 못했는데 간판을 보니 화가 치밀었다. 가지고 있던 가방으로 간판을 힘껏 때렸다. 부서질 리도, 망가질 리도 없는 못된 간판이 나를 비웃고 있는 것 같았다. 아니, 이 간판은 지금껏 나를 많이도 비웃어왔을 것이다.

 플아다, 역시 이 이름은 처음부터 마음에 들지 않았어. 나는 한 번 더 간판을 힘껏 때렸다.

 간판과 무의미한 씨름을 하다가 402호로 들어간 나는, 오랜만에 그의 디지털피아노 앞에 털썩 앉아 피아노의 전원을 켰다. 내 손은 자동적으로 녹음재생 버튼을 눌렀다. 헤드폰을 통해 '러브 미 텐더'의 고운 선율이 흘렀다. 그는 지금까지 이 노래를 지우지도 않았다. 갑작스레 서러움과 원망이 북받쳤다.

 여기 이런 게 있다는 걸 잊을 정도로 아다화라는 여자를 까맣게 잊은 건지.

 여기 이런 게 있다는 걸 알기 때문에 언제라도 들을 수 있도록 남겨놓은 건지.

저 봉인된 상자는 모른 척해줄게. 하지만 이것만은 참을 수 없어. 나는 삭제 버튼을 꾹 눌렀다. 어쩔 수 없이 눈물이 났다.

"언젠가 너도 알게 될 거야. 사랑에 빠진 사람들이 얼마나 치졸해질 수 있는지 말이야."

경주가 했던 말이 밤송이가 되어 가슴을 찔렀다. 나는 치사한 사람이 되지 않을 줄 알았다. 서러운 마음이 물밀듯이 밀려와 눈앞을 흐리게 했다.

혼자 눈물을 떨구고 있을 때 갑작스레 문이 열렸다. 수리 씨일 줄 알았는데 비룡 씨였다. 오늘치의 도시락 주문은 무사히 마친 모양이었다.

나는 비룡 씨와 말을 섞고 싶지 않아 그를 보자마자 눈물을 닦고 얼굴을 숨긴 채 자리에서 일어났다. 대충 둘러대고 나가려는데 비룡 씨가 먼저 내 얼굴을 알아보고는 내 팔목을 잡았다.

"이러면 내가 너무 미안하잖아."

"사장님한텐 말하지 마세요."

고개를 돌리고 비룡 씨에게 말했지만 코를 훌쩍거리던 소리는 어쩔 수 없었다.

"그냥 이성적으로 생각하자. 불안해할 거 없어. 송아 씨는 충분히 다화보다 나은 사람이야. 국대가 나보다 더 잘 알고 있고."

"웃기지 마요."

"송아 씨."

"……난 안 돼요."

"무슨 말이야?"

"그 여자랑 사귈 때는 한 번도 싸운 적이 없었대요. 우리는 첫 만남부터 전쟁이었잖아요."

비룡 씨가 말도 안 되는 얘기라는 듯 허탈하게 한숨을 쉬었다.

"송아 씨는 국대가 기술자라고 생각해?"

물론 요리하는 기술이 뛰어나긴 하지만, 기술자란 말로 부르기는 아까운 사람이었다.

"국대는 크리에이터야. 나는 그 애 손에서 엄청난 음식들이 만들어지는 걸 봤어."

비룡 씨가 날 잡은 손을 놓지 않았기에, 내가 먼저 팔을 비틀며 비룡 씨에게서 빠져나와야 했다.

"국대랑 다화, 두 사람은 평탄했어. 싸우지도 않았고, 그렇다고 불꽃같이 타오르지도 않았고. 물처럼 잔잔하고 풍경화처럼 편안하고."

심장이 죄어오는 것을 느꼈다. 풍경화처럼 편안한 사람이라니.

"크리에이터의 심장은 빠르게 뛰어야 되는 거야. 감정은 파도쳐야 되고, 때론 불타올라서 재밖에 남지 않아야 하고. 그래, 뭐, 가끔

평온한 것도 좋아."

비룡 씨가 위로해 주듯 희미하게 미소 지었다.

"송아 씨는 그런 사람이잖아. 국대한테 자극을 주고, 편안함도 주는."

"별것 아닌 얘기들을 그럴싸하게 구성하네요. 해석이 좋네요, 참."

비룡 씨의 칭찬이 조금도 달갑지 않았다. 왜 날 그곳으로 데려가야 했는지, 왜 날 그녀와 만나게 해주었는지 너무 원망스러워 비아냥거리게 되었다.

"나는 사실 이제, 비룡 씨를 믿을 수가 없는데."

물론 비룡 씨도 어쩔 수 없는 상황이었을 것이다. 또한 아다화 씨가 아틀리에의 일에 개입하게 되면 어차피 알게 될 일이었다. '알고 보니 전 부인이더라' 라고 전해 듣는 것보다 미리 듣고 시작하는 것이 낫다. 알고 있다.

"이제 별것 아니었던 것에도 마음을 놓을 수가 없네요. 그냥 모든 게 다 미워요."

피식, 비룡 씨의 웃음소리가 들렸다. 날 비웃고 있는 건가? 비룡 씨의 웃음이 미워 노려보려는데 비룡 씨의 팔이 느닷없이 나를 끌어당겼다. 비룡 씨와 거리를 두고 있던 내가 순식간에 비룡 씨에게로 끌려가 버렸다.

"내가 이렇게 하면 말이야."

비룡 씨는 한쪽 팔로 내 머리를 끌어안듯 감쌌다.

"흔들려 줄 거야?"

내가 비룡 씨에게서 벗어나려 손을 뻗기 전에 비룡 씨의 손이 먼저 떨어졌다.

"그게 아니면 스스로 중심을 잡아, 국대처럼."

비룡 씨가 내 어깨에 손을 올린 채로 나와 눈을 맞추며 훈계하듯 말했다. 이상한 순간에 가슴이 뛰었던 마음을 읽힐 것 같아, 나는 재빨리 밖으로 뛰쳐나와 버렸다.

17. 우리 국대가 달라졌어요

밥을 먹을 수도, 잠을 제대로 이룰 수도 없어 머릿속은 탁해졌고 마음도 메말라 버렸다. 그동안 세상이 온통 봄날이었던 것이 꿈 같을 정도로 까마득하게 느껴졌다.

의도를 알 수 없는 아다화 씨의 미소가 큰 자리를 차지하는 가운데, 내가 402호에서 저지른 일과 비룡 씨의 얄궂은 포옹도 한몫을 하여 잠자리를 괴롭혔다. 하지만 역시나 제일 걱정되는 것은 여국대 사장의 건강과 그의 마음이었다.

그의 얼굴을 보면 그의 마음에 확신하게 되지만 그가 곁에 없을 때 그저 불안하기만 하다. 의처증, 의부증에 대해 다룬 뉴스기사를 본 적이 있는데, 내가 그쪽으로 발전할 만한 사람인 건가? 사람들은 불안해하면서도 어떻게 서로들 그렇게 사랑하는지, 좋아한다는 감정은 정말 많은 에너지를 소모하게 하는 것이었다. 나는 남에게 쉬이 털어놓을 수 없는 고민으로 혼자 앓아야 했다.

의외로 수리 씨가 조금의 위로가 되어주었다.

"형, 여자의 '괜찮다'는 말을 곧이곧대로 믿으면 안 돼. 송아 씨 봐. 사극에 나오는 중전마마처럼 한쪽 눈 밑을 찌르르 떨고 있잖아."

아다화 씨와 대면한 다음날, 아틀리에에서 아다화 씨의 레스토랑으로 가려고 짐을 꾸리는 와중에 수리 씨가 말했다.

"이건 잠을 못 자서 그러는 거라니까요!"

"잠 못 잤어?"

수리 씨의 말에 반박을 하기가 무섭게 여국대 사장이 걱정스러운 얼굴로 내게 물었다. 그의 팔꿈치 깁스가 내 마음을 불편하게 했다.

"거봐, 형. 걱정돼서 잠도 못 잔 거잖아. 좀 챙겨주라고."

"아니에요!"

나는 박박 우겼지만 여국대 사장은 그럴수록 나를 더 걱정스럽게 보았다. 비룡 씨는 의외로 냉정하게 준비물을 챙기고 있었다.

결국 돗자리 펴고 '여자의 마음'을 들여다본다는 천생 여자 은영 씨의 조언을 들어보고 일을 처리하기로 하였다. 은영 씨는, 어쩔 수 없지만 기왕 도움받을 생각이 있으니 아다화 씨를 제외하고 레스토랑의 요리사 두 명만을 아틀리에로 불러 음식을 만들도록 하는 것이 낫겠다는 판결을 내렸다. 역시 지켜보는 사람이 오히려 상황을 더 냉정하게 보고 판단력 있게 말할 수 있는 것 같다. 나는 은영 씨의 현명한 판단에 깊이 감사했다. 아다화 씨가 요리사들과 함께 아틀리에를 방문하는 바람에 다시 속이 부글부글 끓어올랐지만.

아다화 씨는 이것저것 일러둘 것이 있어서 잠깐 들렀다고 와서는, 요리사들에게 시범을 보인다며 몇 개의 주방기구들을 꺼냈다. 그녀가 아틀리에의 주방기구들 위치를 속속들이 알고 능숙하게 다룬다는 것만으로도 충분히 심기가 상했다.

"다 아는 얘기니까 그만해도 될 것 같아. 나머진 내가 알아서 설명할게."

여국대 사장은 좋게좋게 말하여 그녀를 돌려보내고자 했다. 아다화 씨는 조금도 민망해하지 않고 고개를 끄덕였다.

"며칠은 여기로 쉐프들 보내줄 수 있는데 다음 주에는 우리도 좀 바쁠 것 같아. 그땐 레스토랑으로 직접 와줘야겠어."

그녀는 사무적으로 쿨하게 말했다. 아다화 씨를 다른 인연으로 만났다면 나는 분명 그녀가 멋있다고 느꼈을 것이다. 물론 현재의 내가 쿨하지 못한 게 문제였지만.

주방 세팅을 끝내고 제대로 일을 시작하려는데 몸이 말을 잘 듣지 않았다. 잠도 제대로 못 잔데다, 비가 추적추적 내려서인지 으슬으슬했고, 조금밖에 먹지 못했던 아침밥은 그대로 다 토해 버렸는데도 계속 속이 거북했다. '한 여자는 도움을 주러 오는데 정작 애인이라는 여자는 민폐나 끼치고 있는가' 하는 생각에 아무에게도 말하지 못하고 메추리알을 삶으려는데 여국대 사장이 나를 잡았다.

"너 좀 자야겠다. 눈이 퀭해."

여국대 사장은 내 뺨에 손을 가져다 댔다.

"뭐야, 열 있잖아. 왜 얘기 안 했어."

아직 밖으로 나가지 않은 아다화 씨가 지켜보고 있어서인지, 여국대 사장의 친절이 부담스러워 어물쩍 둘러대며 그의 손을 툭 쳐버렸다. 그러나 그는 내 반응에 신경 쓰지 않고 내 어깨를 감쌌다.

"넷이 하고 있어. 애 좀 일단 재워야겠다."

'왜 그래요, 진짜!' 하며 그에게 쏘아대고 싶었지만 이 또한 아다화 씨에게 보여주고 싶지 않은 모습이었다. 끝내 여국대 사장은 나를 데리고 402호로 건너왔다. 나는 402호 현관문을 열자마자 그에게 신경질을 부렸다.

"'재워야겠다'가 뭐예요! 애 취급 하지 말라고요."

"그럼 애같이 뚱해 있지 말고 솔직하게 말해."

부드럽게 말했지만 그의 눈빛에서는 단호함이 느껴졌다. 내가 '예스'라고 말한다면 그는 어떤 것이든 내 뜻대로 지켜낼 것이다.

"다화 쪽이랑 같이 일 안 할게. 그러면 되지?"

레스토랑의 이름과 아다화 씨의 이름이 같아 그가 어쩔 수 없이 아다화 씨의 이름을 부르는 것이었는데도 심술이 났다.

"응?"

그가 한 번 더 물었다. 마음을 숨기는 것이 어려웠지만 그를 힘들게 하고 싶지는 않아 아다화 씨에 대한 핑계는 대지 않았다.
 "그냥 꽃샘추위 때문에 몸이 좀 안 좋은 거예요. 뚱해 있는 게 아니고요."
 "정말이야?"
 그는 믿을 수 없다는 듯 다시 물었다.
 "넌 마음이 약해지면 몸도 약해지잖아."
 "누가 그래요?"
 "비룡이가 그런 것 같다고 얘기하던데 아니야? 나도 듣고 보니 맞는 말인 것 같았고."
 한동안 말이 없던 그가 표정을 바꾸고 입을 씰룩였다.
 "비룡이가 감이 좋은 게 문제지만 걔한테 네 얘기 듣는 거 은근히 기분 나빠."
 그에게서 질투의 말을 듣는 것이 이렇게나 뿌듯할 수가 있다니. 나는 정말 못된 여자다.
 "다화 쪽 대신 다른 친구 구할 수 있을 것 같아. 다음 주 화요일부터는 그 친구가 올 거야. 더 빨리 부르고 싶었는데 스케줄을 뺄 수 있는 사람이 없었어."
 그는 내 근심을 덜어주는 말로 달래면서 나를 침대로 데려갔다.
 "진짜 불덩어리가 됐네. 어디가 어떻게 아픈 거야? 약 사올 테니까 말해줘."
 내 이마를 짚어본 그는 걱정스러운 얼굴로 물었다. 불덩어리일 것까지는 없는 열이었다. 깁스를 한 사람이 열 조금 있는 사람을 달래려고 움직인다니. 무안하여 소리가 높아졌다.

"안 사와도 돼요! 원래 약 잘 안 먹어요. 자고 일어나면 괜찮아질 거예요."

내가 아플 때 약을 사러 나갔다가 영영 돌아오지 못한, 내 소중한 사람의 마지막 날을 그에게 한 번도 얘기해 준 적이 없었다.

그는 내 말을 듣고 1층으로 내려가 몇 분간 부스럭거리더니 귀여운 물약병을 들고 다시 올라왔다.

"유미 아플 때 사놨던 시럽인데 메달이 말로는 만병통치약이래. 이거라도 먹어."

그는 한껏 인상을 찌푸리는 내게 시럽 세 스푼을 먹였다. 달달한 오렌지주스 맛이 나는 시럽을 먹으니 까마득한 어린 시절이 생각났다. 나는 어린애처럼 시럽을 받아먹고 그의 침대에 얌전히 누웠다.

"아틀리에 이름 바꾸면 안 돼요?"

어린아이 재우듯 내 이마를 쓰다듬는 그에게 편안함을 느끼게 되자마자 속에 꽁하니 들어앉아 있던 말이 빠져나왔다.

그는 조금도 머뭇거리지 않고 흔쾌히 승낙했다.

"알았어. 바꿀게. 뭐로 할까?"

"플아다만 아니면 뭐든 좋아요."

"알겠어. 같이 좋은 걸로 생각해 보자."

"그리고…… 피아노요……. 누가 산 거예요?"

"비룡이 누나가 사줬어. 아틀리에 오픈할 때. 일방적인 선물이지."

"사장님은 한 번도 안 쳤어요?"

"그 앞에 앉지도 않았을걸? 나야 칠 줄을 모르니까."

"그럼 거기 뭐가 있는지도……."

말을 하려다 말았다. 거기 뭐가 있는지 애초부터 몰랐었다면 말할 필요도 없는 이야기였다. 내가 피아노 메모리의 무엇을 지웠는지 그가 아예 몰랐으면 했다. 그의 추억에 손을 댔다는 죄책감이 나를 괴롭혔다. 어제 나를 잠 못 들게 한 몇 가지 이유 중의 하나가 바로 이것이었다.

디지털 피아노에 무엇이 녹음되어 있는지 몰랐던 것처럼, 그는 의외로 비밀 상자의 존재 또한 아예 잊고 살았던 건 아니었을까. 내가 말을 꺼내면 뜻밖에도 '아, 그거?' 하며 쉽게 대답해 주지 않을까? 아냐, 아냐, 아직은 물어볼 수 없다. 결혼 약속을 했던 아다화 씨에게도 화를 냈다는데.

입을 다물고 그의 책장 쪽으로 눈을 돌렸다. 우리가 사귀기 전, 그의 은사님을 뵙고 돌아온 내가 그의 침대에서 잠을 잔 적이 있었다. 잠에서 깬 나는 이곳저곳을 둘러보다 책장에 꽂힌 만화책 몇 권의 자리를 바꾸어놓았었다. 아직도 〈닥터노구찌〉 자리에는 〈몬스터〉가 꽂혀 있었다.

"책장에 만화책들 자리 바뀐 거 알아요?"

"매일 보는데 그걸 모르겠어?"

"귀찮아서 다시 정리 안 하는 거예요?"

"네가 해놓은 거잖아. 네 유치함에 많이 웃고 있어."

그는 이불을 정리해 주고 일어나 불을 껐다. 톡, 스위치 소리와 함께 눈앞의 풍경이 사라졌다.

"선생님이 같이 놀러 오라셔. 주문 별로 없는 날 애들한테 다 맡기고 갔다 오자. 이제 우린 밀린 데이트나 하면 되는 거야."

그는 어둠 속에서 날 위로하듯 계속 말했지만 나는 그의 말보다는, 익숙지 않은 어둠에 더 신경이 곤두섰다.

"조금만 눈 좀 붙여. 괜찮아질 거야. 갈게."

"불 다시 켜면 안 돼요?"

"어두워야 잠이 잘 오지."

"아플 때 어두우면 무서워서요."

누군가가 떠날 것 같단 말이에요.

"다 큰 아가씨가 무서운 것도 많네. 어두운 걸 좋아해야 어른이 되는 거야, 바보야."

그는 나를 가볍게 놀리고는 불을 켰다. 그제야 마음이 놓였다.

잠을 청하려던 걸 잠시 잊고 그의 뒷모습을 눈으로 따라가고 있는데 별안간 그가 낮게 한숨을 쉬더니 2층으로 다시 올라왔다. 내 요청과는 다르게 금방 또 불이 꺼졌고 어둠이 찾아왔다. 그리고 눈이 어둠에 익숙해지기 전에 그가 다가왔다. 그는 이불을 젖히지 않은 채로 내 옆에 누워 다친 팔로 날 안아주었다.

"잠은 불 끄고 자야 돼. 그래야 빨리 낫지."

"일하러 가야 되는 거 아니에요?"

"너 잠들 때까지만. 약 먹었으니까 금방 잠들 거야."

아니야!

이런 포즈로 어떤 여자가 잠을 잘 수 있냔 말이야! 쿵쾅쿵쾅. 내 심장 소리가 이 사람에게까지 들리지 않을까 걱정되기 시작했다. 눈을 꼭 감았지만 쉬이 잠이 올 것 같지는 않았다.

이게 아닌데. 그냥 불 끄고 잔다고 하고 그를 내보낸 후에 내가 불을 켤까? 누구나 인정하는 애인 사이에 사춘기 소녀 같은 가슴 떨림이라니. 나는 심장 소리를 들키고 싶지 않아 그에게서 몸을 돌렸다.

그런데 긴장되는 침묵 속에서 나만 반응을 보인 건 아니었다. 꿀꺽, 꿀꺽, 그가 목울대 뒤로 침을 넘기는 소리가 청아하게 들려온 것이다.

그리고 다시 쿵쾅쿵쾅. 꼴깍꼴깍. 후우후우. 시계 초침 소리도 없는 어둡고 조용한 공간에 두 사람의 심장이 가까이 닿아 있는 소리와 침 넘김 소리와 한숨 소리가 참 정직하게도 제 역할을 다하고 있었다.

잠시 후 그가 괴로운 듯이 깊게 한숨을 쉬고는 울상이 된 목소리로 말했다.

"애국가가 왜 4절까지 있는지 알겠어……."

☆   ☆   ☆

　온통 까만 옷을 입은 사람뿐이다. 명절에 가야 할 큰집은 없었지만 때마다 엄마는 한복을 입혀주었는데, 이모가 입혀준 한복은 검정색이다.
　어린 내가 상복을 입고 들어간 곳에는 엄마의 사진이 있다. 몇몇의 사람들이 엄마 사진 앞에서 묵념을 한다. 나는 이모에게 사람들이 지금 뭘 하고 있냐고 묻는다. 이모와 어린 송주는 내 말이 들리지 않는지 아무 말도 하지 않고, 나는 끝끝내 소리를 지르고 만다.
　이모의 눈이 나를 바라본다.
　너 때문이야, 너 때문에 예쁜 내 동생이 죽었어.
　너 때문이야, 너 때문에 우리 이모가 죽었어.
　너만 슬프다고 생각하지 마. 너만 상처 입었다고 생각하지 마.
　이모와 어린 송주의 마음속 소리가 귓전을 때릴 때마다 내가 입은 상복이 한 마디씩 길어진다. 어느새 나는 여덟 살의 몸으로 어른의 상복을 입고 있다.
　내게 질책하는 뾰족한 말들로부터 도망치려 무작정 달린다. 그러나 내게 맞지 않는 긴 치맛자락에 발이 걸려 넘어진다. 넘어지기가 무섭게 날카로운 소리들이 다시 달려든다. 이제 널 사랑하는 사람은 어디에도 없어.

'이제 날 사랑하는 사람은 어디에도 없어.'

긴 치마 때문에 일어서기가 쉽지 않아 눈물이 날 것 같지만 입술을 깨물어 참아낸다. 이제 내가 울어도 내 눈물을 닦아줄 사람은 없다.

어느덧 주변의 사람들은 모두 사라지고 까만 방에 나 혼자만 덩그러니 서 있다. 웃어야 할지 울어야 할지 갑갑하여 그저 숨을 고르고 있을 때 빛나는 하얀 얼굴이 내게 다가온다.

알고 있는 사람이다. 스물아홉 살의 내가 사랑하게 된 사람.

그런데 어찌 된 일인지 그 또한 어린아이의 모습이다.

'왜 나 대신 울면서 내게 손을 내미는 거지?'

나는 긴 저고리 소매로 그의 눈물을 닦아낸다. 이제 그만 울어. 난 당신이 있어서 슬프지 않아.

그가 긴 침묵을 깨고 내게 말한다.

"네 탓이 아니야."

☆   ☆   ☆

꿈에서 허우적대다 일어났을 때 방 안은 어두웠다. 그의 침대가 땀으로 축축하게 젖어버려 민망한 생각이 들었다. 재빨리 불을 켜고 창밖을 확인했다. 해거름 녘이 되도록 잠을 자버린 것이었다. 아틀리에로 돌아가니, 이미 일은 다 끝나고 비룡 씨가 혼자 뒷정리를 하고 있었다. 여국대 사장은 물리치료, 수리 씨는 데이트로 자리를 비운 것이었다.

이제 내가 혼자 정리하겠다고 하니 비룡 씨에게서 질문이 되돌아왔다.

"아직도 나한테 화난 거야?"

그걸 말이라고 하는 건지. 나는 더 화를 내고도 싶었지만 마음을 다스리기로 했다. 이런 것도 컨트롤하지 못하면 레스토랑의 미녀는 더욱 당해낼 수 없을 테니.

"어제 그건 장난이었죠?"

비룡 씨는 독심술사답게 '그건'의 의미를 정확하게 파악했다.

"그래. 그런데 국대한테 얘기하면 내가 죽을 수도 있어."

"앞으로 비룡 씨가 마음에 안 들면 사장님한테 그걸 얘기하면 된단 소리죠?"

"굿."

비룡 씨는 농담인지 아닌지 모를 대답을 하며 넉살 좋게 미소 지었다. 그래, 어제 비룡 씨의 돌발 포옹은 내 불안해하는 마음을 다 잡아주기 위한 것이었어. 여국대 사장처럼 스스로 중심을 잡으라고 말했었잖아. 그리고 사람의 마음을 읽는 비룡 씨가 보기에도 여국대 사장의 마음은 정확히 나를 향해 있는 거야.

비 그친 땅이 질척거렸지만 혼자 집으로 돌아가는 길이 나쁘지는 않았다. 말로만 들었던 소년 시절의 여국대 사장을, 꿈속에서 만났기 때문이었다.

그러나 가벼운 마음은 만 하루도 가지 않았다. 다음날부터 여국대 사장의 태도가 이상해진 것이다.

점심때인가, 다들 1층으로 내려간 틈을 타 여국대 사장에게로 가 슬그머니 손을 잡았다. 팔이 아프더라도 힘내라는 뜻이었는데 그는 어찌 된 일인지 화들짝 놀라더니 헛기침을 하고는 재빨리 아틀리에에서 나가 버렸다.

아틀리에 이름을 바꾸라고 해서 화가 난 건가? 내 행동이 너무 어린애 같아서? 아니면 내가 디지털 피아노 메모리에 저장된 노래를 지운 것을 알아버렸나? 아니면 내 자는 모습에 실망해서? 그것도 아니면 어제 침대에 땀을 한 바가지 흘려놓아서 내게 실망한 건가? 시트를 세탁기에 넣고 돌려 버렸으니 그건 모를 텐데.

급기야 여국대 사장은 이것저것 요리사들에게 지시를 하고는 물리치료를 받으러 가야겠다며 나가 버렸고, 음식이 완성될 때까지 돌아오지도 않다가 포장할 때쯤에야 슬그머니 나타나 음식 맛을 본 뒤 샘플 하나만 만들어주고는 다시 또 나가 버렸다. 상냥하게 건네는 말 한마디 없이 자기 전까지 뜨뜻미지근한 문자메시지로만 말을 걸다가 12시가 다 되어갈 때쯤 전화로 '자?', '그래, 잘 자.' 라고 짧게 말하고는 끊는 게 다였다.

웃겼던 것은 아침저녁으로 그가 옥상에서 소리를 지르는 일이 많아졌다는 것이었다.

도대체 누구와 무슨 일이 있었던 건지, 물어볼 새도 없이 그는 바쁘다는 핑계로 계속 줄행랑을 쳤고, 비룡 씨에게서는 그저 알 수 없는 미소만 되돌아왔다.

그런 괴상한 밀당을 한 지 사흘째 되던 날, 그날 치의 일이 끝나고 수리 씨가 잠깐 402호로 간 틈에야 겨우 여국대 사장과 둘만 남을 수 있게 되었다.

"요즘 왜 그래요?"

"뭐가?"

그가 퉁명스럽게 말했다.

"나랑 말도 잘 안 하려고 하고. 내가 뭐 잘못했어요?"

"아니, 없어. 넌 아주 잘하고 있어."

그는 군기가 바짝 든 딱딱한 말투로 말했다.

"그럼 왜 말도 안 하고 손도 안 잡아주고…… 안아주지도 않고……."

용기 있게 간지러운 이야기를 꺼냈지만 그는 퉁명스럽게 되물었다.

"……그걸 다 내가 먼저 해야 되냐?"

아하, 그제야 조금 이해가 갔다. 생각해 보니 내가 먼저 다가가 그를 안아준 적이 없었다. 그는 심통이 난 거였구나.

"그러네. 내가 안아줄 수도 있는 건데. 몰랐어요."

나는 그의 뒤로 가 그를 꼭 끌어안아 주었다.

"가만히 좀 있어……."

심술 낼 때는 언제고. 당황한 듯 움찔하는가 싶던 그는 내 손을 잡아 풀고는 내게서 한 발짝 떨어졌다. 지금껏 먼저 안아주고 내게 입 맞추던 사람이 보이는 반응치고는 너무 코믹하지 않은가. 의아했지만 한편으로는 우습기도 해서 '큭' 하며, 코로 웃음이 빠져나왔다. 이 순수한 남자 같으니라고.

나는 그가 귀여워 다시 그를 꼭 안아주었다.

"이런 걸로 화내거나 삐치지 맙시다, 우리."

"어허!"

그는 아까보다도 더 세게 내 팔을 뿌리쳤다. 부끄러워하는 반응치고는 너무 극단적이어서 서운한 마음이 생겼다.

하긴, 내가 그간 너무 내 욕심만 부리긴 했지.

"너무 무리하지 말고요. 그러다가 왼손까지 잘못되면 어쩌려고."

나는 여국대 사장의 퉁명스런 말투에도 굴하지 않는 자애로운 여인이 되어 그의 오른손에 손을 올렸다. 그는 아직 회복되지 않은 오른손으로 내 손을 툭 쳐냈다. 무언가 심술이 난 듯한 그의 행동에 이젠 애꿎은 기분이 들었다.

역시 아틀리에 이름을 바꾸고 싶지 않은 걸까? 가게 이름을 바꾸는 건 꽤 골치 아픈 일이니까. 아니면 내가 비밀 상자를 건드린 걸 알아버렸나?

별별 생각이 스쳐가고 있을 때 그가 입을 열었다.

"화 안 났다고. 〈사랑손님과 어머니〉도 못 봤어? 선생님이 화를 내디? 화 안 났다고."

무슨 소리야. 뭔 책을 읽어? 그의 괴상한 말에 반문을 해보려는데, 그가 먼저 자리를 피하듯 내게서 멀어졌다.

"병원에 갈 거야. 넌 집에 가서 쉬어."

같이 가자는 말도 없이 토라진 듯이 돌아서는 그를, 난 그저 멀뚱하니 보고 서 있을 수밖에 없었다.

여국대 사장이 나간 후, 그의 말뜻을 헤아리며 멍하니 있을 때 수리 씨가 들어왔다. 아틀리에 정리가 제대로 됐는지 확인하러 온 것이었다.

"어? 여기 있었네? 난 형이랑 같이 나간 줄 알았지."

"그러게요. 나도 사장님이랑 같이 나갈 줄 알았는데 여기 있네요."

수리 씨는 내 애정사에는 관심 없다는 투로 무심하게 냉장고 문을 열었다.

"사장님 왜 그래요?"

"응? 뭐가?"

"좀 이상해서요. 무슨 일 있었어요?"

"아니, 아무 일도 없는데."

"그래요? 그런데 왜 그러지? 나한테 화나는 일 있었나? 혹시 경주가 사장님한테 전화했어요? 주경주 차장요."

의아해하는 나를 똑바로 바라보던 수리 씨는 내가 안됐다는 듯 고개를 가로저으며 한숨을 쉬었다.

"아니면 그냥 내가 싫어진 건가……."

이제 그는 나를 싫어하게 된 걸까. 깊게 생각을 하니 마음이 아팠다.

"그럴 리가 있겠어? 아주, 얼굴에 '좋아죽겠다' 하고 써놓고 다니는 사람인데."

느닷없이 수리 씨의 목소리가 높아졌다.

"송아 씨, 말 안 하려다가 송아 씨가 물어봐서 말해주는 거야. 남사스런 얘기 했다고 고소하고 그러면 안 돼."

수리 씨는 입을 열기 전에 한 번 더 뜸을 들였다.

"형이 송아 씨를 어떻게 대하는지는 모르겠지만, 나한테는 있는 짜증 없는 짜증 다 내는 거 알아? 이제 형 앞에서 여자친구랑 러브러브한 통화도 못해."

"사장님이 수리 씨한테 뭐라고 그랬어요?"

"그냥 짜증을 내지. 뭐라고 시시콜콜 얘기하진 않지. 아, 그 말은 했다."

나는 수리 씨의 다음 말을 기다리며 주방 테이블에 턱을 괴었다.

"다 죽어가는 목소리로, '어둡고, 침대고, 걔가 거기 있었어. 그건 삼중고야……'."

순간 턱을 괴고 있던 팔에 힘이 풀렸다. 뜻밖의 말에 당황하여 고개가 앞으로 쏟아지듯 꺾인 것이다.

수리 씨의 말도 거침없이 쏟아지고 있었다.

"송아 씨, 흥부네 집에는 이미 여덟 명의 아이가 있어. 그 초가집에는 방이 하난데 어떻게 아홉째가 태어나는지 궁금해 본 적 없어?"

얼굴이 화끈거리는 것이 느껴졌다. 하지만 수리 씨는 말을 멈출 사람이 아니다.

"사랑은 인간의 본능이야."

수리 씨는 아틀리에에 더 머무를 필요가 없다는 듯 현관문 쪽으로 걸어가며 계속 말했다. 열세 살짜리 소년처럼 짓궂은 미소를 지으며.

"침대는 가구가 아니야."

수리 씨는 현관문 앞에 서서 '안녕, 내일 봐'라는 말 대신 손을 흔들며 하던 말을 마저 이었다.

"사랑이야."

☆　　☆　　☆

아침에 송주가 심각한 얼굴로, 잠이 덜 깬 내게 와 말했다.

"엄마가 병원에 잠깐 입원하셨다는데, 어디가 안 좋으냐고 물어봐도 곧 회복될 거라고 하면서 말도 안 해줘."

"정말? 나한텐 연락도 없었는데."

"나도 용돈 보내 드렸다고 연락 드리면서 알았어. 일은 많은데 너무 걱정돼서 심란하다."

"그럼 내가 다녀올게."

"다녀올 시간은 있어?"

"응. 오늘은 오전 주문만 있어서 괜찮아."

송주에게 별것 아니라는 듯이 이야기했지만 생각하고 보니 엄청나게 신경 쓰이는 일이 있었다. 오늘은 아다화 씨의 레스토랑에서 일하기로 되어 있는 날이었던 것이다.

내가 잠깐 왔다가 부리나케 사라진다면 아다화 씨가 날 우습게 볼 것이 걱정되었다. 나를 약해 빠진 여자로 보면 어쩌나, 직업 의식도 없는 알바생으로 보면 어쩌나, 하는 마음에 다시 속이 거북해졌다.

[레스토랑에 오기 불편하면 오지 마. 나도 지시만 해주고 바로 아틀리에로 갈 테니까.]

내 마음을 텔레파시로 읽어낸 건지, 여국대 사장이 먼저 문자메시지를 보내주었다. 문자메시지로는 말도 잘하지. 만나면 또 날 피하고 빼고 멍청한 행동을 할 거면서. 조금의 용기가 생긴 나는 '괜찮습니다. 사장님'이라는 딱딱한 답문을 보내고 다화 씨의 레스토랑으로 갔다.

레스토랑 문 앞에 닿기 바로 직전에 문이 열리고 비룡 씨가 나왔다.

"사장님은요?"

"지금 다화 씨랑 같이 있어. 아, 내가 둘만 남겨놓고 싶어서 그런 게 아니라 차에 놓고 온 게 있어서. 빨리 갔다 올게."

비룡 씨는 내 눈치를 보듯 묻지 않은 사실에 대해 변명하고는 내게서 재빨리 벗어났다. 나도 꺼림칙하여 걸음을 바삐 옮겼다. 며칠 동안 기분이 좀 나아진 터라 거기까지는 신경 쓰지 않고 있었는데, 이렇게 두 사람만 주방에 남겨질 수 있는 상황이 이따금 있을 수도 있다는 사실을 깨닫게 되었다.

조심조심, 불륜 현장을 급습하는 본처처럼 슬그머니 움직였다. 아직 요리를 시작하기 전인지 요리하는 소리는 들리지 않았다. 그것보다는 아다화 씨의 목소리가 조심스럽지 않았기 때문일지도 모르겠다.

"이제야 둘이 얘기할 수 있게 됐네. 어쩜 그렇게 날 피해? 아직도 옛날 일로 분한 감정이 남았어?"

"뭐, 옛날이야 그런 생각이 들기도 했지."

그간 나와는 제대로 말도 섞지 않던 여국대 사장의 차분히 가라앉은 목소리가 들렸다.

"송아한테 남자친구가 하나 있는데, 송아는 전혀 마음이 없다지만 그쪽은 아니더라고. 둘이 전화할 때도 짜증 나고 만날 때는 더 짜증 나고."

바로 주방 안으로 들어갈 생각이었는데 그의 목소리로 내 이야기가 나왔다. 나는 그 자리에 조금 더 서 있기로 했다.

"그냥 그런 마음이 드는 거야. 송아는 지금 이 어쩔 수 없는 상황이 얼마나 짜증 날까. 송아가 조금이라도 불안해하지 않게 하려면 지금 같은 상황을 안 만드는 게 최선이야. 분한 감정 같은 건 하나도 없어. 오히려 고마워하고 있지."

"고마워한다고?"

"송아는……."

그는 말을 하려다 멈칫했다. 가감 없이 입에 담아선 안 된다는 듯.

"비교하는 말은 안 할게. 아무튼 그 애를 만난 건 내 인생을 통틀어 제일 잘한 일이야. 난 송아가 없으면 안 돼."

절로 미소가 지어졌다. 이제 주방 안으로 들어가도 되지 않을까 생각하고 있을 때 한동안의 정적을 깨고 그가 다시 말을 이었다.

"아무튼 인생을 통틀어서도 고맙고 이번 일도 고마워, 고맙게 생각할게, 평생."

"나랑 헤어진 덕분에 송아 씨를 만났다는 말로 들리네."

아다화 씨의 비꼬는 듯한 말에 여국대 사장은 묵언으로 응답했다.

"그럼 말로만 하지 말고 보답을 해."

"알았어. 수고비는 두 배로 쳐줄게."

"돈으로는 안 돼. 내 기술은 돈으로 못 사."

"요리는 내가 더 잘 하잖아."

"아무튼 돈으로는 안 돼. 나도 돈 많아. 한 가지 부탁만 들어주면 돼."

나는 들어갈까 말까 생각하며 주방 앞에 서 있었다. 계속 이어지는 두 사람의 대화가 오래된 연인처럼 편안하게 들리는 것은 조금 질투 났지만 여국대 사장에게서 나오는 말은 모두 좋았다. 나는 아다화 씨의 부탁이 무엇일지만 살짝 들어보고 주방으로 들어가야겠다고 마음먹었다.

"……알았어. 송아 건드리는 것만 아니라면."

"앞으로도 가게 이름은 바꾸지 말아줘."

그녀가 단호하게 말했다.

"그건 안 돼. 이미 얘기 끝났어."

"그걸 바꾸면 죽어버리고 싶을 거야."

세상이 까매지는 것 같았다. 그녀가 이런 식으로 강하게 나올 줄은 몰랐다.

"플아다는 나한테도 의미가 있어. 거기에서 일했던 시간이 내 행복의 전부야. 그걸 없애지 마."

"다화야······."

아다화 씨의 뜻밖의 말에 대하여, 여국대 사장이 그녀를 달래듯 그녀의 이름을 부드럽게 불렀다. 이제 그가 좋은 말로 아다화 씨를 설득할 것이란 걸 알고 있다. 그러나 나는 간담이 내려앉게 하는 아다화 씨의 말과, 여국대 사장의 친절한 회유의 말을 더 들을 수 없어 그대로 발을 돌려 레스토랑 밖으로 나와 버렸다. 다시 나의 '도망병'이 도진 것이다.

밖으로 뛰쳐나오며, 레스토랑으로 돌아오는 비룡 씨와 다시 마주쳤다. 비룡 씨가 내 일그러진 얼굴을 보고 나를 잡았다.

"무슨 일 있었어?"

"나 왔다고 얘기하지 마요. 그럼 지난번에 있었던 일 사장님한테 다 불어버릴 거예요."

울컥하는 마음에, 아무 상관 없는 비룡 씨를 눈물이 맺힌 눈으로 노려보며 쏟아내듯 말하곤 그곳을 벗어났다.

아주 오랫동안 뛰었다. 숨이 턱턱 막힐 정도가 되어서야 정신이 돌아왔다. 도망가서는 안 되는 거였는데. 다시 레스토랑으로 돌아가 얼토당토않은 아다화 씨의 협박에 맞설까? 나보다 네 살이나 더 먹은 여자가 그런 말밖에 못하냐고 따져볼까? '죽는다' 따위의 말을 함부로 하는 사람은 절대 제 힘으로 행복해질 수 없다고 윽박지를까…….

 하지만 역시 모든 생각은 하나의 두려움에 이르러 멈출 수밖에 없었다.

 만에 하나, 정말 만에 하나, 그녀가 진짜로 마음을 잘못 먹는다면…….

 그렇게 되면 나도, 여국대 사장도 얼마나 오래 이 일을 떠올리며 괴로워하게 될까……. 그런 생각에 가 닿으니 모든 것이 두려워졌다.

 세상엔 정말로 쉬운 것이 없었다.

 그나마 여국대 사장의 마음을 알고 있으니 된 거라고, 스스로를 위안하며 대전행 버스에 올랐다. 사실 여국대 사장과 같이 가고 싶은 마음도 있었지만 포기해 버렸다. 어쩔 수 없이 아틀리에의 이름 이야기가 나올 텐데 지금과 같은 기분으로는, 양보하겠다고 해야 할 그 이야기를 내가 먼저 꺼내기 힘들 것 같았기 때문이다.

 이모는 대전의 대학병원에 계셨다. 몇 년 전 수술을 받고 다 나았다고 생각한 자궁암이 재발한 것이었다. 이런 일을 우리에겐 한마디도 하지 않았다니. 통탄할 일은 몇 가지가 더 있었다. 이번 수술이 두 번째가 아니라 세 번째였다는 것. 내가 첫 번째 회사에서 힘들어하던 시절 이미 이모의 두 번째 수술이 이루어졌던 것이다. 또한 지난번 경주와 대전을 방문했을 때 이모와 만나지 못했던 이유도 전부 이모의 병환 때문이었다. 이모는 뒤늦게 내게 연락하여 들렀다 가라고 했었다. 나는 그런 이모를 거절하고 매정하게 서울로 돌아간 것이었다.

"그냥 똑 떼어냈대. 엄청 간단한 수술이었다니까."

이모는 힘이 없어 웃지 못하는 얼굴을, 애써 미소 짓기 위해 일그러뜨렸다.

"이모가 열심히 교회 다니면서 기도하고 있어. 우리 송아랑 송주 생각해서 빨리 기운 차려야지."

결국 울렁거리던 마음이 스스로를 이기지 못하고 왈칵 쏟아졌다. 나는 이모의 침대 위에 얼굴을 파묻고 어린애처럼 엉엉 울고 말았다.

"송아야."

겨우 울음이 진정되어 눈을 씻고 병실로 돌아왔을 때 이모가 다정하게 내 이름을 불렀다.

"송아랑 송주랑. 이름 참 잘 지은 것 같지 않아?"

"네, 맞아요."

"아주 오래전에 말이야. 미혜랑 약속했었거든. 우리는 어떤 애들이 태어나든지 그 애들이 형제처럼 자라게 하자. 이름도 비슷하게 짓고."

"덕분에 송주랑은 공식 지정 남매예요."

눈물을 다 쏟아내고 나니 조금 홀가분해졌다. 나는 미소 지으며 말을 할 수 있게 되었다.

"가끔 말이야. 내가 송주 이름을 송주라고 지어서 미혜가 그렇게 빨리 떠난 건가, 하는 생각도 들어. 둘이 오누이처럼 친하게 지내라고 지어준 이름인데, 정말 오누이가 돼버려서."

이모는 간신히 힘을 낸 목소리로 계속 말을 이어갔다.

"학교 다닐 때, 도시락 못 싸준 거 미안해."

고해성사 같은 사과를 받는 마음이 좋지는 않았다. 뜬금없이 지난 이야기를 꺼내는 것이 어쩐지 생의 마지막을 준비하는 사람 같아, 이모의 말을 그만 멈추고 싶었다.

"에이, 뭘 그런 걸 갖고……. 이모도 공장 다니느라 힘드셨잖아요. 그리고 이모가 안 만들어줬다 뿐이지, 소풍날은 비싼 도시락 챙겨주셨으면서."

"그거 비싼 거 아니었어."

우리는 그제야 함께 웃었다.

별개의 사건들이 내 안으로 몰릴 때, 나는 그 행복과 불행의 경중을 비교해 보게 된다. 그리곤 믿지도 않는 신에게 '그것을 양보하면 이것을 주시겠어요?'라고 호소해 보기도 한다. 마치 '앞으로 착하게 살 테니 제게 로또 1등을 내려주세요'라고 기도하는 사람들처럼. 이모와 여국대 사장의 병을 떠올리면, 플아다를 계속 아틀리에의 이름으로 남겨두는 아픔 정도는 아무것도 아니라는 생각이 들었다.

누구에게든 매달려 기도하고 싶었다. 이모가 교회를 다니기 시작한 것을 가볍게만 생각하고 있었는데, 나도 마음이 약해지고서야 기도의 필요성을 느끼게 되었다. 신을 믿는 마음으로, '모든 것을 당신의 뜻대로 할 테니, 제발 내게서 이모와 여국대 사장을 빼앗지만은 말아줘요'라는, 간절한 기도를 하고 서울로 돌아가면서 여국대 사장에게 문자메시지를 보냈다.

[아틀리에 이름 안 바꿔도 될 것 같아요.]

☆   ☆   ☆

마음은 좋게 먹었지만 아다화 씨를 계속 만나는 동안은 신경이 곤두설 수밖에 없었다. 여국대 사장이 중심을 잡고 행동하지 않았다면 나는 몇 번 폭발했을 것이다. 여국대 사장은 내가 다가가는 것에는 여전히 긴장하는 주제에 말로는 참 착실히도 나를 아끼고 챙겼다.

그는 내게 말했던 대로 금방 다른 요리사를 구했고, 우리는 아다화 씨의 레스토랑에서 철수했다. 새 요리사들이 여국대 사장의 지침을 완벽하게 수행하지 못해 힘은 더 들었지만 아다화 씨에게서 벗어났다는 후련함에, 나는 곧 우울함에서 해방되었다.

여국대 사장과 함께 은사님을 뵈러 가기로 한 날, 그와 기차역에서 만나려다가 일단 아틀리에로 가기로 했다. 일을 조금이라도 도우려는 마음에서였다.

소풍날의 가벼운 마음으로 지하철에서 내렸는데 아다화 씨가 국회의사당역에 앉아 있는 것이 보였다. 얼른 도망쳐야겠다 생각하고 있을 때, 그녀가 먼저 나를 알아보고는 기다렸다는 듯 의자에서 일어났다.

그리고 아다화 씨와 나는 카페에 마주 앉았다. 그녀는 1분여간 말없이 나를 바라보았다. 누군가가 빤히 쳐다보면 눈을 다른 쪽으로 돌려 버리고 마는 소심한 나도 질 수는 없다는 생각에 그녀를 뚫어져라 쳐다보았다. 엄마를 닮아서 그런가, 노려보는 얼굴에도 단점은 없어 보였다. 역시 예쁜 사람이었다.

"한 가지 묻죠. 왜 플아다에서 일하는 거죠?"

그녀가 침묵을 깨고 말을 걸었다.

"송아 씨는 요리를 잘하는 사람이 아니에요. 기본적인 손놀림만 봐도 알 수 있죠. 그렇다고 절대미각을 가진 사람도 아니고. 송아 씨 같은 사람한테 요리하는 일이 미래가 있다고 생각해요? 좋은 대학 나왔다면서요. 회사도 좋은 회사 다녔었잖아요. 다른 일을 하면 더 잘할 수 있는 사람이 전혀 어울리지 않는 일을 하고 있으니까 하는 말이에요."

입을 연 이후에는 거침없이 말이 나왔다. 지금껏 그녀의 사분사분한 말투만 들었던 터라 당황스러웠다.

"그냥 처음부터 국대 씨를 노리고 그런 거였나?"

그럴듯하게 포장한 이야기를 하던 그녀는 곧 본성을 드러냈다.

"요리에 재능이 없는 건 저도 알아요. 그래서 좋아하는 걸 잘할 수 있는 그쪽도 부럽고 사장님도 부러워요. 아실지 모르겠지만 좋아하는 거랑 잘하는 건 다르거든요. 좋아하는 일을 하는 사람은 의외로 별로 없어요. 오히려 일해서 번 돈으로 좋아하는 일에 투자를 하죠."

아다화 씨는 '그래, 넌 별수 없어'라는 얼굴로 나를 보았다. 여국대 사장과 있을 때와는 다르게 느껴져 소름이 돋았다.

"사실 저는 아직도 내가 뭘 잘하는지 몰라요. 그러면 좋아하는 일부터 시작하는 수밖에 없어요. 그런 의미에서 플아다는 저한테 희망 같은 거예요. 거기에서 얻은 것들이 내 요리스킬을 발전시키진 않더라도 나를 생기 있게 만들어주거든요. 내가 좋아하는 일을 하면서 돈도 벌 수 있으니까 즐기고 있는 거예요."

"까놓고 말해 일터는 아니란 얘기네요. 놀이터 같은 마음가짐이라는 거죠."

"아니요, 학교 같은 거요. 즐기고 있지만 사실 많은 것들을 배우거든요. 많은 것을 생각하게 하고요."

나는 조금도 지지 않고 그녀에게 말했다.

"가령, 가게 이름 말이에요. 솔직히 당장 바꿔 버리고도 싶었는데 여러 가지 일을 겪고 나니 그런 데에 얽매이지 않아도 되겠다는 생각이 들더라고요. 이름이 바뀌거나 말거나 아틀리에는 아틀리에 그 자체로 저한테 소중한 곳이니까. 그리고 사장님이 지금까지 그 이름을 바꾸지 않은 건 뭔가 이유가 있기 때문일 거라고 생각하고 이해하기로 했어요."

나는 그녀가 여국대 사장을 협박했던 일을 모르는 척 상처받은 그녀가 섣부른 행동을 하지 않길 바라며 에둘러 말했다. 그러나 그녀는 내 말 속에 숨어 있던 약간의 악의를 읽어낸 듯 작게 비웃었다.

"내가 왜 그 가게 이름을 고집하는 건지 알아요?"
한동안 무서운 표정을 짓던 그녀는 다시 입을 열었다.
"난 기다리고 있거든요. 이건 장기전이니까."
더 이상 예뻐 보이지 않는 그녀가 도도하게 말했다. 사실 나는 조금 움츠러들었다.
"국대 씨는 날 아주 잊은 것 같아요. 결혼을 하기 전에 내가 어떤 사람이었는지, 사람들이 날 어떻게 불렀는지까지도."
결혼에 대한 이야기가 나오자 긴장하게 되어 고개가 빳빳해지는 것이 느껴졌다.
"여기까지만 들으면 송아 씨가 이긴 것 같겠죠. 거기 있을 땐 나도 빛났거든요, 송아 씨처럼. 하지만 송아 씨는 아직 인생의 맛을 다 못 본 사람이에요. 어린애 같기도 하고요. 일터를 놀이터인 줄 알고 가볍게 다니는."

그녀가 비꼬듯 말할 때마다 내 얼굴 근육도 굳어갔다. 자꾸만 손을 그러쥐게 되는 것을 들킬까 염려스러워 테이블 아래로 감추었다.

"곧 송아 씨도 알게 될 거예요. 송아 씨처럼 약한 사람은 절대 버티지 못할 사람이 국대 씨한테 있어요. 그 사람을 만나면 송아 씨가 먼저 국대 씨한테서 떨어져 나갈 거고, 믿기 힘들겠지만 송아 씨도 금방 잊혀질 거예요. 그럼 말이죠, 국대 씨한텐 그 '플아다' 라는 간판이 다시 보일 거예요."

내가 버티지 못할 만한 사람이 누굴까? 직감처럼 스친 사람은 그의 어머니밖에 없었다. 무서웠지만 그렇게 나쁜 사람 같지는 않았는데.

"스무 번 중에 한 번, 플아다라는 간판 앞에 섰을 때 날 떠올렸던 것이 다섯 번 중에 한 번이 되고 세 번 중에 한 번이 될 때까지, 송아 씨도 떨어져 나가고 별것 아닌 사람도 다 떨어져 나가고 국대 씨가 완전히 혼자가 될 때까지, 난 그렇게 국대 씨한테 없어지지 않고 남아 있을 거예요. 이런 얘길 왜 하냐고요? 송아 씨 같은 사람들 끝은 눈에 훤하니까."

역시 여우였어. 이렇게 못된 말을 웃으면서 할 수 있는 사람이라니. 화를 참지 못한 내가 테이블을 쾅 치며 일어났을 때, 맙소사! 아다화 씨는 난데없는 물세례에 온몸이 젖어 있었다.

내 앞의 주스를 컵째 던지는 상상을 했지만 나는 분명히 주먹을 쥐고 있는데? 내가 한 일은 아니야! 당황하여 아다화 씨의 뒤로 눈을 돌렸을 때, 나보다 더 당황한 얼굴로 빈 유리컵을 들고 서 있는 은영 씨를 확인할 수 있었다.

외모로 보나 말씨로 보나 남한테 해코지할 만한 위인은 아닌 은영 씨가, 꽃이랑 나비랑도 얘기할 것 같은 한없이 해맑고 순진무구한 은영 씨가 그녀에게 냉수를 쏟아부은 것이다.

"송아 언니…… 내가 이런 사람이 아닌데…… 나도 내가 이럴 줄 몰랐어요!"

은영 씨는 어쩔 줄 몰라 하며 가방 안의 손수건으로 아다화 씨의 옷과 머리를 닦아냈다.

"아…… 제가 울컥해서 실수를 했어요……. 죄송하긴 한데요, 다행히 이 물 비싼 건데…… 에비앙이에요……."

아다화 씨는 뜻밖의 상황에 부르르 떨며 한동안 자리에서 일어나지 못했다.

아다화 씨의 옷 세탁비를 아주 넉넉히 주고 카페에서 도망쳐 나온 우리는 카페가 안 보일 정도가 되어서야 꾹 참아온 웃음을 시원하게 터트릴 수 있었다.

"언니, 진짜 미안해요. 아틀리에 가는 길에 언니가 이상해서 나도 모르게 따라왔다가 일이 이렇게 됐네요."

"아니야. 딱 내 마음이 그랬는데 은영 씨가 대신해 줘서 얼마나 통쾌하다고."

우리는 그녀의 당황한 얼굴을 곱씹어가며 한동안 계속 웃었다.

"은영 씨, 그런데 지금 이 일 사장님 모르게 해주면 안 될까? 수리 씨한테도."

은영 씨는 돌연 안색을 바꾸며 진지하게 대답했다.

"언니, 저 그건 못하겠어요. 언니도 그 여자가 뭐라고 그랬는지 들었잖아요."

역시 은영 씨는 몹시도 정의로운 사람이었다.

"오늘 일만 얘기하면 가게 이름도 당장 바꿀 수 있을 거예요."

"사실…… 다화 씨는 그 가게 이름을 바꾸면 죽는다고까지 얘기했었어. 감정 기복이 좀 심한 사람일 거란 생각이 들어. 오늘 일로 그 여자 망신을 주고 싶은, 내 별것 아닌 욕심 때문에 뭔가가 조금씩 틀어져서 잘못되는 일은 일어나지 말았으면 좋겠어."

나는 처음으로 은영 씨에게 내 아픈 과거를 털어놓았다.

"여덟 살 때 내가 아픈 바람에 엄마가 약을 사러 나갔다가 돌아가셨거든. 내가 어떻게든 참았더라면 그런 일은 없었을 거야. 그때부터 조금만 마음이 약해져도 악몽이 따라다녀. 요즘에야 겨우 악몽에서 벗어난 것 같은데 다시 나쁜 일을 만들 수는 없어. 부탁할게."

"언니, 그게 언니 탓은 아닐 것 같은데."

"알아. 내 탓이 아니지. 무단횡단을 한 엄마 탓이고, 그때 마침 달려든 트럭 탓이고, 길이 어두웠던 탓이고, 약국이 멀었던 탓이고. 어린 딸을 생각한다면 절대 죽어서는 안 되는 건데 죽어버린 사람 탓이야."

마음이 급해서 무단횡단을 하려던 엄마는 밤길을 달리는 트럭을 피하지 못하고 그대로 세상을 떠났다. 트럭기사가 엄마를 발견하고 뒤늦게 핸들을 무리해서 꺾어버리는 바람에 오히려 사고는 커졌고, 트럭기사 또한 며칠 후 운명을 달리했다고 한다.

"그땐 다 내 탓이라고 생각했는데, 이제 다른 생각도 조금씩 하고 있어. 몇 년 뒤엔 '아, 그런 일이 있었지' 그럴 거니까. 아무튼 지금 행복한 게 중요하잖아. 언젠가 아다화 씨도 가게 이름을 고집했던 걸 부끄러워하게 될 거야. 물론 오늘 나한테 이상한 얘기를 한 일도 말이야. 지금은 그냥 참는 게 나을 것 같아. 이건 기회비용 같은 거야. 지금 내가 더 행복해지기 위해서 포기해야 하는 가치."

내가 오늘 일을 그냥 지나가 버리면, 여국대 사장에게서 사라지지 않고 남아 있을 거라고 한 아다화 씨의 말은 내내 나를 괴롭힐 것이다. 하지만 어쩐지, 이빨을 드러낸 적은 오히려 무섭지 않았다. 은영 씨가 내 맘을 다 알고 있다는 것도 힘이 되었다.

"언니…… 언니는 부처님 같아요."

은영 씨는 감동한 듯 내 손을 잡으며 말했다. 부드럽고 말랑말랑한 은영 씨의 손이 좋았다.

"은영 씨, 절에 다녀?"

"아뇨, 교회요."

은영 씨와 진지하고도 유쾌한 대화를 마치고 조금 늦게 아틀리에에 도착했다. 여국대 사장은 내가 오자마자, 전화는 받지도 않을 거면서 왜 가지고 다니느냐며 무서운 잔소리를 했다. 나는 변명을 하려는 은영 씨를 막았다. 그가 내 손을 잡아끌고 손깍지를 끼며 그 말을 했으니 사실 조금도 무서울 수가 없었다. 도무지 언행일치가 안 되는 사람이다.

〈사랑손님과 어머니〉의 여섯 살 옥희에 의하면, 선생님은 어머니를 만날 때마다 성난 얼굴을 하고 있었다. 하지만 그 '성난 얼굴'이 진짜 성난 얼굴이 아니라는 것은 초등학교 고학년 이상이라면 충분히 알 수 있다. 선생님은 세상에서 제일 예쁜 어머니가 너무 좋아서, 그래서 얼굴이 붉어진 것이었고, 옥희는 이를 성난 얼굴로 오해해 버린 것이다.

그간 여국대 사장의 푸념과 수리 씨의 짓궂은 말을 조합해 보면 여국대 사장이 성이 난 것은 '욕구 불만'이었다. 나는 그를 자극시키지 않기 위해 최선을 다했지만 이번에는 난해한 옷이 문제였다.

"윗옷이 너무 짧은 거 아니야?"

기차를 타러 가는 길. 그는 살짝 옆트임이 들어간 옷을 입은 내가 팔을 위로 올릴 때마다 허리가 드러나는 것이 성가신 모양이었다.

"요즘엔 다 이렇게 입고 다녀요."

"다들 그러더라도 너는 그러지 말아야지. 봐봐. 맨살이 그냥 드러나잖아."

그는 대뜸 내 윗옷을 살짝 들어 맨 허리에 손을 댔다.

으악! 그건 기습키스보다도 더 자극적이어서 나는 소리를 지르며 그를 힘껏 밀쳐내고 말았다. 하지만 그는 조금도 밀려나지 않았다. 이 사람아. 누구나 옷을 들추면 맨살이 드러난다고!

"사장님은 도대체 종잡을 수가 없어요. 언제는 가까이 가지도 못하게 하던 사람이 지금은 어딜 건드려요!"

"지금은 어둡지 않고 탁 트여 있으니까 괜찮아."

"밝을 땐 건드려도 된다는 거예요?"

"네가 만지는 게 아니라 내가 만지는 게 된다는 거야. 너 때문에 나도 어둠에 트라우마가 생긴 거잖아."

수리 씨가 며칠 전 내게 전했던 말이 다시 떠올랐다. '어둡고, 침대고, 개가 거기 있었어. 그건 삼중고야……'. 그때의 경험이 그에게 뜻하지 않은 고통을 안겨준 것이었나?

"그런데 이렇게 대놓고 드러내면 만지라고 유혹하는 거라고. 모태솔로라고 이런 것까지 내가 콕 집어서 가르쳐 줘야 돼?"

그는 다시 내 윗옷을 들추려고 다가왔다. 나는 그를 힘껏 밀었고, 이번엔 그가 제대로 넘어지고 말았다. 그 포즈가 우스꽝스러워 웃음이 터져 나왔지만 그는 그 일로 완전히 삐쳐 버렸다. 그는 기차를 타고 가는 내내 뾰로통해진 채로 창밖만 보고 있었다.

"뻬돌이."

나는 서먹함을 견디지 못하고 그에게 장난스레 말을 걸었다. 사람들이 많고, 구석구석 참으로 밝은 기차 안이었으므로 마음 놓고 그를 놀릴 수 있었던 것이다.

"에에— 뻬돌이—"

"박송아."

몇 번을 약 올리자 참다못한 그가 다시 입을 열었다.

"너, 자꾸만 그러면 오늘 집에 못 들어갈 줄 알아라."

그가 다시 내게 말을 걸어 '만세!' 라고 생각했는데, 내 입도 곧 다물어지고 말았다.

여국대 사장의 은사님인 할아버지 댁은 축구장만 한 정원이 있는 으리으리한 단층집이었다. 집 안과 정원을 둘러보는 데만도 꽤 시간이 걸렸다.

이전에 만났을 땐 거의 대부분의 시간을 무서운 얼굴로 앉아 계셨던 할아버지가 환한 웃음으로 날 맞이해 주셨다. 할아버지는 많이 건강해져서 이제 운동도 하고 마실도 다닐 수 있게 되었다고 한다. 여국대 사장은, 애인이라고 하며 할아버지께 나를 다시 소개해 주었다. 괜히 부끄러워 수줍은 미소가 생겼다.

이제 정원에서 얘기를 해도 춥지 않은 날씨가 되어 있었다. 우리는 정원 테이블에 둘러앉았다.

"어머니가 몇 살 때 돌아가셨다고?"

한결 표정이 부드러워진 할아버지가 자상한 눈으로 나를 보며 물었다.

"여덟 살 때요. 햇수로는 21년 됐어요."

"어머니랑 같이 살던 데는 어딘지 기억나고?"

"아뇨. 인천에 살았던 거랑 바닷가 근처였던 것만 기억나요."

"그럼 그때 어머니가 일하러 다닌 식당 이름도 모르겠구나."

"네, 잘 기억이……."

더 이야기를 하려다 멈칫했다. 할아버지는 엄마가 식당에서 일을 했다는 것을 알고 있었다.

"어머니 함자가 안미혜가 아니냐?"

할아버지는 엄마의 이름도 알고 있었다. 마치 오래전부터 알고 있었다는 듯이 나를 지그시 바라보던 할아버지는 슬프게 웃었다.

"네 어머니 돌아가신 날, 내가 너를 찾아서 너희 집에 갔었다."

"……선생님께서요?"

"그땐 정말 작았었는데, 여전히 작긴 하지만…… 종종 궁금했는데, 잘 자라줘서 고맙다."

나는 할아버지가 무슨 이야기를 하는지 제대로 파악하지 못하고 두 사람을 번갈아 쳐다보았다. 나만큼이나 여국대 사장의 표정도 굳어 있었다.

"국대야, 너도 기억 날 거다. 네 엄마가 널 자주 안 보러 온다고 너 대신 화내주던 그 애기 엄마 말이야……. 딸 갖다 준다고 너한테서 반찬도 많이 얻어갔었잖아. 그걸 맛있게 먹었던 애가 바로 이 애야."

여국대 사장의 눈은 할아버지보다도 더 투명하게 젖어 있었다.

"네 얘길 듣고 애가 참 당차다 했더니, 엄마를 닮은 거였어."

할아버지가 감격스럽다는 듯이 내 손을 두 손으로 잡고 손등을 토닥였다.

"다시없을 인연이라 그렇게도 자석처럼 끌렸던가 보구나."

그리곤 할아버지는, 나보다도 먼저 눈물이 떨어질 듯한 눈으로 아무 말도 하지 않는 여국대 사장을 보며 눈빛으로 그를 쓰다듬었다.

할아버지는 엄마가 일하던 식당의 대표였다고 한다. 워낙 일하는 사람이 많은 식당이어서 기억하는 사람은 많지 않지만 엄마는 갑자기 돌아가셨기 때문에 할아버지의 기억에 오랫동안 남는 사람이 된 것이었다. 할아버지는 엄마가 돌아가시던 날 우리 집에 엄마 소식을 전하러 가장 먼저 왔다고 한다. 아무것도 기억나지 않지만 한 번 만나본 듯한 친근한 인상이었던 것은 비단 탤런트 신구를 닮아서만이 아니었다.

할아버지를 만나고 돌아오는 길은 마음이 벅차서 몸이 둥실 뜨는 것 같았다. 우리에게 그런 인연이 있었다니. 나는 그의 손을 잡고 할아버지의 흉내를 내며 웃었다.

"다시없을 인연이라 그렇게도 자석처럼 끌렸던가 보구나."

그는 나의 말에 쓰게 웃을 뿐 더 이상 말을 보태지는 않았다.

"우리 이제 어디 갈까요? 데이트하기로 했잖아요."

"오늘은 돌아가자. 팔이 좀 아픈 것 같아서."

그가 내 기대를 잘라내며 말했다. 그 말에 나도 모르게 그의 팔을 잡았던 손을 놓았다.

"아, 많이 아파요?"

"왼팔은 괜찮아. 가자."

그가 내게 사과하듯 내 어깨를 잡았다.

그는 나를 집까지 바래다주고 곧바로 돌아갔다. 해가 뉘엿뉘엿 질 때쯤이라 어둠이 무서워 나를 피했을까. 그러나 그간 날 멀리하던 태도와는 또 다른 느낌이라 어쩐지 마음이 불편했다. 엄마와의 일에 대해서도 몇 번을 물었지만 그는 그저 피식 웃어넘길 뿐 제대로 된 대답을 해주지 않았다.

집에 도착한 지 한 시간쯤 지났을 때에야 무언가 잘못됐다는 것을 깨달았다. 그는 서울로 돌아오는 동안 한 번의 농담도 하지 않았던 것이다. 끝내는 거절하게 되더라도, 내 부탁이라면 들어주려 노력하던 사람이었는데 데이트하자는 내 재촉을 단칼에 거절했다. 우리 사이에 어떤 벽이 생긴 것 같은 무거운 기분이 들었다.

나를 피하듯 내게서 멀어진 그가, 왠지 아틀리에서 나를 부르는 것 같았다. 자석에 이끌리듯 아틀리에로 향했다. 사실 무슨 정신으로 갔는지 모르겠다. 그저 편안히 잠들기 위해선 그의 얼굴을 한 번 더 보아야 한다는 생각밖에 없었던 것 같다.

402호의 문을 먼저 열까 하다가 아틀리에로 들어갔다. 역시 그는 거기 있었다.

테이블 위에 시선을 둔 채로 표정 없이, 움직임 없이, 그렇게 소파에 앉아 있었다.

천천히 그에게 다가갔다. 그는 내가 다시 올 것을 알고 있었다는 듯이, 충혈된 빨간 눈으로 망연히 나를 보다가 다시 고개를 떨어뜨리고 테이블 위를 보았다.

무얼 그렇게 주시하고 있는 것일까. 그의 시선을 따라가 소파 앞 테이블에 눈을 주었다. 테이블에는, 아다화 씨가 판도라의 상자라 불렀던 나무색의 상자가 제 속을 모두 뱉어낸 채 빈 상자가 되어 아무렇게나 놓여 있었다.

비밀 상자의 알맹이였던 것들은 더 이상 비밀일 것 없는 모습으로 그의 눈동자를 가득 채우고 있었다. 믿을 수가 없었고 얼떨떨했고 사실은 주저앉고 싶었다.

엄마의 사진. 엄마와 소년인 그가 함께 찍은 사진. 웃고 있는 엄마, 웃고 있는 열두 살의 여국대 사장······.

"엄마······."

기억에 아로새긴 엄마를 사진으로 다시 만나는 마음이 이렇게나

무거울 줄은 몰랐다. 그는 고개를 들지 못했다. 나는 떨리는 목소리를 감출 수 없었다.
"……우리 엄마는요."
고개를 들지 않는 그의 얼굴을 보기 위해 그의 앞에 무릎을 꿇고 앉았다. 그는 나를 피하려는 듯 눈을 감았다. 앞으로 받아들일 사실에 대해 왠지 두려운 생각이 들어 나도 모르게 낯선 말투를 쓰고 말았다.
"사장님에게, 어떤 의미였습니까……."
이 말을 꺼내지 말았어야 했을까.
내 말이 끝난 후 그는 무너지듯 상처 입은 표정으로 서서히 고개를 들어 날 바라보았다.
곧 그의 눈에서 굵은 눈물이 툭 떨어졌다.

18. 그날의 이야기

어머니는 항상 내가 다가가면 슬며시 뒤로 물러났어. 나하고는 손가락 하나도 절대 닿으려고 하지 않았어. 나는 그런 어머니를 원망하다 못해 아예 이상적으로 생각하게 됐어. 어머니처럼 차갑게 행동하게 된 거지. 누군가가 나한테 닿는 것을 병적으로 싫어했었던 게 그때쯤이야. 동네 애들하고 치고받고 싸우는 일도 많았고 어디가 터져서 집에 들어오는 날도 많았어. 그래도 어머니의 치료를 받을 수는 없었어.

어머니도 그게 안타까웠는지 내가 따르던, 인천의 큰 음식점 아저씨께 나를 맡겼어. 실은 그렇게 따르던 건 아니었는데 어머니가 나를 내던지듯 두고 떠난 거야. 식당 아저씨가 바로 은사님이야. 나는 은사님 댁에서 먹고 자고 학교도 다니면서 식당의 시끌벅적한 분위기에 차츰 익숙해지게 됐어. 익숙해졌을 뿐 내 성격이 나아졌던 건 아니야. 여전히 난 아무하고도 어울리지 못했어.
 은사님은 내가 음식 만드는 걸 재미있어하는 걸 아시고 나한테 별채의 작은 주방을 내주셨어. 나는 주방에 틀어박혀서 혼자 이것 저것 실험을 했어. 거기서 너희 어머니를 만나게 된 거야.
 "네가 정말 열두 살이라고? 어떻게 이런 걸 할 수가 있어?"
 너희 어머니는 식당 본관에서 일을 했었는데 요리에 손을 댔다 하면 쓸 만한 것보다 버릴 것이 더 많다고 사람들한테 야단을 많이 맞았대. 그래서 주방에서 매번 쫓겨난다고 말했어. 그때 마지막으로 들었던 말이, 별관에서 요리하는 열두 살짜리 만도 못하다는 말…….
 도무지 믿을 수가 없다고 날 찾아온 거였어. 그리고 내가 만든 음식들에 너희 어머니는 놀라워하셨지. 하지만 열두 살 수준이 과연 대단했을까? 내 요리를 맛있다고, 최고라고 하면서 먹어준 사람은, 그땐 너희 어머니밖에 없었어.
 그 후엔 나랑 요리하는 게 재미있다고 하면서 날 자주 보러 오셨어. 레시피를 메모해 놓은 수첩을 보여주면서 이대로 만들어달라는 말도 많이 했고, 내가 만든 음식들엔 한결같이 환호해 주셨어. 내가 만든 걸 통에 담아주면서 가져가시라고 하면 그렇게 좋아하실 수가 없었어.
 "정말? 이거 아줌마 가져가도 돼? 넌 요리만 잘하는 줄 알았는데 착하기까지 하구나?"

언젠가 그런 말을 하고선 날 확 끌어안아 버린 거야. 깜짝 놀란 내가 너희 어머니를 세게 밀쳐 버리는 바람에 싱크대 위에 있던 양파가 떨어지면서 너희 어머니 머리를 정통으로 때렸어. 그래도 좋다고 웃던 분이었어, 너희 어머니는.

언젠가는 나한테 왜 사람들이랑 닿는 걸 싫어하느냐고 물었어. 나는 끝까지 버티다가 너희 어머니의 포옹 공격에 결국 입을 열었는데 다 듣고 나서 너희 어머니는 안타까운 표정으로 또 날 끌어안아 주셨어. 내가 힘이 꽤 세다고 생각했는데 너희 어머니 팔에 갇혀서 아무것도 못하게 될 줄은 몰랐어.

"가만히 좀 있어. 넌 우리 딸한테 좀 배워야겠다. 우리 애는 이렇게 안아주면 얼마나 순하게 안기는데."

내가 발버둥 쳐도 너희 어머니는 놓을 생각을 않고 계속 말씀하셨어.

"엄마도 사실은 안아주고 싶은 마음이 굴뚝같았을 거야. 이렇게 예쁜 애를 마다할 리가 없어. 안아주지 않는 엄마는 잘못된 거야. 너희 어머닐 만나면 한마디 해야겠어."

우리 어머니가 날 만나러 왔을 때, 정말 그분은 우리 어머니한테 무섭게 말했어. 우리 어머니가 콧방귀나 뀌었을지는 모르겠지만 말이야. 아니, 너희 어머니가 순수했던 거지. 우리 어머니는 예나 지금이나 대화로는 이길 수 없어.

어머니는 어머니만의 신념이 있었거든. 내가 어머니의 손길을 타면 나는 일찍 죽게 될 거라고, 우리 어머니는 예전부터 그런 걸 믿고 있었어. 거기에 너희 어머니가 완전히 꺾인 거야.

"여국대보다도 여국대 어머니가 더 안쓰러운 거였어. 그래도 넌 그렇게 살지 마. 요리 하는 사람은 많이 돌아다니고, 먹어보고, 많은 것들을 만져봐야 되는 거야. 사람끼리도 마찬가지야. 서로 접촉이 오고 가야 애정도 쌓이는 거지."

너희 어머니 말씀은 세상에서 가장 옳은 것 같았어. 정말 재미나게 얘기할 줄 아는 분이셨어.

"삼년고개 이야기 알아? 옛날에 거기서 구르면 3년만 살게 된다는 고개가 있었어……."

여러 가지 이야기를 들으면서 나도 모르게 너희 어머니를 엄마처럼, 그리고 친구처럼 따르게 된 것 같아. 나는 너희 어머니께 여러 가지 반찬을 많이 만들어 드렸어. 그나마 잘하는 것이라곤 오로지 음식 만드는 일뿐이라서.

그날도 역시 더 만들어주고 싶은 것이 있다고, 퇴근하려는 너희 어머니께 매달렸어.

"우리 애가 지금 혼자 있어. 오늘은 늦었으니까 내일 같이 만들어보자."

너희 어머니는 꿈자리가 뒤숭숭해서 딸이 걱정된다며 빨리 돌아가야겠다고 했지만, 나는 물러나고 싶지 않았어.

애가 걱정돼서 내 호의를 마다하다니.

그 애는 엄마 사랑을 듬뿍 받고 자라는 주제에 이 정도도 혼자 못 있나?

그리고 난 정말 뼛속까지 괴물이었어.

이 아줌마에게 그 아이가 없다면.

이 아줌마가 그 애의 엄마가 아니라 우리 엄마라면.

엄마를 갖고 싶다는 철없는 욕심이 일을 저지르게 했어. 나는 채소를 데치려던 물을 일부러 내 다리에 쏟았어. 그리 많이 다치지는 않도록 조심하면서.

너희 어머니와 같이 응급실에 가서 치료를 받고 돌아왔을 땐 이미 8시였어. 너희 어머니가 부잣집 아들 다리에 화상을 입혔다는 사실에 안절부절못하고 있는 걸 만족스러워하면서, 나는 너희 어머니께 이건 비밀로 해줄 테니까 앞으로 내가 매일 음식을 만드는 걸 봐달라고 말했어. 너희 어머니는 알겠다고 했지만 그날이 마지막이었어. 그날 집으로 가던 너희 어머니는 그렇게 교통사고로 돌아가신 거야…….

☆　　☆　　☆

"동경했었어."

그가 이야기를 마쳤을 때, 우리는 같은 눈물을 흘리고 있었다.

"만난 적도 없었던 너를 질투하면서 속으로 널 미워하고 시기하고······."

 그의 목소리는 점점 작아졌다.
 "그렇게 작은 애였던 줄도 모르고······."
 그는 더 이야기를 하려고 숨을 짜내고 있었다. 눈물 때문에 목소리가 묻혀, 숨소리와 같은 말을 뱉어내는 그를 보는 것만으로도 가슴이 아팠다.
 "기억날지 모르지만 네가 그렇게 말한 적이 있었어. 운명이라는 건 평생 사랑하고, 죽을 때까지 사랑해서 한날한시에 같이 죽는 거라고."
 기억하지 못할 리 없다. 여국대 사장이 경주와 나 사이를 오해하여 '운명'이라는 말을 썼던 날이었다. 나는 갑순이와 갑돌이를 예로 들며, 내 지론으로 운명에 대해 억지를 부렸었던 것이다.
 "삶이나 죽음에 대해서, 지금까지 네가 들려준 얘기는 다 그분의 얘기란 걸······ 이제야 알았어······."
 그는 눈물을 떨구며 고개를 숙였다. 나는 그의 얼굴을 들여다볼 엄두가 나지 않았다.
 "내가 네 인생을 무너뜨렸어······. 미안하다······ 미안하다, 정말······."
 절대 미안하다는 말을 하지 않는 그의 입에서 이런 말이 나왔다. 내가 그를 처음 만났던 날, 그리고 계속됐던 악연······. 그동안 그가 내게 했던 잘못들로부터 매번 기대했던 진중한 사과의 말을 이제야 이런 식으로 듣게 된 것이다. 모든 것을 버리는 말이었고, 자신의 죄형을 스스로 선고하는 말이었다.

"네가 어떻게 결정하더라도, 이해하고 물러날게."

영화나 드라마를 보면서, 남자의 눈물과 남자의 슬픈 고백은 멋지다는 생각만 하고 있었다. 그건 곱게 만들어낸 환상이었다. 실제로 그것은 처절하고 참담했다.

"원하는 건 뭐든지 다 줄게, 지나간 걸 되돌릴 수는 없겠지만."

그는 모든 것을 잃은 듯 말했지만, 그의 이야기를 모두 들은 순간 신기하게도 어둡기만 했던 가슴속의 어딘가에서 장막이 걷히는 기분이 들었다.

엄마, 엄마가 이 사람을 내게 보냈나 봐.

원망은 하나도 없었다. 진실은 내 쪽에 있었기 때문에.

"그래서 이제 나랑 헤어질 생각이에요?"

나는 간신히 눈물을 참고 침착하게 말했다. 그는 대답이 없었다.

"사장님이 잘못 알고 있는 게 있어요. 엄마는 그날 제대로 집에 도착했어요."

그는 흠칫 놀란 듯 서서히 고개를 들며 붉은 눈으로 날 쳐다보았다.

"내가 아파서 그랬어요. 내가 아파서 엄마가 약을 사러 나갔던 거였어요. 내가 아프지만 않았다면 그런 일은 없었을 텐데, 그렇게 날 원망하는 마음으로 살았어요. 그런데 이게 바보 같은 거였네요. 오늘 알았어요."

한 방울 떨어지려는 눈물을 급하게 닦고 웃었다. 울다가 웃었기 때문에 얼마나 우스웠을지는 모르겠다. 정말 많은 시간이 지난 이야기. 이제 나는 이 이야기를 하며 웃을 수도 있게 되었다. 지금에야 당신을 만난 것도 어쩌면 하늘의 뜻일 것이다.

"나는요, 지금까지 내 마음은 아무도 모른다고 생각했어요. 어딘가에 나 같은 아픔을 가지고 있는 사람이 또 있을 거라고는 상상도 못했어요."

무릎 위에 힘없이 늘어진 그의 손을 잡았다. 나는 이제 이 손을 놓을 생각이 없다.

"나는 사람들 잘 보이는 데서 나 혼자 상처 입은 척하고 있었는데, 숨어서 혼자 우는 사람이 있었네요."

그는 다시 한 번 놀란 얼굴로 날 보았고, 나는 잘 닦은 유리창 같은 그의 맑은 눈을 들여다보다가 또 울고 말았다.

"그게 뭐라고."

눈물샘이 고장 났는지, 눈물은 쉽게 그치지 않았다. 그러나 슬퍼서 우는 것은 아니었다.

"그게 뭐라고."

바닥에 무릎을 세우고 그의 허리를 꽉 안았다. 엄마처럼 그를 안아주고 싶었다.

"사장님은 내 인생을 무너뜨린 것도 아니고 나한테서 뭘 빼앗은 것도 아니에요. 나는 지금 여기 안 무너지고, 팔 다친 사장님보다도 튼튼하게 살고 있으니까."

 나는 눈물을 모두 닦고 그에게 웃어 보였다.

 "원하는 것도 사장님밖에 없는데. 그럼 사장님을 나한테 줄 건가?"

 나는 그가 내게 손을 뻗을 때까지 그를 안은 채로 가만히 있었다. 잠시 후 그도 나를 안아주었다.

 여국대 사장은 열두 살 때도 미소년이었다. 그의 어깨에 다정하게 손을 올리고 있는 엄마는 말할 것도 없었다. 두 사람은 엄마와 아들처럼 보이기도 했고 누나와 어린 남동생처럼 보이기도 했다.

 "머리가 본격적으로 커진 건 사춘기 지나고부터인가?"

 내가 장난을 걸자 그가 내 볼을 살짝 꼬집었다. 그의 눈은 아직도 붉은빛이 돌았다.

 "이걸 아다화한테 보여주지 못했던 이유는."

 그가 사진과 상자를 정리하며 말했다. 나는 고개를 끄덕였다.

 "말 안 해도 알겠네요."

 길고 호리호리한 몸매와 긴 생머리 때문인지, 아다화 씨는 나보다도 더 엄마와 닮아 보였다. 아다화 씨가 이 사진을 봤다면, 그녀의 눈엔 그가 여태 첫사랑의 연정을 간직하고 있는 집요한 사람으로 보였을 것이고, 그녀와 우리 엄마의 겉모습이 비슷하다는 사실에 농락당한 기분이 들었을 것이다.

"그냥 버리지 그랬어요."

"이것 때문에 버릴 수가 없었어."

그는 엄마의 수첩을 보여주었다. 잘 기억나지 않는 엄마의 글씨가 빼곡히 적힌 두꺼운 수첩엔 온갖 음식의 레시피들이 들어 있었다. 여국대 사장은 수첩의 맨 마지막 장을 보여주었다. 역시 엄마의 손글씨 낙서가 자리하고 있었다.

―우리 망아지. 엄마가 너를 위해 이렇게나 노력하고 있단다. 제발 좀 알아주길! 밥 좀 먹어라!

"워낙 말투가 재치있던 분이라, '망아지'가 그냥 놀리느라 쓴 말인 줄 알았는데, 송아지 같은 거였어."

그는 나를 열심히 찾아다녔다고 한다. 하지만 왜 그렇게 된 건지, 그는 식당에서 일하는 다른 사람들로부터 내 이름을 '박현주'라고 전해 들었다고 말했다. 그래서 '현주'라는 여자에게 더 정이 갔던 것일까. 그래서 '현주'라는 여자를 사귀게 된 것이었을까. 궁금했지만 그것을 물어보지는 않았다.

엄마의 장례식이 끝날 때까지 그는 엄마가 돌아가신 걸 알지 못했다고 한다. 일주일 내내 눈치만 보다가 엄마의 동료에게, 요즘 왜 그 사람이 오지 않느냐고 수줍게 묻고 나서야 뒤늦게 엄마 소식을 접했다고 한다. 누구도 그가 엄마와 친하다는 사실을 제대로 알지 못했고, 그래서 아무도 어린 그에게 함께 장례식장에 가자고 이야기하지 않았던 것이다. 장례식 이후, 나는 인천에서의 모든 것을 정리하고 이모와 함께 대전으로 내려갔으니 어린 그가 날 찾아 돌아다닌다 한들 내가 '짠' 하고 나타날 리는 만무한 것이었다.

"그때의 트럭 운전기사가 수리 아버지야."

그의 고백에 대한 충격이 가시기도 전에 그는 새로운 사실을 이야기했다.

"사실은 꿩 대신 닭이라는 심정이었던 것 같아. 어떻게 해서라도 내 잘못에 대해 용서를 구하고 싶은데 가장 중요한 사람은 어디 숨어 있는지 보이지도 않고, 다 포기하고 있을 때 네 소식 대신 수리를 알게 된 거야."

내 이름 대신 '박현주' 라는 이름으로 사람을 찾고 다녔으니 찾아질 리가 있나.

사실 여국대 사장의 지저스 콤플렉스를 의아하게 생각했었다. 수리 씨가 여국대 사장에게 어떤 의미이기에 이렇게까지 챙기는 걸까 생각한 적이 많았는데 그에겐 참 많은 사연이 있었던 것이다.

"내 정성을 다 쏟아서 잘해줘야 할 사람이 필요했는데 수리네 집안이 어렵다는 걸 알게 됐어. 수리네 어머니가 병으로 고생하시는 것 같아서 그동안 모아뒀던 돈을 수리한테 익명으로 다 보내고 나는 유학길에 올랐는데 다녀오니 수리네 어머니는 돌아가시고 수리도 사라진 거야. 한동안 애먹었었어. 그리고 다시 찾은 게 3년 전인 거고."

"……난 수리 씨를 보면 뭐라고 말해야 돼요?"

"네가 껄끄러워질 것 같으면 이제 내쫓아 버릴게."

"아니요, 그런 게 아니라……."

나는 다음 말에 뜸을 들였다.

"너무 미안해서요. 우리 엄마 때문에 그렇게 된 거니까."

그는 내 말에 싱긋 웃었다. 더 이상 힘든 것은 없을 거라는 듯.

"언젠가 수리가 나한테 게이냐고 물어본 적 있었어. 자기한테 너무 잘 해주니까 뭔가 다른 꿍꿍이가 있는 것 같다고. 난 그제야 수리한테 사실대로 얘기했어. 그때 수리 반응이 어땠었는 줄 알아?"

수리 씨의 이야기를 하면서부터는 그의 얼굴에 생기가 돌아오고 있었다.

"'아, 다행이다. 형이 커밍아웃했으면 울고 싶었을 거야'. 그러더라고. 수리는 쿨한 애잖아. 그래도 싫다면 얘기는 안 할게."

여국대 사장의 이야기를 들으니 안심이 되었다. 나는 그에게 미리 이야기를 해놓으라는 부탁을 하고 집으로 돌아갔다.

다음날은, 일은 별로 없었지만 일찍 아틀리에에 도착했다. 매도 먼저 맞는 게 낫다는 심정이었던 것이다. 여국대 사장이 이미 내 이야기를 수리 씨에게 전했을 것이고, 수리 씨와 나의 관계가 얼마나 서먹해질지를 결정하는 것은 수리 씨의 몫이 되었다. 수리 씨의 원망을 받아들일 준비가 되어 있다고 생각했는데 아틀리에에 혼자 있으니 심장이 두근거렸다.

곧 문이 열리고 다행히도 수리 씨가 가장 먼저 들어왔다.

"어, 형들은 잠깐 장 보러 갔어. 나보고 남아 있으라고 그러네."

수리 씨가 여느 때처럼 아무렇지도 않게 말을 걸었다.

우리 엄마 때문에 가족을 잃은 사람. 나는 수리 씨를 제대로 쳐다볼 수 없어 고개를 아래로 숙이고 있었다.

"얘기…… 들었죠?"

"그래. 진짜 세상은 좁아, 그치?"

"죄송해요……."

"뭐가 죄송하다는 건지 모르겠네. 그건 우리 아버지가 낸 사고였잖아."

무언가 더 말을 할 줄 알았던 수리 씨는 내게 다가와 나를 차분히 안고 내 등을 토닥여 주었다.

거짓말처럼 눈의 제어장치가 고장난 듯 눈물이 또 왈칵 쏟아졌다. 수리 씨의 셔츠 앞섶이 순식간에 젖어버렸다.

"이런 딸을 낳아서 송아 씨 어머님이 참 뿌듯해하셨을 텐데."

수리 씨는 내 눈물이 멈출 때까지 날 안고 내 등을 토닥여 주었다. 다행히 눈물은 금방 멈추었다. 수리 씨는 의젓하게 내 어깨를 두드려 준 후 주방 세팅을 하려다가 흠칫 나를 보며 말했다.

"근데 우리 은영이한테 내가 안아줬다는 얘기하면 가만 안 둘 줄 알아."

결국 수리 씨의 지고지순함에 웃고 말았다. 수리 씨는 내 말에 웃지 않고 긴장한 듯이 한숨을 쉬었다. 무언가 중요한 일이 있는 것 같았다.

일요일에는 소풍 가는 기분으로 다 같이 울산에 갔다. 금메달 씨의 결혼식 때문이었다. 신부는 금메달 씨의 말대로 전형적인 미인형이면서도 앳된 인상이었다. 나도 금메달 씨의 결혼 이야기에 용기를 얻고 여국대 사장에게 고백했었지. 시간이 꽤 지났지만 그때의 일이 아직도 생생했다.

금메달 씨가 우리 쪽으로 신부를 데리고 와서 소개해 주는 동안 유미는 내게로 와서 내 무릎에 앉았다.

"이제 그다음은 국대 쪽이려나?"

"아니, 우리가 먼저 결혼해야지."

금메달 씨의 질문에 부끄러워 얼굴만 붉히고 있는데 수리 씨가 먼저 입을 열었다. 그렇지 않아도 은영 씨가 결혼식에 오지 않은 이유를 말해주지 않아 궁금한 터였다. 비룡 씨가 먼저 기분 좋게 실소를 터뜨렸다. 무슨 일인지 알 수가 없어 어리둥절해 있을 때 수리 씨가 말했다.

"내가 아빠 될 거라서."

너무 놀라서 벌어졌던 입을 급하게 손으로 막아 가렸다. 금메달 씨가 반가운 듯 물었다.

"이야! 언제 태어나는데?"

"애기는 콩알만 해. 이제 1개월 좀 넘었어."

"그렇게 금방 알았어?"

"은영이가 좀 예민하거든. 오늘도 울렁거린다고 해서 집에 있으라고 했어."

"그래서 네가 국대랑 비룡이보다 먼저 결혼하겠다고?"

"형들도 아쉬우면 빨리 하겠지. 아무튼 이제 바짝 준비해서 집도 알아보고 식장도 알아보고 할 거야. 혼인 신고도 미리 할 거고."

"식장은 잘 구해지겠어?"

여국대 사장이 정말 궁금한 듯 물었다.

"여름에 하면 괜찮아. 은영이네 교회에서 해도 되고. 난 상관없어."

"와! 두 분 축하해요!"

여국대 사장이 축하할 생각은 않고 시어머니 마인드로 수리 씨에게 꼬치꼬치 물어보려고 하는 것을 내가 막았다. 수리 씨의 결혼 소식을 듣고 충격받을 줄 알았던 유미는 조금 풀이 죽었을 뿐 떼쓰지 않았다. 아빠의 결혼에서 오는 상실감이 수리 씨의 결혼 소식보다는 더 큰 것이었나 보다. 유미가 내 목을 꼭 끌어안아서 나는 결혼식장 안에서 내내 유미를 안고 다녀야 했다. 내가 힘이 센 것이 다행이었다.

"송아 씨네요."

유미를 데리고 화장실에 다녀오는데 누군가가 등 뒤에서 내게 말을 걸었다.

"어? 아줌마! 안녕하세요."

아다화 씨였다. 아다화 씨도 아틀리에서 일했다고 했던 것이 떠올랐다. 아다화 씨는 금메달 씨와의 친분으로 결혼식에 온 것이었다. 유미는 아다화 씨에게 귀엽고 공손하게 인사했다. 아다화 씨는 유미에게 다정하게 인사를 하고 내게도 웃어 보였다.

"다들 왔겠네요. 이따가 인사나 하러 갈게요. 아틀리에 일은 잘돼가요?"

"나쁘진 않은데 당분간은 주문을 안 받고 있어요. 사장님 다 나으면 다시 시작해야죠."

"국대 씨랑은 여전히 애틋하게 사이좋고?"

"덕분에요."

아다화 씨는 예전 아틀리에 앞의 카페에서 봤을 때의 표정을 지우고 다시 사교용 얼굴로 웃었다. 나는 여유 있게 답했지만 실은 아직 그녀를 마주하는 것이 어색하고 어려웠다. 어서 빨리 이 불편한 자리를 피해야겠다 생각하고 있을 때 멀리서 비룡 씨가 다가왔다.

"오늘 안 온다고 하더니 왔네."

비룡 씨의 말에 아다화 씨는 몸살이 다 나았다고 대답했다. 한동안 아팠다는 이야기에는 은영 씨가 그녀에게 물을 끼얹은 것이 생각났다. 무안하여 얼른 비룡 씨에게 바통터치를 하고 그곳에서 벗어났다. 비룡 씨에게 작은 소리로 살려줘서 고맙다고 전하면서.

그날의 이야기

비롱 씨는 입가에 미소를 머금고 날 보았지만 안경 너머 보이는 눈은, 입과는 다른 말을 하고 있는 것 같았다.

☆ ☆ ☆

3월을 보내는 마음은 모두 달랐다. 여국대 사장의 팔 상태는 아주 조금씩 나아졌다. 결국 여국대 사장은 답답함을 참지 못하고 왼손으로 요리 하는 법을 익혀 나갔다. 오른팔이 호전되는 속도보다 그가 왼손을 능숙하게 다루게 되는 속도가 더 빨랐다. 그는 일주일 만에 왼손으로 젓가락질을 유연하게 할 수 있게 되었다.

비롱 씨는 신사업을 구상 중인지 간혹 외국을 다녀오거나 불어로 누군가와 통화를 했고, 수리 씨는 아틀리에에 일이 없는 동안의 모든 시간을 결혼 준비에 투자했다. 얼마 후, 최민수의 가석방 신청이 받아들여졌다는 소식을 들을 때까지, 우리는 서로 다른 일을 하고 있었지만 한결같이 평화로웠다.

나는 종종 아틀리에의 블로그에 글을 올렸다. 꾸며낸 짧은 동화를 쓸 때도 있었고 음식의 유래나, 사람들이 잘 알지 못하는 요리 정보들을 소개할 때도 있었다. 어느덧 내가 블로그에 올린 글은 마흔 개가 넘었다.

글을 올리며 가장 보람 있을 때는, 내 글이 재미있어서 아틀리에의 블로그에 관심을 갖게 되었다는 댓글을 발견할 때였다. 덕분에 주문을 받지 않는 동안에도 아틀리에는 소소한 인기를 유지할 수 있었다. 나는 여국대 사장에게 도움이 되는 일을 한 것 같아 나름 뿌듯한 기분으로 지냈다.

사실 여국대 사장과의 관계를 회복하는 데는 꽤 오랜 시간이 걸렸다. 그는 여러 가지 핑곗거리를 찾아 나를 놀리는 일도 그만두었다. 데이트도 종종 했고 손을 잡고 다녔고 간혹 가족 같은 포옹을 하기는 했지만, 연인다운 포옹과 키스는 사라졌다. 우리는 그야말로 '연인'이라는 타이틀을 가진 오누이 같았다. 그가 나를 아주 조심스럽게 대하게 된 것이다.

여의도공원에서의 한가로운 오후. 벤치에 털썩 앉은 나는 변해 버린 그를 참다못해 조바심을 이기지 못하고 그에게 쏘아댔다.

"사장님은 나를 싫어하게 됐어요."

"뭐?"

"아, 이건 너무 심했나? 사장님은 나를 좋아하지 않게 됐어요."

의문형이 아닌 종결형으로 말했다. 내 안에서 답을 내려 버린 것이다.

"나를 대하는 태도가 너무, 무지, 몹시 달라졌으니까."

"사실은 그런 모습도 다 나야."

그는 작게 웃으며 내 옆에 앉았다.

"너한테 장난을 거는 것도 나고 이렇게 무기력한 모습을 보이는 것도 나야. 매순간 멋있을 수도 없고, 사실은 정신 상태도 좀 글러 먹었어."

"이제야 정신 상태를 인정하네요! 10년 묵은 체증이 이제야 내려가는 것 같아요."

그가 내 이마를 톡 때렸다. 하나도 아프지 않다는 사실이 왠지 슬펐다.

"내가 어떻게 해야 활기가 생기겠어요?"

내가 안아주리? 뽀뽀해 주리? 놀려주리? 하며 시큰둥한 표정으로 혼잣말을 하듯 말장난을 하고 있을 때 그가 날 향해 활짝 웃었다. 그리고 1주일 만에 그의 입술이 내게 포개졌다. 1주일 치의 키스를 한꺼번에 하려는지, 한 번 닿은 입술은 내게서 쉽게 떨어지지 않았다. 여기는 여의도공원인데! 적당한 선에서 멈췄으면 예쁘게 연애하는 커플처럼 보일 수 있는 건데!

"애정 표현은 이런 것밖에 모르겠다고."

그가 '이제 나는 즐길 만큼 즐겼소' 하는 표정으로 입술을 떼고 말했다. 곳곳의 사람들이 우리를 쳐다보았다. 나는 가빠진 숨을 고르느라 가슴에 손을 올렸지만 그는 노련하게 내 머리를 정리해 주었다. 내가 노려보니 그는 참 오랜만에 장난꾸러기 미소를 보여주었다.

"너도 숙연해졌었잖아. 난 네 눈치를 봤었던 거고. 그동안 충격적인 일들이 많았으니 진도를 다시 빼야 되는 건가 생각하긴 했지만, 싫어할 리가 없잖아. 근데 넌 내가 싫어지면 말해줘야 돼."

"알겠어요."

"무슨 대답이 그렇게 생각 없이 나와? 내가 싫어질 것 같은 거야?"

내가 무심코 흔쾌히 대답하자 그가 심통을 부리며 말했다. 이 사람의 변덕은 충격적인 일을 겪는 동안 조금도 성숙해지지 못했구나.

"……날 버리지 않을 거라고 말해."

그의 말이 우스워 웃음이 터져 버렸다. 그는 진지한 표정이었지만.

"말 안 해?"

"각서라도 쓸까요?"

"은근슬쩍 넘어가려고 하지 마. 넌 너무 이상한 데에 재능이 있어."

"기가 막혀. 내가 왜 사장님을 버려요?"

내가 어처구니없다는 듯 대답을 해주고 나서야 그의 삐쭉 나온 입이 들어갔다. 그는 먼 산을 보듯 멍하게 한숨을 쉬며 혼잣말을 했다.

'불안해. 안 되겠어'라고, 내겐 들리지 않을 듯이.

☆ ☆ ☆

수리 씨는 5월이 다가올 즈음에야 은영 씨 아버지께 인사를 드리러 갈 수 있었다. 몇 시간 후 은영 씨의 아버지를 뵙고 온 수리 씨의 표정이 굳어 있어, 여국대 사장은 역시 자기가 친정 엄마 마인드로 따라갔어야 했다며 다 마무리된 일에 핀잔을 주었다. 수리 씨는 시큰둥한 반응을 보였다.

"형이랑 아버님 만나러 갔다가, 아버님이 은영이보고 나랑 결혼하지 말고 형이랑 결혼하라고 하셨으면 어쩌려고 그래?"

"그런 얘기는 송아 앞에서 좀 더 큰 소리로 해줘."

여국대 사장은 수리 씨의 칭찬 같은 반박에 기분 좋게 말했다. 멀찌감치 앉아 블로그에 글을 올리려던 내가 피식 웃으니 그가 능청스레 따라 웃는 것이 보였다.

"임신했다는 얘기 못할 뻔했어……."

"왜요? 그것 때문에 일찍 결혼하려고 한 거 아니었어요?"

수리 씨의 말에 놀란 내가 키보드에서 손을 내리고 수리 씨에게 물었다.

"아버님 몸이…… 국대 형 두 배야. 덩치에 눌려 버렸어……. 허리에 총도 꽂고 오셨어……."

그렇구나. 은영 씨의 아버지가 경찰이라고 들었던 것이 생각났다.

"왜 은영이가 임신 얘기를 하지 말라고 했는지 알겠더라고……."

말은 그렇게 했지만 수리 씨가 어른들에게 싹싹한 사람이라는 것은 잘 알고 있었다. 은영 씨 아버지도 수리 씨를 마음에 들어 했을 것이다.

수리 씨는 서울 근교에 작은 아파트 전세 정도는 얻을 수 있을 만큼 돈을 모아두었지만, 계획을 변경해 은영 씨의 아버지와 함께 살기로 했다고 한다. 은영 씨의 어머니도 일찍 돌아가셨고, 10년을 넘게 은영 씨와 은영 씨 아버지 둘이서 살아왔는데 딸의 갑작스런 결혼으로 혼자가 되어야 하는 아버지를 염려한 것이었다. 처가살이라니. 호시탐탐 은영 씨와 둘만 있을 시간을 노리는 수리 씨가 이런 결정을 했다는 것이 믿기지 않았다.

결혼식은 7월 중순으로 잡혔다. 수리 씨는 알뜰하게 움직이기 시작했다. 결혼이라는 것은 생각보다 복잡한 일인 것 같았다. 두 달이 넘게 남았는데도 준비할 시간이 얼마 없다며 스케줄표를 만드는 수리 씨의 눈에서 장난기가 사라지고 진지함만 남았다.

무슨 일인지 여국대 사장은 재활 치료를 받느라 쉬는 동안에도 바쁘게 지냈다. 왼손으로 음식 만들기 연습을 독하게 하는 것은 말할 것도 없고 만화책 외에 여성 심리학이니, 연애 백과사전이니 하는 여러 잡다한 책들을 읽기 시작했다는 것도 작은 변화였다. 그가 바빴기 때문에 나는 나대로 대전 이모 댁에 가 아직 몸이 불편한 이모의 식당 일을 도와주거나 홀로 마음의 양식을 쌓는 시간을 보냈다.

하지만 내게 어디 간다는 말도 없이 사라지는 여국대 사장은 특히나 신경이 쓰였다. 처음엔 병원에 물리치료를 받으러 가는 줄 알았는데 그것도 아니었다. 비룡 씨도 무언가 대충은 알고 있는 것 같았지만 아무것도 말해주지 않았다. 최민수와 관련된 일이겠다는 생각이 들어 절대 위험한 짓은 하지 말라는 당부만 수십 번 하고 참견을 끝내야 했지만 찜찜한 마음은 내내 남았다.

한데 시간이 지나고 보니 최민수와 관련된 일도 아니었다. 최민수에 대한 것은 전적으로 수리 씨가 혼자 해결하고 있었던 것이다.

여국대 사장은 5월이 되어서야 완치 판정을 받았다. 말이 완치 판정이지, 의사는 또 무리를 한다면 언제든지 재발할 수 있다는 이야기를 해주었다고 했다. 이미 오래전에 깁스를 푼 여국대 사장은 운동이랍시고 엄청난 양의 요리들을 뚝딱뚝딱 만들어냈다. 그가 오른팔을 쓰지 못하는 동안 그의 요리 실력은 조금도 퇴화되지 않았다. 그 사실을 증명하려는 듯 그는 요리에 몰두했지만 나는 진심으로 그가 걱정스러웠다.

그러나 그는 다른 걱정을 하고 있었다. 쉬는 동안 데이트나 실컷 하자던 여국대 사장은 나를 밝고 탁 트인 곳으로만 끌고 다녔다. 영화관이나 공연장 데이트는 한 번씩밖에 하지 못했다. 내가 몸이 좋지 않았던 그날 이후로 어두운 곳에 가면 남자가 돼버린다나 뭐라나. 아이언맨에 환호하는 꼬마들 틈에 섞여 남자가 되는 여국대 사장을 상상하는 것은 우습기 그지없는 일이었지만 그가 몹시도 진지하게 말하는 통에 나는 바짝 올라가려던 입꼬리를 붙들어야 했다.

나른한 오후, 다들 볼일에, 결혼 준비에, 급한 일로 떠나고 나만 일이 없어 그의 책장 앞에 앉아 홀로 만화책을 읽고 있는데 402호로 전화가 걸려왔다. 전화를 받으려는 속도보다 자동응답기의 반응이 더 빨라 걸음을 멈추고 자동응답기에서 들려오는 소리에 귀를 기울였다. 내가 알지 못하는 목소리였다.

[남수리, 잘 지냈냐?]

걸걸하고 탁한 남자 목소리가 스피커로 흘러나왔다.

[내가 이 생활을 견디는 동안 너는 제대로 사람이 됐더라? 그 잘 나가는 스폰서랑 같이 지내고 있는 모양인데, 그렇게 너만 즐거울 수 있나……. 우리도 옛 정이 있는데. 얼굴 좀 봐야겠다. 내가 찾으러 가기 전에 알아서 먼저 와라. 전화번호를 몰라서 이쪽으로 메시지 남긴다.]

나는 그 목소리의 주인을 알 것 같았다. 교도소에 있어야 하는 남자, 최민수였다. 협박이 들어간 내용은 아니었지만 '찾으러 간다'는 말속에 다른 숨은 의미가 있을 것 같은 느낌이 들어 오싹 소름이 끼쳤다. 나는 떨리는 가슴으로 여국대 사장과 수리 씨, 비룡 씨에게 이 사실을 전했다.

그리고 얼마 후, 전국기능경기대회에서 금메달을 딴 최민수가 가석방 심사를 통과했다는 소식과 최민수의 똘마니라고 생각했던 남자가 사기·절도 혐의로 전국에 수배 중이라는 소식이 함께 들려왔다.

아틀리에엔 음식 만드는 소리보다도 근심 만드는 소리가 더 많아졌다. 여국대 사장, 수리 씨, 그리고 비룡 씨는 종종 마주 앉아 머리를 맞대고 심각하게 얘기를 나누었지만 긴급 상황을 피해 볼 도리는 없었다.
"내가 같이 갈 테니까 일단 면회를 가보자."
수리 씨가 고개를 가로저으며 여국대 사장의 제안을 거절했다.
"안 그래도 형을 스폰서라고 하면서 이를 가는 놈인데, 거길 같이 가서 얼굴을 보이겠다고? 걔가 주먹이 얼마나 센지 몰라?"
"적어도 면회할 땐 못 때릴 거 아냐."
"출소하고 나면 바로 찾아와서 해코지할 놈이야. 형은 나서지 마."
"언젠가는 출소할 줄 알았잖아. 이런 대비도 안 했어? 우리한테 신경 쓰지 말라고 해놓고는 앞으로 어떻게 할지 생각도 안 한 거야?"
결국 여국대 사장은 수리 씨에게 화를 내며 윽박질렀다.
"똘마니 수배 전단이 깔릴 줄은 몰랐지. 걔를 구슬려서 최민수하고도 오해를 풀어볼까 했었는데 당혹스러울 수밖에 없잖아."
수리 씨가 자기도 짜증 난다는 듯 소리를 높였다. 이러다가 싸움이 날 것 같다는 예감이 들었는지, 비룡 씨가 앞으로의 일이나 생각해 보자는 말로 둘 사이를 중재했다. 옥신각신하던 여국대 사장과 수리 씨가 말을 멈추자 긴 침묵이 찾아왔다. 나는 가석방에 대해 의아한 것이 있어 조용한 틈을 타 사람들에게 물었다.
"교도소 생활이 어느 정도여야 가석방을 받는 거예요?"
최민수의 교도소 생활에 대한 평가서를 구해온 비룡 씨가 재빨리 평가서를 넘겼다. 최민수라는 사람은 수리 씨의 표현과는 다르게 좋은 이미지로 성실하게 교도소 생활을 한 모양이었다.
"수감자들 중에서 평가가 제일 좋아. 책도 많이 읽고 기술도 열심히 배운 모양이야."
"무슨 책을 읽었대요?"
"잠깐만."
비룡 씨는 평가서의 맨 끝 첨부 자료를 하나하나 살펴보았다.
"많이 읽었네. 거의 다 소설이야. 헤밍웨이 전집, 〈엄마를 부탁해〉, 〈완득이〉, 〈잠수복과 나비〉……. 〈잠수복과 나비〉는 두 번 읽었어. 무협지로는 〈사조영웅전〉. 판타지도 좀 있는 것 같고."
나는 고개를 끄덕였다. 수리 씨는 내 질문에 관심을 두지 않고 최민수가 왜 자신을 부른 것인가 생각하는 데 골몰했다.
"분명히 돈 좀 뜯어내고 싶은 걸 거야. 그렇게 나오면 나도 할 수 없어. 변호사라도 데리고 가서 위협적으로 얘기해 봐야지, 절대 못 건드리게. 안 되면 아버님한테 다른 형사라도 소개받아서 같이 가야겠어."
"수리 씨를 부른 이유가 정말 돈인 것 같아요?"
정말로 궁금하여 수리 씨에게 물었다. 지독한 협박으로 보기엔 약간의 구멍이 있었다.
"너무 뻔하잖아. 아니면 돈이고 뭐고 다 필요 없고 교도소에서 썩힌 시간을 목숨으로 보상하라거나……."
"최민수가 그 정도로 위험한 사람이에요?"

"그 정도는 아니었어도 원체 포악한 놈이었고, 3년이면 없던 마음도 생길 수 있는 시간이니까."

"최민수 면회하러 오는 사람들은 많았대요?"

비룡 씨는 내 계속되는 질문에 다시 서류를 훑었다.

"아버지 돌아가신 이후로는 한 달에 한 명 정도. 수리랑 같이 일하던 애들이 찾아간 거고, 김용식이라는 똘마니는 어느 순간부터 소식이 끊겼어. 하긴, 수배 중이라고 했으니까."

"심심해서 얘기 상대나 하자고 부른 거 아니야?"

여국대 사장이 심각한 와중에 피식 웃으며 농담을 했다. 수리 씨는 지겨운 듯 소파에서 일어났다.

"됐어. 형들도 송아 씨도 다 신경 쓰지 마! 아틀리에엔 피해 없도록 내가 알아서 할 테니까."

수리 씨의 어깨가 무거워 보여 안쓰러웠다. 나는 더 이상 생각할 것 없이 좀 전부터 담아놓았던 말을 꺼냈다.

"그런데 정말 가석방을 받겠다고 기능경기대회에 나갔을까요?"

여국대 사장과 비룡 씨, 수리 씨의 시선이 동시에 내게 쏠렸다. 수리 씨는 당연한 이야기를 꺼낸다는 듯 미간을 찌푸렸다. 내가 걱정스런 표정을 보였는지, 여국대 사장이 옆에 앉아 있는 내 어깨를 감쌌다. 연인끼리의 의미 없는 포옹에 인중을 넓히며 고릴라 표정을 짓던 비룡 씨는 곧 내게 친절히 대답해 주었다.

"워낙 독한 사람이라, 어떤 맘을 품고 있는지는 몰라."

"기능경기대회 금메달이면, 자기 능력이 최고라는 걸 인정받은 거잖아요."

수리 씨가 괴로워하며 제 머리를 쥐어뜯었다. 나는 계속 말했다.

"사실은, 살려달라고 하고 싶었던 거 아니에요? 말을 그렇게밖에 못해서 그렇지, 구조 요청 같은 거죠."

"송아 씨, 세상 사람들이 다 송아 씨처럼 순수하고 아름다운 게 아니야."

수리 씨가 말도 안 되는 소리라는 듯 한마디 했다. 그래, 그럴 수도 있다. 세상에는 김성기 같은 미친 변태도 있고 아다화 씨같이 약은 사람도 있다.

나는 잠시 숙연해졌지만 다시 말을 이었다.

"〈잠수복과 나비〉 읽어본 적 있어요?"

세 사람에게서 같은 침묵의 반응이 돌아왔다. 곧 여국대 사장이 생각났다는 듯 갑자기 얼굴이 붉어져서는 다급하게 말했다.

"나, 나 있어! 의식은 있고 몸은 마비된 사람 얘기잖아."

초등학교 1학년 발표 시간에 '저요, 저요' 하는 어린아이처럼 코믹하면서도 귀여운 모습이었다. 나는 그의 말에 힘을 얻어 계속 이야기했다.

"한 번 읽은 책을 다시 읽는다는 건요, 그만큼 느낄 게 많다는 얘기잖아요."

〈따끈따끈 베이커리〉를 스무 번도 더 읽고도 지겨워하지 않았다는 여국대 사장이 내 말에 가장 먼저 고개를 끄덕였다.

"그런 사람이면, 희망이 있는 거 아니에요? 새 삶을 살고 싶진 않을까 해서요."

잠자코 내 말을 듣고 있던 비룡 씨가 내 주장에 일부 수긍하며 다른 가능성을 제기했다.

"맞는 말이지만, 그게 다 설정일 수도 있어. 책을 열심히 읽고 감동적인 책은 다시 읽으면서 순한 모습을 보여주고 열심히 기술도 익히고……. 철저하게 모범수로 보이려는 거지."

"그럼 비룡 씨가 같이 가서 독심술로 진짠지 아닌지 알아보면 되잖아요."

내 진정 어린 말에 세 사람은 결국 웃음을 터뜨렸다.

"으하하. 독심술……. 형, 진짜 송아 씨는 대박이야. 너무 순수해서 언젠가 날개옷 입고 승천할 것 같아."

여국대 사장이 잠시 내 머리를 흩뜨렸다. 나는 그의 손에서 벗어나 다시 진지하게 말했다.

"제가 편지 좀 써 보면 안 돼요?"

여국대 사장과 수리 씨는 입을 허, 벌리고 망연히 나를 바라보았다. 어처구니없음과 걱정의 눈빛이었을 것이다. 나는 그런 그들에게 해보지도 않고 안 된다고 하는 사람이 되지는 말자고 강한 척을 했다. 실은 조금 걱정이 되었지만 내 감을 믿어보기로 했다.

과연 최민수가 생각하는 수리 씨와의 악연은 자기 인생을 망치면서까지 복수하고 싶은 레벨인가. 물론 그럴 수도 있다.

그러나 아닐 수도 있는 것이다.

나는 인간적인 희망을 가지고 펜을 들었다.

—최민수님, 안녕하세요?

저는 남수리 씨의 오래되지 않은 친구, 박송아라고 합니다. 수리 씨와 함께 면회를 가기 전에 저를 소개해 드릴까 하여 편지를 띄웁니다.

잃어버린 3년을 한스럽게 생각하는 동안에도 최민수님은 착실하게 기능 공부를 하고 계셨다고 들었습니다. 그래서 폐가 되지 않는다면 여쭙고 싶었습니다. 공부는 어떻게 시작하시게 되었는지요.

저는 저를 사랑하지 않았던 때가 있었습니다. 상당한 피해의식과 어두운 마음을 가지고 살았고요. 하지만 어둠 속에서는 의외로 나 스스로와 대화할 시간이 많더군요. 그리고 내 삶에 대해 가장 많은 고민을 해주는 사람 역시 나라는 것을 알게 되었습니다.

그래서 최민수님에 대해서도 같은 생각을 하게 되었습니다. 기능 공부를 한 목적은 오로지 가석방이 아니라 인생에 대한 고민도 함께가 아니었을까……. 함부로 추측했다면 죄송합니다.

하지만 제가 하고 있는 생각을 최민수님도 한 번은 해보셨을 것 같아 주제넘은 편지를 드리게 되었습니다.

기능경기대회 금메달과 다가올 가석방을 함께 축하드리며, 제게 시간을 주시면 '출소 후 갱생 프로젝트'를 보여드리러 가도록 하겠습니다.

오랫동안 골몰하여 쓴 편지는 여국대 사장이 가장 먼저 보아주었다. 막상 써놓고 보니 통하지 않을 것 같은 두려움이 생겨 부끄러워진 마음을 감출 수가 없었다.

"통하면 좋고 안 통하면 할 수 없는 거고……. 밑져야 본전이잖아요. 방문하기 전에 편지 먼저 보내보려고요."

"그래서, 편지를 보내고 네가 직접 면회를 가겠다고?"

변명하듯 여국대 사장의 눈을 피하며 말하는 내게 그가 진지하게 물었다.

"이거 읽고 너한테 반해 버리면 어떻게 할래? 그럼 정말 답도 없어."

편지는 그런대로 합격이라는 걸까?

"그럼 사장님이 쓴 걸로 하면 되겠네요."

"이런 간지러운 걸 내가 썼다고 하라고?"

"사장님 말투로 바꾸면 되잖아요. 사장님은 연기력도 출중하니까 면회를 가면 의외로 얘기가 잘 통할지도요."

나는 시원시원하게 말했다. 하지만 사실은 몹시 걱정됐다. 일이 잘못되어 최민수가, '이것들이 날 놀리는 건가' 와 같은 식으로 생각한다면, 출소 후에 더 무서운 보복을 당하게 될 수도 있는 것이다.

하지만 나는 〈잠수복과 나비〉를 읽은 사람의 감성과 가능성에 희망을 걸어보기로 했다.

여국대 사장의 이름으로 쓰인 편지는 면회 전에 미리 보냈고, 최민수에게는 의외로 금방 답변이 도착했다. '갱생 프로젝트'를 보고 싶다는 것이었다. 1주일 후 여국대 사장과 수리 씨, 그리고 비룡 씨는 제법 가뿐한 마음으로 최민수의 면회를 갈 수 있었다. 나도 따라가고 싶었지만 여국대 사장의 표정이 너무 걱정스러워 그 마음은 접어야 했다.

아침 일찍 출발한 그는 늦은 오후에야 돌아왔다. 수리 씨, 비룡 씨와 함께 나갔는데 여국대 사장만 돌아온 것이 마음에 걸렸다.

"잘됐어요? 수리 씨랑 비룡 씨는요?"

"수리는 은영 씨 만나러. 비룡이는 집에."

"잘됐어요?"

거듭 물었는데도 대답이 없어 답답한 마음에 목소리가 커졌다.

"잘됐냐고요!"

그는 내가 씩씩거리자 재미있어하며 웃다가 엄지 사인을 보여주었다. 표정 연기를 하다니! 완전히 속아버린 것이 억울해 그를 송주 때리듯 때려주고 그의 이야기를 들었다.

"출소 후에 사업을 하게 되면 돈을 빌려주겠다는 말에 반응했어. 말이 빌려주는 거지, 과연 돈을 갚을까 의심이 가긴 하지만 그것보다는 우리를 먼저 믿어줬다는 게 중요하지. 비룡이도 눈빛은 믿을 만하다고 하더라."

"우와! 쉽게 해결됐네요!"

"이제 김용식만 찾으면 되는데, 이게 어렵네."

그는 다시 한숨을 쉬었다. 나는 좀 더 얘기를 듣고 싶어 그의 앞에 팔을 괴고 앉았다.

"오해가 많았어. 김용식이 최민수를 돕는 척하고 최민수 돈을 빼돌렸나 봐. 그리고 또 뒷공작을 한 거지. 최민수가 억울한 게 많으니까 잘 구슬리면 뭐라도 좀 떨어지지 않을까 생각했던 모양이야. 최민수가 여러 애들 얘기를 들으면서 그 똘마니가 수리를 찾으러 가자고 부추긴 거랑, 자기가 수리를 두고두고 원망하도록 수리 쪽으로 잘못을 다 몰아버린 걸 알게 됐대. 그런 와중에 우리가 나타났으니 의지가 될 수밖에."

문젯거리는 최민수가 아니라 김용식이라는 사람이었다. 그동안 최민수는 교도소에 있었고 수리 씨 또한 면회를 가볼 엄두조차 내지 않고 있었기에 단절돼 있는 오랜 시간 동안 갈등만 깊어질 대로 깊어졌던 것이다.

"이제 그 김용식이라는 애만 조심하면 되는데 워낙 약삭빠르기도 하고 흉기를 좀 다루는 애라서 위험하다는 얘기도 있어. 나타나지 않길 바라는 게 낫겠지만, 경호 업체에 연락은 해놔야지. 경찰도 앞으로 순찰을 더 많이 할 거야. 사기죄로 수배도 뿌려진 애니까 얼른 잡히길 바라는 수밖에 없어."

나는 고개를 끄덕이며 다 잘될 테니 걱정 말라고 말해주었다.

"다행이다. 다른 얘긴 안 해요?"

"당신은 뭘 믿고 나한테 이러나? 그러더라고."

"그래서요?"

"네 얘기를 좀 했어. 중이 제 머리 못 깎는다고, 제 앞가림도 못 하는 애가 하나 있다고. 재능은 있는데 참 꾸준히도 잘못된 선택을 하고 꿈도 없다고 그러고, 무슨 일 터지면 끙끙 앓다가 몸살이나 나고. 생긴 거하곤 다르게 마인드가 비극적이기도 하고."

그는 나의 약점을 제대로 알고 있었다. 스스로를 컨트롤하지 못하며 매번 흔들리고 감정에 쉽게 좌우되고, 하고 싶은 건 많지만 꿈은 없고 죽음에 대해 매순간 생각하는 비관적인 여자애. 진실은 부끄러웠지만, 그런 나를 알면서도 사랑해 주는 여국대 사장의 마음은 고마웠다.

그는 말을 이었다.

"그런데 그렇게 자기 일로는 갈팡질팡하는 애가 다른 사람 일에는 핵심을 꿰뚫어 보는 눈을 가졌다고. 그 애 덕분에 알게 된 거라고 했지."

절로 미소가 생겼다. 여국대 사장은 여성심리학 책을 그새 섭렵한 걸까? '네 강점을 잘 알고 있어'라는 말이 '너에게 반했어'라는 말보다 더 달콤할 때가 있다.

"변호사나 상담사에 도전해 볼 생각 없어?"

그가 대뜸 말했다. 순간 이제 점점 희미해져 가는 엄마의 미소가 스쳤다.

어린 시절, 내가 리본을 예쁘게 묶으면 예술가가 되려나 보다, 받아쓰기 100점을 맞으면 국어 선생님이 되려나 보다, 혼자서 옷을 찾아 입으면 패션 디자이너가 되려나 보다, 하며 좋아했던 엄마……. 내가 아무것도 되지 않은 걸 알면 엄마는 나를 나무라실까. 아니다, 엄마는 별것 아닌 가능성까지 이야기하며 갖은 칭찬과 격려로 용기를 북돋워줄 것이다, 여국대 사장처럼. 역시 엄마가 내게 이 사람을 보냈다는 생각을 지울 수 없다.

"다시 한 번 묻자. 박송아는 꿈이 뭐냐?"

그는 또 대뜸 내게 꿈에 대해 물었다.

언젠가도 한 번 이런 적이 있었는데…… 그때 내가 그에게 뭐라고 했더라……. 나는 그의 말에 대답할 생각은 않고 과거의 기억을 끄집어내려 애썼다. 그는 내가 답을 내기 어려워하는 질문을 한 번 더 하지는 않았다.

그러나 그 질문에 대한 대답은 며칠 후 뜻밖의 장소에서 스스로 할 수 있게 되었다.

☆   ☆   ☆

"다음다음 주 수요일이 무슨 날인지 알아?"

햇빛이 좋은 어느 날, 수제햄을 얇게 썰던 여국대 사장이 대뜸 물었다. 알고는 있었지만 그의 입에서 먼저 그 말이 나오니 어쩐지 반가웠다.

"우리 100일 아니에요?"

내 대답에 그가 기분 좋게 미소 지었다.

"그거 알아? 100일 기념식의 꽃은 1박이야."

우리 이야기를 들은 수리 씨가 놀리듯 말했다. 여국대 사장은 수리 씨에게 꿀밤을 주고는 내 쪽으로 고개를 돌려 가볍게 당부했다.

"내일은 갈 데가 있어, 다 같이. 앞으로 여러 가지 일들이 있을 건데, 바빠질 준비를 해야 될 거야."

그의 이야기를 들은 비롱 씨와 수리 씨가 고개를 끄덕이고는 요리에 집중했다. 나는 어디를 간다는 건지, 앞으로 어떤 일이 있을 거라는 건지 짐작도 가지 않아 어리둥절하게 그들을 보았다.

다음날, 여국대 사장이 예고한 대로 우리는 다 같이 차에 올랐다. 내가 어디에 가는지 물어도 아틀리에의 사람들은 그저 피식 웃을 뿐이어서 잠시 뾰로통해졌다가 상상의 나래를 펼치고 말았다.

아틀리에가 아닌 의문의 다른 장소, 말을 해주지 않는 사람들, 여국대 사장의 기분 좋은 웃음…….

혹시, 생각지도 않은 프러포즈가 날 기다리고 있는 게 아닐까?

그러고 보니 그간 여국대 사장이 말도 없이 사라지는 날이 많았다. 도대체 무얼 하고 다니느냐고 물어도 그에게선 시원한 대답이 나오지 않았고, 비롱 씨도 무언가 아는 듯했지만 그저 웃을 뿐이었다. 돌이켜보니 그들의 행동은 뭔가 미심쩍은 것이 많았다.

진짜 청혼이면 나한테 살짝 귀띔이라도 해줬어야 하는 거 아니야? 옷이 영 아니잖아. 청바지에 후드티라니.

아니, 진짜 청혼이면, 나는 어떤 대답을 해야 하지?

막연한 걱정을 하고 있을 때 우리가 탄 차는 어느 5층 높이의 건물을 돌아 뒷문 앞에 세워졌다. 앞문으로 들어가기에 민망할 만한 일인가? 여전히 아무 궁금증도 해결하지 못하고 고개를 갸웃거릴 때, 여국대 사장이 차 문을 열고 나를 차에서 내리게 해주었다.

차에서 내린 후에는 숨을 돌릴 틈도 없이 바삐 건물 안으로 진격했다. 사람들이 모두 급하게 움직이는 바람에 건물의 이름도 제대로 못 보고 건물 안으로 들어온 것이다.

청혼이라면 지금은 너무 이른 것 같은데 어떻게 거절해야 하나, 생각하며 김칫국을 마시고 있었는데 여국대 사장이 날 데려간 곳은 프러포즈 장식이라곤 아무것도 없는 보통의 사무실이었다. 몇몇의 사람들이 사무를 보고 있었고, 여국대 사장은 '문 부장님 어디 가셨어요?' 하는 말로 없는 사람을 찾았다. 나는 언뜻 들어본 적 있는 출판사의 이름을 본 것 같다는 생각을 하면서 사람들과 함께 사무실의 접견실로 들어갔다.

갑자기 예고도 없이 이상한 곳으로 데려가서 청혼이라고 생각했다가 보기 좋게 한 방 먹은 덕에 괜히 부끄러워진 채로 접견실 소파에 앉았을 때, 그 어떤 청혼보다 더 근사한 것이 날 기다리고 있다는 걸 알게 되었다.
접견실 테이블에는 똑같은 책 몇 권이 가지런하게 놓여 있었다.

〈도시락에 담기는 건 음식만이 아니다.〉
박송아 지음, 플아다 엮음.

내가 언젠가 플아다의 블로그에 올린 글귀가 책의 제목이 되어 있었다. 내 이름이 쓰인 이 올 컬러의 책은 다채로운 음식 이야기가 담긴 책이었다. 그동안 내가 블로그에 올렸던 농담 같은 글, 음식에 대한 자투리 이야기, 말도 안 된다고 생각한 짧은 동화들이 정갈한 글씨로 책 안에 녹아 있었다. 아틀리에에서 여국대 사장이 만든 요리 사진과 함께.

"국대 돈으로 한 게 아니라 출판사에서 만든 거야."
비룡 씨가 흡족하게 미소 지으며 말했다.
"여기에서 네가 뺄 거 빼고 더 넣을 거 넣어서 완본을 만들어야 돼. 아마 고칠 게 많을 거야."
여국대 사장이 간단한 설명을 덧붙였다. 나는 뜻밖의 이벤트에 어리둥절하여 말이 떨어지지가 않았다.
"그런데…… 그런데……."
바보처럼 같은 단어만 계속 중얼거리다가 겨우 한마디를 뱉을 수 있었다.

"이건 사장님이 만든 요리잖아요."

"그래서 내 이름도 책 끄트머리에 넣었어. 아틀리에 이름도 표지에 넣은 거고."

"아니, 이건…… 내가 한 게 아니라 사장님이 한 건데……."

울먹이는 소리로 이어지는 내 말을 잠자코 듣던 수리 씨가 말했다.

"송아 씨, 피카소나 반 고흐 같은 화가들 그림 소개하는 책 말이야. 그 책 지은이에 피카소나 반 고흐 이름 쓰여 있는 것 봤어? 책이라는 건, 그냥 글 쓴 사람이 지은이야."

다들 여국대 사장이 쓴 책이 아니니, 여국대 사장의 이름이 지은이 자리에 들어가지 않는 것뿐이라는 말을 해주었다. 여국대 사장은 입술을 깨물어 눈물을 참는 내게 시선을 주다가 내 머리를 정리하듯 쓰다듬었다.

"봐봐. 네 이름이 들어간 책을 만드는 건 어려운 게 아니야."

오래전 그는 나에게 꿈이 뭐냐고 물었었다. 나는 꿈이 없다는 대답과 더불어 그저 내 이름으로 세상에 나온 책이 한 권 있었으면 좋겠다는 말을 한 적 있었다. 아, 그날 우리는 처음으로 제대로 된 키스를 했었구나. 그날이 처음으로 내 마음을 그에게 전한 날이었구나. 내 책이 태어난다는 사실보다 우리가 겪은 무수한 사건 속에서 매번 진심과 의미를 찾아내는 사람을 만난 일이 내겐 더 큰 행운이라는 걸 당신은 알까. 그런데도 난 그에게 어떤 고마움의 말을 해야 할지도 잘 모르는 바보였다.

"뭐든지 다 이렇게 쉬울 거야. 마음만 먹으면 말이야. 네 말대로 해보지도 않고 안 된다고 할 수는 없는 거고."

그가 흐뭇하게 웃으며 말했다.

그 후 나는 꼬박 열흘 동안 책 수정 작업에 매달렸다. 여국대 사장의 말대로 내 이름만 제대로 들어갔을 뿐 그밖의 것들은 고칠 게 너무나도 많은 책이었다. 책 수정 작업은 5차까지 진행되어 마지막엔 출판사 사람들도 학을 뗐지만, 그렇게 얻어낸 결과물은 예쁘고 만족스러웠다. 책 작업을 하면서, 나는 역시 책을 좋아하고 글을 쓰는 일을 제일 잘할 수 있다는 것을 다시금 깨닫게 되었다. 언젠가 내가 꿈을 찾아 아틀리에를 떠나게 된다면 그것은 내가 책을 만드는 일을 시작하기로 마음을 굳혔다는 말일 것이다. 이별은 슬픈 것이지만 새로운 시작에 두근거렸다.

그리고 내가 연애를 시작한 지 98일째 되던 날, 전국의 서점에 내 이름이 쓰인 책이 출시되었다. 아틀리에 사람들과 서점 구경을 가긴 했지만 집에 돌아와 혼자가 되니 또 가보고 싶은 마음이 생겼다. 나는 근질근질한 몸을 참지 못하고 집을 나와 버렸다.

밤 10시가 다 되어가도록 서점엔 여전히 사람이 많았지만 내 책은 아무도 들여다봐 주지 않았다. 몇몇의 사람들이 표지를 만지고 지나갈 때마다 가슴이 콩닥거렸다. 그러나 쌓여 있는 책은 조금도 줄지 않는 느낌이었다. 아무도 사가지 않은 것이었다.

내 이름이 쓰인 첫 번째 책을 쓰다듬었다. 이 책은 새로운 것이기 때문에 관심을 받을 수 있는 자리에 놓여 있다. 곧 이 책이 신간코너에서 밀려나면 그나마 이 책에 머물던 순간순간의 눈길들도 모두 거두어지겠지. 그렇게 이 서점은 완성된 것일 테니까. 서점엔 얼마나 많은 기억들이 쌓여 있는 건지.

주책없이 눈물이 났다. 그의 앞에서 잘도 참았던 눈물이 봄비 내리듯 뚝뚝 떨어졌다.

그때였다.

"왜 울어?"

왜 이 시각에 여기서 그의 목소리가 들리는 거지?

내가 가장 사랑하는 목소리가 등 뒤에서 들렸다.

소리가 들리는 쪽으로 고개를 돌렸다. 세상에, 정말로 여국대 사장이 내 쪽을 바라보며 서 있었다. 내가 여기 있는 걸 알고 온 걸까?

"안 울거든요. 왜 여기 있어요?"

"여기가 네가 제일 좋아하는 서점이라며. 책 잘 팔리나 해서 감시차 왔어. 왜 그러는데?"

그는 내가 왜 울고 있는지 다시 한 번 물었다.

"세상에, 책이 너무 많잖아요."

"책이 많아서 울어?"

그는 내 얼토당토않은 대답에 어이없어하며 되물었다. 그 말소리에서 따뜻함이 느껴져 나는 왠지 모르게 안심이 되었다.

"시간이 많이 지나면요. 적어놓지 않으면, 사진이라도 찍어놓지 않으면 다 없어질 거예요."

"뭐가?"

"사랑한 시간들이요."

"그게 왜 없어져? 그건 물리학적인 건데."

"우리가 보낸 시간은요, 우리가 기억하지 못하면 없어지는 거예요."

"그래서, 책이 많아서 울었는데, 기억하지 못하는 게 슬프다는 얘기야?"

여국대 사장은 아리송하다는 표정으로 미간을 찌푸리며 내게 물었다.

"책이 아닌 것들은 다 사라질 것 같잖아요."

내 말을 듣고 한참을 말없이 바라보던 그는 내게 다가와 날 끌어안고 말했다.

"어쩐지 박송아가 신흥 종교의 창시자가 될 것 같다. 일명 '책신교'라고, '책이 아닌 것들은 모두 사라진다' 이런 교리를 가지게 되겠지."

나는 농담을 하는 그가 미워 그의 가슴을 툭 치며 투정부리듯 말했다.

"사장님은 우리가 사라질까 봐 슬픈 마음 같은 거 없어요?"

그는 잠시 멍하게 나를 보았다. 한동안 말이 없어 그의 머릿속에서 물결이 몇 번 지나갔으리라 생각한 순간, 그는 생각을 끝낸 듯 미소 지었다.

"그게 어떤 종교여도 믿을 만한 진짜 돌돌이가 박송아 눈앞에 한 명 있고."

행복에 겨워 불안을 떠올리는 고양된 감정 상태 때문이었을까. 평소라면 느끼하다며 요란을 떨었을 법한 말이 새삼 감격스럽게 들렸다.

"맹세하는데, 송아지가 나를 좋아하는 한 나는 평생 너만 사랑하고 있을 거야. 당연히 기억이 차고 넘치도록 쌓이겠지만 함부로 사라지지도 않을 거고."

그의 이어진 말은 벅찬 고백이었지만 오글오글하여 웃음이 나온 덕에 곧 마음을 다잡을 수 있었다. 나는 입을 삐죽거리며 말했다.

"왜 내가 좋아하는 한이에요?"

"알았어. 송아지가 나를 어떻게 생각하든, 오랫동안 사랑할게."

"평생."

"그래, 평생."

"잠깐만요."

나는 핸드폰을 꺼내 녹음 버튼을 눌렀다.

"다시 말해요."

그는 내가 우습다는 듯 피식 웃어 보였다. 알아, 알아. 하지만 사랑은 원래 유치한 거야. 이번엔 내가 진지해지게 되었다.

"빨리!"

"박송아보다 더 오래, 박송아를 사랑해 준다고. 됐어?"
"사장님 이름을 말해야지."
"나는 여국대. 됐어?"
유치한 녹음을 마치고 내가 먼저 그의 허리를 꽉 안았다. 많은 사람들이 지켜보고 있다는 것도 신경 쓰이지 않았다.

☆　　☆　　☆

나는 여국대 사장의 침대 위에서 그와 함께 앉아 있었다.
여국대 사장의 고백을 듣고 너무나도 황홀해진 내가 차 안에서 그에게 '집에 안 들어가도 될 것 같다' 따위의 말을 해버린 것이었다! 한 번 뱉은 말은 어찌하여 주워 담을 수도 없는 것인가. 그는 그 말을 듣자마자 고삐 풀린 망아지처럼 냉큼 핸들을 꺾어 오피스텔로 향했다. 비룡 씨보다 더 무시무시한 속도로 운전하는 여국대 사장은 처음이었다. 내가 번복하는 이야기는 듣고 싶지 않다는 듯 비장한 표정으로 음악을 크게 틀고선 이제 더 이상은 내게서 아무 말도 듣지 않겠다고 으름장을 놓았다.
그는 내 어깨를 뒤에서 잡은 채로 402호로 데려갔다. 엄밀히 말하면 '밀려 올라갔다'고 해야 하는 것이 맞을 것이다. 그의 힘과 그의 카리스마에 심하게 기가 눌렸다. 이대로 발뺌해 버리더라도 그가 날 둘러메고 402호 안으로 들어왔을 것이 뻔했다.

차라리 수리 씨라도 있어야 되는 건데. 수리 씨는 결혼하면 지겹도록 볼 사이에 왜 또 외박을 하겠다는 거야.

이 일을 어떻게 해야 되나……. 잠깐 정신을 놓았었다고 얘기해야 하는데…….

내가 정말 정신을 놓은 듯이 혼란스러워하고 있을 때 그가 내게 입을 맞추었다. 불을 켜기 전이라 더 자극적으로 느낀 것인지는 모르겠지만, 그의 거친 키스에 두려운 마음이 더 커지고 있었다.

내 혼을 다 빼놓을 듯이 깊숙이 입을 맞춘 그는 정말로 날 번쩍 안아 올렸다.

"팔! 팔!"

순간 그의 오른팔이 걱정되어 없는 정신으로 짧은 단어를 뱉어냈다. 그러나 그는 조금도 힘들어하지 않았다.

"가벼워, 가벼워."

그는 이 정도는 가뿐하다는 듯 대답하며 2층으로 올라가는 동안 날 안은 팔로 능숙하게 불을 켰다. 웃지도 않았다. 이 상황을 어떻게 빠져나가야 하나 조금도 생각할 새 없이, 이미 나는 그의 침대 위에 앉아 있었다.

"괜찮아, 오빠가 다 알아서 할게."

그가 답답한 듯 셔츠의 단추를 두어 개 풀며 말했다. 그제야 미소를 지었지만 나는 말문이 막히고 말았다.

나 이 장면, B급 코미디 프로에서 본 적 있다고!

침대에서 벌떡 일어났다. 내 자율신경들이 침대는 위험하다고 말하고 있었다.

"어딜 도망가?"

그가 내 팔을 급하게 잡았다.

"목이, 목이 막힙니다. 무, 물 좀……."

그는 침대 옆 협탁 위의 생수병을 내게 주었다. 내가 몸이 굳어 생수병을 받을 생각도 하지 않으니 그는 생수를 한 모금 물고는 내게 다가왔다. 그의 입에서 따뜻해진 물이 내 메마른 목으로 쪼르륵 흘러들어왔다.

내게 물을 모두 전달한 그가 입술을 떼고 말했다.

"원래 숨도 막히고 목도 막히고 그런 거야."

원래 숨도 막히고 목도 막히고 어질어질하고 부들부들 떨리고 죽을 것 같고 그런 거라고요?

나는 다시 일어났다. 이번에는 화장실에 가고 싶었다. 하지만 그가 또 나를 잡았다. 나를 절대 놓지 않을 작정인 것 같았다.

"안 돼, 이제. 아무데도 가지 마."

"화장실!"

"너 20분 전에도 갔었잖아."

"그건 그 때고 지금은……."

말을 더 하기도 전에 그의 입술이 내 입을 막았다. 정신이 혼미해질 듯 아찔하다고 생각하는 사이, 그는 내게 입 맞추며 내 블라우스의 단추를 풀고 있었다.

　얼른 싫다고 말해야 하는데 그가 상처받으려나? 싫어서 싫은 게 아니라 무서워서 싫은 겁니다, 싫어서 싫은 게 아니라 무서워서 싫은 겁니다……. 몇 번 속으로 되뇌는 사이 내 블라우스 안으로 그의 손이 들어왔고 브래지어의 후크도 무서운 속도로 풀렸다. 모든 것을 속행하면서도 내 눈을 주시하는 그에게 완전히 빨려 들어갈 것 같았다.

　간신히 그를 밀쳐낸 후, 싫다는 말 대신 또다시 변명을 했다.

　"팔! 팔 아직 아프잖아요. 무리하면 안 돼요!"

　"완전 깔끔하게 다 나은 지가 언젠데. 아까 운전하는 거 봤잖아. 너도 여기까지 안고 올라올 수 있었고."

　"송주! 송주가 찾을 거예요."

　"미국에 출장 가 있다며. 전화 오면 잘 받게 해줄게."

　절대 물러설 리 없는 여국대 사장은 핑계 대지 말라는 듯 눈을 찌푸렸다. 하지만 곧 다시 진지한 표정이 된 그는 내게 다가오기 전에 셔츠를 벗었다. 꾸준한 운동으로만 만들어질 수 있는, 보기에도 탄탄한 근육이 드러났다.

　잠시 두려운 마음도 잊고 그를 넋 놓고 쳐다보긴 했지만—

　나는 29년 동안 연애 바이러스에 대항하는 솔로 항체만 키우며 살았다고!

　그는 나를 침대에 눕히며 말했다.

"제어장치가 다 고장 났어."

잠시 후 그는 내 위에 엎드린 자세로 나와 얼굴을 마주했다. 심장의 두근거림이 몇 번 내 인생의 신기록을 경신했을 것이다. 도망갈 곳을 잃은 나는 너무 작아져 사라지려 하는 목소리로 말했다.

"씻어야죠……."

"우리 둘 다 깨끗해."

"그래도 화장실……."

"핑계 좀 대지 마."

"진짜라니까……."

내가 울상이 되어가니 그가 내 허리를 감싸다가 실눈으로 날 노려보며 몸을 일으켰다. 어쩔 수 없다는 듯 한숨을 쉬고는 단호하게 말하는 그가 아직도 무서웠다.

"알았어. 번쩍 들어서 데려다 줄게."

그는 내가 혼자 있을 틈은 절대 주지 않겠다고 작정한 사람처럼 일어나 나를 들어 올렸다. 그리고는 만족한 듯 미소 지으며 내 얼굴을 확인했다. 그러나 순식간에 그의 얼굴에서 미소가 사라졌다.

"너…… 얼굴이 파래졌어……."

얼굴색은 금방 돌아왔지만 만리장성은 쌓지도 못하고 허물어졌다. 나는 1리터쯤 물을 마시고 세 번쯤 화장실에 다녀와야 했다. 다시 다가오려던 여국대 사장은 내가 저녁에 먹은 것들을 토해내러 급하게 화장실로 달려갔을 때에야 완전히 포기했다. 덤으로 내 엄지손가락을 따주어야 할 정도가 되자 그의 얼굴에서도 핏기가 사라졌다.

"너, 저혈압 가족력이 있어? 콩팥이 안 좋은 거야?"

"아빠가 좀 혈압이 들쭉날쭉이었다고 듣긴 했어요."

그는 내 손을 따주고, 내 등을 세게 두드렸다. 아주 단단히 삐친 것 같았다.

"사장님이 갑자기 그러니까 놀라서 그런 거잖아요."

"생각해 봐. 누가 누굴 놀라게 한 게 먼저인가."

여국대 사장은 툴툴거리면서도 나를 침대에 제대로 뉘었다.

"같이 운동을 다니자. 건강검진 좀 받고. 좀 더 건강해져야 될 필요가 있어."

난리법석을 피우는 동안 밤은 깊어질 대로 깊어졌다. 그는 불을 끄고 내 옆에 얌전히 누웠다.

"오늘만 봐주는 거야. 다음은 없어."

그에게 미안한 생각이 들었다. 남자를 함부로 흥분시켜서는 안 되겠다는 인생의 조언을 얻으며, 왠지 쉽게 잠이 올 것 같지 않다는 생각을 하고 있을 때 그가 괴로운 듯이 한숨을 길게 쉬고는 말했다.

"잠이 안 온다……."

전에도 이런 적이 있었지. 아다화 씨가 아틀리에로 찾아왔던 날, 나는 심한 몸살을 앓고 그의 침대에서 그와 함께 누웠었다. 그날 이후로 이런 상황은 그가 알아서 피해 왔는데, 내가 너무 큰일을 저지른 것이다.

"애국가라도 같이 부를까요?"

"애국가로 될 게 아니야……."

"그래도 노래 좀 아무거나 불러주면 안 돼요?"

"시끄러. 아무 말도 하지 마."

"사장님 노래 듣고 싶은데……."

'노래 좀', '노래 좀' 이런 식으로 그에게 몇 번을 구걸하니 그가 어쩔 수 없다는 듯 짧게 목을 가다듬었다. 곧 그의 조용한 목소리가 오피스텔을 잔잔하게 울렸다.

"안녕— 귀여운 내 친구야—"

이 노래 언젠가 들어본 적 있는데. 아주 오래된 영화에 나오던 노래였는데. 영화 제목도, 영화 내용도 생각나지 않았지만 노래만은 아련하게 떠올랐다. 가끔 시내버스 안에서 들었었는지도 모르겠다. 여국대 사장의 꾸밈없는 낮은 목소리로 들으니 정말 자장가처럼 들려 마음이 편안해졌다.

안녕 귀여운 내 친구야
멀리 뱃고동이 울리면
네가 울어주렴 아무도 모르게
모두가 잠든 밤에 혼자서
안녕 내 작은 사랑아

멀리 별들이 빛나면
네가 얘기하렴 아무도 모르게
울면서 멀리멀리 갔다고

노래는 끝날 줄 모르고 계속 되풀이되었다. 그의 목소리는 듣기 좋았지만, 듣기 좋아서 잠이 올 것 같지 않은 밤이었다.
"이거 네버엔딩이에요?"
"왜. 내가 제일 좋아하는 노랜데, 좀 좋아해 주면 안 돼?"
"……알겠어요."
생각해 보니 나는 그가 좋아하는 노래도 모르고 있었구나. 그가 좋다고 말하니 나도 좋아질 것 같았다. 그러나 영원히 계속될 것 같았던 그의 노래는 점점 잦아들더니 어느 순간 뚝 끊겨 버렸다.
"사랑해."
노래의 빈자리는 그의 짧은 고백이 채웠다. 나는 그의 말에 같은 대답을 하기가 부끄러워 뜸을 들이다가 이상한 대답을 해버렸다.
"……네……."
"뭐야, 사랑한다니까."
모든 관절이 안으로 오그라들어 가는 듯하여, 혼자 조용히 몸을 웅크리게 되었다. 나는 사랑한다는 말에 면역이 없는 가여운 중생이었다. 사랑한다는 말은 엄청난 에너지를 모아야 하는 말이구나…….

"너무 넓은 건 바라지 않지만 여기보다는 좀 넓어야겠지? 방도 좀 있어야 될 것 같고."

그는 내 대답을 더 기다리지 않고 다른 이야기를 했다. 뜬금없는 그의 다음 말에 나도 사랑한다고 말해주려던 대답이 쏙 들어가고 물음표가 튀어나왔다.

"뭐라고요?"

"서재에 2인용 책상을 두자. 미녀와 야수에 나오는 책장 같은 게 있었으면 좋겠고."

"네?"

"아니다, 서재는 마음대로 하게 해줄 테니까 대신 주방은 나한테 양보해."

무슨 이야길 하는 건지 몰라 누운 채로 그를 바라보았다.

"아니면 그만한 데에 보석을 잔뜩 넣어서 줘야 되나?"

어둠 속에서 반짝이는 그의 눈이 보석처럼, 그리고 두 개의 별처럼 영롱하게 보였다.

"결혼하자."

"뭐야, 뭐가 그래……."

예쁜 꽃도 보석도 없었던 어두운 밤. 그러나 세상에서 가장 빛나는 사람에게 오래전부터 상상만 해오던 벅찬 말을 들었다. 하지만 너무 뜻밖이라 머리가 울리고 어지러워지면서 헛말과 헛웃음만 나왔다.

"그게 그렇게 기뻐? 빨리 나한테 청혼해 줘서 고맙다고 말해."

그가 조금도 기다리지 않겠다는 언성으로 급하게 대답을 재촉했다. 나는 그 무게감을 미처 다 깨닫지 못하고 바보처럼 웃음이 터져 버렸다.

사람들 모두, 영원할 줄 알고 겁 없이 사랑한다.

그게 마지막일 줄 알았더라면, 그에게 한 번이라도 고맙다는 말 대신 사랑한다는 말을 해줬을 텐데.

17. 아무도 사랑하지 않았습니다

 다음날 아침, 그는 일어나자마자 내게 다이아반지를 내밀었다. 잠결에 결혼하자고 한 것은 아닌 모양이었다. 반지는 넋을 놓아버릴 정도로 예쁘고 반짝거렸지만 이 작은 반지가 의미하는 무게감을 생각하니 목이 뻣뻣해졌다. 그는 내게 반지를 끼워주려다가 내 굳은 표정을 보고는 눈치를 보며 내 가방에 반지를 넣었다.
 그 후 나와 여국대 사장은 아무 일도 없었다는 듯이 시치미를 떼고 일했다. 감이 좋은 비롱 씨는 내가 전날과 똑같은 옷을 입고 있다는 것을 알아차린 모양이었지만 모른 척해주었다. 수리 씨는 워낙에 은영 씨 외의 모든 것에 무관심한 사람이었고, 오늘도 언젠가 태어날 아기를 자랑하느라 바빴다.
 일은 쉬엄쉬엄 하자고 했지만 여국대 사장의 팔이 나은 뒤로 도시락 주문은 물밀듯이 들어왔다. 다시 휴일이 없는 일상의 시작이었다.

"뭐 갖고 싶은 거 있어?"

도시락 배송을 마치고 아틀리에로 돌아오는 길에 그가 물었다. 나는 무슨 얘기인지 몰라 그를 빤히 보다가 내일이 며칠인지 알려주는 그를 통해 깨달았다. 내일이 바로 우리가 사귄 지 100일째 되는 날이었다. 책 출간에 대한 기쁨 때문에, 그리고 만리장성이 무너진 사건 때문에 잊고 있었던 중요한 일이 떠올랐다.

"얘기 안 해주면 내가 알아서 마음대로 산다?"

내가 언뜻 그에게 얘기했던 미미의 집을 다음날 우리 집으로 배송시켰던 예전의 일이 떠올랐다. 흘러가듯 말했던 꿈 이야기도 제대로 기억하고 진짜 책을 만들어준 사람이 아닌가. 선물의 종류를 잘못 말했다간 아틀리에의 기둥뿌리가 뽑힐 수도 있겠다는 생각이 들었다.

"우리 약속 하나만 해요."

"무슨 약속?"

"뭐가 됐든 선물은 5만 원 이하로만 고르기."

"너, 나 돈 많은 거 모르지?"

"그래서 열등감 느껴져서 하는 얘기예요. 다 아는 사람들끼리 대놓고 돈 자랑은 하지 맙시다."

일단 큰소리를 쳐놓긴 했지만 선물을 고르는 것은 어려웠다. 송주 생일은 무조건 돈으로 해결했고 그 외 이모부 말고는 어떤 남자의 선물도 사본 적이 없었다. 내가 남자의 물건을 고르러 이곳저곳을 돌아다니게 될 줄이야.

덕희에게 전화를 했다가 요즘 고등학생들도 5만 원짜리 100일 선물은 안 산다는 말에 기분이 상했다. 웃겨. 돈 없으면 연애도 못 하겠네. 살 거야, 사고 말겠어! 큰소리를 치고는 전화를 끊었지만 역시 어려운 문제였다.

두 시간여를 영등포 타임스퀘어에서 헤매다가 그가 추신수를 좋아한다고 했던 것이 떠올라 MLB상품 전문점에 들어갔다. 모자가 그나마 가격이 맞겠다고 생각했는데 난감하게도 그가 모자를 쓴 건 한 번도 본 적이 없었다. 이유는 세 가지 정도 떠올릴 수 있었다. 모자를 싫어하거나, 불편해하거나, 또는 그저 머리 크기의 압박…….

한참을 고민하다가 마음을 고쳐먹었다. 밤은 깊어지고 있었고, 이대로 걱정만 하다간 아무것도 건지지 못하고 집으로 돌아가게 될 것 같았다. 내 것까지 같이 사서 커플모자로 쓰자고 하면 뭐, 그도 좋아하겠지. 선물은 주는 사람 마음대로 사는 거야, 하고 자기 합리화를 하며 모자를 가지고 점원에게로 갔다. 작은 걸 샀다가 머리에 안 맞으면 서로 얼마나 민망할까 하는 생각이 들어 제일 큰 걸 사서 넉넉하게 쓸 수 있도록 해주기로 결정했다.

"두 개 살 건데요, 하나는 제일 큰 걸로 주세요!"
"투엑스라지 사이즈로 드릴까요?"
"아니요. 포엑스라지 사이즈로 주세요. 그런 게 있다면."

제일 큰 걸 샀는데 딱 맞으면 그것도 우습겠다는 생각을 하며 혼자 미소 지었다. 점원은 진정한 얼큰이를 위한 아이템이라며 매장에 하나밖에 들어오지 않은 포엑스라지 사이즈 모자를 포장해 주었다. 나는 뿌듯한 마음으로 집에 돌아갈 수 있게 되었다.

집에는 꽃바구니가 도착해 있었다. 100일 기념식 이벤트의 하나인가 생각했는데 청혼의 연장인 것 같았다. 꽃바구니의 이름이 '달콤한 프러포즈'였다. 꽃바구니 이름 옆 하트 막대에 끼워진 카드에는 달콤한 청혼 대신 '100일 선물 아님. 세일해서 도매가로 산 것. 5만 원 이하'라는 메시지가 적혀 있었다. 마치 내가 부담스러워할 것이란 걸 눈치챈 듯이 소심하게 쓰인 카드가 잠깐이나마 청혼에 대한 부담감을 잊고 웃을 수 있게 해주었다.

다음날은 일을 끝내자마자 여국대 사장과 둘이서만 밖으로 나갔다. 그가 예약한 레스토랑에서 저녁을 먹고 기분 좋은 마음으로 내 선물을 전했다. 역시 그도 내게 선물상자를 안겨주었다.

"가격을 맞추는 게 더 어려운 일인 거 알아? 집에 가서 풀…… 안 돼!"

나는 그가 말을 다 마치기도 전에 궁금한 마음을 참지 못하고 순식간에 선물상자의 리본을 끌러 버렸다. 그가 무안한 듯 제 이마를 짚었다. 도대체 뭐가 들어 있기에…….

기대를 하고 열어본 상자에는 분홍색의 속옷 세트가 들어 있었다. 붉어지려는 얼굴을 웃음으로 감추고는 그에게 고맙다는 인사를 하려는데, 충격적인 속옷 사이즈가 눈에 들어왔다.
"75—AA?"
너무 기가 막혀 코웃음밖에 나오지 않았다. 요즘엔 중학생들도 이것보다는 크게 입는다고!
"내 사이즈가 진짜 이거라고 생각해요?"
그는 내 눈치를 보며 조심스레 한 손을 어깨 위로 들어 손바닥을 편 상태로 최대한 오그렸다. 그 손에 담기는 게 내 온전한 가슴사이즈라는 듯이. 그리고는 나와 눈을 맞추는 대신 자기 앞의 선물상자를 뜯었다.
"날 너무 과소평가하는 거 아니에요?"
그의 냉정한 사이즈 평가에 골이 난 나는 입을 잔뜩 씰룩이며 그에게서 고개를 돌렸다. 어느새 내 선물 포장을 뜯어버린 그 또한 기가 막히다는 듯 나를 보았다.
"너야말로, 날 너무 과대평가하는 거 아니야?"
내가 선물한 모자를 써본 그가 말했다. 모자는 그의 머리에 쑤우욱 들어갔고 고정되지도 않았다.
그의 머리가 이렇게 작을 줄은 몰랐다.
말도 안 되는 사이즈로 몇 분간 성과 없는 논쟁을 한 우리는 속옷 가게와 타임스퀘어에 차례로 들러 선물을 제 사이즈로 교환하고 허무하게 웃었다. 우리는 아직도 서로에 대해 모르는 것이 많았다.
속옷 가게에서 나와 여의도공원을 거니는 동안 벤치에 앉아 있는 꽤 많은 커플들을 지나쳤다. 그는 지지 않겠다는 듯이 내 손을 꼭 잡았다.

"너 근데 내 프러포즈에는 왜 대답 안 하는 거야?"

그가 아직 앙금이 남아 있는 목소리로 물었다. 나는 내 진심을 솔직하게 말할 수 없어 변명을 해버렸다.

"그냥……. 계절은 한 번씩 겪어보고 결혼해야 하지 않나, 생각했어요."

"언젠가 나랑 결혼을 해주긴 할 거야?"

날 온전히 믿을 수는 없다는 듯, 그는 실눈을 뜨고 말했다.

"당연하죠."

"그럼 지금 하나 나중에 하나 어차피 할 텐데 왜 계절이 바뀌길 기다려야 되는 거야?"

역시 모자 사이즈로 화가 덜 풀렸나 생각했지만, 이것이 그의 진심이었다.

"내 생각을 좀 해봐. 내 나이엔 연애 100일이 아니라 결혼기념일을 챙겨야 된다고."

그는 불안해하고 있었던 것이다. 지금 확신을 주지 않으면 앞으로 내내 곤란한 상황이 올 수도 있겠다는 생각이 들었다. 문득 언젠가 그에게 해주어야겠다고 생각한 이벤트가 떠올랐다. 지금이라면 타이밍이 괜찮으리라는 생각이 들어 그에게 말했다.

"잠깐만요, 잠깐 아틀리에에 들렀다 가면 안 돼요?"

나는 그의 손을 잡고 서둘러 아틀리에로 왔다. 아무 말 없이 데려와서였을까. 그는 여전히 시큰둥했다.

"야밤에 또 여길 왜 들어오는데."

그를 소파에 앉혀놓고 주방으로 가니, 그가 못마땅하다는 듯 한숨을 쉬었다. 나는 대답하지 않고 빙긋 웃어주었다.

"대놓고 날 유혹하는 게 아니면 네가 알아서 선을 지켜."

"알았어요. 거기 앉아서 한 시간만 기다려요."

그의 진지한 말을 진지하게 들을 새도 없이 냉장고 문을 열고 햄을 꺼냈다. 모양만 제대로 나온다면 삼십 분 안에 내가 원하는 것이 만들어질 수 있겠다는 생각이 들었다. 그는 소파에서 일어나 내가 무얼 하는지 어깨 너머로 지켜보다가 다시 자리에 앉았다.

햄을 종잇장처럼 얇게 썰고 장미꽃 모양으로 돌돌 말았다. 심심할 때마다 카페의 냅킨으로 장미꽃을 만들었던 경험이 큰 도움이 되었다. 만들어진 햄장미꽃은 이쑤시개 두 개로 끝을 고정시킨 후 어묵꼬치 나무막대에 하나씩 꽂았다. 비닐장갑을 끼니 섬세하게 손을 움직이기가 힘들어 맨손으로 작업을 해야 했다. 햄의 기름기로 손끝이 미끄러웠고, 손에서 온통 햄 냄새가 났다.

꽃다발은 금방 만들었지만 포장이 생각보다 오래 걸렸다. 장미 모양의 햄들이 다치지 않게 애를 썼지만 몇 개의 꽃은 모양이 망가져 내 입속에서 최후를 맞았다. 하얀색과 분홍색 포장지로 햄장미꽃다발을 크게 몇 번 두르고 나서야 제법 만족스런 작품이 되었다.

"다 됐어요."

조용히 기다리던 그가 바로 자리에서 일어났다. 한 시간 동안 그는 잘도 참아주었다.

나는 그에게 햄장미꽃다발을 조심스레 내밀었다. 그는 꽃다발을 향해 손을 내밀지 않은 채로 멀뚱하니 바라보았다. 그래, 이해한다. 참으로 당혹스러울 것이다.

"햄부케."

그는 한참 후에야 햄으로 만든 부케를 받아 들었다. 여전히 얼이 빠진 표정인 채로.

"행복하다고요. 내세울 것도 없는 나한테 먼저 청혼해 줘서."

멍한 눈으로 나를 보던 그는 내 다음 말에야 훗, 하고 웃음을 터뜨렸다.

"지금까지 생각 없이 흘러가는 대로 살았는데 사장님이 결혼하자고 하니까 현실이 보이더라고요. 사장님은 괜찮을지 모르지만 나는 나한테 만족스럽지가 않았어요. 모아둔 돈도 얼마 없고요. 내가 사장님한테 어울리는 사람이 돼야 누구한테 말하더라도 당당할 것 같았어요."

그의 눈이 어둠 속에서 내게 청혼할 때처럼 빛나고 있었다. 나도 말을 하면서 눈시울이 살짝 뜨거워지는 것이 느껴졌다.

"조금만 기다려 달라는 말을 돌려 하는 거예요. 오래 걸리진 않을 테니까. 사장님 덕분에 하고 싶은 일이 생겼거든요."

미소 지으며 안도할 줄 알았던 그는 돌연 깊은 한숨을 쉬며 날 꼭 끌어안았다.

"진짜 결혼해야 되겠어……."

좋은 말로 설득할 생각이었는데 어느 것도 뜻대로 흘러가지 않았다. 난감한 마음으로 그에게 안겨 있는데, 이번엔 그의 회유책이 내 귀를 간질였다.

"널 어디 못 가게 꽁꽁 묶어놔야겠다, 나만 이런 생각 하는 것 같아서 답답하고, 우리가 건강하고 서로 좋아하는데 에로스는 금기사항이고……. 그런 욕망을 차치하더라도."

역시 우리의 문제는 에로스인가, 서운한 마음이 생기려 하는데 그가 한숨을 쉬고 계속 말을 이었다.

"네가 명절에 만날 수 있는 사람이 없다고 집에 혼자 남아 있는 걸 더는 보고 싶지가 않아. 가족이 없다는 이유로 세상에 자기편은 아무도 없다고 생각하는 케케묵은 마음도 없애주고 싶어."

이따금 이 남자는 참 말을 예쁘게 하는 사람이라는 사실을 새삼 깨닫는다. 오른팔 재활 치료를 하는 동안 읽었던 연애백과사전이 이제야 빛을 발하는 걸까.

"우리는 서로 틱틱대는 생활에 익숙해져 있으니 법적 장치라도 좀 안정적이었으면 하는 거야. 돈 같은 건 결혼하고 같이 모으는 거고."

그의 이야기가 모두 맞는 말이어서 추상적인 계획만 가지고 거절의 말을 하던 나는 결국 승복할 수밖에 없게 되었다. 아주 작은 소리로 속삭이듯이 한 '알았어요' 라는 말을 그가 그렇게 똑똑하게 알아들을 줄은 몰랐다.

　내 수락이 떨어진 후에 그는 조금도 지체하지 않았다. 한 달 안에 모든 것을 해치울 것처럼 결혼 계획을 잡아 나갔다.

　"내일은 이모님 댁 방문하고 다음 주에는 어머니 오신다니까 그때 말씀드리자. 어머니도 좋아하실 거야."

　그는, 결혼식은 가을이 좋겠다며 활짝 웃었다. 스물여덟의 가을은 그 계절이 지나면 스물아홉이 된다는 불안에 전전긍긍하는 동안 사라졌다. 회사를 더 다녀야 하나 말아야 하나, 하는 고민에 빠져 있었고, 연애 또한 20대의 과업쯤으로만 여기고 있었다. 한데 한 해도 가지 않아 참 많은 게 달라진 것이다.

　스물아홉의 가을……. 스무 살에 사랑을 하고, 일찍 결혼해서 나를 낳고, 남편을 먼저 떠나보내고, 딸이 여덟 살이 되던 해에 운명을 달리한, 짧고 예쁘게 살았던 소중한 사람의 얼굴이 스쳐 지나갔다. 엄마가 돌아가신 스물아홉의 가을에, 나는 결혼을 하려 한다……. 엄마에게도 나에게도 스물아홉은 대단한 모험이겠구나. 엄마가 하늘에서 나를 응원하고 있을 거라는 생각이 들어 든든했다.

　2주 만에 찾아뵌 이모는 점점 건강이 좋아지고 있는 것 같았다. 여국대 사장을 환영하는 이모의 감탄사를 조합해 보면 '평생 솔로로 살았던 조카딸이 결혼한다고 남자를 데려왔는데 그 남자는 그야말로 대박'이란 뜻이었다. 이모의 얼굴엔 함박웃음이 떠날 줄을 몰랐다. '근데 너무 부담스럽게 잘생긴 거 아니야?' 하고 내게 소곤 소곤 말씀하시긴 했지만, 싹싹하게 행동하는 여국대 사장은 모든 면에서 큰 환영을 받았다.

가장 걱정이 되는 것은 그의 어머니를 만나는 일이었다. 그가 이미 어머니께, 나를 소중하게 다뤄달라고 말씀드려 놓았다지만 아무래도 예전에 아다화 씨가 내게 했던 말이 마음에 걸려 불안해질 수밖에 없었다.

"송아 씨처럼 약한 사람은 절대 버티지 못할 사람이 국대 씨한테 있어요. 그 사람을 만나면 송아 씨가 먼저 국대 씨한테서 떨어져 나갈 거고, 믿기 힘들겠지만 송아 씨도 금방 잊혀질 거예요."

아다화 씨는 내게 그렇게 말하고 의미심장한 웃음을 지었었다.
나는 아다화 씨가 했던 말에 대해 한 번도 여국대 사장에게 묻지 않았다. 과연 어떤 분이기에 이렇게까지 말하는 걸까. 두 사람이 서로 맞지 않는 사람이었다는 건 짐작할 수 있었다. 하지만 겉으로 보기에, 아다화 씨와 여국대 사장 어머니의 침착한 이미지는 꽤 겹치는 것이었기 때문에, 이렇게도 성향이 비슷해 보이는 사람끼리 안 맞을 수도 있구나, 의아하게 생각할 수밖에 없었던 것이다.

시간은 나를 조금도 기다려 주지 않고 결전의 날을 알렸다. 여국대 사장의 어머니가 직접 아틀리에로 오신다고 하여 나는 소파에 앉아 벌벌 떨고 있었다.

"제가 결혼은 처음이라서……."

너무 긴장하여 나오는 대로 말을 한 것이었는데 깨닫고 보니 그를 배려하지 않은 말이었다. 그는 결혼을 한 번 했었지. 그러나 말이 헛나왔다는 해명을 하기도 전에 문이 열렸다.

여국대 사장의 어머니가 예전의 우아한 모습 그대로 우리에게 인사했다. 미소를 짓지도, 화를 내지도 않는 표정이어서 나는 섣불리 긴장을 풀 수 없었다.

"그동안 맞선 보라는 걸 다 마다하더니, 아주 어린 신부를 데려왔구나."

"저…… 스물아홉인데요……."

'아주 어린 신부'라는 말에 반하는 내 뜻을 전하니, 그제야 그녀가 희미하게 웃었다.

"일단 우리 애가 좋다고 데려온 여자라면, 50점은 따놓고 시작하는 거다."

그녀는 조금도 흐트러지지 않은 미소를 지으며 차분하게 말했다. 나는 정신이 번쩍 들었다. 점수를 따야 하는 자리라는 것을 실감하게 되었다.

"국대가 결혼한 적 있다고는 하지만, 그냥 형식적인 예식만 올린 거지 진짜 유부남이었던 건 아니야. 알고 있지?"

"어머니, 그 얘기를 왜 지금……."

"너한테 물어본 게 아니야."

그녀의 질문에 여국대 사장이 토를 달자 그녀가 여국대 사장의 말을 끊으며 주의를 주었다. 여국대 사장과 그의 어머니 사이에는 끈끈한 모자 사이라고 하기엔 어색한 무거운 기류가 있었다.

"네, 다 알고 있어요."

나는 고개를 끄덕이며 말했다. 그녀는 다시 내게 물었다.

"앞으로도 계속 국대를 떠나지 않을 자신은 있니?"

"어머니."

다시 한 번 그녀가 여국대 사장의 말을 잘랐다.

"난 혼수도 예단도 필요 없어. 그런 걸로 널 다른 애들과 비교하진 않을 거야. 하지만 네가 우리 아들한테 충실한 사람이 되지 않는다면 얘기가 달라지지 않겠니?"

그녀의 말은 무시무시했지만 틀린 것은 하나도 없었다. 게다가 혼수도 예단도 필요 없는 시어머니라니……. 지금껏 결혼한 친구들에게 인이 박이도록 들었던 예단비 갈등에서 이렇게나 쉬이 벗어나게 될 줄은 몰랐다. 왜 이전에 그의 어머니를 뵈었을 때 그토록 무섭게만 생각했을까. 눈의 여왕 이미지까지 만들어가며 상상력을 넓혀가던 과거의 나를 반성하게 되었다. 그의 어머니는 훌륭한 분이었다.

"잘…… 하겠습니다."

긴장되어 떨리는 목소리가 나왔지만 내 진심은 충분히 전해진 것 같았다. 함께 식사를 할 줄 알았던 그의 어머니는 할 일이 많다며 자리에서 일어났다.

"준비는 알아서 하고, 시간 되면 나중에 또 보자."

그녀가 처음으로 인정을 드러내듯 웃었다. 그래, 역시 모든 건 아다화 씨가 잘못한 거야. 자기가 덕이 없어서 마찰이 있었던 걸 가지고 어머님 핑계를 대다니.

여국대 사장이 그녀에게 다가가려고 하자 그녀는 곁으로 오지 말라는 듯 오른팔을 들어 손짓을 했다. 여국대 사장은 늘 있는 일인 양 거리를 유지하며 그녀를 따랐다. 나도 여국대 사장의 옆에 서서 그녀를 배웅했다.

여국대 사장이 엄마와의 추억을 얘기해 줬던 날, 그는 내게 자신의 어머니에 대해서도 털어놨었다. 자신과는 손가락 하나도 닿지 않으려 하는 매정한 분. 그렇지만 여국대 사장이 자신과 같은 사람이 되기를 바라진 않으신 분……. 나는 그녀를 인간적으로 느낄 수 있게 되었다.

그의 어머니가 돌아간 후, 그는 내 어깨를 살포시 안아주었다. 이제 힘든 것들은 모두 끝났다는 듯 귓가에 대고 하는 '수고했어'라는 말은 소리였는데도 달콤한 맛이 났다.

"그런데 어머님은 왜 사장님이랑 닿는 걸 그렇게 싫어하시는 거예요?"

"몇 번의 경험에서 깨닫게 된 금기 같은 거야. 어머니가 신뢰하는 무당이 이것만은 조심하라고 했었거든."

"어머님이 안됐다는 생각이 들어요."

그는 쓸쓸히 웃으며 내 볼을 쓰다듬었다. 실은 여국대 사장이 안

됐다는 생각도 함께하고 있었다.
"언젠가 사장님이 삼년고개 얘기 좀 해드리세요. 옛날에 거기서 넘어지면 3년만 살게 된다는 고개가 있었는데……."
그는 아득한 옛날이 떠오르는지 내가 얘기를 마칠 동안 몇 번 눈을 감았다 떴다.

☆　　☆　　☆

사실 전날은 여국대 사장의 어머니를 만난다는 긴장감에 걱정이 되어 잠을 못 이뤘다. 긴장하나 안 하나 결과는 똑같았을 텐데 왜 긴장을 해서는 더 횡설수설했을까 반성하며, 다음에 뵐 때는 다시 똑똑한 박송아를 보여 드려야지, 다짐했다.
좋은 게 좋은 거지 뭐, 좋게 좋게 여기며 늘 그랬듯이 거실 바닥에 누워 배를 긁적이며 텔레비전을 틀었을 때, 툭툭, 현관문 노크 소리가 들렸다. 이 시각에 누구지, 생각하며 현관문 앞에 섰다.
"누구세요?"
"박송아 씨 집입니까?"
몇 번밖에 들어본 적 없지만 귀에 각인된 목소리가 들렸다. 나는 민낯에 트레이닝복 차림이었다는 것도 잊고 급하게 문을 열었다.
문 앞엔 여국대 사장의 어머니가 서 있었다.
"여길 어떻게…… 아, 안녕하세요……. 저기 제가…… 옷을 안

입어서……."

옷은 입었는데…… 제대로 갖춰 입지 않았다고 얘기를 해야 되는 것이었는데. 적잖이 긴장하여 말이 잘못 나오고 말았다.

"금방 갈 거야. 그냥 줄 게 있어서 왔다."

나는 어쩔 줄 몰라 하며 몇 초간을 그대로 서 있었다.

"들어가도 될까?"

"아, 네, 들어오세요……."

누추한 집 안으로 그녀를 안내했다. 거실이며, 방 안이며, 늘어놓은 것들은 왜 이리 많은지, 분명히 어제 빗자루로 쓱쓱 쓸었는데 왜 머리카락이 밟히는 건지. 모든 것이 부끄러워 그녀를 안으로 안내하며 어떻게든 지저분한 것들을 가리려고 애쓰고 있는데, 그녀가 내 생각을 읽은 듯 말했다.

"집 검사하려고 온 게 아니다. 괜찮아."

내가 안내한 대로 식탁 앞에 앉은 그녀는 가방에서 얇은 서류봉투를 꺼내 내게 주었다.

"내 아들과 결혼을 하려면, 우선 이걸 해야 될 것 같아서 말이야."

긴장되는 마음으로 서류봉투를 열었다. '이거 먹고 떨어져!' 하는, 돈봉투는 아닌 것 같아 일단은 안심이 되었다.

"새 이름이 마음에 들었으면 좋겠구나."

그녀는 이미 결정된 사실을 통보하듯 말했다. 내가 손에 쥔 서류는 이미 작성되어 있었다.

'개명 허가 신청서'라는 이름의 문서에는, '박송아'라는 이름을 '박효원'으로 바꾸겠다는 이야기가 양식에 맞게 적혀 있었다. 기막힌 충격으로 온몸이 얼어붙는 것 같았다.

"내 아들과 어울리는 이름이 그것뿐이라 선택의 여지가 없었다."

그녀가 별것 아닌 듯이 말했다. 나는 숨을 쉬기조차 힘들어지는 것 같은데.

"어머니…… 차라리 혼수나 예단을 어떻게든 해볼게요……."

떨고 있는 목소리 그대로 내 말이 그녀에게 전달되었다.

"내가 아들이 없는 데서 널 협박하는 것 같니? 난 지금 널 시험하려는 게 아니야. 이건 진심이다. 혼수랑 예단 대신 하라는 게 아니라, 이걸 못하겠으면 예단을 해오라는 게 아니라, 그저 이름을 바꿔 달라고 말하는 거야."

"이름을 버리는 건……."

금방 눈물이 맺혔다. 곧 눈물방울이 툭 떨어질 것만 같아서 눈에 힘을 주었다.

"이름을 바꾸는 건, 저를 버리는 것 같아서 안 되겠습니다."

"웃기는구나. 이름을 바꾸면 네가 다 바뀔 것 같니? 죽고 못 살 만큼 사랑한다면 그깟 이름 정도는 열두 번도 더 바꿀 수 있는 거 아니야?"

나도 모르게 그녀 앞에서 목소리가 조금 높아졌다.

"그깟 이름이 아니라요."

무례한 사람이 되고 싶지는 않았는데, 변명을 하기 위해 말이 길어지는 것은 어쩔 수 없었다.

"저한테 이름은 돌아가신 저희 부모님이 서로 사랑했던 증거고, 그분들이 저를 사랑했던 증거예요. 그리고 제가 지금껏 이모 댁의 제대로 된 가족 울타리에서 살 수 있게 해준 뿌리 같은 겁니다."

20년 전의 엄마가 '우리 송아', '우리 송아' 하고 나를 불렀던 것이 아직도 이렇게 생생하게 머릿속에서 메아리치는데 나보고 다른 이름이 되어서 다른 추억을 쌓으라고? 이건 말도 안 되는 얘기야.

나의 지지 않는 말에 그녀의 눈빛은 더욱 매정해지고 있었다.

"알았다. 이름이 자존심이라는 거구나. 네 아킬레스건은 내 아들이 아니었어."

내 안에 내가 숨겨놓은 두려움까지 모두 읽어내는 듯한 눈빛으로 가시 같은 말을 하는 그녀를, 나는 그저 멍하니 볼 수밖에 없었다.

"네 어머니, 동생, 이모, 이모부······. 내 아들이 아니라 그 사람들이 네 약점이구나. 너처럼 이기적인 애가 어떻게 국대 마음에 들었는지 모르겠다."

"다른 것들은 다 희생할 수 있지만."

그녀에게는 실망한 듯한 표정도 없었다. 처음 그녀를 보았을 때 떠올린 이미지 그대로, 눈의 여왕 같은 사람이었다.

"난 네가 도전에 두려워하지 않는 아이라기에 이 정도의 모험도 도전이라고 생각할 줄 알았다. 그저 너한텐 희생일 뿐인 거냐?"

"어떤 여자도, 결혼을 하면서 자기 존재가 흔들리는 걸 바라지 않을 거예요."

"자의식이 대단하구나. 서양에서는 여자가 결혼을 하면 남자 성을 따른다."

"하지만 이름은……."

"현주는 바꿨다."

그녀가 다시 한 번 내 말을 자르고 말했다. 그녀의 짧은 말에 내 온몸이 굳어지고 정신이 아득해졌다. 모든 생각이 내게서 물러가고 내 앞에는 까마득한 암흑에 물음표 하나만 덩그러니 남았다.

"못 알아듣겠니? 다화는 바꿨어, 흔쾌히. 국대랑 이상한 감정 싸움을 하다 떨어져 나간 그 애도 이름 정도는 쉽게 생각했었어."

그녀는 넋이 나간 내가 애처로운 듯이, 가늘게 실눈을 뜨며 말했다.

"전혀 몰랐던 모양이구나. 이해한다, 내가 시킨 일이란 건 국대도 모르고 있을 테니."

순간, 오래전 아다화 씨가 내게 했던 말이 머릿속을 빠르게 지나갔다.

"국대 씨는 날 아주 잊은 것 같아요. 결혼을 하기 전에 내가 어떤 사람이었는지, 사람들이 날 어떻게 불렀는지까지도."

왜 그때 몰랐을까. 모든 것이 이렇게 맞아떨어지는데.

아다화 씨의 예전 이름, 현주.
여국대 사장과 사귀었고, 비롱 씨가 사랑했고, 어느 날 갑자기 사라진 사람.

비롱 씨는, 여국대 사장과 결혼했다던 여자가 현주냐는 내 질문에 아니라고 했었다. 나는 순진하게도 그 말만 믿고 현주라는 여자는 여국대 사장이 과거에 만났던 몇몇의 여자들 중 한 명일 거라고 생각했었다. 그때까지만 해도 비롱 씨를 전적으로 신뢰했기 때문에 거짓말일 거라고는 한 번도 생각해 본 적이 없었다.
충격을 받아 넋이 나간 나에게 여국대 사장의 어머니가 말했다.
"차라리 다화처럼 이름을 바꾸고 그 대가로 국대에게 더 사랑을 받길 원하지 그러니. 그럼 이번엔 국대가 눈치챌 텐데 말이다. 그 앤 네 다친 마음을 보상해 주려고 최선을 다할 거야."
한동안 그녀의 이야기가 희미하게 들리며 머릿속에는 여국대 사장과 아다화 씨와 비롱 씨의 얽힌 관계가 그려졌다.
비롱 씨는 왜 그런 거짓말을 했을까. 거짓말이라는 게 밝혀졌다간 더 큰 갈등이 생길 뿐이다. 혹시 비롱 씨는 이렇게 될 거라는 것도 알고 있었을까? 왜 이렇게밖에 할 수 없었던 거지?
"그런 동정심 같은 애정은 사양하겠다 이거냐? 물론 그렇겠지, 넌."
나는 말없이 고개를 가로저었다. 눈물이 쏟아질 것 같아 이를 악

물었다.

"세상에 덩그러니 혼자 남았다는 어린 시절의 피해의식에 절어 있으니까."

그녀가 내 속을 다 들여다보고 있다는 듯 확신에 찬 목소리로 이야기했다.

"네가 지금 네 이름으로 국대를 만난다면 국대에겐 앞으로도 꾸준히 해로운 일이 생길 거다. 그리고 그때마다 국대는 널 감싸고돌겠지. 지금껏 내 말이 틀린 적은 없었어."

"그건 미신일 뿐……."

약해질 수 없다는 생각에 겨우 힘을 내어 반박을 하려는 나를 그녀가 가로막았다.

"미신이라고?"

잠시 표정이 흐트러지는 듯 찡그리던 그녀는 곧 침착하게 쓴웃음을 지었다.

"국대가 팔이 그렇게 된 게 언제부터인 줄 아니?"

"그건 최민수라는 사람과 여러 오해가 얽혀서……."

그녀는 더 들을 필요가 없다는 듯 내 말을 잘랐다.

"작년 겨울에 국대 침실 책장이 쓰러졌다고 하더구나. 책장이 넘어간 일에는 네가 관련돼 있다는 얘길 수리한테 들었어."

심장이 덜컥 내려앉으면서 다시 눈앞이 캄캄해졌다.

그녀는 오래전 나의 유치한 장난을 알고 있었다. 그날 내 장난으로

402호의 책장이 쓰러졌을 때, 넘어지는 책장을 온몸으로 막아낸 사람은 장난을 시작한 내가 아니라 여국대 사장이었다. 그날 밤, 그는 내가 잠들어가던 순간에 내게 전화하여 몸은 괜찮으냐고 묻기도 했었다.

몰랐어. 정말 몰랐어!

그때 그를 먼저 걱정했어야 했던 거였다.

참아왔던 눈물이 한순간에 터지고 말았다. 충격으로 굳어버린 입에서는 아무 말도 나올 수 없었다.

"그 애는 더 제대로 치료를 받았어야 했어. 무리해서 빨리 회복하려고 무던히도 애썼던 건 또 누구 때문이었을 것 같니."

그녀는 곧 나의 눈물이 우습다는 듯 비소를 지으며 내게 물었다.

"이제 이름을 바꿔야겠다는 생각이 드니?"

그녀의 눈빛은 사슬이 되어 나를 옭아매어 갔다. 나는 그 냉기와 현실의 비극에 몸이 얼어붙어 긍정도 부정도 할 수 없었다. 그녀는 이미 나를 모두 꿰뚫었다는 듯 말했다.

"아직도 판단이 안 서겠지. 이유를 알려줄까?"

그녀는 한마디, 한마디마다 힘을 실어 나를 몰아세우듯 이야기했다. 숨이 턱턱 막히는 것 같았다.

"넌 두려운 거다. 이름을 바꾸면 지금까지 네가 쌓아 올린 모든 게 없어질 것 같으니까. 국대가 너만 평생 사랑해 준다고 해도 넌 믿지 못할 거야. 네 엄마가 그랬듯이 언젠가 또 버려질 거라는 막연한 공포가 있겠지. 그리고 국대가 널 버리고 나면 바뀐 이름으로는 아무것도 할 수 없다고 생각하는 거다. 아니니?"

 몰아붙이는 그녀의 목소리는 온 집 안을 쩌렁쩌렁 울릴 만큼 커졌다가 작아졌다.

 "모든 건 국대에 대한 불신에서 비롯됐어. 그런데 내가 그런 너를 믿고 내 아들을 맡겨야겠니?"

 잠시 그녀의 표정은 나만큼이나 괴로운 듯 일그러졌다. 곧 감정을 다스린 그녀는 미처 하지 못한 말도 마저 꺼내겠다는 듯 입을 열었다.

 "악연은 20년 전에 끝냈어야 했어. 널 만나지 않게 하려고 그렇게도 내가 진을 쳤는데, 왜 지금 국대 옆에 있는 거냐."

 그 말의 의미를 속에서 몇 번 곱씹어봐야 했다. 나를 만나지 않게 하려고 했다는 건 도대체 무슨 말이야.

 잠시의 침묵 동안 그 의미를 온전히 깨달은 나는 그녀에게 조금이라도 더 대들어보려는 티끌만큼의 용기마저 잃고 말았다.

 얼마 전 여국대 사장에게 21년 전의 이야기에 대한 고백을 들으며, 그가 내 이름을 '박현주'로 알고 있었다는 이야기를 들은 적 있었다. 왜 그런 일이 일어났을까, 추측해 볼 수도 없었다. 무언가 잘못된 것이라고만 생각했지 누군가의 명백한 의도가 숨어 있을 거라고는 조금도 떠올리지 못했다.

 "내가 원망스럽겠지. 하지만 나도 널 받아들이려고 내 신념을 꽤 버렸다. ……너만 상처받았다고 생각하지 마라."

 과거 일이 생각나는 듯 눈을 감았다 뜬 그녀가, 내게 떠오른 원망의 눈빛을 읽고는 잔인하게 말했다.

"넌 처음부터 국대를 송두리째 쥐고 흔들었어. 너 때문에 다화를 만난 거고, 너 때문에 수리를 만난 거야. 내 아들을 돈으로 협박하는 무서운 애들이 엉겨 붙었던 것도, 시작은 다 너였어!"

아니야, 내 잘못이 아니야!

난 그때 아무것도 하지 않았어!

그러나 침묵의 외침은 아무런 소리도 보태지 못했다. 진짜 동화 속 눈의 여왕처럼, 그녀는 내 모든 것을 빨아들이고 있었다.

"도대체 네가 뭐길래, 내 아들 인생을 이렇게 부수는 거냐! 자기는 조금도 양보할 줄 모르면서."

그녀 또한 눈에 한가득 눈물이 고여 있었다.

"난 내 자식한테 소중한 것이 생겨서 섣불리 자길 희생하게 되는 건, 이제 더는 못 본다."

한동안 흥분에 동요하던 그녀는 한참 천천히 숨을 고른 후 마음을 진정시키고 자리를 털며 일어났다.

"결혼도 국대가 하자고 매달렸다고 들었다. 이름을 바꾸지 않을 거라면, 국대에게 미련도 없을 거라고 생각하고 일어나도 되겠지?"

그녀는 내 대답을 기다리지 않았다.

"곧 이사 가야 되는 것 알고 있어."

도대체 나에 대해 얼마나 아는 걸까. 이미 오래전에 내 뒷조사를 끝낸 것인지도 모르겠다.

"그 애는 집요하니 매정하게 하고 가도 된다. 한동안 정신은 못 차리겠지만, 그 애는 강하기도 하니까 언젠가는 극복할 수 있을 거야."

내게 조금의 미련도 두지 않기로 마음을 먹은 그녀는 앞으로 내가 해야 할 일과 겪게 될 일을 또박또박 차갑게 말했다.

"네 기회는 금방 네가 버렸어. 오래 끌지 말고 떠나줬으면 좋겠다. 떠나는 데 보탬이 될 만한 얘기를 해주마. 네 이모가 또 수술하신 건 알고 있니? 형편이 어려워서 가게를 내놓은 걸로 아는데, 가게는 시세보다 훨씬 좋은 값에 팔렸을 거다."

마지막 힘으로 고개를 가로저었다. 그런 도움은 받지 않겠어! 그러나 내 말은 끝끝내 날 돕지 못하고 내 그림자로 숨어들었다.

"생사가 걸린 일이니, 자존심 세우는 말은 넣어둬라. 너한테 가족이 약점이라는 건 오늘 충분히 알았으니. 난 나한테 소중한 걸 지키고 넌 너한테 소중한 걸 지키는 게 피차 좋을 것 같구나."

그녀는 현관문 앞에 서 신발을 신었다. 나는 그녀를 배웅할 수도 없었다.

"예전에 사람을 시켜서 네 담력을 알아본 적이 있었어. 넌 너무 약해. 충격에 좀 더 강한 사람이 돼야 할 거야. 너를 위해 하는 말이니 새겨들어라. 앞으로 최민수든 김용식이든, 누가 나타나더라도 버틸 수 있도록 말이야. 이제 아무도 널 돕지 못할 테니."

마지막 배려라는 듯, 염려가 조금은 서린 듯한 차가운 말을 뱉어내고 그녀는 떠났다. 나는 가슴에 이름을 품고 있는 양 가운데를 움켜잡고 무너지듯 주저앉았다. 숨을 쉴 때마다 가빠져 오는 흐느낌을 통제할 도리도 없이 세상이 온통 절망뿐인 것 같았다. 내 생에서 내가 내쫓기는 기분이었다.

아다화 씨의 말이 옳았다. 나는 약해 빠진 사람이었고 아무것도 할 수 없었다.

한참을 울고 난 후 힘없이 벽에 기대어 또 다른 벽을 보고 앉아 앞으로 어떻게 할 것인가에 대해 생각해 보았다.

내 안의 어두운 마음은 여국대라는 사람을 만나 모두 극복되었다고 생각했다. 사랑받는 것에 고마워했었고 나도 그 사람을 더 사랑하기 위해 노력했다. 열심히 살아왔다고 생각했는데, 뜻밖의 사건에 길을 잃었다.

"엄마, 내가 틀렸어?"

곁에 없는 엄마를 찾으며 혼잣말을 했다. 나는 대답할 리 없는 엄마를 기억하도록 세상에 남겨진 유일한 사람이다. 내 이름을 버릴 수는 없다.

내 욕심을 지키는 방법이 있다. 여국대 사장의 어머니가 내게 어떤 말을 했는지 모조리 여국대 사장에게 일러바치고 그를 내 편으로 만들어 그와 그의 어머니가 의절하게 하는 것. 그를 잘 이용한다면 나는 평생 '시어머니'로부터의 모든 속박에서 벗어나 자유롭고 편한 삶을 누릴 수 있을 것이다. 물론 모든 것을 알게 된 여국대 사장이, 제 이름을 바꾸면서까지 그와 결혼하려고 했던 아다화 씨에게 흔들리지 않도록 그를 꽉 잡기도 해야겠지만.
 '네가 그걸 할 수 있어?'
 이번엔 화장실에 가 세수를 하고 거울 속의 내게 물었다.
 '그 사람의 엄마에게서, 그 사람을 뺏을 수 있어?'
 내 욕심을 채우기 위해 그가 엄마를 버리도록 한다면, 그에게는 욕심덩어리인 나만 남게 된다. 나는 그 무게를 버틸 수 있을까.

 "마녀 같은? 여왕 같은? 소녀 같은? 아니, 모르겠다. 차갑고, 독하고, 예쁘고……. 어떨 때는 순수하고 그래."

 언젠가 그가 그의 어머니에 대해 내게 했던 말이 떠올랐다. 내게는 마녀로만 느껴지는 여자를 그는 여왕처럼, 소녀처럼 여기고 있었다. 나는 그에게 그런 존재로 불리는, 그의 인생에 가장 큰 획이 되는 여인을 과연 그에게서 완전히 차단시킬 수 있을까. 그러고도 내가 행복해질 수 있을까.
 한 번도 자식을 안아주지 않은 엄마는, 얼마나 자식을 안아주고 싶은 엄마인가. 또 그런 독한 관계로 살 수밖에 없는, 그 지독한 금기를 지키는 엄마는 얼마나 강한 엄마인가…….
 나는 처음부터 그녀에게 질 수밖에 없었다. 그렇다면, 공생하려면 내가 이름을 바꿔야 한다고 하겠지. 하지만.

당신의 아들이 소중하듯 내게는 엄마가 소중하다. 엄마가 나를 부르던 내 이름과 내 별명이 내겐 너무 절절해.
우리는 양립할 수 없는 존재였다.

☆   ☆   ☆

차분히 마음을 정리하며 며칠이 지났다. 그사이 이모부께 가게를 팔았냐고 여쭤보니 이모부는 시세의 두 배로 팔렸다며 흡족해하셔서 나는 아무 말도 할 수 없었다.
고등학교 친구의 결혼식이 시부모님의 간섭 때문에 깨졌다는 일로 덕희와 잠깐 통화를 하다가 마음을 숨기고 넌지시 물었다.
"만약에, 네가 결혼하려는 남자의 부모님이 널 아주 싫어한다면 너는 어떻게 할 거야? 끝까지 하겠다고 고집부릴 거야?"
지금 솔로이기 때문에 고민도 없이 말할 수 있는 걸까? 덕희는 조금도 주저하지 않고 대답했다.
[그쪽에서 날 아주 싫어한다면 당장 그만 둬야지. 그런 결혼을 하는 건 우리 부모님한테도 불효하는 거야.]
"……그런가?"
[당연하지. 사랑만 주고 키운 딸이 남한테 싫은 소리 듣는데 속 안 터질 부모가 어디 있겠어? 자고로 시집은 사랑받는 집으로 가야 돼. 안 그럼 어떻게 흘러가든 평생 괴로워. 평생 후회한다고.]

그럴까. 그렇겠지. 미움은 금방 사라지지 않는 것이고, 사라지지 않는 미움은 쌓이게 되어 있으니까. 내 욕심대로 일을 벌이고 후회하느니 멈추는 것이 백번 옳은 일일 것이다. 결혼은 현실이니까. 이상만으론 할 수 없는 거니까.

덕희와의 대화는 내가 마음을 단단히 먹는 데에 약간의 도움이 되었다.

떠나기 전에 여국대 사장에게 줄 것을 사면서, 왠지 수리 씨와 은영 씨에게도 선물을 하고 싶어 신생아 우주복을 샀다.

수리 씨를 만나는 마지막 날, 나는 대뜸 묻지 마 선물을 수리 씨에게 전했다.

"이게 뭐야?"

"지나가는 길에 옷이 예뻐서 샀어요. 애기 입히면 좋을 것 같아서. 은영 씨한테도 안부 전해주세요."

내 선물을 보며 여국대 사장이 심통을 부리듯 말했다.

"일곱 달 뒤에나 나오는 애기 용품을 왜 지금부터 사는 거야?"

수리 씨는 여국대 사장이 비아냥거리든 말든 신경 쓰지 않고 헤벌쭉 벌어진 입이 되어 선물 포장을 뜯었다. 여국대 사장도 선물은 궁금한 모양인지 수리 씨 뒤로 가 흘끔거리며 보았다. 가운데 곰이 그려진 작은 신생아 우주복이 깜찍한 모습을 드러냈다. 수리 씨는 기쁨을 감출 줄 몰랐다.

"송아 씨 센스 있는 여자였구나! 형, 송아 씨 좀 안아줘."
"뭐?"
"내가 안아줄 순 없잖아."
여국대 사장이 흐뭇하게 웃었다.
"진하게 안아도 되냐?"
"그럼. 나는 애정 행위에 관대하잖아. 열려 있는 사람이야."
그러나 여국대 사장은 날 안아주지 않고 삐죽거리며 내게 물었다.
"내 건 어디 있어, 선물."
"사장님도 신생아 우주복 입고 싶어요?"
"아니, 남자친구의 친구 선물은 사주면서 내 건 안 챙긴다는 게 말이 안 되잖아. 불합리하다고."
그의 평소와 같은 투정에 자꾸 울컥거렸다. 내 마음을 잘 읽어내는 비롱 씨가 프랑스에 가 있는 것이 다행이었다.
"투정 부리지 좀 마요. 진짜 짜증 나."
일부러 그를 상처받게 하려고 말을 거칠게 했다. 여국대 사장이 잠시 당황한 듯했지만, 수리 씨가 눈치 없이 더 큰 싸움을 막았다.
"역시 여자는, 매일 천사일 수는 없어, 그치? 송아 씨가 드디어 '짜증 나'의 세계를 개척했어."
수리 씨의 말에 여국대 사장은 입을 삐쭉 내미는 귀여운 표정을 짓다가 웃었다.
"얼마 안 있으면 '재수 없어', '꺼져' 이런 것도 할걸. 형, 잘 버텨내야겠다. 파이팅."

나는 수리 씨의 농담에도 가슴이 아파 쉽게 미소를 지을 수가 없었다.

그가 집까지 나를 바래다주는 길, 차를 집 앞에 세운 그는 내게 입술을 내밀었다. 굿바이키스를 원하는 그를 무시하고 코웃음을 치고는 차에서 내리려는데 그가 내 팔을 잡아끌고 목을 당겨 입을 맞췄다.

"아직도 이게 부끄러우면 결혼은 어떻게 할래? 얼른 들어가."

그는 장난스레 웃으며 차분히 나를 타일렀다.

혹시 우리의 마지막이 아름다워서 그가 날 잊지 못하면 어쩌지?

"결혼 안 하면 되지."

차갑게 말을 내뱉었다. 어떻게 해서든 그를 화나게 하고 싶었다.

"뭐?"

그가 어이없다는 듯 미간을 좁히며 되물었다.

"너 오늘 왜 그래? 막상 결혼하려고 생각하니까 무서워?"

내가 대답을 하지 않으니 그는 이해할 수 있겠다는 듯 고개를 끄덕였다. 어떻게 해서든 내 마음을 편하게 해주려는 눈빛이었다.

"네가 결혼을 처음 해봐서 그래. 나도 처음 할 땐 좀 그랬어. 힘들면 앞으로 내가 다 알아서 할 테니까 넌 좀 쉬어. 혼자 여행이나 갔다 오든지. 아니면 같이 가도 좋고."

그는 그사이 제법 너스레를 떨 줄 아는 사람이 되었구나. 나는 조금도 성장하질 못했는데.

"결혼 한 번 해본 게 자랑이에요?"

나는 또 그에게 따져 물었다. 그러나 이번에도 역시 그는 화를 내지 않았다.

"그래, 그건 내가 잘못 말했네. 미안하다, 가뜩이나 싱숭생숭할 텐데."

이전에는 한 번도 미안하다는 말을 입에 올리지 않던 사람이었는데. 사소한 것 하나하나가 모두 가슴을 콕콕 찌른다.

이 사람은 내가 어떤 말을 해도 내게서 떠날 수 없는 강철 심장을 갖게 되었다. 더 이상의 공박으로는 내 마음만 다칠 것 같다는 생각이 들었다.

"가요, 그만."

내가 냉정하게 차에서 내리자 그도 함께 내렸다.

"네가 그러고 있는데 내가 어떻게 가냐?"

그는 한숨을 쉬고 말했다. 걱정이 돼서 떠날 수 없다는 듯이.

"성가신 거 있으면 다 말해봐. 우리 손으로 해결 가능한 건 다 고쳐봐야지."

그의 진솔한 말을 믿고 모든 걸 다 쏟아낼 수 있을 듯하여 마음이 흔들렸다. 당신의 어머니가 날 찾아왔었어, 내게 이름을 바꾸라고 했고, 그걸 할 수 없으면 당신에게서 떠나라고 했어…….

터져 나오려는 말을 꾹꾹 눌러 참아야 했다. 애써 웃기까지는 오랜 시간이 걸렸다.

"성가신 거 없어요. 매번 사장님 마음을 확인하고 싶어서 그런 거예요."

그가 흐뭇하게 웃으며 나를 꼭 끌어안아 주었다.

"애기네, 애기."

잠깐 그의 가슴 안에서 그의 심장 소리를 들었다. 오늘이 마지막이라는 것은 눈치도 채지 못한 여국대 사장이 내게서 한 걸음 뒤로 물러나 내 얼굴과 마주했다.

"진짜 간다. 나 가도 돼?"

나는 고개를 끄덕였다. 진짜 마지막. 이제 나는 그를 볼 수 없을 것이다. 그의 얼굴을 올려다보았다. 처음 만났을 때 내가 반했던 모습 그대로, 여전히 빛이 나는 남자. 아니, 내가 사랑하게 된 뒤로 더 멋있어진 남자.

당신을 이렇게 보낼 수밖에 없는 건, 당신이 경주와의 이별여행에 따라올 정도로 집요한 사람이라는 것을 알기 때문이다. 날 너무 원망하지 마.

결혼을 준비하다가 두 번이나 상처받은 남자이니, 이제 정말 결혼이라는 제도를 싫어하게 될지도 모르겠다. 그래도 정말 어딘가에 어머니와 당신을 모두 만족시킬 수 있는 멋진 여자가 살고 있을 거야. 그게 나라고 믿었던 적도 있지만……. 언젠가 내가 준 상처를 다 극복하고 좋은 사람 만나길 바라.

나는 그가 차를 돌려 골목을 벗어나는 것을 보며 숨죽여 울었다. 마음 놓고 쏟는 눈물은 그칠 줄을 몰랐고, 결국 나는 바닥에 주저앉아 소리를 내어 울고 말았다.

☆   ☆   ☆

여국대 사장에게 구두를 선물 받은 적이 한 번 있었다. 브라운 커뮤니케이션을 다닐 때, 회사에서의 과중한 업무로 그의 앞에서 쓰러진 나는 병원에 실려갔고, 그는 그런 나를 위해 내가 좋아하지 않는 낮은 구두를 사게 된 것이었다.

"신고 도망가라고 주는 거 아니야. 더 건강해지면 퇴원해."

그는 병원에서 도망가고 싶다는 내게 이렇게 말하며 구두를 건넸다. 그 이후로 나는 거짓말처럼 구두굽 콤플렉스에서 벗어났다. 신발장에는 낮은 굽의 구두들이 조금씩 생겨났고, 나는 그와 데이트를 할 때도 망설임 없이 낮은 굽의 신발을 신을 수 있게 되었다. 그의 가슴에 머리가 닿아 심장 소리를 들을 때의 느낌이 좋았다.

혼자 이삿짐을 나를 줄 알았는데, 송주는 오후 출국으로 출장 스케줄을 미루고 이사를 도왔다.

"너 일부러 나 출장 가는 날로 이삿날 잡은 거지?"

송주가 시큰둥하게 내게 물었다. 송주는 여국대 사장과 헤어지겠다고 말한 이후로 심하게 내 걱정을 하고 있었다.

"결혼식 해본 사람인 건 나도 좀 걸리는데, 법적으로는 깔끔한데 뭐 어때서."

어젯밤, 내가 연애를 그만두는 구실로 삼은, 여국대 사장이 파혼남이라는 이야기를 들은 송주는 내내 떨떠름한 표정을 지었다.

"너, 무슨 나쁜 일 있었던 거 아니지? 사기당한 거 아니야?"

"웃기는 소리 하지 말고 짐이나 들어."

나는 심각하게 묻는 송주에게 가볍게 대답했다.

"뭐 문제 있었으면 혼자 해결하려고 하지 말고 나한테 말해."

결혼하기로 했다 그만두는 마음이 오죽하겠냐며, 송주는 그 후로 말을 아꼈다. 하지만 송주는 분명 혼자서 뒤를 캐보려고 할 것이다. 그전에 송주와도 거리를 둬야겠다는 생각이 들었다.

이삿짐은 아침 9시에 모두 빠졌다. 나는 새집에 송주의 짐만 채워 넣고 나머지는 대전으로 부쳐 버렸다.

그에게 전화를 하기 전에 프랑스에 있는 비룡 씨에게 먼저 전화를 걸었다. 얘기도 나누고 싶지 않을 만큼 미운 때도 있었지만, 그래도 마지막 예의를 갖추어야겠다는 생각이 들었다.

[송아 씨, 무슨 일 있어?]

비룡 씨는 전화를 받자마자 대뜸 물었다. 무슨 일 있는지는 어떻게 알았지? 그놈의 독심술은 국경을 넘어서도 가능한 건가?

"어떻게 알았어요?"

[아니, 생전 전화도 안 하다가 국제 전화를 하기에 물었지. 무슨 일이야?]

그것이었구나. 나는 힘없이 안도하며 비룡 씨에게 사실대로 말했다.

"그냥, 안녕히 계시라고요."

[어째 다시는 안 보겠다는 말로 들리네.]

"맞아요. 만나서 인사하지 못해서 미안하고요."

[……국대랑 무슨 일 있었어?]

"그건 별로 말하고 싶지 않네요. 아무튼 잘 지내세요. 끊을게요."

[무슨 일 있었구나. 국대 어머니 왔다 가시지 않았을까 하고 생각했어. 맞지? 그래도 결혼할 마음이었으면 잘 이겨낼 생각을 해야지. 도망칠 생각 하지 마.]

비룡 씨는 눈치 빠르게 상황을 알아챘다. 정말 댁의 그 무서운 눈치에 이젠 화가 나.

나는 울컥하는 마음을 꾹 누르며 말했다.

"내가 무슨 죄를 지었다고 도망을 가요. 그냥 떠나는 거지."

사실, 극복하지 못하는 것에는 쉽게 줄행랑을 쳐버리는, 내 고질적인 도망병이라는 걸 내가 더 잘 알고 있었다.

[예쁜 말로 포장하려고도 하지 마. 국대랑 얘기해 봤어? 적어도 국대랑 의논해 볼 생각은 해야 하는 거잖아.]

결국 비룡 씨에게 비난의 말을 듣고서야 억울한 마음이 터져 나왔다.

"왜 저한테 거짓말했어요?"

[그게 무슨 소리야······.]

"현주라는 사람이 사장님이랑 파혼한 여자는 아니라고 그랬잖아요!"

비룡 씨는 한동안 말이 없었다. 그리고 정말 진실을 말하듯 조심스럽게 이야기를 꺼냈다.

[······조금만 늦게 알았으면 했어. 송아 씨가 시작하기도 전에 그게 송아 씨를 무너지게 할 거라고 생각해서 그랬어. 현주를 크게 생각하지 않았으면 했던 거고. 현주는 송아 씨가 충분히 넘어설 수 있는 사람이니까.]

모든 것이 밝혀지게 되자 비룡 씨 입에서는 '현주'라는 이름이 자연스레 나왔다.

"왜 그런 일을 하냐고요!"

또 한동안 비룡 씨는 다시 말이 없었다. 눈물이 나서 전화를 끊고 싶은 생각이 들었다.

[······두 사람이 빨리 가까워져야 현주가 국대를 포기할 것 같았어. 미안하게 생각해.]

그런 거였어.

"참…… 눈물나는 순정이네요."

나는 한참 비아냥거리다가 비룡 씨에게 전화를 끊는다고 차갑게 말했다. 비룡 씨가 붙잡듯 다급하게 소리쳤다. 내겐 한 번도, 심지어 내가 402호의 디지털 피아노 앞에 앉아 눈물을 떨굴 때에도 흐트러진 모습을 보인 적이 없던 비룡 씨였다.

[송아 씨는 강한 사람이잖아. 다 극복할 수 있어. 내가 도울게, 지금까지 그랬던 것처럼.]

"이게 내 한계예요. 진짜 못하겠어요, 더 이상은."

[송아 씨…….]

그동안 아무에게도 말하지 않았던 마음이 아프게 터져 나왔다.

"어머니는…… 그분은, 사장님이 좋아하는 사람이니까 나도 좋아해야 하는 거잖아요. 그런데 좋아할 수가 없으면 어떻게 해야 되냐고요. 언젠가 시간이 흐른 뒤에 그분이 미워서 사장님도 미워지면 그땐 정말 어떻게 해야 돼요?"

나는 내 말만 하고는 일방적으로 전화를 끊었다.

눈물이 멈추질 않아 바로 여국대 사장에게 전화하기 힘들었지만 비룡 씨가 먼저 여국대 사장에게 연락하지 않을까 두려워 바로 전화를 걸었다.

[여보세요.]

듣기 적당한 저음이 들려왔다. 다행히 아직 비룡 씨와 통화를 하지는 않은 모양이었다.
 [10시가 넘었는데 왜 안 오냐?]
 그가 야단치듯 말했지만 늘 그렇듯이 조금도 무섭지 않은 목소리였다. 나는 눈물을 꾸역꾸역 삼키고 내뱉듯 말했다.
 "못 가겠어요."
 [그래? 어디 아파?]
 "아니요. 그냥요."
 [아, 그래. 싱숭생숭한 거 맞았구나? 좀 쉬어.]
 그는 조금도 머뭇거리지 않고 내게 쉬라고 말했다. 그는 그런 사람이었다. 뭐든 내가 원하는 대로 해줄 수 있는. 나는 다음 말을 꺼내는 것이 고통스러웠다.
 "아틀리에 소파 아래에 상자가 있어요. 그 안에 구두가 한 켤레 있을 거예요. 신발 사이즈를 잘 몰라서 보이는 대로 샀어요. 맞았으면 좋겠네요."
 사실은 신발 사이즈를 잘 알고 있었지만, 일부러 쌀쌀맞게 말했다.
 [뭐? 웬 구두?]
 그는 무슨 소린지 모르겠다는 듯 의아해하며 되물었다.
 [무슨 소릴 하는 거야……]
 "사장님도 도망가라고 주는 거예요. 저 이제 다신 아틀리에 안 가요. 사장님도 안 만나요."
 [너 혼날래? 그런 걸로 장난치면 맞는다.]

수화기 너머로, 현관문 열리는 소리와 그가 빠르게 걷는 소리와 그가 계단을 내려가는 소리가 들렸다. 아마도 나와 계속 통화를 하면서 움직이기 위해 엘리베이터를 타지 않은 것이리라. 그는 곧 차를 끌고 나의 이전 집에 도착하겠지. 일찍 움직여 다행이었다.

"내가 한 번이라도 헤어지자 같은 말로 장난친 적 있었어요?"

[너 왜 그래? 무슨 일 있었어?]

"계속 혼자 생각해봤는데 역시 이건 아니다 싶어요……. 저는요, 사장님 하나도 안 좋아했어요. 그래서 짜증 나고 힘들었어요."

[집에 있어? 내가 그쪽으로 갈게.]

"이젠 처음보다 더 싫어요. 사장님이 결혼했던 사람인 것도 지긋지긋하고 어머니도 싫고 두 사람이랑 같이 있었던 생각하면 지금도 숨 막혀요. 그래서 짜증 냈던 거예요."

[어디야? 만나서 얘기하자.]

"아니요. 만나서 할 얘긴 없을 거예요."

그를 더 원망하는 것처럼 보이게 하기 위해 하고 싶지 않은 이야기까지 꺼내야 했다.

"……왜 아다화 씨가 현주라고 말 안 했어요? ……두 사람이 그렇게나 얽혀 있었으면서 날 바보로 만들고……. 그것도 짜증 나."

[……그게 또 무슨 말이야? 다화가 그래? 그런 것 때문에 그러는 거면 다 설명할 수 있어. 지금 바로 갈게.]

"아뇨. 듣고 싶지도 않아요, 이젠. 미련도 없고 하나도 안 궁금해요."

그는 답답하다는 듯 소리를 질렀다.

[그 애 옛날 이름이 뭐였는지가 나한테 중요한 거였을 것 같아?]

나는 더 이상 버티지 못하고 전화를 끊어버렸다. 그에게서 다시 전화가 걸려왔지만 '모든 수신전화 차단' 버튼을 누르니 핸드폰은 고요해졌다.

텅 빈 나의 집과 대문 앞에 버린 인형의 집과 〈강아지똥〉, 〈달려라 하니〉, 〈캔디캔디〉 같은 책들과 시든 꽃바구니를 보고 그가 어떤 표정을 지을지 눈에 훤하다.

"다시 말해요, 빨리!"
"박송아보다 더 오래, 박송아를 사랑해 준다고. 됐어?"
"사장님 이름을 말해야지."
"나는 여국대. 됐어?"

핸드폰을 해지하러 가기 전에 녹음기에 녹음된 그의 목소리를 다시 들어보았다. 목이 메어 더는 핸드폰을 잡고 있을 수도 없었다. 오래전 디지털 피아노에 녹음된 '러브 미 텐더'를 지웠던 벌을 이제야 받고 있나 보다. 내가 내 사랑의 흔적을 지워야 한다니.

삭제 버튼을 눌렀다. 정말 삭제할 거냐는 메시지에 '네'라고 답하니 추억이 말끔히 사라진다. 내가 옳았고 그가 틀렸다. 이제 세상에 우리가 사랑한 흔적은 모두 지워질 것이다.

봄 햇살이 쏟아지는 그림 같았던, 때론 산뜻한 왈츠 같기도 했던 아틀리에와 그 안에서 음식에 푹 파묻혀 있던 사람들까지도 이제 내겐 남지 않을 것이다. 그가 만든 음식들처럼 아름답고 맛있을수록 더 빨리 사라질 것이다.

잊었겠지만 나는 처음부터 도망가는 버릇이 있는 사람이었어. 내가 먼저 당신을 포기할 테니, 당신도 나를 깨끗이 잊었으면 좋겠다. 다음에 어쩌다 길에서 마주치게 되더라도 발을 멈추지도 눈을 피하지도 뒤를 돌아보지도 않을 수 있도록.

우리는 바람을 타고 와
어느 밤이든 떠날 수 있게 챙겨둔 가방을 두고
조금만 머물기로 했습니다

그 이전의 나는
내가 어두운 것을 말하지 않고
속에서 몸부림치는 비관과 불신을 누르고서
누군가에게 손을 뻗어 두려움을 달래던 못난 아이였고
그런 나를 아무도 사랑하지 않았습니다

이제껏 흔적 없이 흘러가기만 했었던 내 이야기를
당신이 쓰다듬을 때

오래된 친구가 있었던 것처럼 반가웠지만
미안합니다, 내가 하지 못했던 이야기에는
스스로의 눈을 찌르던 잔악과
누군가의 목을 조르는 존재의 이기와
사람이 사람을 책임지는 데에 지워지는 마땅한 짐과
그것으로 인하여 야기되는
온 비극의 처음들이 있었습니다
이제는 나를 기다리는 어떤 마음에도
설렌 인사를 할 수 없어,
오래전부터 준비해 왔던 시간을 따라갑니다
미안합니다, 나는
아무도 사랑하지 않았습니다

20. 남자의 마음

"국대 씬 모를 거야. 나도 내 입으로 말해주진 않겠어. 평생 내가 떠난 이유를 고민하면서 살아."

다화는 헤어질 때 그렇게 말했다. 사실 그녀는 헤어지기 전부터 묘하게 굴었다. 어느 날 갑자기 이름을 바꾸고 와서 앞으로는 절대 현주라고 부르지 말라고 하는가 하면, 이름 없던 아틀리에에 '플아다' 라는 이름을 붙였다. 나도 '현주' 라는 이름에 대한 아픈 기억이 있어 그녀가 자기 이름을 바꾼 것에 신경 쓰지 않고 그대로 두었다.

그때쯤 다화의 히스테리가 심해졌다. 그녀는 어딜 가든 나와 함께 있길 원했고 '당신은 나를 지켜줘야 한다' 라고 끊임없이 말했다. 그녀의 기대대로 행동하는 것은 늘 버거웠다. 내가 생각할 수 있는 선택지의 1에서 10까지 중 가장 그녀를 배려할 수 있는 방법을 생각하여 행동해도 그녀는 만족하지 않았다. 그녀의 답은 항상 11이었다.

어쩌면 내가 먼저 그녀를 버린 것이었는지도 모르겠다.

나는 그녀가 원하는 모든 것을 해주었지만 먼저 무언가를 해준 적은 한 번도 없었다.

그녀가 사라진 후, 멍하니 지내다가 생각을 정리했다는 그녀를 만난 자리에서 파혼하자는 얘기를 듣고 황당했으나 참을 수 있었던 건 나 또한 다화와의 결혼이 정말 정답일까 하는 의구심을 갖고 있었기 때문이었다.

그녀는 끝까지 나를 떠나는 이유를 말해주지 않았지만, 나는 스스로 '서로 지쳤기 때문'이라고 결론지었다. 그녀는 더 이상 원하는 것 없이 아틀리에 이름만은 그대로 뒀으면 좋겠다는 말만 남기고 떠났다.

수리가 워낙 낙천적이고 유머러스한 아이여서인지 수리와 함께 살게 되면서부터 어두운 성격이 많이 치유되었다. 비롱이와 메달이 그리고 수리와 함께 일을 하게 된 후, 아틀리에는 점점 입소문을 탔고 잡생각을 할 틈도 없이 요리에 매진할 수 있었다.

어머니가 매번 맞선 자리를 알아봐 주셨지만, 누구의 간섭 없이 내가 하고 싶은 것만 하며 살 수 있는 지금이 편하다고 생각했다. '결혼'이라는 제도에서 오는 책임감과, 적어도 상대방만큼은 사랑을 주어야 한다는 의무감 같은 애정이 싫었다. 상대방의 기대를 충족시켜 주지 못했을 때 결국은 버려지는, 어처구니없는 충격도 싫었다. 결혼에 대한 모든 것이 다 싫었다.

내가 더 사랑해 줄 수 있는 사람을 만나기 전까지는.

처음엔 참 희한한 애라고 생각했었다. 어떻게 이렇게 지치지도 않고 나를 괴롭히려 용을 쓸까.

다른 사람들에게는 재미있는 이야기도 많이 들려주면서 내게는 한마디도 지려고 하지 않는다. 비룡이나 수리와는 밝게 웃으며 얘기하다가도 내가 한마디 끼어들면 넌 왜 끼어드냐는 투로 입을 샐쭉거리며 나를 노려보았다. 그 입에 입 맞추고 싶다는 흑심을 품기 전에 누구에게나 매력적일 법한 인간 박송아가 먼저 다가왔다. 어딜 가도 기죽지 않고 제 생각을 거침없이 말하지만 잇속을 챙기는 계산을 하진 않는, 생각하고 판단하면 무조건 행동으로 옮기고 반성하고 후회하고 무엇보다도 상대방의 내면을 들여다보려 노력하는, 그런, 어떻게 다 표현할 수도 없는 여자애.

왜 넌 시도 때도 없이 내 인생에 끼어들어 화내고 웃고 소리 지르고 장난을 치는 거냐.

그 질문을 할 때쯤 내 마음도 슬며시 너에게로 움직이고 있었다. 식물들이 빛 쪽으로 가지를 뻗듯 하는 움직임이었을 것이다. 너의 주변에 있는 사람들이 남녀노소할 것 없이 모두 네게로 기우는 것을 오랫동안 보았다.

네가 아틀리에의 일을 도운 지 닷새쯤 되었을 때, 회사 면접을 보러 가야 한다며 내게 신춘문예 원고를 맡긴 일이 있었다. 일을 다녀온 후 시간이 충분할 것 같아 대신 원고를 제출해 주겠노라고 흔쾌히 말했지만 그게 화근이었다.
　네가 402호에 놓고 간 원고는 밀봉되어 있지 않았다. 무슨 생각을 하며 사는지 들여다보고 싶은 마음도 있었지만 보면 안 된다는 너의 당부를 지켰다. 그게 그렇게도 큰일이 될 줄은 몰랐다. 난 동부일보에 갖다 내야 하는 원고를 고려일보에 제출하는 실수를 하고 말았고, 뒤늦게 수습하려고 했지만 아무도 사정을 봐주지는 않았다.

　"사장님은 자기 하고 싶은 일 하면서 돈 벌고, 돈도 많아서 후원도 하고 예쁜 척하면서 살지만 난 지금 뭘 해도 내가 안 예쁘고 척박하다고요."

　어떻게든 상황을 모면해 보려는 내게 너는 직설적으로 말했다. 그러나 순전히, 나를 나무라는 이야기가 아니라 자기 자신에 대한 이야기.
　"키 차이가 문젠가? 그 각도에서 올려다보면 다 얼짱 각도로 보이는 거 있잖아. 내가 걔를 그렇게 봐서 그런 건가?"

그날 밤 잠들어가는 수리에게 말하듯 혼잣말을 했다.
"뭐?"
"박송아가 안 예쁜 편이냐?"
"누가 그래?"
"아니…… 그냥, 오늘 걔가 자기가 안 예쁘다는 말을 하더라고."
"여자애들은 원래 좀 겸손해."
수리는 다 잠들어가는 목소리로 작게 말했다.
"송아 씨는 예쁜 편이지, 많이. 물론 내 여자친구가 최고지만."
"그치? 예쁜 거 맞지?"
"그래…… 나 잔다……."
수리는 잠투정을 하듯 뒤척이며 말했다.

그때만 해도 내 눈에는 예쁘기만 한 네가 자기를 예쁘지 않다고 말하는 것이 신종 내숭의 유형이라고만 생각했던 것 같다. 그날 밤, 너를 아틀리에에 더 놔두었다간 내가 밤에 잠 못 드는 일이 더 많아질 것만 같은 불길한 예감이 들었다. 나는 다음날 바로 너에게 안녕을 고했다.

너를 다시 만난 건 아주 우연이었다. 신촌에서 떡볶이나 먹고 있는 구질구질한 모습으로 마주쳤다. 창피하기도 했지만 반가운 마음이 먼저여서 웃을 수 있었던 하루였다.
두 번째 만남은 우연을 가장한 필연이었다. 어머니께서 맞선 애기를 꺼내실 때마다 잘 피했지만, 맞선 자리가 이태원이라는 이야기를 듣고 승낙을 하게 되었다. 어쩌면 너를 만날 수 있을지도 모른다는 생각이 들어 맞선 자리에서는 상대방을 바람맞히다시피 하고 일어나 너의 회사 근처를 배회했다.

산타클로스 주머니에 쏙 들어갈 만큼 작은 아인데 어떻게 그렇게 빨리 발견할 수 있었는지. 이태원 길거리에 앉아 미아처럼 울고 있는 너는 안쓰럽기 짝이 없었다. 하지만 남 앞에서 우는 모습을 보이는 것은 용납할 수 없는 일이라는 듯 재빨리 눈물을 닦고 예의 표정으로 나를 대하는 너는 그렇게 힘들어하면서도 도움을 요청하지는 않았다.

하지만 어쩔 도리가 없었다. 변태 광고주가 괴롭힌다는 고민 어린 고백을 어느 남자가 무시할 수 있을까. 너의 손을 힘껏 잡아당겼다. 어떻게든 그곳을 벗어나게 해주고 싶었다.

그날 너와 헤어지는 길에 한 키스는 술김의 용기와 들끓는 청춘과 하필이면 크리스마스의 자정에, 네가 너무 예뻤기 때문이다. 그 핑계 좋은 키스에서 네가 나를 힘껏 밀쳐내기 전까진 그런대로 완벽했다. 그러나 네가 책장을 넘어뜨렸을 때부터 병원에 다니기 시작한 것에는 조금도 화가 나지 않았던 나의 성정이 미쓸토 아래서 무너지고 말았다.

그 후 꼬리뼈가 아프다는 핑계로 천연덕스럽게 화를 내는 나는 어느 누구에게나 꼴불견으로 보였을 것이다. 너무 자존심이 상한 나머지 너에게 '진심으로 받아들이지 말라'는 헛소리를 하긴 했지만 순진한 네가 쿨하게 받아넘기는 것을 보고는 오랜 시간 후회했다.

두 번째 키스는 첫 번째보다도 더 갑작스럽게 일어난 일이었다.

네가 오피스텔 앞에서 쓰러지고 병원에 입원하게 되어 아틀리에 일이 끝난 후 무턱대고 너를 다시 찾아갔다. 눈을 동그랗게 뜨고선 '여긴 또 웬일이에요?'라고 따지듯 묻지는 않을까 염려하여 구두도 한 켤레 사가지고 잠깐 들른 듯 찾아간 것이었다. 병실은 어두웠고 너는 자고 있었다. 이대로는 밥도 못 찾아먹고 자정쯤에야 일어날 것 같다는 생각에 불을 켜고 너를 깨우려는데 너의 표정이 괴로워 보였다. 들여다보니 흐느끼듯 울고 있어서 깨어 있는 줄 알았다.

"박송아……."

내 조용한 말에 너는 조금도 반응하지 않았다. 깊은 잠에 든 것이었다.

어떤 괴로운 꿈을 꾸길래 이렇게나 우는지, 얼마나 깊은 악몽 속을 헤매길래 몇 번을 불러도 깨어나지 않는 건지. 침대 옆으로 툭 떨어진 너의 손이 차가웠다. 손을 꼭 쥐어 내 체온을 나누어준 후 다시 이불 속으로 넣었다.

그동안 울고 싶었던 순간마다 참았던 눈물을 꿈속에서 다 쏟아내는 듯 너는 서럽게 울었다. 눈물을 닦아내는 동안에도 눈물은 그칠 줄을 몰라 왠지 나마저 코끝이 시큰해지는 기분이었다.

"애기네, 애기, 자면서 울고."

그러고는 무슨 정신으로 너에게 입술을 가져갔는지 모르겠다. 너는 백설공주처럼 입 맞추는 순간에 반응했다. 거짓말처럼 눈물이 멎었고 곧 잠에서 깨어나려는 조짐이 보였다.

'안 돼!'

네가 깨어나려고 뒤척이는 사이, 도망치듯 병실을 빠져나와 무작정 뛰었다. 사온 구두를 놓고 나오지 않은 게 다행이었다. 비상계단을 재빨리 뛰어 내려와 밖으로 나갔다. 숨을 고르는 동안 계속 두방망이질치는 심장을 어쩔 수 없었다.

너에게 입 맞춘 이유는 잠든 네가 그저 너무 어린애처럼 보였기 때문이다.

심장이 빠르게 뛰는 이유는, 내가 너를 좋아해서가 아니라, 병원 밖으로 나오기까지, 그저 힘껏 뛰었기 때문일 것이다.

그런데 왜 아직도 이렇게 두근거리는 거냐.

미쳤어.

다시 방문한 병실에서 괴로움은 분명해졌다. 너의 앞에서 아무렇지 않은 척하는 게 힘들어 죽집에서 사온 죽을 다 먹는지 확인할 수도 없었다. 다시 한 번 도망치듯 병실에서 나왔다.

그리고 알아버렸다. 나도 모르는 사이 너를 좋아하는 마음은 깊어질 대로 깊어져 있었던 것이다.

무조건 너를 돕고 싶었다. 하지만 너를 도우려면 내 마음을 다스려야 했다. 너를 마주하면서도 무덤덤한 모습을 보이려면 매번 자기 암시를 걸어야 했다. 63빌딩 레스토랑에서 마주쳤을 때나 네가 병실에서의 일을 주경주 차장이 한 것처럼 이야기했을 때는 잠시 평정심을 잃었지만 그래도 무뚝뚝하게나마 제정신일 수 있었던 건 꾸준한 자기 암시의 효과였다.

비룡이는 아마도 그러한 나를 모두 알고 있었을 것이다.

드래곤애드 입사원서를 챙겨달라고 했을 때 비룡이가 넌지시 물어본 적 있었다.

"송아 씨를 어떻게 생각해?"

가끔 비룡이는 어머니처럼 내 속을 들여다보듯 묻는다. 나는 한 번도 비룡이에게 그 이야길 한 적 없지만 너는 아무렇지도 않게 '독심술'이라는 말을 했다. 순수한 건지, 바보인 건지.

"애가 일은 잘하는 것 같던데 말이야."

그때 나는 비룡이의 뜻 모를 미소에 무안한 마음이 생겨 무심코 둘러대고 말았다.

"그냥 예쁘기만 하고 머리 쓸 줄은 몰라서 나쁜 놈들한테도 당하고만 사는 것 같아. 너희 아버지 회사는 안 그럴 거 아냐."

비룡이는 다시 한 번 뜻 모를 웃음을 지었다.

네가 아틀리에에서 정식으로 일하게 된 이후부터는 너를 평소처럼 대하기 위해 무던히도 노력해야 했다. 가끔 꼭 안아주고 싶을 만큼 예쁜 짓을 할 때가 있었기 때문에 너를 곁에 두는 것은 고역이었다.

"새로 온 송아 씨, 여자라며. 여자랑은 일 안 하려고 한 거 아니었어?"

메달이가 딸 유미를 데리고 서울에 온 날 밤. 비룡이의 차를 타고 오피스텔로 가는 길에 메달이가 물었다. 나는 마음을 들킬까 봐 대답하지 못했다.

"박송아 씨 얘기 좀 해봐."

아무도 대답하지 않으니 메달이가 다시 한 번 말했다. 비룡이가 흐뭇하게 웃으며 대답했다.

"남자들의 로망이랄까."

"오, 그렇게 예뻐?"

"뭐 얼굴도 예쁘지만, 그것보단 행동이 예쁘지."

비룡이는 또 의미심장하게 웃었다.

"귀엽고 똑똑하고 재치 있고 뭐든지 일단 한 번 해보려고 노력하는 여자."

"뭐든지 노력하는 여자……. 그치, 엄청나게 매력 있지. 로망 맞네."

둘은 기분 좋게 웃었지만 나는 웃을 수 없었다. 그날 밤 비룡이에게 사실대로 물어본 것은 큰 실수이기도 했고 다행이기도 했다.

"너, 혹시 박송아 좋아하냐?"

집으로 돌아가려는 비룡이에게 다짜고짜 물었다.

"내가 좋아하면, 네가 양보할 애냐?"

비룡이는 긍정도 부정도 아닌 말을 하며 또 웃었다. 그 말이 맞는 말인 듯하여 가만히 있었지만, 비룡이가 가고 나서 생각해 보니, 이 자식은 내가 박송아를 좋아한다는 걸 알면서 모르는 척하고 있었다. 능구렁이 같은 자식.

그러나 덕분에 깨달음이 생겼다. 뒤에서 말도 한마디 못하고 주경주 차장이든 비룡이든 누구든 박송아를 채갈까 봐 전전긍긍하고 있지만 말고 직접 말해야 한다.

비록 과정은 퍽이나 유치했지만 그 이틀 사이에 천국과 바닥을 몇 번이나 오갔지만……. 그 다음날 밤, 네가 날 온전히 받아들이겠다고 말해주었던 것은 지금도 기적처럼 여겨질 수밖에 없다…….

☆   ☆   ☆

네가 사라진 지 2주일이 넘었다. 내가 미친 듯이 널 찾아 돌아다니다가 넋이 나가 있는 동안, 비룡이와 수리는 급하게 직원을 두 명 고용하고 문제가 되는 일들을 모두 해결했다. 나는 너와 관계된 일이 아니면 아무것도 하고 싶지 않았다.

너의 마지막 전화를 받고 바로 찾아간 너의 집에서 네 흔적을 발견할 수 있었다. 내가 주었던 책들, 하얀색 구두, 미미의 집…… 그리고 아틀리에에 선물이라며 갖다 놓은 구두와 내가 주었던 반지……. 마치 보란 듯이 의도적으로 놓고 간 그 물건들을 보고 스친 생각은, 이것은 네 의도가 아닐 거라는 막연한 추측이었다.

 네 동생의 회사로 찾아갔다가 동생이 해외 출장을 떠났다는 이야기를 듣고 바로 이모가 계시는 대전으로 향했다. 이사를 간 것 같지는 않았지만 이모 댁과 가게는 굳게 잠겨 있었고, 이미 병원도 옮긴 뒤였다.

 너와 관계된 누구도 전화를 받지 않았다. 그게 이상한 점이었다. 너는 이렇게 용의주도한 사람이 아니야. 필시 누군가 개입돼 있는 것이다. 다화와 어머니밖에 떠오르지 않았다.

 그러고 보니 사라지기 전 며칠 동안 너는 간혹 심각한 표정을 했었다. 나는 그것이 결혼에 대한 부담감이라고만 생각했다. 왜 네 마음을 다 헤아려 주지 못했을까.

 너에겐 도대체 내가 모르는 어떤 일이 있었던 거냐.

 경찰과장인 수리네 장인어른과 사설업체의 도움을 받아 어떻게든 네가 있는 곳의 단서를 찾아보려 했다. 비룡이도 아는 인맥으로 나를 도왔지만 너의 행방은 오리무중이었다.

 2주짜리 해외 출장을 떠났다던 너의 동생은 출장에서 돌아오자마자 보안 유지 부서로 자리를 옮겼다며 연락을 회피했다. 그의 동료에게서 '다시는 연락하지 말라'는 메시지를 전해 받았지만 포기할 수 없었다. 포기를 모르는 사람이 되는 법은 네가 가르쳐 준 것이다. 나는 모든 추적 수단을 풀가동시킨 후 어머니를 만나러 미국으로 갔다.

내가 미국에 있을 때 네가 내게 연락을 할 수도 있다는 생각에 비행기를 타는 것이 불안했다. 미국에서 어머니를 만날 여유는 두 시간으로 두고 돌아오는 비행기표를 예약했을 정도로 모든 신경이 너에게로만 곤두서 있었다. 묘연하기만 한 너의 행방에 대한 정보를 알 수만 있다면 무엇이든 할 수 있을 것 같았다.

"몇 달 뒤에 내가 갈 텐데 그걸 못 참고 여기까지 왔어?"

어머니는 내가 미국까지 찾아온 이유를 금방 알아채며 말씀하셨다.

"그 애랑 헤어졌다고 들었다."

"헤어진 게 아니에요. 일방적인 거죠."

"차인 걸 인정 못하는 거니?"

나는 궁금한 것을 돌려 말하지 못하고 어머니께 따지듯 물었다.

"혹시 송아 따로 만난 적 있으세요?"

"내가 그 애를 왜 만나겠니?"

석연치 않은 구석이 있었지만 어머니는 딱 잘라 말씀하셨다. 나와 어머니는 미심쩍은 것이 있어도 캐묻지 못하는 사이였다. 그것이 싫어 먼 길을 왔는데 다시 어머니의 화술에 걸려들어 버렸다.

"가만히 돌이켜 보도록 해. 열 길 물속은 알아도 한 길 사람 속은 모르는 거야. 네가 행복했던 순간에 그 애는 만족하지 못했던 거지. 이유가 뭐겠어? 왜 남에게서 이유를 찾는 거냐. 이유는 다 너한테 있는데."

"그럴 애가 아니에요. 그 애랑 저 사이에 뭔가 문제가 있으면 솔직하고 똑똑하게 다 얘기하는 애예요."

"네가 그 앨 다 몰랐던 건 아니고? 네가 그 애에게 완벽한 사람이 아니었으니까 그 애가 떠난 거야. 그 애는 너한테 자기를 다 투자하고 싶지는 않았던 거지. 너랑 같이 만난 자리에서도 그 애의 불안은 금방 간파할 수 있을 정도였어."

너도 다화처럼 내가 주는 마음에 만족하지 못했던 여자였을까. 아니야. 나는 어머니의 말을 온전히 믿을 수 없었다. 아니, 믿고 싶지 않았다.

"그런 애 때문에 지금 네가 뭐 하는 거니. 아틀리에 일도 버려두고 있다는 얘기 들었다. 그런 애 때문에 네가 잘못되길 원하지 않아."

어머니는 내 심연을 들여다보듯 나와 얼굴을 마주하며 걱정스런 표정을 지었다. 나는 답답하여 눈앞이 흐릿해지는 것을 어쩔 수 없었다.

"……그 애를 찾아주세요. 어머닌 아는 사람도 많으시잖아요."

어머니께 부탁을 한 것은 처음이었다. 어머니가 내 눈을 보고 무슨 생각을 했을지, 나는 짐작하기 어려웠다.

"······알았다. 2주 뒤에 갈 테니 일단 돌아가서 네 일이나 수습해."

모든 것을 잃은 듯 무너진 나를 달래기 위한 말이었을 수도 있겠지만, 일단은 지푸라기라도 잡는 심정으로 모든 사람에게 의지해야 했다. 정작 증발하듯 사라진 너는 무엇을 의지하며 누구와 함께 있을까. 궁금한 것이 너무나 많다.

내가 비행기를 타고 있었던 오랜 시간 동안 내게 전해진 너에 대한 정보는 조금도 없었다. 아틀리에에서 날 기다리고 있던 비룡이가 나보다 먼저 너의 동생이 이사한 곳을 알아냈다. 비룡이는 자기가 먼저 그 집에 가보았다는 말과 함께 네가 그곳에 살고 있지 않다는 이야길 들려주었다.

"너, 박송아 좋아하냐?"

비룡이는 내 뜬금없는 질문에 피식 웃으며 말했다.

"내가 아니라고 하지 않았나?"

"가만 보면 나만큼 열심히 찾고 있는 것 같아서 말이야. 그리고 넌 다화도 좋아했잖아."

비룡이의 미소는 쓴웃음으로 변해 있었다.

"······그건 눈치챘어?"

"요 며칠 동안 옛날 생각 하다가 알았어."

"그게 끝?"

"왜, 뭐가?"

"네 옛날 부인을 좋아하는 건데 화 안 나?"

"지금도 그렇다고?"

비룡이는 묵언으로 응답했다.

"화내는 건 내 몫이 아니지. 다화가 진심으로 행복해졌으면 좋겠다고 생각해."

다화에 대한 생각은 이미 내게 남의 이야기가 되어 있었다. 그러고 보니 다화가 사라졌을 때 그녀를 찾는 일은 나흘 만에 끝냈다. 열흘쯤 뒤에는 다화에게서 먼저 연락이 왔다. 요 며칠 다화에 대해 생각했던 것은 너로부터 뻗어나간 생각이었다. 어쨌든 갑자기 사라진 것은 두 사람이 비슷하니까. 내게는 과거를 돌이켜 보는 시간이었다.

"한 가지 너한테 말 안 한 게 있는데……."

비룡이가 무겁게 입을 열었다.

"현주가 이름을 바꾼 건 널 위해서였을 거야. 너희 어머니께서 주도하셨고."

"뭐?"

나는 비룡이의 이야기를 조금도 알아듣지 못하고 몇 번 속으로 헤아려 보아야 했다.

"다화는 아니라고 했었어."

비룡이는 내 말이 오해라며 고개를 가로저었다.

"그게 현주의 저주 같은 거겠지. 평생 자기가 떠난 이유를 궁금해하면서 그렇게 자기에게서 벗어나지 못하게 하려는……."

순간 너와의 마지막 통화에서 네가 한 뜬금없는 말이 화살처럼 머릿속을 빠르게 지나갔다.

"……왜 아다화 씨가 현주라고 말 안 했어요?"

너는 마지막 전화로 이런 말을 했었다. 갑자기 왜 그런 말을 꺼냈는지는 알 수 없었지만 날 원망하듯 쏟아냈던 그 말이 가슴에 남았다. 내겐 다화니 현주니 하는 이름은 중요한 것도 뭣도 아니라서 나의 과거 이야기를 좋아하지 않는 너에게 말할 생각은 조금도 하지 못했었다.

"다화가 자기 옛날 이름을 송아한테 얘기해서 송아가 그 일로 충격받은 거야?"

"현주는 얘기 안 했어. 하지만 어머니가 송아 씨한테도 이름을 바꾸라고 하셨다거나, 송아 씨가 절대 할 수 없는 뭔가를 하라고 하셨다면 충격받았을 수도 있지 않겠어?"

비룡이가 짧게 추리했다. 그 말이 그럴듯하여 힘이 빠졌다. 그것도 생각하지 못하고 어머니께 다녀왔는데, 역시 내가 너무 순진하게 걸려들었던 것이다. 어머니에 대한 내 막연한 믿음을 도리어 어머니가 이용하다니. 기가 찰 일이다.

"넌 어떻게 그런 걸 다 생각했냐?"

"너희 어머니 얘긴 현주한테 다 들었으니까. 현주는 항상 너희 어머니를 만나거나 너한테 실망한 후에 날 찾아왔어. 기대면 다독여 주고, 울면 눈물 닦아주고, 험담하면 같이 욕해주고 그러다 보니 어머니 쪽으로도 눈치가 빤해졌지 뭐."

"재수 없는 자식……."

"정작 현주가 제일 힘들 때는 옆에 있어주지도 못했지만 말이야. 내가 걔를 내 친구의 와이프라는 생각에 거리를 두지만 않았더라면 현주는 나한테 계속 위로받으면서 불편한 결혼 생활을 유지하고 있을 수도 있었겠지."

한 번 진실을 이야기하기로 한 비룡이는 제대로 마음을 먹었는지 거침없이 쏟아냈다.

"그런데 송아 씨는 안 그랬어. 한 번도 나한테 먼저 와서 자기 마음을 털어놓은 적이 없었어. 항상 내가 먼저 물어봤지. 만약에 송아 씨가 지치고 힘들 때마다 날 찾아왔다면 내가 딴 맘을 품었을 수도 있었겠지. 아니, 좋아하게 됐을 거야. 송아 씨는 예쁘고 재밌고, 나도 너만큼이나 사람을 고르는 데 신중한 사람이니까."

"넌 연애를 머리로 하냐?"

비룡이에게서 너의 이야기가 나오는 것이 싫어 비아냥거리듯 말했다.

"연애가 머리로 되는 거면 내가 너보다 잘 하지 않았을까?"

그게 나를 격려하는 말인지 놀리는 말인지.

"너 일부러 내가 박송아 더 좋아하도록 부추긴 거지?"

"이제 좀 알겠나 보네. 네가 빨리 시작해야 현주도 끝낼 수 있을 것 같았거든."

"치사한 놈. 그런 데에도 사람 마음을 이용하냐?"

"사랑은 치사한 거야."

역시 타인은 남의 감정을 이야기하는 것이 쉽다. 어머니도, 비룡이도 실은 너무나 주의해야 할 사람들인데 나는 그들로부터 너를 완벽하게 보호하지 못했다.

"내가 그렇게 손을 써줬으면 이제는 좀 알아서 네 사랑을 지켜야 되는 거 아니야?"

비룡이가 나를 나무라듯 말했다.

"나한테는 현주가 아직도 널 좋아하는 게 더 큰 문제야. 그러니까 네 일은 이제 네가 알아서 해."

비룡이는 그 말을 끝으로 집에 간다며 아틀리에 문을 나섰다.

혼자 아틀리에의 소파에 앉아 있는 동안 싱크대 앞에서 설거지를 하는, 내가 한 음식을 맛있게 먹는, 내 말을 들은 척 만 척하며 화투장을 만지작거리는, 혹여나 아틀리에에서 쫓겨날까 염려하는지 시키는 것은 무엇이든 심혈을 기울여 해내려는 네가 보인다.

환영 같은 마음을 쫓으려 비룡이가 했던 말을 다시 곱씹어보았다.

맞아, 너는 울지 않는 첫 번째 여자였다.

원하는 게 있어도 울며 떼쓰지 않는, 능동적으로 움직이는 엄청난 추진력의 아이.

그래서 네가 잠든 채로 울고 있었을 때는 가슴이 무너지는 것 같았다.

"가령, 너 말이야. 넌 너무 작아서 언젠가 사라질까 봐 겁날 때가 있어."

내가 이렇게 고백했을 때, 자기는 절대 날 떠날 일이 없을 거라는 양 희미하게 웃던 아이였다.

그래 놓고 나를 하나도 안 좋아했다니. 그걸 믿으라고?

그래서 나는 네가 미워.

하루하루가 힘겹다는 생각에 소파에 널브러져 있을 때, 다른 사람의 아이디로 너에게 보낸 이메일을, 네가 확인했다는 연락이 왔다. 절로 자리에서 벌떡 일어나지는 걸 보면 여전히 내 에너지는 온전히 널 위한 것인 것 같다. 계획대로만 된다면 일주일 안에 널 발견할 수 있을 것이다. 어쩌면 동생의 집에서 더 먼저 찾을 수 있을지도 모르지.

어디 더 꼭꼭 숨어봐라, 반드시 찾아낼 테니.

☆ ☆ ☆

　모든 이별의 과정은 똑같다는 생각을 했다. 드라마와 영화와 유행가 가사와 많은 연애소설들이 같은 이야길 하고 있었다는 걸 최근에야 알았다.
　처음은 아픈 것보다 믿기 힘든 게 먼저였다. 그 사람이 아직도 가까운 곳에 있는 것 같았다. 밤이 되어 잠을 청할 때, 선잠을 자고 아침에 일어났을 때 전화로 내 안부를 묻던 그의 목소리가 없어졌다는 것이 가장 먼저 피부에 와 닿은 이별의 발견이었다.
　이사를 마치고 짐을 챙겨 서울을 벗어났다. 누구의 연락도 닿지 않을 수 있는 혼자만의 장소가 필요했다. 최대한 멀리 떨어지자고 생각해서 선택한 곳은 전라남도 해남이었다. 제주도의 푸른 밤을 보고 싶기도 했지만 공항에 가면 누군가에게 꼬리가 잡힐 것 같았다.
　생각해 보니 항상 진절머리가 나는 것들에 대해 끝이라고 큰소리를 치고서도 제대로 된 결단을 내리지 못하며 어영부영 살았었다. 첫 번째 회사에서 나오며 다시는 광고회사를 다니지 않으리라 다짐했지만 브라운 커뮤니케이션에 취직하게 된 것도 그랬고, 여국대사장에 대한 마음을 접으려고 노력했을 때도 그랬다. 결국은 모두 이렇게 좋지 않은 끝을 맞게 된다는 걸 알았으니 어서 정신을 차리고 새로운 박송아가 되어야 한다. 새롭게 살아갈 첫 출발지로 땅끝마을을 선택한 건 그런 의미였다.
 바다 근처에 한 달 민박을 잡고 지내며 사람들이 오가는 것을 보았다. 이곳을 찾은 사람들의 사연은 모두 속 깊은 것이었다. 대학교를 휴학하고 자전거 국토순례 중인 여학생들, 입대하기 전에 여자친구와 헤어진 남학생, 두어 번 헤어졌다 결혼하기로 결심한 커플, 다섯 번 사업에 실패하고 죽으러 온 중년 아저씨……. 주워듣거나 당사자에게 직접 들은 생생한 사연들은 내 이야기보다 더 바닥을 치는 드라마여서 나는 함부로 내 사정을 말할 수 없었다. 그들에게 내 이야기는 바다에 며칠간 털어버리면 끝날 정도의 것이었다.
 이모한테는 사나흘에 한 번씩 전화를 드렸다. 하지만 섣불리 이모가 계신 병원으로 갈 마음은 먹지 못했다. 나는 너무 이기적이라서 이모가 병원에 누워 있는 것을 지켜볼 수 없을 것 같았다. 오직 자신만을 위한 순수한 치료를 받아야 하는 이모가 내 걱정을 하느라 마음이 무거워지는 것도 볼 수 없었고, 내가 이렇게 미치도록 힘든데 다른 누군가를 위로할 마음을 어떻게 먹겠냐는 생각도 앞섰다.
 처음 며칠은 그냥 여행을 온 것 같았다. 혼자서 배나 버스를 타고 먼 데까지 나가보기도 하고 맛집을 찾아다니기도 하면서 여유로운 시간을 보냈다. 음식을 마주할 때마다 어떤 요리든 뚝딱 만들어내는 그 사람이 생각나는 것은 어쩔 수 없었지만.
 그 사람이 옆에 없다는 사실에 우울함이 밀려든 것은 동네에 혼자 사시는 할머니가 돌아가셨다는 소식을 언뜻 들었을 때였다. 내내 부정하던 그 괴로움을 인지하고 난 후에는 항상 그 사람이 눈에 그려지듯 보여 서울을 떠나온 걸 후회하기도 했다.

 그렇게까지 모질게 떠나지 말걸 그랬지. 서서히 아주 조금씩 내게서 정이 떨어지도록, 나도 그에게서 서서히 정을 떼어내도록 할걸 그랬지…….

 텅 빈 마음에 한 사람이 들어오는 것은 너무나도 쉬운데, 한 사람이 들어왔던 자리가 텅 비어버리는 것은 수도 없는 생채기가 남는다.

 아무래도 몸이 바쁘지 않으니 자꾸 잡생각이 침투하는 것 같아 마을에 하나밖에 없는 편의점을 찾아가 일을 하겠다고 졸랐다. 주인아저씨는, 낮엔 일하는 학생이 한 명 있고, 밤에나 아르바이트 자리를 줄 수 있는데 괜찮겠냐고 물었다. 나는 오히려 밤인 것이 더 좋았다. 밝을 때는 돌아다닐 수라도 있지만 어두울 때는 꼼짝없이 집에 있어야 하는데 어둠 속에서 느끼는 고독은 끔찍했다. 덕분에 낮밤이 바뀌고 생체시계가 틀어졌지만 몸을 고단하게 만들 수 있어 다행이었다.

 매일, 일을 마치고 집으로 돌아오는 길엔 한참 바닷가에 넋 놓고 앉아 바다를 보며 곁에 없는 엄마를 생각했다. 엄마와 함께 있던 어릴 적의 추억을 떠올리면, 생각보다 그다지 기억나는 것이 없어 신기하다는 생각을 하기도 했다. 이렇게 여국대 사장과의 추억도 결국은 사라질 것이라고 여기며 안도하는 내가 우스워 혼자 피식 웃다가 가끔은 펑펑 울었다.

그리고 마지막은 언제나 엄마에 대한 원망.

"왜 날 버렸어?"

종종 정신 나간 듯한 혼잣말을 했다. 엄마가 돌아가신 게 날 버리기 위해서는 아닐 텐데 엄마 탓을 하고 싶어지는 순간이 많았다.

나는 아직도 너무 어리고, 이렇게나 엄마가 필요한데. 나도 엄마한테 위로받고 싶은데.

엄마가 없어서 내 성장도 멈춰 버리고 말았는데.

왜 날 두고 그렇게 먼저 갔어?

내가 걱정도 안 되나?

그러나 바다는 참으로 크고 말이 없다. 나는 바닷가에서 펑펑 울고 집에 가 쓰러지듯 자거나 버스를 타고 다시는 안 돌아올 것처럼 떠났다가 어찌해야 할지 갈피를 못 잡고 돌아오거나, 멀리 시장에 나가 평생 쓸 일 없을 것 같은 팽이나 코털가위 같은 괴상한 것을 사오기도 했다. 그 사람을 만나 조금은 성장한 것 같았던 나는 다시 어린아이로 퇴화되었다. 그래도 몸이 작아지지 않은 게 다행이라 생각하며 아프지 않은 척 근근이 하루하루를 버텨 나갔다.

땅끝마을에서 지낸 지 3주일이 넘은 어느 날, 밥을 해 먹을까 해서 민박집 부엌에 들어갔을 때 주인어르신이 나를 찾았다.

"거시기 이름이 승아라고 했당가?"

"아, 박송아예요."

"아침에 즌화가 왔는디 워쩐 남자가 징허게 찾든디. 거시기 승안 가 송안가 허벌나게 갈차달라고 허든디."

나를 찾는 전화가 있었다고? 누가 여길 알았다는 거지? 이모한테도 내가 있는 곳을 들키지 않으려고 병원으로만 전화했는데. 바닷가라는 얘기 말고는 아무것도 하지 않았는데.

불안한 마음에 손끝이 부들부들 떨렸다.

"그래서요? 제 이름 말씀하셨어요?"

"낸 모르겠응께 댁이 와서 직접 보시구라 혔지."

내가 놀란 채로 굳어 있는 동안 주인어르신은 내가 혹시 신분을 위장하고 시골 마을에 숨어든 간첩이 아닐까 의심하는 눈초리로 얼마간 나를 쳐다보았다.

나는 그 눈빛에 변명할 여유가 없었다. 만약 나를 찾는 사람이 여국대 사장이라면, 나는 빨리 다른 곳으로 떠나야 했다. 무지막지한 그 사람이라면 나를 어떻게든 끌고 가려고 할 것이다.

편의점에서 몸을 움직이는 동안에도 계속 마음은 다른 곳에 가 있었다. 역시 바로 떠나는 게 좋을 것 같아 편의점 주인아저씨께 오늘까지만 일하고 그만두겠다고 말했다. 월급을 받지 않겠다고 해서인지 주인아저씨는 흔쾌히 허락해 주었다.

아침이 되어 편의점을 나서자마자 부리나케 움직였다. 아침 바다를 감상할 여유도 없이 달린 나는 집 앞 벤치에 앉아 있는 한 남자를 발견하고 그대로 멈춰 설 수밖에 없었다.

"내가 찾았네."

경주가 기분 좋게 훗 웃으며 잠깐 자리에서 일어났다. 나는 한동안 망연자실하게 경주를 보았다.

그 사람일까 기대했다가 부끄러워지는 마음 반, 그 사람이 아니어서 다행이라고 생각하는 마음 반.

"……어떻게 알았어?"

"이 잡듯이 뒤졌지."

경주는 자기가 앉은 자리에서 한옆으로 물러앉으며 내게 자리를 권했다.

"같이 대전에 가던 날, 네가 그랬었거든. 비장하게 땅끝마을이라도 가지 그랬냐고."

내가 그런 얘길 했었나? 오래전부터 나는 '이별 후 정리=땅끝마을'이라는 유치한 공식을 갖고 있었나 보다.

"너…… 똑똑하구나?"

"네가 단순한 거지. 송주한테 연락 왔었어. 자기는 화만 낼 것 같으니까 다정한 내가 가봐 달라던데? 어디 가는지 말 안 해주고 사라졌다며? 통장에서 돈 뽑은 기록 보고 찾았다더라. 아무리 동생이라지만 통장 비밀번호까지 공유하는 건 좀 그렇지 않아? 조심해."

나는 경주가 옆에 있다는 것도 잊고 머리를 잡아 뜯었다. 꼬리가 길어야 잡히는 거라고 생각했는데 발자국만 보고도 찾을 수 있는

남자의 마음

거였구나. 난 왜 이렇게 빈틈이 많은 건지.
 한동안 우두커니 침묵의 집을 짓고 있던 경주는 몇 분 후 하품을 하는 내게 먼저 말을 걸었다.
 "왜 그랬어?"
 경주가 묻는 말의 의미를 알고 있었지만 멋쩍은 듯 웃으며 설렁설렁 이야기했다.
 "그냥 혼자 살아보고 싶어서."
 경주는 질문을 피하지 말라는 듯 다시 정확하게 물었다.
 "아니, 왜 헤어졌냐고."
 내 복잡한 마음을, 앞뒤 사정도 모르는 친구가 모두 헤아려 줄 수 있을지. 나는 누구의 이야기도 나쁘게 하고 싶지 않아 비유로 둘러댔다.
 "나는 내가 올림픽 허들넘기에 참가했다고 생각하고 장애물이 나올 때마다 폴짝폴짝 뛰었거든. 이 정도면 충분할 줄 알았지."
 경주가 내 이야기에 미간을 좁혔다.
 "그런데 종목이 허들넘기가 아니라 장대높이뛰기였던 거야. 나는 할 수 없는 거였어."
 "그게 무슨 말이야?"
 여전히 내가 하는 말은 아무것도 알아듣지 못하겠다는 듯 경주는 심각한 표정을 지었다. 외진 곳에서 아는 사람을 만났기 때문일까. 경주가 예전과는 다르게 조금도 부담스럽지 않았다. 실연의 아픔을 나눠 가질 수 있는 친구가 된 느낌이었다.

"……예전에 말이야. 나 제작물 자르다가 손가락 살점 나갔던 거 기억나?"

"어떻게 잊을 수가 있겠어? 네가 일주일 동안 나한테 손가락 욕을 했는데."

"그거 사실은 진짜 아팠어."

"그치? 아팠을 것 같았어. 이제 다 나았어?"

"새살이 돋으면서 흔적은 좀 하얗게 남았지. 아무튼 그때 너무 아파서, 밤에도 가운뎃손가락에서 심장이 뛰는 거야. 손가락에서 심장 뛰는 거 느껴본 적 있어?"

"욱신욱신한 거?"

"그래. 그게 사실은 심장 뛰는 거야. 가슴에만 심장이 있는 게 아니거든."

전혀 관계없을 것 같은 이야기에도 경주는 귀를 기울여 주었다.

"우리 부모님이나 이모나 송주 같은 사람들은 다 내 손가락 같은 사람들이야. 그렇게 나한테 제일 중요한 사람들인데, 다쳐서 아플 때까지는 거기 심장이 있는 줄도 모르고 살아. 아프고 나서 알게 되는 거야. 나는 이 사람들에 대한 것만은 아무것도 못 버려. 사랑이냐 가족이냐 선택하라고 하면 뿌리가 깊은 쪽을 잡아야 돼."

"그런데 왜 여기까지 도망을 왔어? 소중한 이모 옆에 있어야지."

"이모는 아파서 안 돼. 내 문제로 이모가 힘들어하면 안 되잖아."

"지금 이렇게 행방불명으로 있는 게 더 걱정 끼치게 하는 거라는 생각은 안 들어?"

"내 사정 좀 봐줘……. 첫사랑이라, 눈에 뵈는 게 없어서 그래."

날카로운 질문을 넉살 좋게 넘기려 하는 나를 경주는 달가워하지 않았다.

"누구는 뭐 첫사랑 없었는 줄 알아?"

남 얘기처럼 힘 들이지 않고 첫사랑에 대해 말할 수 있는 경주가 새삼 어른처럼 느껴졌다. 경주는 오래전 그날 이후로 성숙해진 걸까.

"넌 어쩜 그렇게 쿨할 수 있어? 대단해."

"그럼 대단한 나랑 사귈래?"

경주의 장난 같은 질문에 나도 모르게 픽 하고 웃음이 나왔다.

"그건 싫지? 난 뭐, 상처도 안 받았을 것 같아? 이제 짝사랑은 안 할 거야. 힘 빠져."

경주는 그때의 일을 생각하면 이가 갈린다는 듯이 크게 한숨을 쉬었다.

"상처받을 줄 알면서도 희생하고 사랑하는 사람들은 대단해. 나처럼 자기애가 강한 사람은 못 따라가겠어."

내 자책과 탄성에 경주가 고개를 기울였다.

"하지만 모든 연애의 기저에는 자기애가 깔려 있다고 생각하는데?"

"하지만 자기애가 너무 크면 진정한 사랑은 아니잖아. 나보다 그 사람을 더 사랑할 수 있어야 되는 거 아니야? 사랑은 희생이야."
 한 사람의 손을 잡기 위해선, 그 손에 움켜쥔 것들을 버려야 한다.
 "희생 같은 건 엄마한테 가서 찾아야지."
 경주에게서까지 '엄마'에 대한 말을 들으니 씁쓸함이 밀려왔다.
 "……그럼 나는 누군가의 엄마한테 늘 질 수밖에 없겠네."
 "글쎄, 그런데도 불구하고 늘 이기지 않을까? 애인은 엄마가 줄 수 없는 걸 주잖아. 경우에 따라선 모성애도 발휘해 주고."
 경주는 나를 달래듯 성숙하게 말했다. 경주의 말이 조금은 맞는 것 같아 위로를 받는 느낌이었다.
 "그러니까 널 너무 폄하하지 마."
 "넌 연애 한 번 못해봤으면서 스무 번은 해본 애처럼 말한다."
 "너 연애하고 있을 때 나도 두 번 지나갔어."
 "정말?"
 "그래. 내가 말했잖아, 그때까지는 오는 사람 막았었다고."
 내가 깜짝 놀라 입을 헤, 벌리고 있을 때 경주가 자리를 털고 일어났다.
 "이제 가자. 이모님이 많이 안 좋으셔."

 함께 대전으로 돌아오며, 경주와 나는 아무 말도 하지 않았다. 경주는 이모가 계시는 병원에 나를 데려다주고 바로 가봐야 한다고 말했다. 내게 많은 부담을 주지 않으려는 마음에서였을 것이다. 나도 실연의 상처라는 핑계로 다른 사람에게 의지하는 사람이 되고 싶지 않아 경주를 서둘러 돌려보냈다.

암센터 입원병동에 계시는 이모는 내 생각보다 더 심해 뼈마디만 앙상했다. 세상에, 이런 이모를 두고 내 생각만 하고 있었다니. 그런데도 이모는 자기 건강에 대한 이야기 대신 그간의 걱정을 쏟아냈다.

"어디 있었어! 이모가 얼마나 찾았는지 알아?"

이모를 만났다는 사실에 반가움을 느낄 여유도 없이 현실이 절망스러워 눈물을 쏟고 말았다.

"죄송해요……. 이모가 이렇게 아픈데. 내가 너무 힘들어서 또 내 생각밖에 못했어……."

터진 울음은 쉽게 그칠 줄 몰랐고, 이모는 없는 힘을 내어 내 손을 잡았다.

"그 청년이 너 한참 찾았어. 나 여기 있는 것도 알아낼 것 같더라."

눈물을 다 쏟아내고 개운해진 내게 이모가 말씀하셨다. 이모는 더 이상 '여 서방'이니, '사위'니 하는 말로 여국대 사장을 부르지 않았다.

"뭐 그렇게 매정하게 헤어졌어? 마음도 약한 애가."

나는 이모에게 그의 어머니를 만난 이야기를 솔직하게 들려주었다. 가게를 비싼 값에 팔아준 것을 제외한 모든 이야기를 털어놓고 나니 '임금님 귀는 당나귀 귀'를 외친 듯 속이 편해졌다.

"나는 네가 이름을 바꾸든 말든 상관없는데."

"내가 싫었어요. 그리고 무엇보다 결혼이라는 게 당사자들끼리만 하는 게 아니라 주위 환경이 중요한 건데 그쪽에서 날 무시하면 섣불리 결혼했다가도 힘들어질 수밖에 없잖아요."

"그래도 결국은 두 사람만 좋으면 되는 거 아닌가? 부모는 자식 못 이겨."

"……그 사람 어머니랑 얘길 하는데, 그런 생각이 들었어요. '지금 눈앞에 있는 이 여자. 정말 마녀 같지만, 이런 엄마라도 지금 내게 있었다면, 나는 엄마가 원하는 모든 걸 했을 거야……. 살아만 있었다면, 엄마가 헤어지라면 그냥 헤어졌을 거야' 그런……. 끔찍하죠?"

이모는 내 말을 한 자 한 자 음미하듯 끄덕이다가 무표정으로 날 보았다.

"나는 부모가 자식한테서 무너지는 걸 보면서 견딜 수 있는 사람도 아니고, 지금만 생각해 보더라도 이모나 송주가 제일 중요하지 그 사람이 중요한 건 아니에요."

"좋아하면 좋아하는 거고, 갖고 싶은 건 가지면 되는 거고. 젊은 애가 이것저것 하고 싶으면 다 하면 되는 거지, 왜 좋아하는데 1, 2등을 따져가면서 그중에 하날 고르려고 하는 거야?"

이모와 송주를 그 사람과 비교하듯 하는 말을 꺼낸 건 잘못이었다. 이모는 기분이 상한 듯 내게 말했다.
"너, 의무랑 사랑을 혼동하고 있는 거 아니야?"
정곡을 찌르는 이모의 말에 아무 대답도 할 수 없었다. 내 눈에서 또 눈물이 흐를 것 같은 것을 눈치챘는지 이모는 나를 위로하듯 말을 돌렸다.
"그래, 네가 선택한 건데 옳은 거였겠지. 솔직히 머리만 커가지고. 네 두 배는 돼 보이더라. 그리고 도시락 사장이 뭐니? 그럼 너보다 공부도 못했던 거잖아."
그제야 이모의 말에 웃을 수 있게 되었다.
"이모도 그런 말을 하는 사람이었구나."
"당연하지. 자식 앞에서 엄마들은 다 속물인 거야. 내 자식만 잘되면 다른 건 다 필요 없어. 그리고 내 딸은 나라님이랑 맺어줘도 아까운 거라니까."
그래, 이제 모든 것은 아무래도 괜찮다는 생각이 들었다. 내게는 20년 전부터 나를 친딸처럼 여겨주시던 이모가 있어. 이모만 건강해질 수 있다면 실연의 아픔 같은 것은 아무것도 아니다.

대전에 돌아온 뒤로 이모에게서 조금도 떨어지지 않고 간호했지만, 이모는 거의 사형선고와 다름없는 진단을 받은 후였다. 약해질 대로 약해진 이모의 몸에는 암세포가 더 빨리 번지고 있었고, 새 주치의도 결국 고개를 저었다. 무엇보다도 몸이 아픈 것을 꿋꿋이 이겨내시던 이모가 항암치료에 진저리를 치면서부터는 나도 이모부도 그런 이모의 모습을 지켜보기가 힘들어졌다. 내가 돌아오기 전부터 꾸준히 건강 서적들을 찾아보시던 이모부는 더 안 좋아지기 전에 결단을 내려야 한다며 제주도 요양과 민간요법을 제안하셨다.

항암치료를 받지 않아도 된다는 얘기 때문인지, 이모는 이모부의 의견에 적극 동의했다. 나는 아직 조금 더 경과를 두고 봐야 하지 않나 하는 생각이 들어 이모부와 단둘이 있을 때 내 의견을 말했다.

"음식으로 병을 고치는 건 효과도 느리고 한계도 있지 않을까요?"

이모부는 이모가 지금 얼마나 고통스러운 하루하루를 보내고 있는지 다시 한 번 나에게 되짚어주셨다. 주치의도 고개를 저은 마당에 병원 약물만 믿고 생명 연장을 기대하며 시간을 보내느니 탁 트인 자연에서 맑은 공기를 마시며 좋은 음식으로 요양하게 하고 싶다는 말씀과 함께 희망의 단어를 덧붙였다.

"그리고 송아야, 나는 기적을 믿어."

사랑하는 사람이 원하는 것과 사랑하는 사람에게 필요한 것, 무엇이 더 옳은 건지 아직도 판단이 서지 않는다. 30년간 서로의 완벽한 반쪽이 되어준 반려자의 아픔을 옆에서 지켜보는 마음도 고통스럽긴 마찬가지였을 것이라는 생각이 들었다.

그리고 한편으론 건강한 재료와 훌륭한 요리 솜씨로 최고의 음식을 만들어내던 한 사람이 생각났다.
 당신이라면, 음식으로 병을 고친다는 말을 믿고 있을 거야.
 당신이라면, 사랑하는 사람이 원하는 것을 위해서 최선을 다했을 거야.

 이모부가 제주도 이사를 준비하는 동안, 나는 나대로 열심히 살아야겠다는 생각에 나와 맞는 일을 찾아 나갔다.
 지난번 출간을 계기로 다른 출판사와도 연이 닿게 되어 칼럼 청탁을 받은 적이 있었다. 출판사에 원고를 보내고 며칠 후 동화책 집필 제의와 함께 서울에서 열리는 전자책 출간 포럼 초대 이메일이 도착했다. 서울에 가야 한다는 것이 부담스러웠지만, 내가 관심 있어 하는 것 같아 어렵게 한자리를 빼놓았다는 담당자의 말을 거절할 수 없었다. 오랜만에 서울에 가는 김에 송주와 덕희 얼굴이나 보고 와야겠다고 생각하며 초대를 흔쾌히 받아들였다.
 수리 씨로부터도 한 통의 이메일이 와 있었다. 열어볼까 열어보지 말까 한참을 고민하다가 인간적인 호기심을 누르지 못하고 아이피 우회 사이트로 접속하여 이메일을 열었다.

 ─송아 씨, 이건 국대 형이 감시하는 이메일이 아니니까 부담 느끼지 말았으면 좋겠어.
 왜 그렇게 급하게 떠났는지 알 것 같기도 한데, 인사를 제대로 못해서 우리들은 다 서운하게 생각하고 있어. 은영이가 울더라. 송아 씨는 국대 형이랑만 친했던 사람은 아니잖아. 난 송아 씨가 최민수 문제를 해결해줬을 때 평생 은혜를 갚아야 한다고 생각했는데 말이야.

언젠가 마음 정리되면 은영이랑 셋이 같이 보자. 은영이랑 우리 애기랑 넷이 같이 볼 수도 있겠구나. 그럼 잘 지내.

이메일은 내 용의주도함이 부끄럽게도 아주 일상적인 내용이었다. 그러고 보니 여국대 사장에게만 신경 쓰느라고 많은 사람들에게 제대로 된 인사도 하지 못했다. 게다가 비룡 씨에게는 화만 내고 나와 버렸다. 하지만 더 이상 아틀리에의 사람들과 얽힐 수는 없었다. 역시 메일을 열어본 것이 후회됐다. 서울로 가는 길에 조금의 분심이 생겼다.

이상하게도 대전역에 도착해서부터 내내 누군가 나를 따르는 것 같은 불쾌한 기분이 들었다. 한참을 걷다가 뒤돌아 보면 아무도 없고 또 이상한 기운이 느껴져 홱 뒤돌아 보면 아무도 없어서 오랜만의 서울 나들이라 몸이 긴장한 탓인가 보다 생각하며 빠르게 걸었다.

서울은 여전히 삭막했지만 역시 포럼에 오길 잘했다고 생각했다. 전자책 또한 종이책만큼이나 유통이 쉽지는 않겠으나 요즘은 1인 출판 지원 서비스도 꽤 좋은 편이라 몇 가지 브랜드를 서로 비교해 볼 수 있다는 이야기와, 그 외의 유익한 정보도 많이 얻을 수 있었다. 제주도에 있는 동안 의뢰받은 일들을 하면서 간간이 자가 출판을 준비해 보는 것도 좋을 것 같다는 생각을 하며 강연장을 빠져나왔다.

생각 없이 가장 먼저 엘리베이터에 올랐는데, 꽤 사람이 많아 엘리베이터의 가장 구석까지 밀려났다. 포럼에 온 사람들은 거의 다 서로 아는 사람들이었는지 금방 엘리베이터 안이 시끄러워졌다.

1층에서 내리려는데 사람이 많아 우왕좌왕하는 동안 또 사람들이 탔다. 결국 나는 1층에서 내리지 못하고 지하주차장까지 내려갔다가 다시 올라가야 했다. 역시 계단을 이용할 걸 그랬다고 생각하며 한숨을 쉬는 동안 지하주차장에 이르러 엘리베이터 문이 열렸다. 사람들이 모두 내리고 다시 문을 닫으려는데, 옆에서 끝까지 내리지 않는 사람에게 눈이 갔다. 꽤 키가 커서 올려다볼 생각은 하지 않고 곁눈질을 주고 있을 때 별안간 그 사람이 내 팔목을 잡았다.

"박송아."

그 사람의 입에서 내 이름이 흘러나왔을 때에야 그의 얼굴을 확인했다. 왜 당신이 여기 있지? 당황스러웠지만 만감이 교차하여 눈시울이 뜨거워졌다.

여국대 사장은 끓어오르는 화를 억누르는 표정으로 눈에 핏대를 세우고 나를 잠깐 보다가 주차된 차 쪽으로 나를 끌었다. 그의 차가 엘리베이터 바로 앞에 주차되어 있어 모든 것이 계획적인 것은 아니었을까 의심하는 마음이 생겼다. 참 오랜만에 그의 무지막지한 힘에 끌려가며 울컥거리던 마음이 냉정을 되찾아갔다.

"왜 이래요!"

내 소리가 컸던지, 주변에 있는 몇몇 사람들이 내 쪽을 쳐다보았다. 여국대 사장은 아랑곳하지 않고 나를 그의 차 조수석에 밀어 넣었다. 내가 그의 차에서 벗어나기 전에 도망가지 못하도록 손을 쓴 그가 운전석에 올라탔다.

"이게 뭐 하는 짓이에요!"

몇 번을 물었지만 그는 아무 대답도 하지 않았다. 그리웠던 마음에 조금 울컥했던 마음은 순식간에 달아났다. 그의 무시무시한 반응에 화가 난 나는 계속 소리를 질렀지만 이미 우리가 탄 차는 주차장을 벗어나 도로에 진입해 있었다.

"집에 가야 돼요. 내려주세요."

내가 없는 동안 꿀 먹은 벙어리가 된 건지, 소리를 질러도 부탁을 해도 들은 척도 하지 않는 그가 답답해 나는 달리는 차의 조수석 문을 열어버렸다.

"야!"

그제야 그가 내 행동에 반응했다. 벙어리는 아니었던 모양이지.

나는 다시 조수석 문을 닫고 차분하게 요청했다.

"말할 줄 아네요. 저쪽에서 세워주세요."

그 말에는 또 반응하지 않았다. 도대체 뭐 하자는 건지.

"내 말 안 들려요?"

"내가 왜 네 말을 들어야 되냐?"

그는 무서운 목소리로 강하게 말했다.

"네가 한 짓을 생각해 봐. 너는 날 제대로 납득이나 시키고 갔어?"

그의 말이 맞다는 것을 알고 있기에 아무 말도 할 수 없었다. 하지만 그렇다고 '그럼, 그렇고말고' 하며 고개를 끄덕일 수도 없는 입장이어서 이번에는 내가 꿀먹은 벙어리가 되었다.

"안전벨트나 매."

나는 그의 말을 못 들은 척하며 버텼다. 그는 소리 지르는 일 없이 계속 어딘가로 차를 몰았다. 차는 점점 서울의 외곽 쪽으로 움직이고 있었다.

"세워주세요."

불안해진 내가 다시 입을 열었다. 내 말을 무시하기만 하던 그가 곧 인도 옆에 차를 세웠다. 문을 열고 내리려 했지만 문은 열리지 않았다. 그가 운전석에서 컨트롤하도록 막아놓은 모양이었다. 그는 내게로 몸을 기울이고 손을 뻗었다.

"이 자식아."

'이 자식아'는 어디서든 거친 말을 하는 법이 없는 그가 할 수 있는 최대한의 욕이라는 것을 알고 있었다.

"애인도 뭣도 아닌 놈하고는 이별여행이니 뭐니 하면서 잘도 대전까지 갔다 오는 애가 전화로 대뜸 끝이라고 말하고 없어졌는데 그게 납득이 된다고 생각해?"

그는 그간 눌러 왔던 감정을 토로하고는 내 쪽의 안전벨트를 끌어와 고정시켰다. 그리곤 다시 나와 눈을 맞추며 자기 감정을 조금만 더 헤아려 달라는 듯 슬프게 나를 오랫동안 쳐다보았다.

그의 얼굴이 다가오는 동안 긴장했던 마음은 그동안 보고 싶었던 마음에 두 손을 들어주었다. 땅끝까지 도망가고, 다시 다른 일을 하며 열심히 살아보려 애쓰는 동안, 그리워하는 마음은 왜 조금도 작아지지를 않았을까.

그동안 부정했던 마음이 되살아났다.

어떻게 사는지 궁금했었어. 날 잊었으면 좋겠다고 생각하면서도 한편으로는 당신의 건강한 모습만은 확인하고 싶었어.

야윈 것 같지만 다행이다, 참 여전해서, 라고 생각하고 있을 때.

가까운 곳에서 나를 응시하던 그의 얼굴이 빠르게 내 앞으로 다가왔고, 그는 내 윗입술을 삼킬 듯 내게 입을 포갰다.

☆   ☆   ☆

팔을 다쳤을 때를 제외하고 내가 먼저 다화를 찾아간 것은 파혼한 이후 처음이었다. 그녀는 놀라는 기색도 없이 나를 반겼다.

"비룡 씨한테 얘기 들었어, 송아 씨 사라졌다는 얘기."

다른 사람에게서 박송아 너에 대한 이야기를 들으니 더 막막한 기분이 들어 다화의 말을 끊고 본론을 이야기했다.

"한 번도 제대로 궁금해한 적이 없었던 것 같아서, 네가 왜 떠났는지."

다 알고 있는 이야기를 괜히 묻지 말라는 듯, 그녀는 의미심장하게 웃었다.

"이름이었어? 이름 바꾼 것 때문에 그랬던 거야?"

"'그 정도 각오는 있어야 우리 아들을 사랑한다고 할 수 있지 않겠니?'"

다화가 억양이 없는 어머니의 말투를 흉내 내며 말했다.

"국대 씨 어머니가 하셨던 말씀이야."

비룡이의 말을 들을 때만 해도 설마, 하고 생각했던 것이 다화의 이야기로 분명해졌다. 어머니가 내게 조금의 언질도 주지 않고 이런 일을 했다니. 내게도 어머니에 대한 막연한 신뢰가 있었던 건지, 거듭 확인했음에도 믿고 싶지 않을 만큼 충격이었다.

그리고 다화에 대한 애처로움도 함께 찾아왔다. 왜 이 여자는 어머니의 말에 반박하지 않고 이름을 바꿔 버렸을까. 그렇게 바보 같을 정도로 날 사랑했다면 왜 나를 떠났을까. 왜 지금에야 내가 모든 사실을 알게 한 걸까. 나는 이제 이 여자를 사랑할 수 없는데.

"넌 현주일 때가 훨씬 밝고 매력 있었어."

목이 메는 것을 숨기며 냉정하게 말하니 다화가 발끈했다.

"이제 알고 있다며! 내가 이름을 바꿀 수밖에 없었던 건 아까 말한 것처럼……."

"그래, 다 알아. 그래서 더 미안하게 생각해. 네가 원하는 대로 해줄게. 예전 이름을 원하면 예전 이름으로 돌려놓을 수 있도록 최대한 노력할 거고 그게 아니면 정신적인 보상을 할게."

"다 알고 있으면…… 내가 뭘 원하는지도 알고 있는 거 아니야?"

"……미안해."

비룡이의 말대로 그녀가 날 아직도 좋아한다면, 나는 좀 더 그녀에게 벽을 쌓을 수밖에 없다.

"하지만 의무감으로 사랑할 순 없잖아."

그녀가 고개를 돌려 눈물을 훔치는 것을 보았다. 그녀를 더 두고 볼 수 없어 매정하게 등을 돌리며 인사했다.

"미안하다. 갈게."

"국대 씬 이제 그 애 못 만나. 알지? 그 애가 스스로 도망간 거야."

다화가 내 등에 대고 단언하듯 말했다. 그녀의 말이 쓰리게 와 닿아 괴로웠지만 간신히 웃으며 대답할 수는 있었다.

"내 걸음이 더 빨라서 금방 쫓아갈 거야."

"그 애는 아무것도 희생하지 않았잖아!"

다화가 소리 지르듯 말했다. 자기는 이만큼이나 희생했는데, 왜 나를 위해 아무것도 희생하지 않는 이기적인 애를 쫓느냐는 말이었다. 아직 그녀는 내가 너를 사랑하게 된 이유를 모르고 있었다. 옛 애인에게 상처를 주고 싶진 않지만 가끔은 무 자르듯 잘라주는 말도 필요하다는 걸 알게 됐다.

"아니, 희생으로써 존재를 드러내는 게 최고의 가치라고 생각하진 않아. 예전의 넌 선하다는 얘길 많이 들었어. 덕분에 내가 상대적으로 악한 사람처럼 보일 때가 있었어. 근데 진짜 선하다는 게 뭔 줄 알아?"

다화는 내 이야기를 알아듣지 못하고 눈을 크게 떴다.

"선하다는 건, 희생이 아니라 전염성이야. 혼자서 착한 사람이 되는 게 아니라, 주변 사람들까지 착하게 만드는 거야."

그리고 나는 너로 인하여, 사람에게도 중독될 수 있다는 걸 알게 됐다.

"나는 그 애한테서 엄마를 빼앗았어. 그리고 뒤늦게야 그 사실을 알고 고백했었어. 얘기를 다 들은 그 애가 나한테 원한 건 아무것도 없었어. 그냥 날 안아줬어……. 그럴 수 있는 이유는 두 가지 중 하나일 수밖에 없어. 그 애가 날 진심으로 사랑하는 것이거나."

고백하는 동안 나 또한 괴로워지는 마음은 어쩔 수 없었다. 다화의 앞에서 내 표정은 심하게 일그러졌다.

"그 애가 뼛속까지 착한 애라는 거."

다화는 더 이상 듣기 싫다는 듯 내게서 등을 돌렸다.

"둘 중에 어떤 것이든지, 난 그 애를 놓쳐선 안 돼. 이것 말고도 이유를 댈 수 있는 건 많고."

내가 말을 마치기 전에 다화는 주방으로 들어가 버렸기 때문에 그녀에게 인사를 하지 못하고 밖으로 나왔다.

　그녀에겐 미안했지만 복잡한 것 한 가지가 단순해지는 것 같은 시원한 느낌이었다. 다화의 이름이 나와 얽힌 이상 나는 계속 그녀의 이름에 책임을 져야겠지만 그 의무감이 사랑이 되지는 못할 것이다.

　너를 만나기 전날, 이 일을 되짚을 수 있게 되어 다행이었다.

☆　　☆　　☆

"이 자식아."

　4주 만에 가까스로 너를 다시 볼 수 있었다. 너와 연락처를 주고받은 출판사 사람들을 기억하고 있었던 덕분이다. 너를 만날 기회라고 생각한 일들에 번번이 실패하여 낙담하고 있을 때였다. 혹시나 혹시나 하며 포럼장에 갔는데 너를 확인하고는 얼마나 놀랐는지 모른다.

　너를 이해해 주고 싶은데 내 반가운 마음과는 달리 뻑뻑하게만 구는 널 어찌해야 좋을지 모르겠다. 너에게 눈을 맞추고 겨우 한 말이 '이 자식아' 라니. 이따위로밖에 나오질 않는 내 표현에 네가 질색하는 것이 느껴져 말을 아끼고 싶었다.

　안전벨트도 매지 않으려는 네게 완력으로 벨트를 채우는 동안 얼굴이 가까워지자 오랫동안 어두운 곳에서 숨죽이고 있던 욕구가 끓어올랐다. 싫다는 여자에게 함부로 하는 것은 도둑놈이나 할 짓이라고 네게 배웠지만 이성의 속도보다 빠르게 내 입술은 네게 닿아 버렸다.

밀어붙이는 힘으로라도 네 입속으로 밀고 들어가려는 입맞춤이 거북한지 인상을 구기면서 나를 밀쳐내는 네게 낯섦과 원망을 느끼며 결국 너에게서 떨어졌다.

네가 꼭 쥐고 있는 가방 안에서 새 핸드폰이 보였다. 그새 핸드폰도 바꾸고 번호도 바꾸고 내게서 완벽하게 멀어지려 했다는 것에 배신감이 들기도 한다. 너는 지금 내가 얼마나 참고 있는지 상상도 하지 못할 것이다.

너의 핸드폰을 가방에서 빼 들었다. 네가 뭐 하는 짓이냐며 소리를 질렀지만 내 행동이 더 빨랐다. 네 핸드폰에 내 전화번호를 입력하고 통화버튼을 눌렀다. 이제 네 연락처가 내 손에 들어왔다는 것이 내게 안도감을 주었다.

빠르게 일을 마치고 다시 운전대를 잡았다. 네가 달아나지 못하도록 차를 빨리 움직여야겠다는 생각뿐이었다.

"네가 모르는 게 있는데, 나는 그렇게 신사적이거나 인정머리 있는 사람이 아니야. 지금 이대로 달려서 어디든지 갈 수 있고, 너 정도는 얼마든지 내가 어떻게 할 수 있어. 그러니까 날 자꾸 돋우려고 하지 마."

너는 포기한 건지 이를 악물고 있을 뿐 아무 대답도 하지 않았다.

항상 내 옆에서 조잘거리던 네가 침묵하고 있는 것은 달갑지 않았다.

"항상 네 마음을 모르겠어서 불안하긴 했지만, 그래도 네 표현이 서툴러서 그런 것이려니 생각했었어."

너는 그저 무표정으로 정면을 응시할 뿐이다.

"잘 있었어?"

제발 무슨 얘기라도 좀 해.

"어쩌면 여자애가 그렇게 독하냐. 난 세상이 다 두 쪽 난 것 같았는데."

원망스러운 마음에 울컥하여 내 마음을 먼저 다 드러내고 말았다.

"어머니 때문에 그랬던 거 다 알아."

내 이야기에 네가 조금은 흔들렸으면 좋겠다는 생각으로 말을 이었다.

"오래전에, 내가 세 살쯤이었을 때 엄청 아팠던 적이 있었어. 원인 모를 고열로 생사를 넘나들었는데 어머니는 아무것도 할 수 있는 게 없었대. 그렇게 병원에서도 포기한 걸 유명한 무당의 부적이 해결한 거야. 적어도 어머니는 그렇게 믿고 계셔. 하지만 난 계속 골골댔고 또 한 번 더 크게 앓았어. 그리고 금방 죽을 듯이 맥박이 약해져 버렸대. 병원에선 이대로는 생명 유지를 하는 것밖엔 도리가 없다고 하더래. 어머니는 마지막 희망이라는 생각으로 다시 그 무당을 찾아갔어. 그리고 그때부터 여러 가지 금기를 갖게 된 거야."

나를 동정하지는 않았으면 하는 마음을 갖고 한 이야기였는데 네가 조금의 반응도 없으니 도리어 애가 탔다.
"정말 그 무당이 시키는 대로 한 뒤에 나는 씻은 듯이 나았고, 오히려 또래 애들보다 튼튼한 애가 됐어. 그때부터 난 엄마 손길이라는 걸 아예 모르고 살았지만 말이야. 어머니가 너한테 이상한 소리를 한 것도 그쪽 얘기일 거야. 하지만 이미 어머니가 알던 무당은 죽었고 그 신딸이 얘기해 준 것일 텐데, 씁쓸하지. 그런 문제는 이제 내가 다 알아서 할게."
내 구구절절한 말에도 너는 내가 알지 못하는 사람처럼 굴고 있었다.
"사람 마음을 잘 들여다보는 분이라 차라리 자기 스스로 무속인이 될 것 같은 독한 분인데, 정작 자기 일에 있어선 바보가 되어버리는 사람이었던 거야."
간신히 이야기를 다 마쳤다. 부글부글 끓는 속으로 매너를 지켜야 하는 것은 내 성향이 아니다. 너는 참 나를 엄청나게 바꿔놓는구나.
"네가 조금만 이해해 줘. 이제 내가 다 돌려놓을 테니까."
"그런 것 때문에 그러는 게 아니에요."
잠자코 듣고만 있던 네가 겨우 입을 열었다. 그 차가운 말조차도 반가워 내 목소리가 부드러워졌다.
"그럼 왜 그랬는데?"

너는 뭐 그런 당연한 걸 묻느냐는 표정으로 날 올려다보았다.

"내가 사장님을 안 좋아하니까."

"그걸 나보고 믿으라고?"

너는 나를 화나게 하려는 명백한 목표가 있는 사람처럼 비뚤어진 태도를 보였다. 나는 주먹을 불끈 쥐고 화를 참아야 했다.

"또 다른 변명을 해봐."

역시 너는 또 아무 말이 없다.

"변명할 거리가 없지?"

"알겠어요. 내가 원하는 걸 들어준다고 약속하면 다 얘기할게요."

너는 나와 거래라도 하겠다는 듯 조건을 달았다. 그렇게라도 네 이야기를 듣고 싶어 나는 고개를 끄덕였다.

"알았어. 들어줄 테니까 말해봐."

"……나는 사장님보다 우리 엄마가 더 좋아요."

그런 게 이유라니. 어처구니없이 귀엽기만 한 말에 웃음이 났다. 내 웃음이 비웃음처럼 보일까 싶어 힘껏 참아야 했다.

"……겨우 그거야?"

"겨우는 아니죠. 사장님의 존재가 그만큼 나한테 작다는 거예요."

"알겠어. 나도 너보다 너희 엄마가 더 좋아. 됐지?"

너의 어처구니없는 말에 나도 무의미하게 대답했다.

"그런 말이 아니잖아요!"

"그럼 어쩌겠다는 거야! 나는 너희 어머니랑 네 애정 가지고 대결할 마음은 추호도 없어. 거기다 어머니는 이미 돌아가셨는데 질투를 해서 뭐 할 거야? 그냥 받아들이고 살면 그만인데."

너는 자기 말의 숨은 뜻을 설명하듯 다시 입을 열었다.

"난 내가 가진 건 조금도 양보 못해요."

"그래, 알아."

"이름도 못 바꾸고요. 그러니까 나랑 있으면 사장님도 위태로워지는 거예요."

"너도 그런 미신을 믿어?"

"건강에 좋다는 건 일단 믿고 보는 성격이라서."

너에게서 조금의 농담이 나오니 반가운 마음이 생겼다. 내 오른손이 절로 네 손 위에 얹혀졌다.

"나는 네가 네 이름을 버리지 않아서 좋아."

너의 손을 꽉 쥐었다. 너의 마음처럼 차갑기만 한 손을 내 온기로 녹여주고 싶었다. 제발 내 마음을 알아줬으면 좋겠는데 사랑의 고백밖에는 할 수 있는 것이 없었다.

"나는 원래 어떤 일이 있어도 자기 자신을 잃지 않는 여자한테 반하는 사람이야."

내 진심 어린 고백에 너의 눈동자가 심하게 동요하는 것을 느꼈다. 너는 내가 꽉 잡은 손을 완강하게 놓았지만 벽이 곧 허물어지겠다는 생각이 들었다.

"원하는 게 뭔데? 말해봐."

잠깐 바라본 너는 주춤하며 눈을 질끈 감고 있다가 뜨는 표정 없이 말했다.

"……다시는 사장님이랑 인연이 없었으면 좋겠어요, 진심으로."

가슴이 두 쪽으로 찢어지는 것 같았다. 더 이상 운전을 할 수도 없을 것 같아 횡단보도 앞에서 차를 세웠다.

"넌 청개구리냐? 지금까지 내 얘길 뭐로 들은 거야?"

"사장님이 내 인생에 들어오면 내가 전부 망가지는 것 같아요. 사장님 한 사람 행복하자고 내 인생을 불행하게 만들면 안 되는 거 잖아요."

너의 목소리는 한층 더 딱딱해졌다. 이런 답답한 상황은 나도 처음 겪는 것이라 속이 뒤집어지는 것 같았다. 미칠 것 같은 마음에 애꿎은 핸들을 쾅 내려쳤다. 큰 경적 소리가 가뜩이나 소란스러운 도로 밖의 상황을 더 혼란스럽게 만들었다.

"그러니까 이제 구질구질하게 굴지 말고 그냥 놔주세요. 핸드폰 번호도 내일 다시 바꿀 거예요. 연락도 하지 마세요."

너는 마지막 정을 떼어내듯이 말했다.

도로에서 차를 세워 버린 건 내 실수였다. 다른 차들이 뒤에서 경적을 울리는 동안 내 쪽으로 몸을 기울이는가 싶던 너는 문 잠금장치 컨트롤 버튼을 눌러 재빠르게 차 문을 열고 유유히 인도로 사라졌다. 갓길에 차를 세우고 뒤늦게 너를 쫓았던 나는 골목길 안에서 길을 잃고 말았다.

바보같이 눈앞에서 너를 놓쳐 버리고 받을 리 없는 전화를 붙들고 한참을 씨름했다. 답답해 미쳐 버릴 것 같은 마음을 추스르러 아틀리에로 갔지만 텅 빈 아틀리에에서 내가 할 수 있는 일을 찾지는 못했다.

젠장. 너는 며칠 동안 내가 요리를 하지도 못했다는 걸 알아야 해.

힘없이 소파에 기대 있는데 어머니가 귀국하셨다는 연락이 왔다. 진이 모두 빠져 버렸지만 꼭 할 말이 있어 자리에서 일어났다. 오피스텔 주차장에서 무언가 소름 끼치는 기운이 스쳤으나 잠을 제대로 못 잔 탓이라 생각하고 차를 끌고 한남동으로 갔다.

한국에 있는 시간 동안엔 한남동 빌라에서 지내시는 어머니는 1년에 대여섯 번 방문할 뿐인 집의 인테리어를 손보고 계셨다.

곪아버린 문제를 해결하려면 어머니께 소리를 높일 수밖에 없는 입장이라 마음을 단단히 먹었다. 어머니는 내 눈빛을 보고 이미 내가 어떤 마음으로 찾아왔는지 알아낸 듯했다.

"사람은 말이야, 충격에 어떻게 대처하는지를 지켜보면 그 사람 됨됨이의 반 이상을 볼 수 있어."

내가 고수하는 날 선 표정을 괴롭히듯, 어머니는 차갑게 웃으며 말했다.

"케케묵은 미신이나 믿는 어머니한테 됨됨이의 얘기를 듣고 싶진 않아요."

"그런 케케묵은 미신이 아니었으면 넌 이미 30년 전에 죽었어."

"저는 그렇다고 해도 남의 인생까지 쥐락펴락하지는 마셨어야죠. 송아랑 현주한테 사과하세요."

"현주는 제 의지로 개명한 거고, 송아라는 애는 그저 그 애 인간성이 내 앞에서 죄다 드러났다는 것 외에, 내가 그 애한테 영향을 끼친 건 없어."

"송아를 몰아붙였겠죠. 그래서 그 애가 도망쳐 버린 거고요."

"내 아들보다 자기가 가진 게 더 중요하다고 생각하는 앤 필요 없다. 너도 알게 될 거야."

"남이 중요하게 여기는 걸 빼앗는 건 죄예요. 어머니가 죄인이 되는 건 원하지 않아요."

"네 안전을 위해서 한 일인데 네가 그걸 이해 못하면 어쩌자는 거야!"

"어머니!"

울컥하는 감정을 참지 못하고 어머니의 손목을 잡았다. 어머니에게 손이 닿았던 게 언제인지 기억나지도 않는다. 내게 보여준 모습이 독하기만 한 사람이어서 어머니의 팔이 이렇게 가녀릴 줄은 몰랐다. 어머니는 저항할 힘도 제대로 낼 수 없을 만큼 약한 사람이었다.

"놔라, 놔!"

내 느닷없는 행동에 당황한 어머니는 잡힌 팔의 다른 쪽 팔로 나를 밀어내려 애쓰며 목소리를 높였다. 나는 어머니의 다른 한쪽 팔도 억세게 잡았다.

"전 이제 죽겠네요, 어머니랑 이렇게 닿았으니까."

억지를 부리며 손에 힘을 주었다. 어머니는 아프다는 말을 하지 않았다. 점점 팔에 힘이 빠져가는 어머니가 안쓰러웠지만 말을 마칠 때까지 손을 놓지는 않았다.

"죽을 때는, 아, 어머니 말씀이 다 맞는 거였구나, 할게요. 그런데 이러고도 제가 죽지 않으면, 그 빌어먹을 미신이 한 거라곤 모자 사이를 갈라놓은 것밖에는 없다는 걸 깨달아주셔야 할 거예요. 과연 그런 날이 올는지 모르겠지만."

기어이 팔을 뺀 어머니가 휘청거리는 것을 내가 잡았다. 숨이 가빠진 어머니는 다시 한 번 내게 몸을 기댈 수밖에 없었지만 곧 나를 밀쳐 내고 비틀거리며 소파에 앉았다.

"가라!"

"삼년고개 얘기 아세요?"

내게 정이 떨어진 듯 고개를 돌리는 어머니께 말했다. 너와 너의 어머니가 내게 들려준 이야기를 전하기 위해서.

"옛날에 넘어지면 3년만 산다는 고개에서 실수로 넘어진 남자가 있었어요. 그 남자는 진짜 자기가 3년만 살까 봐 무서운 생각에 마음의 병이 생겼죠. 그러던 어느 날 남자의 아들이 그 남자의 어이없는 행동에 한마디 했어요. 한 번 넘어지는 데 3년이니 열 번 넘어지면 30년이 아니냐. 옳거니, 싶었던 남자는 삼년고개에 가서 열 번을 넘어졌죠. 그리고 30년을 더 살았어요. 그 이후 얘기를 아세요?"

네가 말할 때는 이렇게 독하게 들리지 않았는데. 말주변이 없는 나는 그저 뼈대만 제대로 이어지는 이야기를 하고 있었다.

"30년 뒤에 그 남자는 다시 삼년고개에 나타났어요. 이미 일흔 살이 넘었지만 더 살고 싶은 마음에 몇 번 더 넘어져 볼까 해서요. 어떻게 됐을 것 같아요?"

내가 제대로 얘기한 걸까? 네가 와서 재미나게 다시 말해줘. 나는 어머니를 앞에 두고도 네 생각뿐이었다.

"그 남자는 너무 많이 넘어져서, 아파서 죽었어요, 그날."

어머니는 내가 힘껏 잡았던 팔이 쓰린지 손목을 어루만지며 조용히 내 이야기를 들었다.

"세상에 저주 같은 건 없어요. 모든 미신은 적당히만 믿으면 돼요. 어머니는 그런 것보다는 저를 믿어주셔야 하는 거예요."

어머니에게서 등을 돌리며 말했다. 그녀는 여태 가빠진 숨을 고르고 있었다.

"이번에는 배웅 못하겠네요. 이제 제가 어머니를 보는 게 너무 힘들어졌어요. 안녕히 돌아가세요."

많은 사람들의 마음을 읽을 수 있지만 정작 누구의 마음도 위로할 줄은 몰랐던, 하나뿐인 아들과 온기를 나눌 줄도 몰랐던, 세상에서 가장 불행한 어머니. 어머니가 조금도 양보하지 않고 계속 내 인생을 쥐고 흔들려 한다면, 어쩌면 이것이 어머니와의 마지막일 수도 있겠다는 생각이 들었다.

너라면, 어머니께 그래서는 안 된다고 호통을 치겠지.

없는 정신에 어머니까지 만나고 오니 정말 기운이 다 빠져 버렸다. 402호 침대에 큰대자로 누워 오늘 일들을 모두 헤아려 보았다. 너와는 거리를 좁히지도 못하고 헤어졌고, 어머니하고도 다시는 안 볼 것처럼 돌아섰다. 얼마 전까지만 해도 모두 다 같이 행복해질 줄 알았는데 이젠 세상이 캄캄하다.

답답한 마음으로 한숨을 쉬는데 기이한 인기척이 느껴졌다.

"여기 있었냐?"

수리라고 생각하고 허공에 대고 말했다. 이젠 서로 장난치는 것도 귀찮을 정도의 오랜 룸메이트라 숨바꼭질을 하려 한다면 성질을 부려줄 참이었다. 그러나 아무도 눈앞에 모습을 드러내지 않았다. 난데없이 도둑고양이라도 숨어든 건가 하여 일어나 집 안을 내려다보는데 현관문이 벌컥 열렸다.

"형, 와 있었네?"

"어, 어……. 지금 문 열고 들어온 거야?"

"그럼 내가 창문으로 들어오겠어?"

"오늘 외박한다며."

"놓고 간 게 있어서."

수리는 침대 머리맡에 있는 반지케이스를 가져가며 말했다. 내가 실연을 당한 뒤로 수리는 좋다는 내색 없이 조용히 결혼 준비를 하고 있었다.

"내일 올게. 잘 자고."

수리는 밝게 인사를 하고 급히 오피스텔을 떠났다.

수리가 떠난 뒤에도 여전히 오피스텔 안의 공기는 묘했다. 구석구석을 확인해 봐야겠다는 생각을 하며 어지러워지려는 몸을 일으켜 계단을 내려와 오피스텔 안을 살폈으나 아무도 없었다.

역시 내가 피곤해서 이상한 생각을 하고 있는 건가, 라고 생각하며 소파에 앉으려던 순간.

스윽―

목 뒤로 시퍼런 칼이 다가왔다.

"얘기 많이 들었습니다."

남자의 비아냥거리는 목소리에 재빠르게 몸을 돌려 뒤를 확인했다. 침입자는 한 명. 예상한 대로 김용식이었다. 수배 생활 동안에도 제대로 먹고 씻은 모양이었다. 역시나 큰 덩치에 어울리지 않게 야비하게 올라간 입꼬리가 소름 끼치도록 간악해 보였다. 힘껏 그의 팔목을 잡았다. 그러나 날카로운 칼이 먼저 오른팔을 찍었고, 금방 셔츠에 피가 묻어 나왔다. 곧 팔의 힘도 빠지고 말았다.

"역시 이쪽을 노린 게 현명한 거였어. 수리 자식은 경찰 딸을 꼬셨더라고. 듣기론 이쪽이 기부천사라던데, 주머니에서 돈이 화수분처럼 나온다던데 확인 좀 시켜주시죠."

김용식은 대뜸 은행 계좌번호들이 적혀 있는 메모 한 장을 내밀었다. 돈을 챙겨 중국 쪽으로 밀입국을 할 모양인 듯했다. 계좌에 5억을 나눠서 입금시켜 주면 출금은 자기들이 알아서 하겠다는 것이었다.

"직접 같이 움직여서 현금으로 찾아와도 되고."

김용식이 비열하게 웃으며 말했다. 비록 오른팔은 다쳤지만 그래도 여긴 내 구역이고 내가 더 유리한데 무얼 믿고 이런 배짱을 부리는지 알 수 없었다.

"넣어놓은 돈은 많지만 출금한도는 5천만 원이야. 한도를 변경하려면 날이 밝을 때까지 기다려야 돼."

거의 사실이었다. 둘러대는 내 말에 김용식은 피식 코웃음을 치며 어딘가로 전화를 걸었다. 영상통화였는지, 그는 핸드폰 화면을 내게 들이댔다.

"곧 집에 들어가려는 모양인데. 한시가 급하지 않을까?"

이럴 순 없어!

대전의 지하철일까. 사람이 많지 않은 지하철에서 네가 내리려는 것이 보인다. 겨우 열 걸음 정도 떨어져 누군가 너를 뒤쫓는 모양이었다. 김용식이 너에게까지 손을 뻗었을 줄은 몰랐다.

내가 자기 인생에 들어오면 자기가 전부 망가지는 것 같다던 너의 말이 귓가에 메아리치는 것 같았다. 모든 상황이 절망스러웠다.

"그럼 이 아가씨는 어떻게 되든 상관없고?"

동요하는 모습을 숨기기 위해 이를 악물었다.

"……어떻게든 해볼게."

너라면 어떻게 했을까. 당혹스런 순간마다 기지를 발휘하던 너라면 분명 더 좋은 수를 짜냈을 것이다. 내게 어떻게 할 수 있는 방법 같은 건 없다. 나에게 은행을 움직이는 힘은 없어. 그저 지금은 은행에 손쓸 도리가 없다는 걸 김용식이 알아채기 전에 너를 무사하게 지켜야겠다는 생각뿐이다. 주위가 어두워지게 만들면 안 된다. 곁에 아무도 없게 만들면 안 된다. 주위 사람이 조금이라도 있을 때 네게 말해줘야 돼.

"어머니 명의 미국 계좌에도 돈이 있어. 거기 은행은 어떻게 할 수 있을 거야. 조금만 기다려 줘."

핸드폰을 가지고 가서 컴퓨터 앞에 앉았다. 김용식이 핸드폰에 대해 불쾌하게 생각하는 듯하여 설명을 해주어야 했다.

"핸드폰으로 공인인증서를 받아야 돼."

의연하게 행동해야 한다는 암시를 끊임없이 걸어야 했다. 컴퓨터 스피커에서 나는 소리가 꽤 커서 다행이었다. 그를 산만하게 만들 수 있을 것이다. 손가락을 몇 번 두드려 순식간에 계좌이체를 완료

했다.
"일단 한국 계좌에 있는 돈 5천만 원 송금했어. 지금 확인해 봐."
김용식이 5천만 원을 확인하기 위해 누군가에게 전화를 걸었다. 나는 컴퓨터 키보드를 만지는 척하며 재빨리 옆에 놓인 핸드폰으로 너에게 간단한 문자메시지를 보냈다.

[누가 뒤쫓고 있어. 위험해. 당장 경찰서로 가.]

네가 과연 문자메시지를 빨리 확인할 수 있을까 애가 탔다. 너의 핸드폰이 가방에 들어 있었던 것이 기억났다. 지금 움직이고 있다면 너는 핸드폰에 신경을 쓰지 않고 있을 것이다.
할 수 없이 발신자표시제한 기능으로 너에게 전화를 걸었다.
제발 받아, 제발.
신호음이 가는 동안 입이 바짝바짝 마를 만큼 애가 탔다. 신호음은 컴퓨터 스피커 소리로 아주 간신히 가릴 수 있었다. 김용식이 5천만 원을 확인하기 위해 누군가와 전화를 하면서 거슬리는 컴퓨터 소리에 인상을 찌푸렸다. 결국 컴퓨터 소리를 줄일 수밖에 없었다.
다행히 곧 네가 전화를 받는 소리가 들렸다.
전화기 너머에서 아무 말도 들리지 않는 것 같다. 내가 전화했을 거라고 생각하는 건지, 너는 '여보세요'라고 말하기를 주춤하는 것 같다. 발신자표시제한 전화를 받다니, 보이스피싱에 쉽게 걸려들

만한 녀석이지만, 그래도 정말 다행이다.

　아마 한마디밖에 못할 테니 제대로 알아들어. 또 바보처럼 이상하게 듣지 말고.

　"사람 많은 데로만 움직여. 최대한 경찰서 쪽으로 가, 얼른!"

　작은 소리로 또박또박 말하고 재빨리 전화를 끊었다.

　제발 무사해 줘.

　사랑한다.

　"이 자식이!"

　급히 전화를 끊은 김용식이 내 말을 듣고 어딘가로 또 전화를 걸었다. 분명 너를 재빨리 따라가라는 지시를 하기 위해서일 것이다. 물건을 던져 김용식의 팔을 명중시켰고, 그가 들고 있던 핸드폰이 멀리 날아갔다. 조금 시간을 벌 수 있게 되었으니, 제발 무사해 줘.

　나는 역시 네가 없으면 안 돼.

　오늘이 지나면 당장 너에게로 달려가겠다.

　김용식이 다시 제대로 칼을 잡았을 때 현관문이 열리며 수리가 들어왔다. 반가움을 느낄 새도 없이 김용식의 가차 없는 칼부림과 싸워야 했다. 좀 전의 상처로 말을 듣지 않는 오른팔이 걸리적거렸다.

　내 쪽으로 수리와 김용식이 동시에 뛰어왔고, 김용식이 휘두르는 칼을 수리가 몸으로 막았다. 수리는 쓰러져 가는 몸을 억지로 일으켰다. 경험이 많은 사람은 찌르고 빼면서 칼을 재빠르게 비튼다는 이야길 수리에게 들은 적 있었다. 김용식의 재빠른 손이 곧 나를 향했다. 나는 김용식의 옆으로 비켜서며 그의 팔을 힘껏 잡아 꺾었고, 곧 그는 흉기를 바닥에 떨어뜨렸다. 그러나 이미 나도 한 번 더 찔린 후였다.

누구의 피인지도 알 수 없을 만큼 바닥이 순식간에 흥건해지는 것을 보며 눈앞이 아득해지고 있었다.

21. 위대한 사랑

생각지도 않게 여국대 사장을 만나고 오니 머리가 지끈거려 아무 것도 할 수가 없게 되었다. 덕희와 송주를 만나는 것은 다음으로 미루고 대전행 기차에 올라 마음을 추슬렀다. 내가 준비 없이 내뱉은 말이 그에게 포기하지 못할 여지를 만들어주거나, 반대로 너무 큰 상처가 되지는 않을까 하여 걱정이 되었다.

이모부는 결국 나흘 뒤에 이모를 퇴원시키기로 결정하셨다. 병원에 잠깐 들렀다가 이모 얼굴만 보고 집으로 돌아갔다. 이모의 표정이 좋지 않아 서울에서의 일을 얘기할 수 없었다. 기적을 말씀하시던 이모부도 이모의 괴로워하는 얼굴을 보고 그새 마음이 약해졌는지 생기 없는 눈빛을 보였다. 언뜻 지나가며 민간요법을 쓰기엔 너무 늦지 않았냐는 회진 주치의의 말을 듣고 나도 초조해졌다. 집으로 돌아가는 길은 발걸음이 무거웠다.

마음이 쓰이는 여러 가지 일로 신경이 예민해져서인지, 낮에 느꼈던 기운과 마찬가지로 누군가 나를 계속 주시하는 것 같은 낌새에 불안이 엄습했다. 무서워 걸음을 재촉하면서도, 혹시 여국대 사장이 여기까지 쫓아온 걸까 하는 생각이 들어 뒤를 돌아보는 것도 꺼리게 되었다. 하지만 여국대 사장은 한 시간 간격으로 내게 계속 전화를 하고 있으니 지금의 느낌은 역시 내 예민함 때문인 거겠지.

다행히 지하철 안에 사람들이 몇 명 있어 조금 안도하며 역에서 내렸다. 그런데 왜 나와 함께 내리는 사람들은 하나같이 다 험상궂게 생긴 시퍼런 아저씨들뿐인지. 조금 더 낌새가 느껴지면 송주나 덕희한테라도 전화해야겠다 생각하며 핸드폰을 손에 쥐었을 때 드르륵, 하고 핸드폰 진동이 울렸다. 여국대 사장의 문자메시지였다.

계속 전화 연락이 닿지 않아 문자메시지로 사람을 피곤하게 하려나 보다 생각하며 메시지를 확인했을 때, 나는 깜짝 놀라 '헉' 하고 소리를 내고 말았다.

[누가 뒤쫓고 있어. 위험해. 당장 경찰서로 가.]

상상하고 싶지 않았던 불쾌한 느낌이 맞았던 것이다. 그런데 여국대 사장은 이 근처에 있는 걸까? 어떻게 그걸 알았지? 더 생각할 틈 없이 또 핸드폰이 울렸다. 이번엔 발신자번호표시제한으로 온 전화였다.

무얼까 하여 떨리는 마음으로 전화를 받았지만 전화기를 귀에 가져간 상태로 아무 말도 하지 못했다.

[사람 많은 데로만 움직여. 최대한 경찰서 쪽으로 가, 얼른!]

조용하면서도 다급한 그의 목소리가 들렸다.

[이 자식이!]

곧이어 내가 들어본 적 없는 날카로운 남자의 목소리가 들렸다. 전화는 남자 목소리 이후로 툭 끊겨 버렸다. 손이 부들부들 떨리고 심장이 세차게 뛰었다. 하지만 생각은 나중으로 미루고 뛰어야 했다. 내가 뒤도 돌아보지 않고 재빨리 움직이니 뒤에서도 빠른 발걸음 소리가 들렸다.

"아아아악!"

평소라면 절대 낼 수 없었을 법한 고함을 질렀다. 사람들이 내 쪽을 쳐다보는 게 도움이 될 것이다. 경찰서는 어딘지도 모르고, 거기까지 가다가 힘이 먼저 빠질 것 같아 밖으로 나가지 않고 관리소 쪽으로 뛰어 들어갔다. 연세 지긋해 보이는 역장 아저씨와 지하철 공익근무요원 한 명이 나를 보고 의아한 표정을 지었다. 충격에 좀 더 강한 사람이 되라던 여국대 사장 어머니의 말이 급작스레 떠올랐다. 나는 흥분한 마음을 가라앉히고 그들에게 내 상황에 대해 이야기하며 문자를 보여주었다.

"허이구. 전화해 준 사람은 어찌 그런 걸 알았대? 그 사람은 괜찮은 거야? 한번 연락 좀 해봐."

역장 아저씨는 진심으로 걱정스러워하며 내게 말했다. 그러나 '이 자식이!'라고 말한 남자의 목소리를 기억하고 있는 나는 여국대 사장에게 바로 전화해서는 안 되겠다는 생각이 들었다. 수리 씨에게 전화를 하니 수리 씨도 받지 않았다. 급한 마음에 이전에 전화로 무례하게 굴었던 것도 잊고 비룡 씨에게 전화를 걸었다.

[여보세요.]

비룡 씨는 금방 전화를 받았다. 나는 다짜고짜 필요한 질문을 했다.

"사장님 지금 어디 있어요?"

[송아 씨였어? 전화번호 바꾼 거지?]

비룡 씨가 반가운 마음에 안부를 물으려 하는 것도 가로막고, 조급하게 소리를 높여 말했다.

"사장님이랑 전화하는데 이상한 소리가 났어요! 누가 '이 자식이!' 이러면서 사장님을 공격하려고 그러는 것 같았어요."

내 다급한 목소리에 금방 사태를 알아챈 비룡 씨가 이내 긴장한 목소리로 말했다.

[정말이야? 알았어. 내가 알아보고 연락할 테니까 일단 끊어봐. 이 번호로 연락하면 되지?]

비룡 씨는 나를 안심시키고 급하게 전화를 끊었다.

전화를 하고 나면 마음이 진정될 줄 알았는데 여국대 사장의 상황이 어떤지를 모르니 기분이 조금도 나아지는 것 같지 않았다.

혹시 내 관심을 끌기 위해 농담을 한 것은 아니었을까? 내가 그에게 연락을 하면 '서프라이즈!' 하면서 웃지는 않을까. 차라리 그랬으면 좋겠다는 생각이 들었다. 나 혼자 화내고 끝내면 될 일이니까. 그러나 '이 자식이!' 라고 하는 목소리는 쇠톱처럼 거칠고 송곳처럼 날카롭게만 들렸었다. 연출이라고 하기엔 너무 생생했고 무시무시했다.

그동안 지하철역의 감시카메라를 살펴보던 역장 아저씨는 나를 쫓아온 괴한의 얼굴을 찾아 나에게 보여주고 경찰에 신고했다. 예전에 오피스텔 엘리베이터 쪽에서 잠깐 봤던 최민수나 김용식은 아니었다. 김용식의 새로운 패거리인 걸까? 생각보다 우리가 모르는 사람이 많은 것 같았다.

비룡 씨에게 연락이 온 뒤 떠나려 했지만 한 시간이 다 되어가도록 비룡 씨는 감감무소식이었다. 그사이 역장 아저씨는 경찰들을 불렀고, 나를 쫓던 괴한의 신원 확인을 마친 경찰은 나를 집까지 바래다주겠다고 하였다. 나는 경찰관에게 대전역까지 함께 가달라고 부탁했다. 서울로 가서 그의 안부를 확인해야겠다는 생각이 들었기 때문이다. 이성보다 감정이 앞서 버렸지만 걱정되는 마음을 어쩔 수 없었다.

부랴부랴 서울행 기차표를 끊고 기차에 올랐다. 가는 동안 이모부께 자초지종을 설명하고 답답한 마음에 은영 씨에게 전화를 했다. 은영 씨는 머뭇거리다 전화를 받은 것 같았다.

[아, 언니……. 수리 오빠랑 사장님이랑 김용식이라는 사람한테 당한 모양이에요.]

간담이 서늘해지는 느낌이었다.

"……많이 다친 거야?"

[그런 것 같아요. 둘 다 수술해야 된대요.]

은영 씨는 차분하게 말하려고 노력하는 것 같았지만 목소리는 심하게 떨리고 있었고, 간간이 훌쩍거리는 소리가 들렸다. 문득 은영 씨의 건강도 염려스러웠다.

"은영 씨, 은영 씨는 괜찮아?"

[네…… 그런 것 같긴 한데……. 언니, 지금 여기로 올 거죠? 언니가 있었으면 좋겠어요…….]

"알았어. 지금 대전이라 가는 데 좀 걸릴 거야. 빨리 갈게, 병원 어딘지 말해줘."

이어 들려오는 은영 씨의 목소리에서 어쩐지 절망의 마음이 읽히는 듯하여 조마조마했다.

머뭇거릴 새도 없이 여국대 사장이 있다는 병원에 도착했다. 은영 씨는 수리 씨의 수술실 앞에 혼자 앉아 있었다. 내가 여국대 사장에 대해 궁금해할 것을 눈치챘는지, 은영 씨는 나를 보자마자 그에 대해 이야기해 주었다.

"사장님은 저쪽 수술실에 있는데 어머님이 와 계세요. 비룡 아주버니는 경찰서에 있고요."

한 달 전에 그의 어머니가 내게 했던 말이 떠올랐다.

'넌 처음부터 국대를 쥐고 흔들었어……. 내 아들을 돈으로 협박하는 무서운 애들이 엉겨 붙었던 것도, 시작은 다 너였어…….'

지금 그녀는 수술실 앞에서 나를 얼마나 원망하고 있을까. 급하게 먼 길을 왔지만 은영 씨의 이야기를 들으니 조금도 그의 수술실 쪽으로 발이 떨어지지 않았다.

여국대 사장은 오른팔과 어깻죽지를 칼에 찔린 모양이었다. 그러나 수리 씨는 좀 더 심각한 상황인 것 같았다. 은영 씨는 '일단 배에 깊은 게 하나, 쓰러지면서 뇌진탕 약간' 이라고만 말했다. 덤덤하게 말했지만 그 침착함이 오히려 많은 뜻을 내포하고 있는 것 같아 걱정스러웠다.

"은영 씨는…… 괜찮아? ……애기는? 좀 쉬어야 하지 않을까?"

"그게 좀, 이상한 느낌이 들어서요."

은영 씨는 표정을 바꾸지 않고 서늘하게 말했다. 어쩐지 은영 씨의 하얀 얼굴에서 파란빛이 도는 것 같았다.

"아까 피가 좀 났어요. 날 밝으면 제가 다니는 산부인과에 좀 다녀와야 될 것 같은데, 언니…… 같이 가주시면 안 돼요?"

은영 씨가 간곡하게 말했다. 다시 한 번 심장이 철렁 내려앉았다. 은영 씨마저 잘못될까 두려운 마음에 수술실 앞은 내가 지킬 테니 집에 가서 쉬는 게 좋겠다고 거푸 설득하여 은영 씨를 우선 집으로 보냈다. 야근을 하고 뒤늦게 소식을 들은 은영 씨의 아버지가 은영 씨를 데려가기 위해 병원에 잠시 들렀다. 모든 사람의 건강을 기원하며 어서 빨리 수술이 끝나길 기다릴 수밖에 없었다.

은영 씨가 떠난 후에는 비룡 씨가 돌아왔다. 비룡 씨는 나를 위해 여국대 사장의 수술이 끝났다는 이야길 들려주었다. 당장 달려가 확인하고 싶었지만 의연하게 참고 고개를 끄덕였다.
"김용식이 국대 오피스텔에 잠입해 있었던 모양이야. 아는 수배범들끼리 돈을 모아서 밀입국을 해볼까 한 것 같은데 송아 씨 덕에 오늘 새벽에 다 검거됐어. 대전에도 한 명 있었다는데 송아 씨는 괜찮아?"
"사장님 전화를 받았던 게…… 그 내용이었어요. 누군가 뒤쫓고 있으니 조심하라는……."
"그랬어? 경찰서에서 그 얘기는 안 하던데, 그 얘기도 해야겠다. 역시 무서운 놈들이네. 송아 씨라도 무사해서 다행이야."
그 말을 끝으로 잠시 어색한 침묵이 돌자 비룡 씨는 기회라는 듯 안부를 물으며 지난날의 일들을 조용히 사과했다.
"잘 지냈어? 그동안 미안했고."
그 이야기에 대해선 아직도 '괜찮아요'라는 말이 나오지 않아 아무 말 하지 못했다.

새벽 5시쯤, 수리 씨가 수술실에서 나오지 않아 초조해하며 시계를 보고 있을 때 잠깐 자리를 비웠던 비룡 씨가 가까이 와 내 손목을 잡았다. 여국대 사장에게 손목을 잡혀본 적은 수없이 많지만 비룡 씨에게 붙들려 본 적은 한 번도 없어 적잖이 당황하게 되었다. 비룡 씨의 팔 힘도 여국대 사장 못지않을 만큼 강해서 나는 영문을 모른 채 끌려갈 수밖에 없었다.

"국대 어머님이 외출하셨어. 기회야."

비룡 씨는 어느 입원실 앞에서 들뜬 목소리로 말했다. 아, 여국대 사장의 병실이구나. 상황을 깨달은 나는 두려운 마음에 뒷걸음질쳤지만, 안에서 입원실 문이 열리는 속도보다 빠르진 못했다.

입원실 문앞에는 팔에 붕대와 깁스를 하고 진통제를 맞고 있는 여국대 사장이 서 있었다.

눈이 마주침과 동시에 그는 내 손을 잡고 입원실 안쪽으로 끌어당겼다. 문은 비룡 씨를 바깥에 세워두고 매정하게 닫혔다. 입원실 안에는 여국대 사장과 나 둘밖에 남지 않았다.

문이 닫히자마자 그는 다치지 않은 한쪽 팔로 나를 꼭 끌어안았다. 두근두근두근……. 나는 그동안 그에게 심한 말을 했다는 것도 잊고 그의 가슴에 안겨서 그의 심장 소리를 들었다. 그의 심장이 빠르게 뛰는 것이 느껴져 눈물이 나올 것 같았다.

"다신 못 보는 줄 알았네."

그의 목소리가 가슴통을 통해서 내게 전해졌다. 울컥거리는 마음을 누르고 그에게서 한걸음 물러나 그의 다치지 않은 팔을 때렸다.

"나한테 전화를 하면 어떻게 해요! 경찰서나 비룡 씨한테 연락해서 도움을 청해야지!"

"야, 환자를 때리는 사람이 어디 있어! 내가 지금 무슨 정신력으로 서 있는지 알아?"

그는 투정을 부리다가 나를 다시 끌어안았다. 한동안은 나를 놓아

줄 생각이 없는 듯하여 나는 그에게 안긴 채로 그의 팔에 대해 물었다.
"팔은 어째요? 또 그렇게 돼버렸는데."
"팔이 더 중요할 것 같냐, 네가 더 중요할 것 같냐?"
그는 점점 기운이 빠지는 듯 조용히 말했다.
"뭐, 이건 언젠가 낫겠지. 게다가 손은 여기 하나 더 있어. 그런데 너는 세상에 둘도 없이 하나라는 게 얼마나 복장 터지는 일인 줄 알아?"
나는 그를 걱정했던 마음을 다 드러내 보이게 될까 두려워 이를 악물어 눈물을 참았다.

한참 동안 나를 안고 놓아주지 않던 그를 침대에 누이고 그의 앞에 앉았다.
"왜 그랬어. 왜 그렇게 사라졌냐?"
긴장이 풀리고 나니 다시 냉정한 마음이 돌아왔다. 그의 어머니와 마주칠 것 같다는 생각에 그냥 병실을 나갈까 생각했을 때 그가 물었다. 나는 대답을 하지 못했다.
"우리 어머니 때문이야? 내가 다 지켜주겠다고 했잖아."
"……내 이상형이 어떤 사람인 줄 아세요?"
"……나 아니었어?"
아니야.
"엄마 같은 사람."

그는 내 이야기가 흥미롭겠다는 듯 고개를 좀 더 내 쪽으로 기울였다.

"사장님이 어떻게 생각하든, 그런 엄마라도 내 엄마였으면, 오로지 내 자식밖에 모르는 내 엄마가 살아 있었으면, 하고 항상 생각했었거든요. 그래서 엄마한테는 항복할 수밖에 없어요. 사장님 엄마보다 사장님을 더 사랑하는 사람은 없을 테니까."

"……그래도 어떻게든 다 같이 행복해질 수 있는 방법을 찾아볼게."

나는 고개를 저었다.

"밤에 그런 생각이 들었어요. 나도 미신이라고 생각했지만, 어제 우리가 안 만났으면 사장님이 이런 일을 당하지 않을 수도 있지 않았을까……."

"금기나 저주 같은 건 어젯밤에 다 깨졌어."

그는 내 진지한 말에 피식 미소를 지으며 말했다.

"내가 살아 있는 게, 이제 저주 같은 건 없다는 얘기야."

나는 그의 말이 무슨 뜻인지 몰라 고개를 갸웃거리며 그를 보았다. 그러는 사이 노크 소리가 들리고 비룡 씨가 급하게 문을 열었다.

"어머니 오신다. 송아 씨, 그만 나와."

이게 무슨 짓인지, 나는 그에게 인사를 할 틈도 없이 헐레벌떡 병실을 빠져나왔다.

내가 여국대 사장의 병실을 다녀오는 동안 은영 씨가 집에서 쉬고 돌아왔다. 아침에는 은영 씨가 다니는 산부인과 문이 열리는 대로 방문하기로 했기 때문에 아홉 시간이 넘어가는 수리 씨의 수술을 다 지켜보지 못하고 은영 씨와 산부인과에 갔다.

그리고 태아의 심장이 뛰지 않는다는 충격적인 사실을 들어야 했다. 꽤 많이 아팠을 텐데 괜찮았냐는 의사의 말에 턱을 가늘게 떨며 고개를 끄덕이던 은영 씨는 결국 수술을 해야 한다는 말에 무너지며 눈물을 쏟고 말았다.

"수리 오빠 소식을 듣고 너무 정신이 없어서…… 아파트 엘리베이터가 안 올라와서 계단으로 뛰었어요. 그때 넘어졌는데, 애기를 지켜야 된다는 건 너무 늦게 깨달았어요."

수술을 예약하고 수술 전 엑스레이나 심전도와 같은 여러 검사를 하는 동안 마음을 억지로 추스른 은영 씨가 말했다.

"어젯밤에 언니 생각이 많이 났어요. 언니가 예전에 그런 적 있잖아요. 엄마가 돌아가신 건 어린 딸을 생각한다면 절대 죽어서는 안 되는 건데 죽어버린 사람 탓이라고."

내가 그런 말을 한 적이 있었나? 가볍게 말했던 내 속의 별것 아닌 감정들을 깊이 생각해 주는 사람들이 있어서 고마우면서도 한편으로는 가슴이 아리도록 미안하다.

"언니 어머니요, 분명히 살고 싶었을 거예요. 언니를 두고 떠날 수가 없어서."

은영 씨는 차분하게 말했다. 몇 시간 사이 은영 씨의 투명한 찰떡

피부가 거칠어진 느낌이었다.

"언니가 어머니 뱃속에 있을 때 아버지가 돌아가셨다고 말했었죠? 그 괴로움을 버티는 엄마 마음은요, 웬만한 의지가 아니고서는 힘든 거였어요. 언니는요, 그렇게 위대한 사랑으로 태어난 거예요. 나는 상상조차 할 수 없는······."

한 번도 생각해 보지 못한 엄마 입장에서의 감정이 은영 씨로부터 흘러나와 내게 전해졌다. 나보다 어린 이 아이는 나보다 더 큰 세계에서 살고 있었구나. 그녀는 마지막 말을 마치고 체념한 듯이 흐느끼듯 울먹거리다가 다시 엉엉 울었다. 아기에게 미안하다며 배를 감싸고 우는 여자아이를 보니 내 가슴도 미어지는 것 같았다. 이런 착한 아이에게 그런 시련을 주는 하늘이 원망스럽기도 했다. 은영 씨는 누구를 원망하는 마음도 없이 한참 울다가 눈물을 닦았다. 나는 그녀가 가여워 오랫동안 그녀를 안아주었다.

사흘간 중절수술로 병원에 입원해 있는 동안 수리 씨가 깨어나 자길 찾지 않을까 걱정한 은영 씨는 수술을 마치고 만신창이가 된 몸으로 수리 씨의 병실을 찾았다. 비룡 씨가 우리를 보자마자 다급하게 불렀다. 수리 씨가 곧 깨어날 것 같다는 것이었다. 수리 씨의 병실에는 진통제를 떼어낸 여국대 사장이 간호사와 함께 수리 씨를 보고 있었다. 여국대 사장은 은영 씨에게 가까이 가보라는 듯 뒤로 물러났다. 은영 씨의 눈에 눈물이 고이는 것을 보았다. 모두가 수리 씨를 주시하며 숨을 죽이고 있을 때 수리 씨는 기다렸다는 듯이 기적적으로 눈을 떴다.

간호사가 '남수리 씨, 눈 떠보세요!' 하고 소리쳤지만, 수리 씨는 계속 정신이 없는 듯 다시 눈을 감을 듯이 괴로워했다.

그런 수리 씨가 은영 씨의 '오빠' 하는 소리에 반응한 것은 기적처럼 보였다. 수리 씨는 은영 씨를 알아보고 은영 씨 쪽으로 손을 내밀었다. 은영 씨는 냉큼 그 손을 잡고 핼쑥해진 수리 씨의 얼굴을 응시했다.

"나 보여?"

수리 씨는 은영 씨의 말에 대답하지 않았다. 수리 씨가 제정신으로 돌아오는 데는 10분 이상이 걸렸다. 그 시간 동안 은영 씨는 수리 씨를 보채지 않고 손을 꼭 잡고 바라보았다.

이윽고 정신을 차린 수리 씨가 입을 열었다. 지켜보는 우리는 안중에도 없는 듯, 수리 씨는 은영 씨의 안부를 가장 먼저 물었다.

"자긴 괜찮아?"

살짝 움찔하던 은영 씨가 부드럽게 웃으며 말했다. 마치 아무 일도 없었던 것처럼.

"당연하지. 난 건강하잖아."

"우리 애기는?"

"당연히 애기도 잘 크고 있지."

"어디 봐."

은영 씨가 긴장한 얼굴로 수리 씨에게 배를 내밀었다. 수리 씨가 힘겹게 손을 뻗어 그녀의, 빈 배를 만졌다. 수리 씨의 손 위로 그녀의 손이 올라갔다. 두 사람은 마주 보고 모든 게 다행이라는 듯이 미소 지었다.

절절하고도 위대한 사랑을 본다. 세상에서 가장 사랑하는 사람을 위해 자신의 아픔을 모두 감추고도 웃을 수 있는.

며칠 뒤 이 둘은 서로 마주 안고 텅텅 울 것이다. 하지만 모든 고난과 역경을 이겨내고 이들은 언젠가 세상에서 가장 훌륭한 엄마, 아빠가 될 것이다. 나는 알고 있다.

그녀가 너무 강해서, 나도 죽을힘을 다해 눈물을 참을 수밖에 없었다.

이제 이 사람들에게 행복만 가득하도록 해주세요. 참 어렵게 살아온 사람들입니다……. 내가 기도하는 동안 여국대 사장이 내 손을 잡고 감격한 듯 작게 미소 지었다.

다행이다. 이렇게 웃을 수 있는 날이 있어서. 나는 곧 당신을 다시 떠나겠지만.

슬픈 소식은 예상했던 대로 내 쪽에서 들려왔고, 더 이상의 기적은 없었다.

22. 기적에 대하여

"내가 너한테 더 해줄 수 있는 게 뭘까?"
"더 오래 내 옆에 있어주는 거요."
"그래, 나도 그럼 바랄 게 없지만…… 필요한 건 없어?"
"……같이 여행 가고 싶어요. 비행기 타고, 기차도 타고."
"그래, 가자, 여행. 딸이랑 여행 간다는 친구들 부러웠는데 나도 가겠네."
"그러니까 빨리 건강해지셔야 돼요."
"알았어."
"송아야……."
"송아야, 너를 키울 수 있어서, 정말 영광이었어."

☆   ☆   ☆

　기적은 없었다.
　수리 씨가 깨어나고 대전으로 돌아온 지 2주일 만에 이모는 엄마 곁으로 떠났다. 제주도로 이사를 가지도 못했다. 마음의 준비를 했다고 생각했지만 이모부처럼 기적을 기다렸기 때문인지 모든 것이 야속하게 느껴졌다. 이모는 나와 송주와 이모부가 지켜보는 가운데 유언 없이 한줄기 눈물을 끝으로 세상을 떠났다. 이모가 간 세상에는 아픔이나 슬픔이 없었으면 좋겠다고 생각했다.
　이모가 얼마나 인복이 많은 사람이었는지, 조문객은 끊이지 않았다. 나도 상주 자리에 앉아 조문객들과 인사하며 이모의 친구뿐 아니라 엄마의 고향 친구도 몇 분 뵐 수 있었다.
　여국대 사장은 장례를 치르는 사흘 내내 장례식장을 지켰다. 팔에 깁스를 한 채 나타난 그가 성가셔서 이제 그만하면 됐으니 돌아가라고 말했지만, 그는 알았다고 하면서도 계속 내 시야에 있었다. 나중에는 그에게 성을 낼 힘도 없어 그가 있건 말건 신경 쓰지 않고 그가 하는 대로 그냥 두었다. 문제는 그가 너무 훤칠한 나머지, 눈이 휘둥그레진 사람들이 그를 보고 내게 신랑감이냐, 애인이냐, 하고 계속 물어본다는 것이었다. 나는 매번 말문이 막힐 수밖에 없었다.
　송주는 장례를 치르는 동안 한 번도 울지 않았다. 오랜만에 만난 친척들에게는 지친 이모부 대신 미소 지어 인사를 하기도 했고, 눈시울을 붉히는 이모의 친구들을 의젓하게 위로하기도 했다.

아무리 내가 이모에게 딸 같은 조카이지만 아들이 겪는 아픔만 할까, 하는 생각이 들어 송주를 위로해 주고 싶었지만 제대로 위로하지는 못했다. 그저 밥 때 되면 밥 먹이고, 힘들어 보이면 음료수를 건네며 내 방식으로 마음을 전했다.

장례 마지막 날, 추모공원에 이모를 봉안하고 돌아와 조문객 명부를 들여다보며 한숨을 쉬는 송주에게 일단 쉬라고 말하고 방으로 들어가게 했다. 자리에서 일어나지 않은 채로 잡은 내 손을 들여다보던 송주는 작은 소리로 말했다.

"옛날에 내가 누나한테 몹쓸 짓 했었구나. 이게 이렇게 힘든 건지 몰랐네."

20년 전 엄마가 돌아가실 때의 이야길 하는 건가? 난 잘 기억나지도 않는데 송주는 무언가 기억이 나긴 하는 모양이었다.

"왜 그때 말 안 했냐. 힘들었다고 좀 말해주지. 사과했을 텐데."

송주가 나한테 어떤 행동을 했든 그게 상처가 되지는 않았으면 하는 마음에 송주의 어깨를 다독여 주고 방으로 들여보냈다. 혼자 거실에 남아 조문객 명부를 정리하며 또 이모 생각이 났다.

대학에 들어간 후부터 1년에 서너 번, 많아야 대여섯 번 이모 댁을 방문했었다. 만나서도 우리는 그저 손을 맞잡을 뿐 격한 애정 표현을 하지는 않았다. 그러나 이모가 있는 세상과 없는 세상은 천지 차이다. 엄마에 대한 환상을 갖고 있는 나에게 이모는 가장 엄마에 가까운 분이었다.

 엄마를 잃고 마음이 비뚤어질 수밖에 없었던 나를 다독여 주신 분. 분에 넘치는 사랑을 받았어도 늘 부족하게만 생각했던 못난이 조카를 한 번도 나무라지 않으셨던 분.

 어떻게 그분은 나 같은 애를 키워주신 것을 영광이라는 말로 표현할 수 있는지.

 내가 감상에 젖어 있을 때, 송주는 방문을 빼꼼히 열고 나를 들여다보며 은근슬쩍 여국대 사장에 대한 이야기를 꺼냈다.

 "아까 누나 옛날 애인이랑 얘기했다. 솔직히 따라다닐 때 잡아야 되는 거 아냐? 다른 여자들이 채갈까 봐 무서워해야 되는 거 아냐? 이제 나는 단점도 안 보이더라."

 송주는 여국대 사장에게 완전히 넘어간 것 같았다. 그에게 남자 홀리는 재주도 있을 줄이야.

 "고맙다고 전화라도 해줘. 내 안부도 전하고."

 방문은 내가 다른 말을 하기도 전에 닫혔다. 거실에 앉아 앞으로 할 일을 헤아려 보며 여국대 사장에 대해서도 조금 생각해 보았다. 역시 장례식장을 지켜준 건 고마운 일이니까 나도 전화를 해봐야 되나? 하지만 쓸데없는 희망을 심어줘서는 안 된다. 김용식과 관련된 일로, 이모의 장례로 그와 다시 연이 닿게 되었지만 계속 이렇게 맺고 끊는 것을 분명히 하지 못하면 언젠가 나는 '그의 어머니와의 만남' 제2탄을 찍게 될 것이다. 나는 내가 가진 어떤 것도 양보할 수 없는 사람인데. 내 사랑의 그릇은 내 이름을 바꿀 만큼 크지도 못하고 그의 어머니와 맞설 만큼 강하지도 못한데.

　핸드폰을 들고 그의 전화번호를 눌렀다. 그는 내가 마음을 가다듬을 시간도 주지 않고 잽싸게 전화를 받았다.

　[여보세요.]

　"저기, 다 끝내고 집에 와서 쉬려고요."

　[그래, 수고했어.]

　이게 아닌데.

　"지금까지…… 고마웠…… 다고 전해달래요, 송주가."

　[한 것도 없는데 뭘. 피곤할 텐데 얼른 쉬어. 나중에 연락할게.]

　아니, 이게 아닌데.

　"아니, 아니요. 연락 안 해도 돼요."

　[네가 연락해 주려고?]

　아, 진짜 이게 아닌데…….

　[나중에 시간 좀 내줘. 같이 갔다 오고 싶은 데가 있어.]

　장례를 치르는 동안 나도 피곤했던 걸까? 그의 편안한 목소리에 바보처럼 굴고 말았다. 이게 아닌데, 라고 생각하면서도 그에게 들킬 리 없는 내 표정은 울상이 되어버렸다. 결국 나는 그의 이야기에 '봐서요'라는 우유부단한 대답을 하고 전화를 끊었다.

　이모가 계시지 않는 이모 댁에 있는 것은 마음이 편하지 않았다.

송주는 내 기분을 눈치채고 세상이 위험하니 결혼하기 전에는 절대 벗어날 생각을 하지 말라는 말로 내게 가족이라는 소속감을 확인시켜 주었다. 이모부는 대전에서의 일들을 정리하고 관악구 쪽에 작은 아파트를 구입해 서울에서 다 같이 살자고 말씀하셨다. 나는 송주가 집을 구할 때까지 덕희네 자취집에서 신세를 지기로 했다.

조문객들에게 감사 연락을 하고 이모의 유품을 정리하는 동안엔 꽤 덤덤했다고 생각했는데 일상으로 돌아오니 괴로움의 무게가 실감났다. 출판사에서 오래전에 보낸 동화 원고의 그림 작가를 찾고 있다는 소식과 함께 기획 잡지의 몇 꼭지를 부탁한다는 의뢰가 들어왔지만 수락할 수가 없었다. 글을 쓰는 일도 꽤 집중을 해야 하는 정신노동이었기 때문에 좋은 글을 쓸 수 없을 것 같아 포기해 버린 것이었다. 이모 일을 정리하고 일찌감치 정신을 차린 송주와 달리 나는 겉으로도 드러날 만큼 내내 마음이 괴로웠다.

덕희네 집에 눌러앉아 있던 나는 덕희에게 그 한심한 꼴을 다 보여주었다. 그 속 터지는 행동을 덕희가 여국대 사장에게 일러바친 건지, 내내 연락이 없던 그가 1주일 만에 전화를 해왔다.

[지금 집 앞인데, 잠깐 바람 좀 쐬고 올래? 기다릴게, 얼른 내려와.]

10시가 넘은 밤이었기 때문에 지금은 나갈 수 없다고 말하려는데, 그는 내 대답을 기다리지도 않고 전화를 끊었다. 할 수 없이 밖으로 나간 나는 차를 문 앞에 세워놓고 미소 짓는 그에게 잠깐 흔들릴 뻔했지만 금방 정신을 차리고 그의 호의에 관심 없다는 듯 차갑게 말했다.
"못 가요. 그 얘기 하려고 나왔어요. 전화로 하려다가 예의상 직접 전하러 나온 거예요."
그는 내 손에 영화 티켓만 한 크기의 종이 한 장을 쥐어주었다.
"비룡이가 이거 가져가라더라. 너 아틀리에 이거 빚졌다며."
이게 뭐야, 인상을 쓰며 종이를 살펴본 나는 종이에 쓰여진 글씨를 보고 놀라 까무러칠 뻔했다.

―여국대 1박 2일 이용권

아니, 이게 언제부터 상품이 아니라 빚이 됐단 말인가!
"이런 빚을 졌으면 당장 얘기를 했어야지. 어딜 떼어먹으려고."
"나는…… 나는 현금 20만 원을 선택했었다고요!"
"다른 건 오래전에 유효기간 지났어. 몰랐어?"
허, 기가 막혀 말이 나오지 않았다.
"동생이 너 시집 못 갈까 봐 걱정하더라."
그가 예전에 물 건너간 결혼 이야기를 하니 얼굴이 화끈거렸다. 달아오른 얼굴을 식히기 위해 나도 모르게 손부채질을 하게 되었다.
"넌 의리도 없냐? 한두 번 뽀뽀한 애랑은 대전까지 갔다 오는 애가, 200번도 넘게 키스한 옛 연인 차에는 타려고 하지도 않냐? 내가 널 잡아먹겠다는 것도 아닌데."

경주와 대전에 다녀온 것은 두고두고 화두에 오를 만한 약점이 되어 있었다. 그게 다 누구 때문이었는데, 하고 쏘아붙이고 싶었지만 그럴 기운도 남아 있지 않아 못 이기는 척하며 차에 올랐다.
"어디 가는 건데요?"
"바닷가."
바닷가는 땅끝마을에서 아르바이트를 하며 인이 박히도록 봤는데.
"바람만 쐬고 오는 거죠? 갔다가 빨리 돌아와요. 집에서 편하게 자고 싶어요."
그는 내가 측은한지 내가 차에 탄 사실에 흡족하게 웃으면서도 걱정스런 목소리로 말했다.
"인천 쪽으로 갈 거야. 도착하면 깨울 테니까 목베개 베고 자든지 해. 도착하면 너도 마음에 들어 할 거야."
"이게 마지막이에요. 다시는 사장님이랑 어디 갈 일은 없을 거예요."
예나 지금이나 그가 날 걱정해 주는 목소리는 눈물이 날 듯이 따뜻했다. 정말 그의 옆에서 펑펑 울 수도 있겠다는 생각이 들어 억지로 싸늘한 말을 내뱉고는 눈을 감고 오지 않는 잠을 청했다.

누군가 허리를 만지는 간지러운 감촉을 느끼며 잠에서 깨어났다. 아니나 다를까. 여국대 사장이 불빛 하나 없는 갓길에 차를 세우고 당황한 표정으로 내 허리를 만지작거리고 있었다.

"아니, 그게 아니라……."

"야아아아!"

나는 젖 먹던 힘까지 짜내어 그를 밀쳐 냈고, 그는 내게서 밀려나며 조수석 앞턱에 허리를 부딪혔다.

"이러려고 자라고 했어요?"

"그게 아니라, 핸드폰 GPS만 믿고 네비게이션을 안 가져왔는데 핸드폰 배터리가 나갔잖아. 한참 가다가 길을 잃은 것 같아서 네 핸드폰으로라도 찾아볼까 했지."

그는 허락도 구하지 않고 내 주머니에서 핸드폰을 꺼내더니 GPS를 켰다. 시계를 보니 이미 새벽 3시가 지나 있었다. 그의 표정은 좀 전보다 더 어두워졌다.

"오늘은 늦었으니까 집에 돌아가고 나중에 다시 올래?"

"이 먼 거리를 나중에 또다시 오겠다고요?"

"길을 잃어서 그랬던 건데, 나중엔 다시 잘 준비해서 올게."

그는 쏘아붙이는 내 말에 기가 죽은 듯 불쌍한 표정을 지었다. 그래, 그도 길을 잃어 애가 탔을 것이다. 약속한 것은 지키려고 노력하는 사람이니.

"그냥 갔다 와요. 지금 집에 가나 사장님이 가자는 데까지 갔다 오나 똑같을 것 같아요."

그는 내가 시간을 더 허락하자 이내 밝아진 얼굴로 내게 물었다.

"좋은 꿈 꿨어? 코도 골던데."

내가 오랫동안 대답을 하지 않는데도 그는 보채지 않았다. 그는 그렇게 지금껏 오랜 시간 동안 날 기다려 왔을 것이다. 하지만 나는 그에게 몇 번이나 아무렇지도 않게 마지막이라는 얘기를 했지. 그 생각을 하니 마음이 쓰려 코가 시큰해졌다.

"요즘엔 엄마 꿈도 안 꾸고 이모 꿈도 안 꾸고, 계속 온 세상이 까매지는 꿈만 꿔요."

내내 아무 말 없이 앉아 있다가 목적지에 거의 도착해서야 입을 열었다. 새벽 5시가 다 되어가고 있었지만 아직 세상은 어두웠다.

"세상이 온통 까만데 내 의식만 살아서 동동 떠 있는 거예요."

내 이야기에 그는 말없이 고개를 끄덕이다가 따뜻하게 웃었다.

"여기 바닷가 꿈인가 보다."

그가 날 데려간 곳은 오가는 사람 한 명 없이 새카맣기만 한 바닷가였다.

"여기, 뭐 생각나는 거 없어?"

나는 차에서 내려 주위를 둘러보았다. 컴컴해서 바다 쪽으로는 아무것도 안 보이기 때문인지, 몇 개의 건물 불빛이 사납게만 느껴질 뿐 아무 감흥도 없었다.

내가 대답하지 않으니 그는 '여기가 아닌개벼' 하고 혼잣말을 하며 나를 다시 차 안으로 데려갔다.

"여기가 목적지는 아니야. 혹시나 해서 그냥 잠깐 들른 거였어."

"또 가야 돼요?"

"여기서 한 10분 거리. 가다 보면 좀 날도 밝아지겠네."

"10분이라고 하고 또 30분 갈 거죠? 바닷바람 맞아서 머리가 더 떡이 됐잖아요!"

영문도 모르고 끌려와 심통이 난 마음에 짜증을 내니 그가 조수석 서랍을 열어 꺼낸 모자를 내게 씌워주었다. 내가 100일 선물로 그에게 준 모자였다.

"넌 그거 버렸지? 의리 없는 기집애."

모자를 벗어 다시 한 번 살펴보았다. 이 모자를 사고 그의 머리가 크지 않다는 사실에 많이 웃었는데. 그 추억도 그는 모자와 함께 소중하게 간직하고 있었을까. 과거를 하나도 버리지 않고 차곡차곡 쟁여두는 그에게 상처받은 적도 더러 있었지만 역시나 사소한 일을 기억하는 건 좋은 습관이라고 생각한다. 그는 앞으로도 누구에게든 사랑받을 것이다.

그래, 그는 성실한 사람이야. 더 이상 짜증 내지 말아야지. 그리고 이별여행이 끝나면 제대로 된 안녕을 하자.

스스로를 다독이는 동안 조용히 차로 달려 도착한 곳은 오래된 다세대주택과 빌라가 줄지어 있는 긴 골목이었다. 그는 나를 먼저 내리도록 한 후 길옆에 차를 세웠다. 차에서 내린 나는 어쩐지 가슴속에서 무언가가 일렁이는 것을 느꼈지만 여전히 그가 나를 이곳까지 데려온 이유를 알 수 없어 망연히 그를 바라보았다.

"장례식장에서 너희 어머니 친구분께 들었어. 여기가 너희 집이었대. 지금은 다른 건물이 됐지만, 건물들 몇 개는 남아 있고 길도 그대로라고 하던데, 기억나는 거 없어?"

차에서 내린 그가 따뜻하게 미소 지으며 말했다.

그렇구나. 여긴 엄마와 내가 마지막으로 살던 곳이구나…….

안개 낀 새벽.

아직 차가운 바람이었는데도 왠지 모르게 가슴이 뜨거워졌다.

"슬픈 기억만 떠올리면서 살면 엄마가 슬퍼하실 텐데 말이야."

아직 무어라 마음을 표현할 수 있을지 생각을 다 정리하기도 전에 그가 내 손을 잡고 활짝 웃었다.

"오늘은 네 이상형인 1일 엄마가 돼주기로 했어. 내가 엄마다, 생각하고 하고 싶은 얘길 하면 돼."

왜 이 사람은 내게 이런 걸 보여주는 거지?

"엄마, 해봐."

왜 이 사람은 자꾸 날 울컥거리게 하지?

"네가 그러고 있으면 나도 행복해질 수가 없어. 아니, 날 위해서 억지로 행복해지라는 게 아니라 널 위해서 속 안의 것들을 좀 털어버리라는 거야."

할 말을 잃고 멀뚱하니 서 있는 내게 그는 계속 말했다.

"소리를 질러도 되지 않을까?"

그는 별안간 '으아아!' 하며 귀청이 떨어져 나갈 듯이 소리를 질렀다. 이 새벽에 사람들이 얼마나 놀랐을까 싶었지만 항의하는 사람들은 아무도 없었다.
"이렇게 말이야."
그가 미소 지으며 장난처럼 말하는 동안, 정말로 거짓말처럼 그에게서 엄마의 미소가 겹쳐졌다. 최면에 걸린 것처럼 그 미소에 모든 이야기를 털어놓을 수 있을 것 같아 가슴이 뻐근해졌다.
"이모가……."
뿌연 새벽의 힘이었을까. 머뭇거리며 첫말을 시작했을 때, 먼 듯 가까운 그의 얼굴이 흐릿해졌다. 아무도 없는 안개숲에 혼자 있는 것 같은 기분을 느끼게 되니 내 안에 가둬놓았던 말들이 더욱더 쉽게 입 밖으로 터져 나왔다.
"이모가 날 키워서 영광이었대."
스물아홉이나 되어서도 어린애같이 질질 운다는 얘기를 들을까 봐, 이제껏 삼키기만 했던 눈물이 한 번에 쏟아졌다.
"그런데 나는 마음을 다 주지도 못했어……."
간혹 보이는 그의 눈동자에 눈물이 가득 고여 있었지만 그는 울지 않고 나를 바라봐 주었다.
"난 이제 어떻게 해요? 한 사람 한 사람 떠날 때마다 이렇게 내가 무너지는데, 어떻게 그 큼직한 인생을 살아요?"
갑자기 엄청난 바람이 불었다. 내게 쓰인 그의 모자가 쉽게 바람 속으로 뛰어들었다. 나는 모자를 잡을 생각도 못하고 눈물만 흘리고 있었고, 모자는 계속 우리에게서 멀어졌다. 결국 그가 떨어져 구르는 모자를 주우러 멀리까지 쫓아가야 했다. 그리고.

이 순간을 믿을 수 있는 사람을 평생에 몇이나 만날 수 있을까.

내 앞, 그가 있던 자리엔 엄마가 서 있었다. 내 눈에 돌아가신 엄마가 옛날의 그 아름다운 모습으로 미소를 지으며 날 바라보고 있었다.
말도 안 된다고 생각하기 전에 울음이 터지고 말았다. 엄마, 엄마, 엄마, 하며 우는 나를, 엄마는 지그시 바라보며, 바람에 날리는 내 앞머리를 쓰다듬었다.
21년 동안 속에 쌓아놓았던 말들 중 그 어떤 것도 생각나지 않았다. 그저 21년 전의 아픔이 어제 일인 것처럼 되살아나면서 나는 다시 철없는 고백을 하고 있었다.
"내가…… 그때 내가 아프지만 않았더라면……."
환상 같은 엄마는 그저 나를 쓰다듬을 뿐, 아무 말도 하지 않았다.
"살려주고 싶었어!"
소리가 높아졌다. 엄마, 사실 엄마를 미워한 적은 한 번도 없었어. 아주 오래전 그날, 내가 엄마를 따라가지 못해 사무쳤던 아픔만 여전히 남아 있을 뿐.
"살려주고 싶었어! 내가 살려주고 싶었어……."

엄마는 내가 펑펑 울도록 내버려 두었다. 나는 여덟 살 어린애처럼 목 놓아 울다가 엄마를 놓칠 것 같아 엄마의 옷자락을 꼭 붙잡았다. 그러나 엄마는 점점 사라지고 있었다.

"엄마보다 나이가 들어서도, 계속 엄마라고 불러줄 거지?"

처음으로 엄마가 입을 열었다. 엄마는 내가 기억하는 고운 목소리로 내게 물었다. 나는 메인 목으로 딸꾹거리며 고개를 몇 번이나 끄덕였다.

"그럼 됐어, 우리 애기."

나와 눈을 맞추던 엄마가 나를 안고 내 등을 토닥였다.
그리고 다시 바람이 불었다.
떠날까 봐 꼭 붙잡고 있던 엄마는 '가지 마', '가지 마'라고 내가 혼잣말을 하는 동안 먼지처럼 사라졌다. 간다는 말도 없이 잘 있으라는 당부도 없이 21년 전처럼 웃는 모습으로.
한동안 엄마가 떠난 자리의 허공을 휘저으며 내가 미쳤을지도 모른다는 생각을 했다. 너무 심신이 피곤한 나머지, 내가 원하는 대로 헛것을 본 걸까? 하지만 엄마가 날 안아줬는걸.
모자를 따라갔던 그가 천천히 내게 돌아왔다. 그에게 우리 엄마가 분명 여기 있었다고 미친 소리를 할 참이었다. 하지만 많은 말을 할 필요가 없었다. 그는 오래전부터 날 보고 있었다.
 "봤어요? 여기 사장님 있던 자리에요……."
 빨갛게 충혈된 그의 눈에서 금세 눈물이 떨어졌다. 그는 한동안 입을 열지 못하다가 고개를 끄덕이며 말했다.
 "봤어. 내가 아는 분이야……."
 "엄마가 뭐라고 했냐면……."
 "그럼 됐어, 우리 애기."
 그는 엄마가 했던 말을 그대로 옮기며 더 설명할 필요는 없다는 듯 내 가까이 와서 나를 꼭 끌어안았다. 날 안고 있는 팔의 힘이 억세서 숨 막힌다는 생각을 아주 잠시 했지만, 우리의 사이사이로 바람이 비집고 들어왔고, 제멋대로 흐른 우리의 눈물을 계속 닦아내 주었다.

 사랑해.
 엄마, 나는 오로지 나를 위해 이렇게 눈물을 흘리는 이 남자를 정말 사랑해.

23. 주문을 걸다

그날의 일이 꿈이었는지 생시였는지, 그것은 이제 중요하지 않았다. 그게 꿈이라면 우리가 같은 꿈을 꾸었다는 것, 현실이었다면 우리가 같은 환상을 목격했다는 것이 가장 중요한 사실이었다.

나는 그날 이후로 우울함에서 해방되었다.

그리고 한 달 뒤, 이모부가 서울로 올라오시고 송주와 이모부와 다시 다 같이 살게 된 후에는 아틀리에로도 돌아갈 용기를 낼 수 있게 되었다.

다시 아틀리에에 돌아갈 생각을 하니 몹시도 창피했지만, 나는 부끄러움 때문에 행복을 포기할 사람이 아니었다. 여국대 사장은 그냥 간간이 일을 도우러 가겠다는 내 요청을 흔쾌히 받아들였고,

나는 그의 손을 잡고 다시 돌아왔다.

아틀리에는 많이 변해 있었다. 수리 씨와 비롱 씨 말고도 요리사가 두 명 더 생겼다. 아틀리에가 좁아진 것이 문제였지만 프로 요리사를 구한 덕분에 일은 더 수월해진 듯했다. 비롱 씨는 다른 사업을 시작하려 하고 있었기 때문에 내내 아틀리에에 상주하지는 않게 되었다.

예정보다 늦게 결혼식을 하고 신혼여행까지 마치고 돌아온 수리 씨는 내가 돌아왔다는 사실에 여국대 사장이 은근히 과한 몸짓을 한다며 혀를 끌끌 찼다.

"우리 가게의 실질적 사장은 송아 씨야, 그치? 형은 그저 음식을 요리하고, 송아 씨는 형을 요리하고."

내게는 늘 이랬던 것 같은데, 내가 없을 때의 여국대 사장은 어떤 모습일까 궁금해졌다.

오랜만에 아틀리에에 나와 일을 도운 비롱 씨가 오전 주문을 끝내고 둘만 남아 쉬는 중에 넌지시 물었다.

"다시 여기서 일하기로 했다는 건 국대랑 결혼할 생각이라는 거지?"

"그럴 각오는 돼 있어요."

"각오까지 하고 결혼을 해야 한다니, 참 슬프다. 서로 좋아하는 사람들끼리 말이야."

그의 표정에서 정말 나를 걱정하는 눈빛을 읽으니 괜히 슬퍼졌다. 나는 비룡 씨의 안부를 조심스레 물었다.

"아다화 씨랑은 어때요?"

"……그냥 그렇지 뭐."

비룡 씨는 불편한 이야기라는 듯 다시 내 문제로 화제를 돌렸다.

"개명을 해야 된다며. 그것도 괜찮은 거야?"

"예전엔 거기에 집착했는데, 이젠 아무렇지도 않아요."

비룡 씨는 측은한 듯 나를 바라보았다. 우리는 서로를 측은하게 여기는 사이였다.

"내가 박송아가 아니면, 비룡 씨는 내가 싫어요?"

"글쎄. 나는 송아 씨 이름이 바뀌어도 송아 씨라고 부르게 될 것 같은데."

"누가 이름 바꾸게 둘 줄 알아?"

내가 말을 꺼낼 때쯤 볼일을 보고 돌아온 여국대 사장이 심드렁하게 비룡 씨와 내 사이에 앉으며 말했다.

"넌 아무것도 안 해도 돼, 내가 다 알아서 할 테니까."

그는 무슨 꿍꿍이인지 더 이상 이유를 말해주지 않고 장난꾸러기처럼 웃었다.

내가 각오를 한 뒤로 그는 일정을 조금도 늦추지 않았다. 당장 며칠 뒤에 어머니를 뵈러 가겠다고 내게 미리 얘기한 여국대 사장은, 어머니를 만나러 가기 전날엔 나를 데리고 홍은동의 한 전원주택으로 갔다. 넓은 앞마당엔 잔디가 깔려 있고, 마당 주변으로 벚나무가 있는 집이었다. 꽤 넓어 보이는 2층집은 문이 따로 달려 있었는데, 2층에는 테라스도 있는 것 같았다. 나는, 여기는 또 누구의 집일까 생각하며 그를 바라보았다.

"집을 짓는 데 오래 걸릴 것 같아서."

그가 쿨하게 말했다.

"그냥 샀어. 이제 이쪽으로 다 옮겨올 거야."

도대체 이 사람은 도시락 장사를 해서 얼마나 돈을 모았기에 '그냥' 집을 살 수 있는 걸까. 송주는 이모부와 같이 살 집을 구하느라고 꼬박 열흘 동안 발품을 팔았었는데.

"부자라는 거 자랑하고 싶었어요?"

"응. 내가 검소하게 살아서 네가 나 부자인 걸 모르는 것 같아서 말이야."

"난 부자 별로 안 좋아하는데. 그리고 과분하게 이런 데서 살고 싶지는 않은데."

그는 내 농담에 금방 말을 바꿨다.

"주머니 탈탈 털어서 산 거라 이제 빈털터리야. 다시 열심히 모아야 돼. 1층을 아틀리에로 쓸 거라서 넓은 거고. 2층이 우리 집. 방이 하나는 큰데 두 개는 작아."

그는 나를 데리고 1층의 안으로 들어갔다. 이미 아틀리에의 인테리어 공사는 마친 모양이었다. 그런데 누군가 요리를 하다 관두고 나간 건지 주방이 어수선했다. 내가 정리를 하려 하니 그가 나를 막았다.

"잠깐. 내가 펼쳐 놓은 거야. 넌 저기 앉아 있어."

그는 멀찌감치 떨어진 소파를 가리키며 말했다.

"잘 봐. 무슨 요리든지 뚝딱 만드는 여국대가 이렇게 오래 걸리는 도시락을 만드는 것도 조리기능장 자격증 따고 처음이니까."

낭만이라곤 조금도 없이, 금방 그의 행동이 의미하는 바를 알아 버렸다. 하하. 청혼을 하려는 것이군. '후훗, 그래, 할 테면 해봐라'와 같은 느낌이었지만 그가 무엇을 만들지는 기대되었다. 프로포즈 도시락 전문가에게서 나오는 본인의 프로포즈 도시락은 어떤 것일까?

바삐 움직이는 그를 바라보는 것은 조금도 질리지 않을 만큼 행복했다. 그는 내가 지켜보는 동안 썰고 볶고 무치고 조물조물 거렸다. 조금의 실수도 없이 일을 하는 그는 예나 지금이나 신기하기만 하다.

한 시간여 후, 그가 작업이 끝났다며 나를 불렀다.

"어머니한테 가기 전에 도망가지 않게 붙들어놔야지."

그가 뿌듯한 듯 혼잣말을 하는 동안 나는 기대감에 부푼 가슴으로 테이블 앞에 섰다. 그런데 웬걸.

이게 뭐야. 완전 어린이 도시락이잖아!

커다란 앨범을 펼쳐 놓은 것 같은 크기의 상자에, 밥과 반찬으로 그림처럼 만든 우스운 도시락이 눈앞에 있었다.
 상자의 중앙, 흰밥에 올리브 조각과 김을 붙여 만든 얼굴에, 초록색 날치알로 된 옷을 입고 있는 이 사람은 가장 키가 크고 머리가 큰 걸로 보아 여국대 사장…….
 그럼, 계란말이로 된 옷을 입고 그의 손을 잡고 있는 건 나?
 우리의 양옆으로 스누피와 우드스탁처럼 보이는 애들은 우리의 아이들인 건가?
 네 명의 인물은 사과와 대추로 만든 넓은 꽃밭에 재미있게 자리하고 있었다. 허공의 가운데 오이 껍질과 당근을 잘라 만든 명조체의 '축 청혼'이라는 글씨는 특히 더 우스웠다.
 "이런 생각은 도대체 어떻게 하는 거예요?"
 "햄부케에서 영감을 얻은 건데."
 결국 품 웃음을 터트려 버린 내가 도시락 작품을 바라보며 재미있어하고 있을 때 그가 내 뒤로 와 어깨를 감싸 안았다.
 "대부분 네 남편이겠지만 필요할 땐 아빠도 돼주고 엄마도 돼줄게. 난 완벽한 사람이니까, 네 부족한 것들을 다 채워줄 거야."
 "완벽하긴요. 겸손이 부족하잖아요."
 그는 나를 더 세게 끌어안았다.
 "꽃밭에서 살자, 같이. 햄부케 같은 건 매일 만들어줄 수도 있어."
 "거짓말. 결혼하고 한 달만 지나면 다 까먹을걸요. 우리 이모부는 이모한테 물 한 방울……."

아무렇게나 말을 하다가 또 이모 생각이 나 잠깐 가슴이 욱신거렸다. 하지만 이제 이모를 떠올리는 것이 아프지만은 않았다.

"아무튼 지키지도 못할 약속은 하지 마세요."

"지키지도 못할 약속이라고 하니까 생각났는데."

그는 대뜸 포옹을 풀고 심드렁한 표정으로 태도를 바꾸며 나를 보았다.

"너, 날 버리지 않을 거라고 말해놓고 날 버렸었어."

이런. 나는 무안해져 전혀 상관없는 이야기로 재빨리 말을 돌려버렸다.

"그거 알아요? 11월 7일이 우리 엄마 생신이에요. 사장님도 그걸 기억하고 아틀리에 비밀번호를 그걸로 해놓은 거예요?"

순진한 그는 가볍게 미소 지으며 내가 바꾼 화제 속으로 들어가 대답했다.

"그거? 아니, 은영 씨 음력 생일이 11월 7일이야."

그랬구나. 사실 그에게 지금껏 묻지 않았지만 아틀리에 비밀번호 1107은 엄마를 잊지 않으려는 그의 자책이 아니었을까 생각하곤 했었다.

"세상엔 정말 많은 인연이 있는 거야. 그중에 몇 가지는 운명이 되는 거고. 알게 모르게 모든 것들이 작용을 해서 박송아를 여기에 데려다 놓은 거야. 은영 씨한테도 그때 태어나 줘서 고맙다고 말해야겠네."

그의 말을 듣고 기분이 좋아진 나는 먼저 그를 끌어안았다.

"어허, 새로 개발한 끼 부리는 법이냐? 경고하는데, 네가 먼저 이렇게 달려들면 내가 폭발해 버릴 수도 있어."

그는 당황해하면서도 나를 밀어내진 않았다. 약간 진땀을 흘리는 것 같긴 했지만.

"결혼할 때까지는 어떻게든 버텨볼 테니까, 너도 좀 자제해 줘. 지금까지 노력한 시간이 있는데, 이제 와서 처남한테 도둑놈 소리는 듣고 싶지 않다."

그는 그 말을 하며 부랴부랴 도시락을 챙겨 내게 주었다. 집에 가서 송주한테 자랑하고 먹으라는데, 과연 여국대 사장 모양의 음식을 먹을 수 있을까 싶었다.

그의 어머니를 만나러 가는 날엔 충분히 각오한 일인데도 계속 두근거렸다. 보다 못하겠다는 생각이라도 든 건지 비룡 씨는 물통에 보리차색 물을 담아 내게 건넸다.

"이게 뭐예요?"

"긴장했을 때 한 모금 마시면 도움 될 것 같아서."

"술이에요?"

물통의 뚜껑을 열어 알코올 냄새를 확인하고 비룡 씨에게 물었다.

"그래. 계속 준비하던 사업이 이거야."

많은 사람들의 격려를 받고 여국대 사장과 함께 차에 올랐다. 여국대 사장은 은사님이 오시기로 했다는 이야기도 해주었다. 그는 은사님의 말씀이 어머니를 설득하는 데 도움이 될 것이라고 말했다.

"저기, 이따가요, 어머니랑 둘이서만 얘기할 수 있는 시간을 주세요."

나 또한 따로 준비한 것이 있었기 때문에 그에게 긴히 부탁했다. 그는 별로 달가워하지 않았다.

"봐서."

"날 못 믿어서 그러는 거예요?"

"너보다는 어머니가 무슨 말을 꺼낼지 알 수 없으니까. 네가 또 그렇게 도망가 버리면……."

"이제 그런 건 다 극복했어요."

나는 그의 말을 자르고 웃으며 말했다.

"진짜 시어머니가 되실 분이면, 서먹서먹하게 지내고 싶진 않아서 그래요."

"너도 한 번 경험해 봤겠지만, 어머니는 말싸움에서 지는 분이 아니야."

"말싸움을 하려는 게 아니라, 재밌는 얘기를 해드리려고 그래요."

"혹시, 내 욕 하려고 그러는 거야? 왜 날 따돌리고 둘이서 재밌는 얘길 하려는 건데?"

별 이야긴 아니었지만 부끄러운 마음에 그에게 아무 말도 하지 못하고 웃었다.

한남동 빌라의 대문 앞에서 은사님을 만났다. 은사님은 너희들 때문에 먼 걸음을 왔다고 볼멘소리를 하면서도 따뜻한 미소를 보여주었다.

어떤 면에서 은사님은 여국대 사장보다 더 든든한 느낌이었다. 어머니는 여국대 사장과 나를 매섭게 보았지만 은사님께는 공손하게 행동했고, 은사님 앞이라 그런지 대뜸 소리를 높이지도 않았다. 이름에 대해 뜻을 굽히지 않는 건 여전했지만.

"이미 넌 점수를 많이 깎였어. 너한테 국대를 맡기기가 얼마나 아까운지 아니?"

"어머니."

여국대 사장이 어머니의 모진 말을 다그치듯 말했다.

"한 번 헤어져서 생각해 보니까 국대만 한 남자가 없지? 그래서 이름을 포기할 생각이 든 거니?"

"네, 어머니 뜻대로 개명할게요."

각오한 바를 대답하며 고개를 끄덕였지만 그녀는 만족스러워하지 않았다. 그때 여국대 사장이 끼어들었다.

"어머니, 박송아랑 여국대랑 이름 궁합이 안 맞는다는 거죠? 자칫하면 제가 운이 없어서 요절할 수도 있고요."

"그래, 누누이 얘기했잖아."

"그런데 어쩌나 싶어요. 실은 제가 송아 이름을 세상에서 제일 좋아하거든요. 송아 이름을 바꾸면 운 때문에 죽진 않더라도 제가 우울해서 죽을 수도 있어요."

나는 그가 무슨 소리를 하는가 싶어 의아하게 그를 바라보았다. 그의 어머니도 같은 표정이었다.

"그래서 다 같이 행복해질 수 있는 방법을 생각해 봤어요."

그는 정장의 안주머니에서 오래전 내가 그의 어머니께 받은 적 있는 것과 똑같은 양식의 종이를 꺼냈다. '개명허가신청서'라고 쓰인 종이엔 '여국대'라는 이름을 '여장군'으로 바꾸겠다는 내용이 양식에 맞게 작성되어 있었다.

"제 이름을 바꿔봤어요. 이게 제일 궁합 좋은 이름이래요."

"뭐…… 뭐라고?"

충격과 공포에 얼룩진 그녀의 표정이란!

그녀는 큰 눈을 더 동그랗게 뜨고 손을 부르르 떨며 종이를 집어 들었다. 처음으로, 언제 어디서든 침착함을 유지해 왔던 그녀의 당황한 모습을 보았다. 나 역시 당황한 건 마찬가지였다.

"어렸을 때, 이름 촌스럽다고 얼마나 놀림받았는지 어머닌 모르실 거예요. 장군이나 국대나, 놀림받는 건 똑같아요, 어머니."

이미 법원에 신청서를 제출했으며 지금 가지고 온 것은 복사본이라는 설명을 덧붙이면서, 그는 별것 아닌 듯이 잘도 웃었다. 이건 아니지 않나 하는 생각이 들어 계속 어처구니없어하며 그를 바라보는 동안, 그의 어머니는 마음을 진정시키려는 듯 가슴을 쓸어내리며 연거푸 물을 마셨다. 나는 내 쪽에 놓인 물잔도 어머니 쪽으로 옮겼다. 그녀는 너무 흥분한 나머지 눈가에 이슬을 머금고 있었다.

그의 어머니가 숨을 고르고 있을 때, 은사님이 입을 열었다.

"자네, 20년 전에 국대를 나한테 맡기고 갈 때 말이야. 이 애가 싸움질 안 하고 제대로 정신만 차리면 내가 바라는 건 뭐든지 해주겠다고 하지 않았나?"

그녀는 아직 안정되지 않은 얼굴로 눈가를 닦아내며 은사님을 보았다.

"내가 빚진 건 꼭 돌려받는 성격인 거 알고 있지? 고집도 보통 고집이 아니고 말이야."

은사님은 여국대 사장과 그의 어머니를 번갈아 바라보며 아빠미소를 지었다.

"내가 자네한테 바라는 건 오래전부터, 자네가 국대를 따뜻하게 안아주는 것밖에 없었어."

그녀는 급기야 더 듣고 싶지 않다는 듯 고개를 돌렸다. 그녀가 다시 은사님 쪽을 볼 때까지 은사님은 조용히 기다렸다.

"장담 하나 하겠네. 오늘 이 자리에서 두 사람이 얼싸안고 헤어져도 국대는 절대 안 죽어. 다치지도 않을 거야. 모든 게 마찬가지야. 이제 나는 그냥, 자네가 국대를 지키기 위해 고생 많았다는 얘기만 해주고 싶어."

은사님은 여국대 사장의 손을 그의 어머니 손 위에 포갰다. 여국대 사장은 움찔하다가 그녀의 손을 힘 있게 잡았고, 당황한 그의 어머니는 급하게 손을 뺐다.

"그리고 또 하나 장담하겠네. 물과 기름처럼 서로 조금도 섞이려 들지 않는 자네와 국대는 저 아이로 인해서 진짜 가족이 될 거야. 자네가 박송아 저 아이의 진가를 몰라서 그래. 자네가 박현주로 만들어서 국대한테서 떼어놓은 아이인데도 지금 여기 있지 않나. 그냥 인연이다 생각해."

그녀가 무섭게 나를 노려보았다. 나는 그녀의 눈빛에 움츠러들지 않으려 비룡 씨가 준 물통을 꺼내 술을 한 모금 넘겼다. 꽤 독한 술인지 금방 몸이 뜨거워졌다. 이제 나도 한마디 해야 하지 않을까 싶어 여국대 사장에게 자리를 물러 달라고 눈짓으로 말했다. 여국대 사장은 금방 알아듣고 그의 은사님을 모시고 자리에서 일어났다.

"두 분이 좀 말씀을 나누시겠어요? 송아도 더 할 얘기 있을 것 같은데."

두 사람은 그녀에게 나중에 보자는 인사를 하고 밖으로 나갔다. 곧 나와 그의 어머니만 남게 되자 그녀는 큰 소리로 내게 다그쳤다.

"너, 너……. 무슨 애가 이렇게 독한 거냐! 지금 네가 무슨 짓을 한 건지 알아?"

"저도 사장님이 그런 일을 꾸몄는 줄은 몰랐어요. 돌아가면 개명 신청서 낸 건 취소하라고 얘기할게요. 제가 이름 바꾸면 돼요."

"국대가 그렇게 둘 것 같니?"

"노력해 보겠습니다. 지금 이렇게 남은 건, 상황이 좋진 않지만 흥미로운 얘기를 좀 해드릴까 해서였어요. 뜬금없지만……."

그녀는 아직도 화가 가시지 않았는지 아무 말도 하지 않았다. 나는 그녀의 눈치를 살피며 술을 한 모금 더 꺼내 마시고 입을 열었다.

"저희 할머니의 할머니의 고조할머니 얘기예요. 조선시대 얘기. 한양 인근의 어느 마을에 열여섯 살 진짜 예쁜 꽃처녀가 있었대요. 편의상 연화라고 할게요."

그녀는 웬 생뚱맞은 이야기냐는 듯이 나를 보았다. 사실 아는 사람 얘기라는 것은 거짓말이었지만, 나는 능청스럽게 계속 말을 이었다.

"연화의 아버지는 상인이었는데요, 전국 각지에서 물건을 떼다가 한양이나 평양 같은 대도시에 도매로 파는 일을 했어요. 연화는 듣고 보며 자란 게 있어서인지 이해타산이 빠르고 영특한 아이였어요. 하는 짓도 예뻐서 가족들에게 사랑을 많이 받았죠. 그러던 어느 날 연화한테 이명이 들렸어요. 그런데 그게 삑, 삑, 하는 소름 끼치는 소리가 아니라 어떤 소년의 목소리인 거예요. 그 소리는 오로지 자기한테만 들리는 거였어요. 소년이 맹자나 대학, 중용, 춘추 같은 내용을 중얼거리는 거였는데요, 그나마 연화가 오라버니들 공부하는 걸 어깨너머로 들은 적이 있기 때문에 아는 것들이었어요. 연화는 듣는 기억력도 참 좋았거든요. 아무튼 그 일이 며칠 계속되자 연화는 궁금한 마음이 생겨요. 그래서 그 소년에게 묻게 되죠. 물론 마음속으로, 그 소년에게 메시지를 보낸다는 느낌으로 말을 걸어본 거예요. '넌 누구니?' 하고."

그제야 혼란스런 마음을 조금 정리한 듯싶은 그의 어머니가 내 쪽으로 잠시 눈을 주었다. 그러나 그녀는 나와 눈이 마주친 순간 급히 시선을 돌렸다.

"'넌 누구니?' 연화가 몇 번을 묻는 동안 중용을 외던 소리가 끊겼어요. 얼마 후 침묵이 이어지다가 그쪽에서도 연화를 향해 물었어요. '너야말로 누구니?'. 연화는 짧게 대답했어요. '나는 연화라고 한다'. 그러니 그쪽에서도 대답이 되돌아왔어요. '나는 이석이라고 한다'. 그렇게 두 사람은 텔레파시로 메시지를 주고받다가 둘 다 열여섯 살에, 생일도 같다는 것을 알게 되었어요. 호기심 많은 젊은 애들이 다 그렇듯이, 자기의 신기한 능력에 빠져 매일 메시지를 주고받은 연화와 이석이는 한 번 만났으면 좋겠다는 생각을 하게 돼요. 그리고 연화는, 아버지가 물건을 팔러 한양에 가는 길에 볼 수 있을 것 같으니 장터에서 한 번 만나자는 제안을 해요. 조선판 '번개' 같은 거예요. 아, '번개'는 인터넷 채팅을 하던 사람들이 오프라인 장소에서 만남을 갖는 걸 말하는 거예요. 그리고 기다리던 이틀 뒤, 연화는 한양 장터의 약속 장소에서 오매불망 이석이를 기다려요. 그런데 이석이는 보이지 않는 거예요. 그리고 어쩐 일인지 그동안 생생했던 그의 목소리까지 들리지 않아요. 왜 그는 나오지 않았을까요? 도대체 그 이석이라는 소년의 정체는 뭘까요?"

그녀는 내 이야기에 귀를 기울이던 것을 들켰다는 생각에 부끄러워졌는지, 나를 보던 눈길을 또다시 재빨리 거두었다.

"아무튼, 아무리 메시지를 보내도 연락이 없어서 지친 연화는 집으로 돌아갈 시간이 되어 약속 장소를 떠나려다가 웬 소매치기 사건에 휘말리게 돼요. 어떤 말끔한 사내가 연화에게 주머니 하나를 던지고 덩치가 산만 한 사람들을 따돌리면서 날쌔게 사라진 거였어요. 연화는 무슨 소란인가 싶어 궁금해하며 주머니를 열어봤어요. 그 안에는 뭐라고 쓰여 있는지 알 수 없는 커다란 직인이 들어 있었어요. 연화는 뜻밖의 사건에 휘말린 것에 불쾌해하면서 주머니를 품고 아버지에게로 돌아가려 걸음을 바삐 옮겼어요. 그런데 아버지께로 가는 길 바로 전 꺾어지는 골목에서 그 사내를 다시 만난 거예요. 그 사내가 빈정거리면서 연화한테 물었어요. '내게 내놓을 게 있지 않소?' 연화는 곧 골목을 꺾으면 아버지가 있다는 생각에 주머니를 보여주며 지지 않고 대답했어요. '혹시 이것을 말하는 거라면 댁도 누구에게 훔친 게 아니오? 내가 이걸 그냥 줄 것 같소?' 연화의 뻔뻔한 말에 훗 웃으면서 사내가 연화 가까이로 다가왔어요.

가까이에서 보는 사내의 얼굴은 계집애처럼 곱상했어요. 사내 눈빛이 어쩐지 자기를 아는 듯 보여서 연화는 떨리는 목소리를 감추며 사내에게 물었어요. '혹시 댁 이름이 이석이 아니오?' 사내는 껄렁대며 대답했어요. '그건 또 누구요?' 연화는 자기가 실수를 했다는 걸 깨달았어요. 사내는 히죽 웃으면서 연화에게 말했어요. '내가 이석이는 아니지만 사람을 볼 줄은 아오. 내가 이석이를 찾아주리?' 그 말에 연화는 기회다 싶어 대답했어요. '그, 그럼 나도 이 주머닐 돌려주겠소'. 하지만 연화의 말에 사내는 고개를 저었어요. '주머니 먼저 내놔야지'. 사내는 연화에게 더 가까이 다가왔어요. 마치 연화의 고운 얼굴을 하나하나 뜯어보겠다는 듯이. 연화는 어쩐지 무서운 생각이 들어 주춤하며 뒤로 물러났어요. '내가 사람도 볼 줄 알지만 미래도 좀 볼 줄 아오. 앞으로 열을 다 세기 전에 이 골목에서 엄청난 일이 일어날 것 같은데 말이오'. 사내는 계속 연화에게 다가오면서 수를 세 나갔어요. '하나', '둘', '셋' ……. 사내가 수를 세며 연화에게 얼굴을 가까이하는 통에 연화는 몹시 당황했어요. 꺾어진 벽의 구석에 서 있었기 때문에 도망갈 수도 없었어요. 사내의 입술이 닿을 듯 말 듯 두 사람이 가까워졌어요."

 오랜 시간 떠벌떠벌 말하며 분위기를 잘 조성했기 때문인지 그의 어머니는 더 이상 내 눈치를 보며 눈을 돌리지 않았다.

 "'넷', '다섯', '여섯'."

 그의 어머니가 침을 삼키며 내 쪽으로 머리를 가까이 했다. 성공이라는 생각이 들었다.

"'일곱', '여덟'."

내 앞의 그녀가 긴장한 듯 손을 쥐는 것을 보며 나는 이야기를 자르고 얄궂게 말했다.

"오늘은 여기까지."

나는 웃으며 자리에서 일어났다.

"다음에 뵈면 또 얘기해 드릴게요."

"너, 너!"

내가 중요한 부분에서 이야기를 끊자, 그녀는 당황한 듯 흥분한 표정으로 소리를 질렀다. 제대로 술기운이 도는지, 그녀에게 무례를 범하는 것인데도 긴장되지 않았다. 나는 용기 있게 인사를 하고 밖으로 나왔다.

은사님과 저녁 식사를 하고 집으로 돌아와 오늘 하루를 되짚어보았다. 30분쯤 지났을 때 그에게서 전화가 왔다.

[어머니께 연락 왔는데, 너 내일 또 오라고 하더라. 너 혼자 와도 되고 나랑 같이 와도 된다고 하던데, 무슨 일 있었던 거야?]

"정말요?"

나는 그의 질문에 대답할 생각은 않고 깜짝 놀라 되물었다.

[어머니 목소리가 다 포기한 듯한 목소리랄까, 아무튼 그랬어. 내일 주문 많으니까 저녁때 같이 가자.]

"아니에요. 혼자 가도 될 것 같아요."

[도대체 무슨 얘길 했길래 그러시는 건데.]

"아라비안나이트 같은 거예요."

나는 그의 거듭되는 질문에 땅끝마을에서 도 닦으며 구상해 놨던 이야기를 들려주었다고 대답했다. 그는 이야기를 좋아하는 모자의 약점을 어떻게 알았냐며 시원하게 웃었다.

[이제 열흘 뒤엔 여기도 비우겠네.]

전화를 끊을 때쯤 그는 지금의 아틀리에 이야기를 했다.

"그립겠네요."

[그래도 빨리 옮기고 싶어. 한 번도 시간이 빨리 가길 바란 적 없는데 내가 이렇게 널 데리고 올 날만 기다리고 있다는 건 정말 나한테도 충격이야. 알아? 네가 지금까지 얼마나 도망을 갔으면 내가 이러겠냐.]

나는 대답할 말을 찾지 못하고 피식 웃었다.

[웃을 일이 아니야. 어후……]

그는 농담처럼 한숨을 쉬고는 잘 자라고 말하고 전화를 끊었.

전화를 끊고 행복감에 젖어 즐거운 생각을 하다가 문득 그가 했던 말이 다시 떠올랐다. 당신은 왜 아직도 조급한 마음을 갖고 있을까. 당신만 나를 놓치고 싶지 않은 게 아닌데. 나도 이제 당신을 놓을 생각이 없는데.

조금씩 뻗어 나간 생각은 어느 질문에 봉착하여 멈추게 되었다.

내가 한 번도 고백한 적 없었나?

그러고 보니 항상 그가 먼저 사랑한다고 말해주면 그저 고개를 끄덕이는 것으로 대답을 대신했다. 좋아한다 비슷한 말을 먼저 한 건 한두 번 정도? 몇 개월 전 그에게 먼저 사귀자고 말했을 때와 햄 부케를 만들어주었을 때 정도였다. 나는 표현에 서툰 사람이었다.

그랬구나, 라는 생각에 급히 앉아 있던 자리에서 일어나 밖으로 나왔다.

"나 오늘 안 들어온다."

거실엔 송주가 혼자 앉아 텔레비전을 보고 있었다. 송주가 무어라 말을 꺼내려 했지만 내가 밖으로 나오는 속도가 더 빨랐다.

택시가 잡히지 않아 큰길로 나오던 중에 비가 쏟아졌다. 다시 돌아가면 송주에게 한 소리를 들을까 무서워 우산을 가지러 돌아가지도 않았다. 빗줄기가 굵어졌지만 다행히 택시는 금방 잡혔다. 택시를 타고 가는 내내 비가 내렸다. 기사 아저씨는 우산도 없이 내리는 나를 보고 '어이구……' 하며 혀 차는 소리를 냈다. 오피스텔 바로 앞에서 내렸기 때문에 옷이 많이 젖지는 않았다.

엘리베이터를 타고 순식간에 올라가 급하게 뛰어 402호의 문을 열고 안으로 들어갔다. 아주 조금 숨이 찼지만 헤헤, 웃었다. 소파에 널브러져 책을 읽고 있던 그는 내 모습에 놀란 표정을 지으면서도 수건을 가져다주며 나를 따뜻하게 맞아주었다.

"뭐야, 이 밤에. 무슨 일 있어?"

나는 내가 찾는 곳에 항상 있었던 이 사람을, 깊이 사랑한다.
"사장님이 날 보고 싶어 하는 것 같아서 왔어요."

☆　　☆　　☆

아침이 되었다. 내 옆에는 나와 같은 이불을 덮고 있는 여국대 사장이 나와 얼굴을 마주한 채 눈을 감고 있었다. 아직 꿈속인 건지, 그의 눈꺼풀 안에서 흔들리는 눈동자가 얼마간 내 시선을 붙잡았다.

한참 뒤에 그가 눈을 떴다. 나는 왠지 부끄러워 다시 자는 척 눈을 감았다. 그러나 그는 내가 깨어난 걸 알아차리고 누운 채로 날 꼭 끌어안았다. 나는 다시 얼굴이 화끈거렸다.

"고백을 하나 하자면, 여자랑 맨몸으로 잠들어서 같이 깨어나는 건 처음인데 말이야. 여태껏 봐온 박송아 중에 지금이 제일 예쁘다."

나는 그의 남사스러운 고백에 어찌할 줄 몰라 이불 속으로 쏙 들어갔다가 나와 옷을 찾았다. 침대 위에도, 그의 책장 근처에도, 움직이지 않고 둘러보는 곳 어디에도 내 옷은 없었다.

"내 옷 다 어디 갔어요?"

"〈선녀와 나무꾼〉에서 얻은 교훈이 있어서, 도망갈까 봐 숨겨놨어. 찾으면 집에 보내줄게."

그의 억지에 심통이 난 나는 그의 어깨를 찰싹 때리고 일어나 덮고 있던 이불로 몸을 친친 감았다. 이불을 가져가니 그의 나신이 드러났지만 못 본 척 고개를 돌렸다.

"야, 야, 그럼 나는 어쩌라고."

"다비드상 같고 좋구만요. 옷이나 돌려줘요, 빨리."

실은 밝은 아침에 맨몸의 그를 보는 것은 내게도 부끄러운 일이었기 때문에, 나는 물을 마신다는 핑계로 재빨리 계단을 내려갔다.

"어제의 저돌적인 박송아는 어디 갔나?"

"어제 하얗게 재가 됐어요."

팬티만 걸쳐 입은 그가 나를 따라 내려오며 놀리듯 말했다.

"너, 그거 알아? 남자는 밤낮이 다른 여자를 더 좋아해."

그는 내 뒤로 와 내가 둘둘 말아 끌어안고 있는 이불 속으로 손을 집어넣고 겨드랑이 아래를 간지럽혔다. 살짝살짝 닿는 감촉에 조금 소름이 돋았다.

"돈 터치 미!"

나는 그를 밀어내며 그에게서 멀찌감치 떨어졌다. 그가 입을 샐그러뜨리며 투정을 부렸다.

"나 유혹하러 온 거 아니었어?"

"아니에요. 할 말 있어서 왔던 거예요."

나는 물을 마시고 목을 가다듬었다. 그의 눈을 보고 말하려니 부끄러워 긴장되는 마음은 어쩔 수 없었다.

"사장님을, 좋아하게 돼서 영광이라고."

간신히 기어들어 가는 목소리로 말했다. 그 작은 소리를 듣고 잠자코 서 있던 그는 괴로운 듯 한숨을 쉬다가 입꼬리가 귀에까지 닿을 듯이 활짝 웃었다.

"너, 오늘도 집에 못 가겠다……."

언제든 우리들은 사랑에 빠질 수 있다. 사랑에 빠지는 건 한순간이다. 하지만 그로부터 시작된 울림은 엄청난 파장이 되기도 한다.

누굴 만났느냐로 운명의 책의 첫 장이 쓰였다면, 그로 인해 무엇이 달라졌는가와 어떻게 계속 달라지고 있는가에 대한 이야기는 평생 동안 써 내려가야 할 정도로 길어질 것이다. 그리고 이를 쓰는 동안 계속 생각하게 될 것이다. 아직 표현하지 못한 마음이 얼마나 많은지.

'오늘 만난 이 사람에게 운명을 느끼는 이유는 과거 어느 날의 내가, 느낌이 좋았던 어떤 사람을 스쳤기 때문이다'. 이 말처럼 우리가 살아온 과정에서 반영된 사람의 향기는 많은 사람을 돌이켜 생각하게 하고 많은 인연을 만들어준다. 나는 대부분의 시간 동안 나의 연인이지만 때론 엄마 같은, 때론 동성 친구 같은 멋진 사람을 멋진 인연으로 만나 사랑하게 되었다.

그의 어머니는 매일 나를 부르셨다. 나는 30분에서 한 시간 정도씩 그녀에게 꾸며낸 이야기를 해드려야 했다. 초반엔 그저 듣기만 했던 그녀는 얼마 지나지 않아 내 이야기에 추임새를 넣기 시작했고, 이후엔 의견을 덧붙이기도 했다.

이야기가 절정에 이르러 나는 결혼 허락 후에 들려주겠다는 말로 냉정하게 일어났다. 어머니는 불같이 분노하셨고, 나는 결혼 허락을 받지 못한 채 이야기를 마저 마쳐야 했다. 이야기 하나를 끝내고 또 다른 이야기의 전개부에 들어서서야 어머니는 누구의 이름도 바꾸는 일 없이 우리가 결혼하는 것을 허락하셨다. 나는 나도 모르게 기쁜 마음에 그녀를 끌어안았다. 머뭇거리던 그녀도 손을 뻗어 내 등을 토닥여 주었다.

그리고 아틀리에를 옮기는 날, 여국대 사장이 새집에 가 있을 때 아다화 씨가 나를 찾아왔다.

"이제 내 추억은 다 없어졌네요."

아다화 씨는 빈 싱크대에 손을 올리며 감정 없이 말했다. 조금은 그녀가 측은하게 느껴졌다.

"어떻게 국대 씨 어머니 마음을 돌릴 수 있었는지, 그건 참 놀라워요. 난 한 공간에 있기도 싫었는데. 무섭지 않았어요?"

"안 무섭긴요. 나도 사람인데……."

내 멋쩍은 대답에 그녀는 쓸쓸하게 웃었다.

"아틀리에 이름 바꿔도 돼요. 이제 고집 안 부릴게요. 나도 곧 다시 옛날 이름으로 돌아갈 거고요. 그 얘기 해주러 왔어요."

"아니요. 이제 플아다는 플아다 자체로 우리한테 의미가 있어요."

"송아 씨가 그 이름 때문에 괴로워했던 것 알고 있어요. 이상한 데에 자존심 세우지 않아도 돼요."

그녀는 다시 싱긋 웃었다. 정말 이름을 바꿔도 될까? 생각지도 않았던 이야기에 잠깐 망설여졌다. 하지만 그녀를 생각하니 먹먹한 마음이 남았다.

"그럼, 아다화 씨가 다화로 살았던 3년은 누가 기억해 주죠?"

그녀는 한동안 멍하니 있다가 잔뜩 슬픈 눈을 하고서 어이없다는 듯 실소를 터트렸다.

"순수한 척하는 거예요, 아님 진짜 국대 씨 말대로 뼛속까지 착한 사람인 거예요? 이제 좀 짜증 나려고 그러네……."

하지만 그녀는 거친 말과는 다르게 편안한 표정을 지었다.

"그런 것까지 걱정 안 해도 돼요. 아틀리에 이름이 계속 저런 식이면 나중에 내가 부끄러워질 것 같아서 그래요."

내가 머뭇거리니 아다화 씨는 이야기를 돌렸다.

"예전에 말했던 상자 있잖아요, 사실 난 그거 열어봤어요. 궁금한 건 못 참거든요. 그리고 그 상자 안에 있는 여자가 나랑 비슷한 분위기라는 것에 깜짝 놀랐어요. 그 뒤로 국대 씨가 미워지더라고요."

그녀는 오래전의 일을 고백하며 씁쓸한 표정을 지었다. 이제 여국대 사장을 완전히 신뢰하고 있기에, 아다화 씨가 자신과 그의 과거를 말하는 일에 거부감이 생기지 않았다.

"말하지 않는 건 스스로 입을 열 때까지 놔두는 게 현명한 건데 말이죠. 송아 씨는 그걸 잘했던 거죠?"

"그건……."

그 상자에 대해 이야기하려는 내 말을 아다화 씨가 자연스럽게 막았다.

"그분이 송아 씨 어머니라는 건 최근에야 알았어요. 웃음밖에 안 나오더라고요."

그녀는 그 말을 끝으로 가볍고 편안하게 인사했다. 항상 뜻대로 안 되는 일에 고집을 부리는 내게, 아다화 씨는 성숙한 모습을 보여 주고 떠났다.

그리고, 엄마는 겪어보지 못한 스물아홉의 겨울에 나는 조촐한 결혼식을 올렸다. 내가 외박을 한 뒤로 여국대 사장을 도둑놈 보듯 경계한 송주는 그날이 되어서야 그를 가족으로 받아들였다.

☆   ☆   ☆

"너, 나에 대한 복수심으로 국대 닮은 아들만 줄줄이 낳고 있는 거라며?"

어느 햇살 좋은 오후, 아늑한 정원의 가운데에서 아빠 목에 매달린 아이들을 멀찌감치 지켜보며 어머니가 내게 물었다.

"그런 게 어디 있어요. 다 삼신할머니가 점지해 주시는 대로 낳는 거지."

"뭐, 난 괜찮다. 다 예쁘게 크고 있으니."

그녀는 아이들을 말없이 바라보다가 쓸쓸하게 말했다.

"너도 그러니?"

"네?"

"내가 더 일찍 저 애를 안아줬더라도 저 애한테 아무 일도 없었을 것 같니?"

어머니가 어떤 마음으로 이런 이야길 꺼내는지 이해할 수 있을 것 같았다. 여전히 어머니와 그는 서로 부둥켜안는 것을 어색해하고 있었다.

"역시 내가 잘못한 거지?"

"아니요. 잘하셨어요. 그런 디테일이 없었다면 제가 저이를 못 만났을 거예요."

모든 처음 중에 가장 처음. 남편의 사랑을 받지 못한 외로운 엄마와 일찍 남편을 잃은 가난한 엄마가 있었다. 두 엄마 모두 자기가 낳은 아이를 끔찍하게 사랑했지만 두 사람의 인생은 달랐다. 한 엄마는 자신의 감정을 모두 잘라내 가며 아들의 건강을 지켰고, 또 한 엄마는 자신의 모든 마음을 다하여 딸을 사랑했으나 너무 일찍 세상을 떠난 탓에 딸에게 의도치 않았던 상처를 주게 되었다.

지금의 나는 너그러워졌다. 모든 것은, 그리고 '그 사람'이 '그렇게' 하는 데에는 응당 그럴 만한 이유가 있다는 것을 이제는 잘 알고 있었다. 어머니 또한 그때 할 수 있었던 최선의 선택을 한 것이라 생각한다.

"그래도, 너 닮은 딸은 한 명 있어야 되지 않겠어?"

내가 그와 아이들을 보며 흐뭇해하고 있을 때 어머니께서 넌지시 셋째에 대한 말씀을 하셨다. 나는 한숨을 쉬며 고개를 가로저었다.

"어머니, 쟤네 둘만 봐도 어질어질해요."

"네가 예전에 그러지 않았니. 많이 버는 사람들은 많이 낳아서 국가 발전에 이바지해야 된다고. 그걸로 나를 뽕 가게 해놓고 이제 와서 오리발이야?"

"⋯⋯어머니, 아주아주 예전에요. 그런 기도를 한 적 있었어요. 다음 생엔 우리 엄마가 내 딸로 태어나게 해주세요, 하고요."

"네 엄마가 아니고 네 딸로?"

"네. 엄마를 지켜주고 싶었거든요."

"난 그건 싫다. 후생에도 인연이 있다면 그냥 내가 너희들 엄마였으면 좋겠어."

"네. 그래서 제가 딸을 못 낳나 봐요. 엄마가 제 딸로 태어나고 싶지는 않은가 보죠."

"시답잖은 얘기에도 해석이 좋구나."

어머니는 자리에서 일어나며 말했다.
"애들은 애 아빠가 보라고 하고 방으로 들어가자."
"지금요?"
"너, 지난번에 하다 만 19금 얘기 다 못해줬잖아. 내가 그것 때문에 얼마나 애가 탔는지 아니?"
우리는 집 안으로 걸어가면서도 계속 이야기했다. 어느새 어머니는 내 이야기의 가장 열렬한 독자가 되었다. 손수 출판사를 알아보실 정도로 나에 대한 투자를 아끼지 않으셨던 어머니는 결국 아예 출판사를 만들었고, 새로운 재미를 발견하셨다.

수리 씨와 은영 씨 부부는 '미소' 라는 이름의 딸을 한 명 낳았다. 은영 씨를 닮아 모찌처럼 하얗고 예쁜 공주님은 유치원에서도 인기가 제일 많다고 한다. 우리 아이들은 어느샌가부터 연상녀가 좋다고 말하고 있다. 수리 씨와 은영 씨는 서울에서 카페를 경영하며 한시도 떨어져 있으려 하지 않는다.

메달 씨는 부인과 유미와 셋이서 알콩달콩 살고 있다. 이제 제법 도시락 사업이 울산에서 자리를 잡아 매일 바쁘게 일을 하는 모양이었다.

유미는 이제 수리 씨를 좋아하지 않는다. 오히려 수리 씨를 좋아했던 과거를 줄곧 후회하는 눈치였다. 더 이상 유미는 수리 씨를 오빠라고 부르지도 않는다. 지금의 외모와 딱 어울리는 '아저씨' 라는 호칭이 바람직하다고 말했다.

경주는 브라운 커뮤니케이션의 여자 대리와 헤어지고 사귀고를 네 번 반복했다. 그 사이엔 제각각 다른 여자들이 샌드위치처럼 끼어 있었지만 마지막은 역시 여자 대리의 차지였다. 회사에서 최연소 팀장이 된 경주는 여전히 바쁜 나날을 보내고 있다.

은사님은 나 죽네, 나 죽네 하시면서도 여전히 정정하시고, 우리는 요즘 매달 첫 번째 월요일엔 은사님을 찾아가 뵙고 있다.

좋은 남자를 고르던 덕희는 열 번이 넘는 맞선 끝에 돈 많고 일 많은 남자와 결혼해 여유로운 주부생활 중이다. 여담이지만, 주류 유통 사업을 하는 비룡 씨를 맞선남으로 만나 실컷 웃었던 적이 있다고 한다.

비룡 씨는…… 여전히 짝사랑 중이다.

그리고.

우아웅.
"누구야!"
그가 침대에서 자다가 벌떡 일어나 옆에 잠들어 있던 나를 깨웠다.
"이상해. 자기 엉덩이에 사람이 있는 것 같은데?"
"뭔 소리여……."

"방금 엉덩이에서 사람 소리가 났어."

그는 미간을 찌푸리며 다시 자리에 눕다가 손을 잘못 뻗어 협탁 위의 스탠드를 건드려 떨어뜨렸다. 우당탕 하는 소리에 나도 벌떡 일어났다.

"아아아!"

"스탠드! 이거 비싼 건데!"

나는 스탠드를 일으켜 다시 협탁 위에 올려놓았다. 다행히 전구가 깨지지는 않았다.

"내가 다쳤잖아."

그는 심통을 부리듯 말했다.

"나 다쳤다고!"

내가 자기에게 관심을 보이지 않으니 그는 소리를 높였다. 웬 앙탈인지. 자기가 잘못해 놓고 억지를 부리는 그가 우스워 실소를 터뜨리며 말했다.

"그러네요. 스탠드가 잘못했네. 때찌때찌."

사랑은 변한다. 우리의 사랑도 변했다. 서로를 조금 더 편하게 받아들이는 방식으로.

나는 매일 아침 그보다 더 늦게 이를 닦고, 그가 나의 칫솔로 이를 닦았다는 사실에 소리를 지른다.

나는 그에게 화가 날 때마다 아이들에게 만화책으로 색칠공부를 하도록 허락한다. 간혹 그가 아이들의 낙서를 발견하고 화를 내는 대신 혼자 큭큭 웃는 것을 보면 그가 일부러 나를 약 올리려고 수를 쓰는 것이 아닌가 하는 생각이 든다.

그는 요리보다 나를 더 사랑한다고 했지만 여전히 머릿속의 반을 요리로 채운다. 그는 여전히 요리를 하면서 음악을 듣진 않는다. 대신 언제든지 내 노래를 들어줄 준비가 되어 있다.

공교롭게도 11월 7일 전날이 첫째의 생일이라, 그는 첫째 생일파티에 모든 에너지를 다 쏟아 녹초가 된 나를 쉬게 하고는, 나 대신 내 부모님의 산소에 꽃을 놓고 돌아온다. 그런 사람을, 사랑하지 않을 수 없다.

그는 이제 새로 시도해 보는 요리를 항상 내게 가장 먼저 선보인다.

"난 사실은 마법사야. 모든 음식에 말이야, 내가 주문 거는 거 알아?"

나는 그의 새로운 음식을 먹으며 그가 내 표정을 살피는 것을 즐긴다. 새 요리를 검사 맡는 날이어서인지, 그는 내게 계속 감언이설을 쏟아냈다.

"6년 전에 내가 자기 도시락에 '나한테 반해라, 반해라……', 주문을 걸어서 자기가 지금 여기 있는 거잖아."

"에? 그때는 나 안 좋아했다면서요."

"글쎄, 오래전 일이라 잘 기억이 안 나."

그는 가볍게 둘러대며 눈을 돌렸다.

"하지만 아무튼 내 무의식은 그런 주문을 걸었던 것 같아."

옛날 일이 뭐가 그렇게 중요한가. 지금 우리가 행복하면 되는 거지.

"요즘은 무슨 주문을 걸어요?"

"평범해. 프로포즈 도시락엔 '꼭 결혼까지 잘 성공하게 해다오', 소풍 도시락엔 '사고 없이 즐거운 소풍 다녀오게 해다오', 우리 애들 반찬엔 '제발 엄마랑 아빠 둘만 있을 시간을 만들어다오' 이런 거?"

나는 그의 말이 재미있어 한참을 웃었다.

이듬해, 누구와 누구의 바람대로 여국대의 세 번째 붕어빵이 태어났다는 사실엔 이제 아무도 놀라워하지 않겠지.

그리고 그즈음,

노총각 송주가, 송주만의 그녀를 내게 소개시키기 전 그녀에게 보낸 편지.

——이야기의 시작은 이래.

우리 회사에 누나를 좋아하던 선배가 있었어. 예전에 잠깐 스쳤던 거지.

선배는 호시탐탐 누나를 소개받을 기회를 노렸어. 그러던 어느 날 내가 맡은 행사에 약간의 문제가 생겼어. 아는 사람들에겐 꽤나 유명한 도시락 전문점에서 점심 도시락을 주문했는데, 연락이 안 되는 거야. 나는 급하게 누나한테 구조 요청을 하면서 조금 일찍 와달라고 부탁했어. 사실 12시 50분까지만 오면 되는 건데, 선배를 소개해 주려고 일부러 30분까지 와달라고 했지. 역시 그건 무리였는지 아주 늦게 도착한 누나는, 공교롭게도 몇 시간 전에 이미 사랑에 빠져 버린 거야.

아홉 살 때까지는 말도 안 했었고, 그 뒤로도 쾌활하고 가벼운 척했지만 혼자 몰래 울고, 아플 때는 잠도 잘 못 자고 그랬던 누나가 그 사람을 만나고 하나씩 마음의 짐을 내려놓게 되었어.

그러던 어느 날, 누나가 내게 얘기했어. '송주야, 나 엄마를 봤어. 거짓말 같지? 그런데 그 사람도 같이 봤어. 믿을 수 없을 거야. 하지만 정말 기적이란 게 있더라고.'

믿을 수 없겠지, 나도 그랬으니까. 하지만,
두 사람이 같은 시각, 같은 장소에서
함께 경험한 환상을, 또는 영혼을 공유하는 이야기를,
우리는 기적이 아니라면 어떤 이름으로 불러야 할까.

또한 기적은 그것뿐이 아니었다고 생각해.
여덟 살에 이미 한 번 삶의 의미를 잃어 버렸었고
흑백으로 살기만 했던 작은 여자애가
한 사람으로 인해
총천연색으로 채색된 커다란 세상을 만나게 된 이야기와
그 세상 안에 살고 있는, 서로 아껴주는 사람들.

도처에 만연한 사랑의 증거가 모두 기적이었어.

당신도 그런 사랑을 믿었으면 좋겠어.
한 사람이 다른 사람을 알게 되어 벌어지는 사건들과
그 사람을 사랑하여 생겨나는 숱한 기적들을
그로 인해 달라질 수 있는 모든 것들을
당신도 믿었으면 좋겠어.
당신의 인생에 내가 주문된 것도 엄청난 기적이니까.

The End

번외편. 세 여자와 비롱

"비롱 씨 인생의 가장 큰 굴곡은 뭐였어?"

현주가 마지막으로 여의도의 아틀리에를 방문했던 날, 짧은 방문을 마치고 오피스텔 밖으로 나온 그녀는 모든 것을 내려놓은 듯 깊게 한숨을 쉬다가 내게 물었다. 나는 그 질문에 선뜻 대답하지 못하고 못 들은 척 현주네 레스토랑 방향으로 운전대를 돌렸다.

"너무 미워서 빨리 돌아가셨으면 했어. 매일 기도했었어."

내가 대답하지 않으니 현주는 다른 쪽으로 말을 돌렸다. 푸념 같은 이야기는 충분히 들어줄 수 있을 것 같아 그녀에게 물었다.

"국대 어머니 말이야?"

현주는 대답 대신 피식 웃었다. 언제부터인가 그녀의 웃음에는 빛이 없었다.

"왜 같이 행복해질 생각을 못했지?"

그녀의 말투에서 후회와 좌절이 묻어났다. 더 이상 말하지 않아도 그녀의 속을 다 들여다볼 수 있을 것 같았다. 그녀는 송아 씨에게 열등감을 느끼게 된 것이었다. 박송아는 별 하는 것도 없이 이 정도인데, 왜 나는 열심히 살았는데도 이것밖에 안 될까, 하는 마음. 내가 현주로 인해 가슴앓이를 하던 시절, 국대에게서 느꼈던 마음이었다.

레스토랑으로 돌아가는 내내 말이 없던 현주는 다화에 도착하자 회한과 같은 한숨을 쉬고는 차에서 내리며 말했다.

"좋겠어, 비룡 씨는. 정말 자유로운 사람이라서. 다음 생에는 비룡 씨 같은 사람을 좋아해야지. 비룡 씨로 태어나거나."

그걸 말이라고 하는 거야?

현주가 그 말을 하고 난 후에는 가슴 깊숙이 꾹 누르고 있던 감정이 목에까지 울컥 치밀었다. 당장에라도 그녀의 팔목을 붙들고 내 이야기를 하고 싶었다.

내 굴곡이 뭐냐고 물었어?

너를 내 친구에게 소개시켜 줬던 날, 그 날은 내가 너한테 프러포즈를 하려던 날이었어. 나한테는 은근한 눈빛도 보여주지 않던 네가 내 친구를 보고 그렇게 눈을 빛냈을 때, 그 마음을 짐작하는 기분이 어땠을 것 같아?

너희들이 사귀는 것, 결혼을 약속하는 것, 결혼식을 하는 것······.

모든 이벤트를 다 지켜보던 마음을 알겠어, 네가? 네가 국대와 국대 어머니 말에 상처받을 때마다 날 찾아와서 그렇게 울었는데, 그걸 달래주는 쓰린 마음은 상상이나 해봤어?

그러나 나는 속 편하게 웃으며 마음과는 다른 말을 하고 있었다.

"이번 생은 어쩌려고?"

"이번 생은, 잘생긴 외국 남자 만나야지. 프랑스나 독일에 있는 레스토랑에 취직할까 해서 알아보는 중이야. 거기서 살아보고 싶었거든."

한국에서의 일을 정리하겠다고 말하는 그녀가 안됐다는 생각이 들었다. 누군가에겐 이기적으로 보일지 몰라도, 여전히 그녀는 한 사람을 위해 자신을 모두 버릴 수 있는 사람이었다.

"어디 가서 한잔할까?"

"대낮부터 무슨 술이야? 취하지도 않을 텐데."

그렇지. 현주는 내가 만난 여자 중에서 가장 술이 센 여자였다.

"어서 가. 오늘은 나도 좀 정리할 게 많아서."

현주는 오랜만에 내게 악수를 청하듯 손을 내밀었다.

"시작하는 사업, 잘됐으면 좋겠다. 국대 씨보다 더 잘됐으면 좋겠어."

그녀는 농담을 섞어 인사를 건넸다. 그녀의 미소를 보고 왠지 가슴이 철렁 내려앉았지만 나 역시 덤덤하게 그녀의 손을 잡았다.

"네가 취하는 술을 만들 거야."

현주는 나를 응원한다며 잡은 손을 흔들었다. 그게 마지막이었다. 그녀는 문자메시지로 베를린의 호텔에 취직하게 되었다고 전했을 뿐, 정확한 행선지를 말해주지 않고 떠났다.

☆   ☆   ☆

프랑스로 출장을 왔다가 잠깐 짬을 내어 독일에 들렀다. 베를린에서 프랑크푸르트로 무대를 옮긴 현주가 오랜만에 연락을 주었기 때문이었다. 그녀의 레스토랑 '다화'에서 어색한 대화를 나누고 헤어진 지 6년이 흘렀다. 그동안 아무리 연락을 해도 응답이 없어 아주 포기하고 살고 있었는데 완전히 마음에서 떠난 후에야 이렇게 연락을 해왔다. 옛 친구를 만나는 기분보다는 살짝 더 들떠서 그녀를 만나러 갔다.

　직접 운전을 했는데, 일이 늦어져 저녁 때 만나기로 한 약속을 지키지 못할 것 같아 아우토반에서 엑셀을 세게 밟았다. 중간에 경찰차를 잠깐 봤지만 속도 무제한 표지판을 정확하게 봤기 때문에 거리낄 것은 없었다. 다행히 7시 이전에 프랑크푸르트 인근에 도착하여 다시 목적지를 확인하고 있을 때 웬 경찰차 한 대가 내 앞에 끽, 하고 섰고 초록색 경찰복을 입은 경찰이 차에서 내렸다. 여자였다.

　"아 유 크레이지?"

내게 다가온 여자는 일단 내가 미쳤는지부터 확인한 후 이유를 이야기했다. 독일식 거센 발음으로 영어를 구사하는 여자의 말은 알아듣기 쉽지 않았다. 대충 정리를 하자면, 댁이 탄 고속도로는 엄연히 시속 130㎞ 속도 제한이 있는 도로인데 댁은 시속 250㎞로 달렸다, 이미 교통딱지를 엄청 끊었겠지만 도무지 멈추질 않아 경고해주라는 연락을 받고 출동했다는 것이었다. 그녀는 마치 내게 떼인 돈이라도 있는 사람처럼 거세게 몰아붙였다.

"이미 끊을 거 다 끊어놓고 무슨 잔소립니까? 바쁘니까 그만 합시다."

짜증나는 마음에 한국어가 튀어나왔다. 곧 그녀는 몇 번 눈을 깜빡이더니 표정을 바꾸고 물었다.

"아 유 코레아너?"

그녀의 말에 일일이 대답하지 않았다. 짧은 시간 동안 쳐다보던 그녀는 어쩔 수 없다는 듯 고개를 가로젓더니 '오케이. 유 캔 고'라고 말하며 나를 놓아주었다.

그로부터 30분을 더 달려 현주가 일한다는 호텔의 건물 앞에 도착했다. 웬 경찰을 만나 시간을 지체하는 바람에 그녀를 더 기다리게 했다.

현주는 나를 발견하고 어제 만났던 사람을 다시 만난 것처럼 편안하게 웃었다. 그간의 세월이 무색하게도 여전히 20대 후반 즈음의 모습 그대로였다. 그러나 6년의 공백은 너무나도 컸기 때문에 밀린 소식을 업데이트 시키는 데만도 꽤 시간이 오래 걸렸다.

프랑크푸르트에 하루 머물고 내일 돌아갈 거라는 내 말에 현주는 제 직장이 아닌 다른 호텔을 추천해 주었다. 우리는 호텔 인근의 레스토랑에서 식사와 맥주를 주문했다.

"한국 가시 보다가 갑자기 생각나서 전화해 본 거야. 주류유통은 대기업에서만 성공하는 건줄 알았는데 비룡 씬 정말 대단해."

"내가 한 건가? 돈이 한 거지."

현주야말로 대단하다는 생각을 하고 있었다. 갑작스레 한국에서의 사업을 정리하고, 연고도 없는 독일로 건너와 다시 인연을 쌓아가는 것은 여자로서 힘든 일이었을 텐데 그녀는 잘 버텨온 것이다. 그녀에게 한국이 그립지 않냐고 물어보려는데 그녀의 핸드폰이 울렸다. 그녀는 능숙한 독일어로 말했다. 나 말고 다른 누군가와도 만나기로 한 모양이었다.

"우리 옆집에 사는 여자앤데, 뭐 좀 전해주기로 했거든. 잠깐 이쪽으로 오라고 했어."

현주가 말을 마치자마자 레스토랑의 문이 열리고 초록색 경찰복을 입은 날씬한 여자가 들어왔다. 현주는 그녀를 보고 손을 흔들었다. 참 어처구니없게도, 좀 전에 과속이라며 내게 타박을 주었던 그 여자였다.

여자는 흘깃 내게 곁눈질을 주었지만 나를 알아보지 못하고 현주에게 다가가 인상을 찌푸리며 말을 늘어놓았다. 독일어였지만, 웬 정신 나간 놈을 쫓느라 바빠 유니폼도 갈아입지 못하고 바로 왔다고 하는 것이 확실한 이야기를 하고 있었다. 그 다음의 이야기를 대강 유추해 보자면, '그런데 앞에 있는 사람은 한국인이야? 독일어는 알아들어?'—'아니, 아마 잘 모를 거야'—'잘 됐다. 아까 만난 크레이지맨이 딱 저 사람처럼 생겼어'. 이런 얘기여서 나도 모르게 피식 웃음이 나왔다.

이쯤이면 됐지, 하는 마음으로 그녀의 말을 끊었다.

"헬로우. 아임 더 크레이지맨."

순간 말을 멈춘 그녀가 내 쪽으로 고개를 돌렸다. 좀 전에는 차 안에서 그녀를 보았기 때문에 제대로 관찰하지 못했는데 그녀에게는 독일여성처럼 여겨지지 않는 묘한 느낌이 있었다. 단정히 묶은 갈색 머리와 잡티가 없는 황색 피부는 동양적으로 느껴지기도 했다. 나보다 열 살은 더 어린 것 같았다.

그녀의 크고 푸른 눈이 얼마간 나를 응시했다. 상황을 파악하고 있는 듯했다. 순간 나는 비슷할 것도 없는 그 눈을 보며 한 여인을 생각했다. 순수한 건지, 바보인 건지, 눈을 동그랗게 뜨고 '혹시 독심술을 하세요?' 하고 묻던 작은 여자애. 어느덧 나보다 더 성장하여 두 아이의 엄마가 되어 있는 그녀와의 추억을 생각하면 지금도 절로 웃음이 난다.

경찰복을 입은 여자는 별안간 시원하게 웃음을 터뜨렸다. 여자는 독일의 도로에 대해 설명하려는 듯 자리에 앉아서는 우리와 함께 저녁까지 먹었다. 여자는 한국에 관심이 많은 사람이었다. 최근의 이슈에 대해서도 정확하게 알고 있는 것은 놀라웠다. 나는 여자와 함께 이야기를 하며 여자의 어머니가 한국인이라는 사실을 알게 됐다. 어머니를 아주 오래전에 여의었기 때문에 한국어를 전혀 알지 못하던 현주를 만나 한국어를 배우게 되면서 한국의 외가를 찾아가 볼 용기를 내게 되었다는 것이었다.

"잘됐네. 다음 달에 엘레나가 한국에 간다는데, 비룡 씨가 도와주면 되겠어."

엘레나라는 이 여자는 우스운 말이라도 들은 양 또 웃음을 터뜨렸다. 웃음이 많은 여자인 것 같았다. 현주 역시 흐뭇하게 웃었다. 몇 년 만에 만나 몇 시간 같이 있지 못한다는 사실에 답답해진 나만이 초조해하고 있었다.

엘레나가 주도하는 식사자리는 10시가 다 되어서야 끝이 났다. 다음날 새벽 출근을 위해 먼저 일어나야겠다는 현주를 따라 우리는 모두 자리에서 일어났다. 엘레나는 좀 더 이야기를 나누고 싶은 눈치였지만 알아채지 못한 척 현주를 따라 나갔다. 그리고 레스토랑 문 밖에서 현주를 기다리고 있는 또 다른 남자를 만날 수 있었다.

애쉬튼 커처 같은 몸에 그와 비슷한 이미지의 얼굴. 딱 봐도 엘레나와 같은 나이대라는 것을 알 수 있는 젊은 남자였다. 현주와 남자는 뺨키스를 나누고 손을 잡았다. 애인이 있냐고 굳이 묻지 않아도 될 만한 상황이었다. 겨우 이걸 보려고 설레며 아우토반을 달려왔다니. 그러나 나는 허무한 마음을 감추고 웃으며 남자와 인사를 했다. 엘레나는 현주와 함께 남자의 차를 얻어 타고 돌아가는 길에 갑자기 내게 작별인사를 하듯 돌아와 전화번호를 물어보았다.

엘레나에게 연락이 온 건 그로부터 한 달 정도 지나서였다. 서툰 한국어로 '비롱 씨, 나 엘레나예요' 라고 하는 말을 처음엔 잘 알아듣지 못했다. 그녀가 현주의 이야기를 꺼낸 후에야 나는 엘레나를 기억해 냈다. 엘레나는 조만간 한국을 방문하는데 시간이 괜찮다면 보자는 말을 남기고 전화를 끊었다.

'시간이 괜찮다면'이라고 말했지만 만나는 날이 가까워오자 그녀는 거의 막무가내로 서울 여의도에서 보자고 말했다. 63빌딩에 가려는 것 같았다.

'나는 관광객입니다' 하는 눈빛으로 고개를 두리번거리는 그녀를 한국에서 다시 만났다. 혼자 방문한 외로운 여행길에 아는 사람이 있어 반갑다는 표정을 가득 담은 그녀를 나도 반갑게 맞았다. 그러나 둘이서 할 얘기는 그다지 많지 않았기 때문에 나는 국대네 집으로 그녀를 데려갔다. 마침 수리네 부부가 국대네 집에 간다고 한 날이어서 마음이 더 편했다.

그녀를 소개하는 자리에서 수리는 눈을 빛냈다. 그녀를 보고 속으로 무슨 생각을 했는지가 뻔하게 그려졌다. 나는 '같이 저녁 먹자는데 둘이서 마땅히 할 말이 없어서 데려온 거야. 미안' 이라고 작게 말하여 수리의 흥분을 가라앉혔다.

　우리는 국대와 송아 씨 부부가 차린 저녁을 맛있게 먹고, 은영 씨를 쏙 빼닮은 공주와 국대네 아이들의 재롱을 보았다. 아이들을 재우고 거실에 빙 둘러앉아 그간의 안부를 나누어야 하는데 자연히 다들 의사소통에 어려움이 있는 엘레나를 배려하게 되었다.

　"어디어디 다녀왔어요?"

　"63빌딩, 경복궁, 인싸동 다녀왔어요."

　그녀는 그동안 일취월장한 한국어 실력을 보여주며 이틀 동안 여행한 이야기와 고생한 이야기를 들려주었다. 밤에 도착하여 택시를 탔는데 택시비가 턱없이 많이 나온 이야기, 서울은 밤늦도록 시끄럽고 불이 꺼지지 않아 첫날은 잠드는데 고생했다는 이야기까지.

　"하지만 비롱이 형을 가이드로 데리고 다녔으니 택시비보다 더 쥐여 주어야 할 텐데?"

　"그러게. 나는 비싼 남잔데."

　수리가 농담을 하여 나는 맞장구를 쳐 주었다. 다른 사람들은 웃었지만 엘레나는 알아듣지 못했다.

　"엘레나가 비롱 씨한테 가이드 팁을 주어야 한다는 말이예요."

　엘레나는 송아 씨의 말을 이해하고 눈썹을 일그러뜨리다가, 다 못 알아듣겠다는 표정으로 장난스레 씨익 웃으며 농담을 받아치듯 말했다.

　"한국말, 노무 오료워요."

우리는 엘레나의 센스에 다시 다함께 웃었다.

국대네 집에서 일찍 나와 그녀가 묵는 호텔까지 바래다주는 길에 그녀가 말했다.

"오늘 고마워요. 내일도 만날래요?"

"내일은 바빠서요. 떠나는 날 시간이 맞으면 공항으로 갈게요."

나는 그녀의 제안을 정중히 거절했지만 그녀는 생뚱맞은 말을 꺼내며 나를 놀라게 했다.

"나는 비룡 씨 좋아해요."

그녀의 갑작스런 고백에 당황한 나는 외딴 곳에 차를 잠깐 세웠다. 제대로 거절하기 위해서였다. 나는 그녀에게 어떤 애정도 주지 않았는데, 젊은 아가씨가 두 번밖에 만나지 못한 남자에게 좋아한다는 고백을 하다니.

"미안해요. 나는 당신을 만날 수 없어요."

내 차가운 거절에 그녀는 한동안 입을 닫고 있다가 작은 소리로 물었다.

"현주…… 좋아해요?"

그녀는 내 눈을 똑바로 마주하며 대답을 기다렸다. 저런 눈을 어디서 또 본 적 있는데. 나는 내 속을 들여다보는 듯한 그녀의 눈을 피하며 말했다.

"아니요."

그녀는 더 묻지 않고 혼자 한참 고개를 끄덕이다가 호텔까지 데려다 달라고 말했다.

그녀가 묵는 호텔에 거의 도착했을 때쯤, 엘레나는 모든 것을 체념한 듯이 원망스럽게 말했다.

"당신은 나쁜 남자예요."

그 다음 말은 영어였다.

〈당신은 은연중에도 지나치게 친절해요. 프랑크푸르트에서도 그랬어요. 나는 당신이 나에게 친절해서, 나한테 관심이 있는 줄 알았어요.〉

내가 정말? 나는 늘 하던 대로 여자를 대했을 뿐이었는데.

〈왜 현주에겐 고백하지 않았어요?〉

그녀는 내 속을 모두 알고 있다는 듯 내가 거짓말한 이야기를 다시 들추어냈다. 나는 아무 말도 할 수 없었다.

〈언젠가 현주가 독일로 온 이유를 말해줬어요. 흔들릴 때마다 잡아준 사람이 있었대요. 현주가 독일로 간다고 하면 그 사람이 또 잡아줄 거라고 생각했었대요. 하지만 그 사람은 잡지 않았대요. 가장 크게 흔들릴 때는 잡아주지 않고 그저 지켜보고만 있었던 그 사람이 미웠대요.〉

생전 처음 듣는 이야기에 눈가가 찌르르해지는 것을 느꼈다. 엘레나는 이야기 속 남자가 누구인지 말하지 않았지만 직감적으로 그게 나라는 것을 알 수 있었다. 마음이 아팠고 심장이 뛰었다.

〈모든 여자들에게 잘해주려고 하지 말고 한 사람을 확실하게 지키세요.〉

그녀는 내게 차가운 충고를 하고 차에서 내리며 앞으로 내가 할 수 있는 일에 대한 힌트를 제시했다.

〈프랑크푸르트에서 당신이 본 남자는 현주의 남자친구가 아닐 거예요. 그냥 현주를 짝사랑하는 남자일 거예요.〉

단숨에 고백한 사람은 단숨에 또 정리할 수 있는 건지. 내가 10년이 넘게 하지 못한 고백을 뜸도 들이지 않고 해치운 그녀는 쿨하게 손을 흔들었다. 그녀에게 실연의 상처를 주어 미안한 마음은 아주 잠시였고, 젊은 그녀의 배짱이 부럽다는 생각이 들었다.

왠지 다같이 여의도 아틀리에서 지내던 옛날이 그리워, 엘레나를 바래다주고 다시 국대의 집에 들렀다. 이미 수리 부부는 돌아간 뒤였고 국대도 뒷정리를 하고 있었다. 송아 씨가 반갑게 문을 열어주는데 짜증이 가득한 국대의 설거지 하는 소리가 신경 쓰였다.

"아, 너무 늦게 돌아왔네. 그럼 나 갈게."

"뭘 왔다 바로 가요? 여 사장 심통 부리는 거 구경이나 하고 가시지."

무안하여 돌아서려는데 송아 씨가 활짝 웃으며 능청스럽게 말했다. 나는 국대에게 왜 또 그러느냐고 물었다.

"내가 첫사랑이 아니라잖아. 서러운 건 둘째 치고 속았다고."

국대가 사춘기 소년 같은 목소리로 그릇을 쨍그랑거리며 말했다. 괜히 돌아와 이들의 유치한 싸움에 끼게 된 것이었다. 그리운 마음이 일었던 게 원망스러웠다. 나는 관심 없이 물었다.

"그래? 그럼 누군데?"

"열 살 때 동네 오빠. 완전 잘생겼었거든요."

송아 씨의 말에 피식 웃음이 났다. 결혼 6년차 커플이 아직까지 연애시절에나 나눌 법한 주제로 티격태격한다는 것이 믿기지 않기도 했다.

"저러다가 또 금방 웃어요."

송아 씨가 내게만 들릴 듯한 소리로 말했다. 송아 씨는 국대를 조련하는 법을 정확히 알고 있었다. 여태껏 이 부부가 이런 것으로 티격태격할 수 있는 것은 누구보다 서로를 잘 알고 있기 때문이며, 그동안 두 사람이 쌓아온 애정의 탑이 그만큼 견고하기 때문이다.

"여태 그런 걸로 삐치냐?"

나는 송아 씨를 거들어 국대를 나무랐다.

"네가 좀 생각해 봐. 내 부인이 연애하던 시절에 나한테 한 번이라도 오빠라고 불러준 적 있었나. 오빠는 소름끼친다고 하더니 '동네 오빠'는 아주 자연스럽잖아."

국대가 송아 씨를 향해 눈을 흘기며 툴툴거렸다. 송아 씨는 국대의 심통은 어쩔 수 없다는 듯 혀를 내두르다가 내게 눈길을 주었다.

"예전에 현주 씨 만나러 간다고 하지 않았어요?"

"응. 한 달 전에 다녀왔어."

"진전은 좀 있었어요?"

송아 씨가 나를 빤히 바라보며 물었다. 아직까지 현주의 이야기를 꺼내는 사람은 송아 씨밖에 없었다. 그 진지한 눈에 거짓말을 할 수 없을 것 같아 짧게 대답했다.

"별로. 그리고 와서 또 연락 안 해."

"새삼 젊은 여자가 더 좋아서 그러는 거예요?"

송아 씨는 아쉽다는 듯 입을 삐죽거리며 장난스레 말했다. 이번엔 내 말이 진지해졌다.

"그냥, 이젠 옛날 같은 열정이 없어."

그녀는 한동안 고개를 갸웃거리다가 스스로 생각을 정리한 듯 날 보고 웃으며 말했다.

"왕년에 광고회사 다니던 시절에요. 으레 쓰는 단어가 있었거든요. '마중물'이라고. 시골에 옛날식으로 물 퍼 올리는 펌프 알죠? 그게 무작정 펌프질을 한다고 물이 나오는 게 아니라네요. 일단 물을 한 바가지 부어야 된대요."

송아 씨의 이야기는 알 듯 모를 듯 아리송했다. 나는 이야기를 더 들어보려고 그녀의 눈을 바라보았지만 그녀는 곧 말을 마쳤다.

"바라는 걸 얻기 위해서는 일단 선투자를 해야 된다는 말이에요."

송아 씨의 이야기에 다시 또 심장이 울렁거렸다. 송아 씨는 항상 돌려 말하는 법이 없었다. 그녀는 언젠가 내게 독심술을 하냐고 물었지만, 언제나 심리를 간파당하는 쪽은 나였다는 걸 알고 있을까. 송아 씨는 늘 투명한 유리창으로 나를 보고 있는 것 같았다. 그래서 매번 나도 상쾌해지는 느낌이었다.

그래. 역시 현주에게 내가 먼저 연락해야겠어. 그걸 다시 깨닫게 해 줘서 고마워, 송아 씨.

오랜만에 편안해진 마음에 그동안 기회가 없어 하지 못했던 말이 튀어나왔다.

"아주 오래 전에 말이야. 여의도에 있을 때. 국대 방에 있던 피아노에 녹음돼 있던 노래 기억 나?"

"러브 미 텐더요?"

"그거 사실은 내가 쳐서 녹음한 거야."

송아 씨는 속이 부르르 끓어오르는 듯 주먹을 꽉 쥐다가 표정을 풀고 와하하하, 하며 웃었다. 그 일로 꽤 가슴앓이를 했던 모양이었다. 물론 다 지난 일이라는 듯 시원하게 받아들였지만.

"이런 음모론자 같으니라고. 또 말 안 한 거 없어요?"

"생각나면 또 얘기해 줄게."

그녀는 끄덕거리고는 일어나 국대에게로 가서 고무장갑을 넘겨받았다. 국대의 화를 풀어주려는 모양이었다. 그들의 다정한 뒷모습을 지켜보며 오래전 감정이 다시 떠올랐다.

송아 씨랑 현주랑 반반씩 닮은 사람이 있었으면 했어.

그래서 현주에게 미안했던 적이 있었어.

국대네 부부에게 인사를 하고 나와 차에 앉아 핸드폰을 들었다. 20대에나 느낄 법한 첫 연애의 감정이 스물스물 피어오르는 것 같았다. 나답지 않게 심장이 두근거렸다.

신호대기음이 가는 동안 오래된 추억이 주마등처럼 잠시 스쳤다. 추억의 대부분에서 현주는 화사하게 웃고 있었다. 나는 사실 네가 그리워.

잠시 후 신호가 끊기고 바다 건너 멀리 있는 그녀가 한국어로 전화를 받았다.

[여보세요?]

목소리만 들어서는 현주의 마음을 알 수가 없었다. 나는 그녀의 마음을 더 알고 싶었다.

"네가 취하는 술을 만든 것 같은데."

[뭐?]

그녀가 웬 뜬금없는 얘기냐는 듯이 물었다. 나는 오래전 이야기를 다시 꺼내지는 않았다. 그녀는 내가 다른 이야기를 꺼낼 때까지 잠자코 있었다.

"내일 시간 있으면 잠깐 봐."

[여길 오려고? 무슨 일 있어?]

"그래. 이번엔 늦지 않게 갈게. 내일 보자."

현주는 시간을 비워놓겠다고 말하고 바쁜 듯 전화를 끊었다. 아쉬운 마음은 내일 모두 확인할 것이다. 확인하는 데 그치지 않고 이번에야말로 내 마음을 모두 보여줄 것이다.

마음이 한결 가벼웠지만 급히 엑셀을 밟지 않았다. 지금껏 차의 속력을 높이던 버릇은 내 안의 다른 두려움을 감추기 위해서였을까.

내 안의 것들을 정리하는 데 꽤나 오래 걸렸던, 겁이 많은 나를 용서해 줘. 이제 한 곳만 보고 달려갈 테니.

기다려 줘. 내일 만나자.

작가 후기

　내 이름으로 나온 책을 갖고 싶다던 작중 송아의 말은 저의 목소리이기도 했습니다. 아주 오래전부터 작가가 되고 싶다는 막연한 꿈을 가지고 있었는데 생각지도 못했던 좋은 기회를 통해 책을 출간하게 되었습니다. 출간까지 곁에서 응원해 주신 많은 분들께 감사의 말을 전합니다.

　이 글은 포털사이트 네이버 웹소설 서비스를 통해 한 번 인사를 드린 글입니다.

　이미 많은 분들이 읽어주신 글을 다시 정리하며 어떤 부분에서 독자님들이 환호했고, 어떤 부분에서 가슴을 졸였고, 또 어떤 부분에서 눈물을 훔쳤는지 다시 되짚어보았습니다. 오랜 기간 연재한 글이니만큼 제게도 한 화, 한 화의 추억으로 남아 있는 소설을 사랑해 주셔서 감사합니다. 이제는 독자님들과 공유하는 추억이 되었습니다.

6개월의 연재 기간 동안 격려의 메일과 쪽지를 많이 받았습니다. 고3이라 수험 생활에 지쳐 가고 있는데 소설을 통해 위로받고 있다는 메시지, 아이들을 키우면서 육아에만 신경 쓰느라 자신을 돌아보지 못하고 살았는데 〈당신을 주문합니다〉를 통해 가슴 설레던 연애 시절의 추억을 다시 떠올려 볼 수 있었다는 메시지, 어린 시절의 아픔이 여전히 치유되지 않아 힘들 때가 있는데 이 소설을 통해 사랑에 대해, 행복에 대해 다시 한 번 생각해 보게 되었다는 진솔한 메시지가 사실 그 어떤 소설보다 더 값진 울림이었습니다. 독자님들이 제게 해주신 고백이었지만 저 역시 매번 큰 힘을 얻었습니다.
    그리고,
    우리는 모두 소설보다 값지게 살고 있으니 매일 웃을 일을 만들어보세요. 저도 노력하겠습니다.

    저는 2013년을 〈당신을 주문합니다〉와 함께 보냈습니다. 이 글 또한 봄, 여름, 가을, 겨울 저와 함께 숨을 쉬어주었습니다. 긴 호흡이었지만 힘든 것보다도 매순간 설레었고 행복했습니다. 이 책을 발견하신 독자님께도 즐거운 경험이 되었으면 좋겠습니다.
    항상 행복하시기를!

플아다 올림.